U0118987

（下）

红楼续书

红流三部曲

凌波行

杨 勤 著

天津社会科学院出版社

借胎红楼，自铸传奇。

辛父功

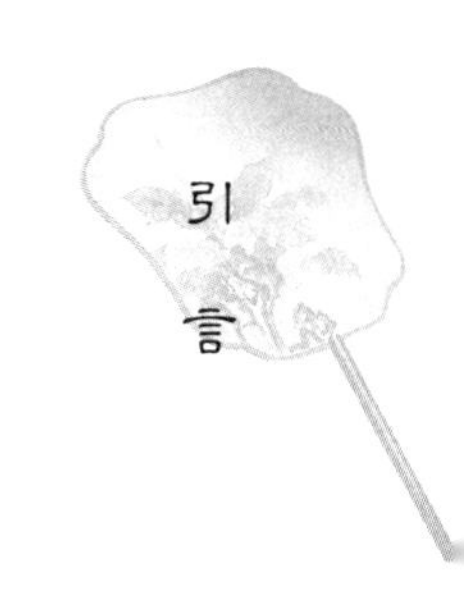

凌波不过横塘路。但目送、芳尘去。锦瑟华年谁与度。月桥花院，琐窗朱户。只有春知处。

——贺铸《青玉案》

目　录

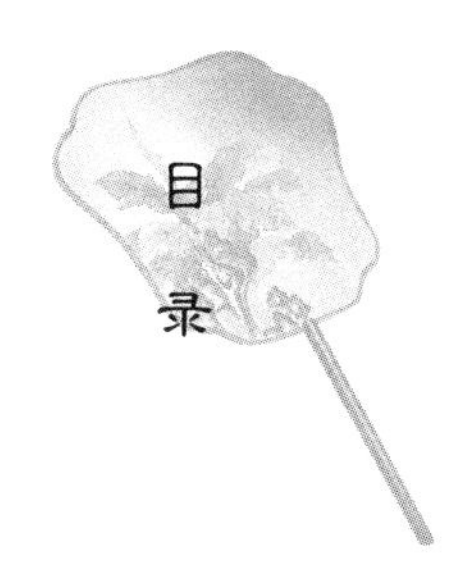

凌波行

凌波行

第一回

泪别京城

北京城东边几十里外的通州码头，今日迎来了逶迤一行车轿。车队长得望不到边。码头主事早已得到通知，六品朝服穿戴得整整齐齐，领着几个不多的手下在此迎接。

京杭大运河的北边，最大的码头就是这里。还在一月前，漕运总督传来公文，要求备六条大型官船，整顿清理，增加内饰及备用之物。三天前，总督衙门才专门派人来通传信息，是京城贾府贵妃之妹奉命下南洋结亲。

主事姓章，四十来岁，虽然品级低，但能在京城第一码头任职，自然是能干灵透之人。他从一月前的公文中就嗅出不同凡响的味道。增加内饰，那就是布置华丽，显然是有显宦高官要公派离京，可能还携眷属。但官员离京的情形不属罕有，从来没有增加内饰这样详细的指令，而且直接来自总督衙门；且船只一派就是六条，说明乘船的，起码有二三百人之多。

他接令后，忙调出账册，把官船清点了一遍，发现符合要求且停泊待命的船只不够。他只好又行文请上司调拨，堪堪凑齐。所拢官船中最新最大的一艘，是三年前下的水，现在外观有些陈旧，章主事又令油漆工赶着刷漆，木工忙着上船整修客舱家具，务必让航行舒适。除了米粮，缺的东西，主事也都斟酌着添置上了。内饰的布置倒不用他操心，早有京兆尹府送来黄缎绢纱等物。工部的工匠也派了来，待船只的家具修整清楚，就换船舱里里外外的窗帷。尤其是最大的一艘，木制的桌椅几案也都包上了锦缎；油漆一新的各种生活器物也随之送上船来。

这阵仗，章主事还没遇到过。他知道，有些事问得，有些事问不得。还好，三天前终于明了。贵妃之妹，贾府，南洋，结亲。这涉及国策啊，此前他并未经手过。接到消息的那天，虽然是四月，运河的水风夹着水气扑来，他头颈处还是不知不觉渗出了汗。好在总督派的人口传，今日会有领运守备到来一起迎接，并护送彩船南下。主事当时才舒了一口气。但现在日已正午，车驾已在眼前，守备大人还没到来。他焦急地看着越走越近的车轿一行。

忽听到身边衣甲铿锵，半躬着身的守备抬头一看，一身戎装的黄守备已经站在了他身前。章主事心头一喜，忙跨前一步行礼请安。虽然守备是武将，但高他两级，又是护送使，他这一来，自己肩上的担子就轻了。

守备受了主事的礼，微微颔首，道声“辛苦”，话音未落，眼神已转向越来越近的车队。

最当先的一辆车停了下来。待车夫跳下马车，又从车后拿下车凳，一个着四品官服的朝臣下了车，紧接着后边一辆车也有人下来。守备和主事赶紧迎了上去行礼。来的是位礼部满郎中，他今日专程送贾府千金来此南下。随行的是负责礼仪的员外郎，同属礼部，他将代表朝廷送亲，直到婚礼仪典结束，才能返回京城。这一去一回，说不定得半年时间。此刻他跟在上司后面，眉头间不时掠过旁人难以觉察的隐忧。

天是阴灰的，不知何时下起了小雨。几位朝廷官员在洽谈交接。这边厢，贾府琏二爷也下了车，带了小厮，一直到探春的马车前，请即将远嫁的妹妹下车。本来宝玉才是亲兄，奈何前日染了风寒，贾府爷们只有他送了探春来。

该告别的，已经在府里告别过了。

自贾母八旬之庆那天，南安太妃来过之后，探春就有不可说诸于口的预感：这位与贾府相善的太妃，问着自己、问着宝钗年龄时，她心中好似存着具体的目的。尽管太妃后来拉着黛玉和宝琴也是各种赞，但探春记得那久经世事的太妃看着自己反复打量的表情。

委托太妃来相看的另外一方，无论是哪一家哪一府，都不可能是低阶的位分。薛家是商人，所以多半不会是她们，且宝琴已经许给了梅翰林家；黛玉倾城色，但父母双亡，她自己身子羸弱，风一刮就倒的样子，太妃也未必会选中；太妃熟识湘云，她定知晓湘云已订了亲。那么剩下的，就是自己了。如果太妃的相看，真的含有自己所猜想目的的话。

探春想起大观园里放风筝的那一天，她的软翅凤凰高高飞到天上，结果天边又飞来一只，两凤凰绞缠在一起。这也就罢了，一只喜字带响鞭的，也飞了过来。当时看，是好事，姐妹们这么说，大嫂子李纨也这么说。可是三只风筝一起挣断了绳子，飘飘摇摇不知飞到哪里去了，回想起来，这喜庆之兆，怎么就含着不能让人心安的意思呢。

二姐姐迎春出嫁之日，探春心中知道，家中姐妹，下一个就是自己了。女孩子长大了，终归要嫁人的。想起迎春出嫁不多时，就被孙家各种折磨，探春心中黯然。虽然她知道迎春的遭遇，与她自己的懦弱有关，但嫁到夫家，一切肯定是变了样的。在家里，无论如何，姐妹们都是金尊玉贵的小姐，但离开了家，就如盲目走入陌生的地方，是好是赖，那就是看命了。

自己的命运，会是怎样的呢？在大观园安静的夜里，探春不止一次想过这个问题。尽管她愤怒于凤姐抄检大观园的不堪，忧心于家族开支的庞大，痛恨于家仆妇女们的聚赌与蒙昧自私，但这里是她的家。她是荣国府堂堂正正的姑娘，她在这里从小长大；搬进大观园后，又度过了好几年快乐自在的岁月。换了一个陌生的地方，和一个陌生人结为夫妻，这将是什么样的生活？

无论如何，自己不能像迎春一样任人摆布。她下了决心。

探春可以借鉴的例子不多。近的，琏二嫂子，凤姐儿，那么精明拔尖的人，又当着荣国府的家，可是，府里秩序混乱到如此田地，她一无整肃。可见多年来，也只是做了裱糊匠的活儿。凤姐儿来自金陵王家，又长得那样漂亮，可是就止不住琏二哥的花心，当家多年，各种被婆母嫌弃。东边的，宁府珍大嫂子，人算得上贤德，可是宁府的各种乱象纷传而来，两府的墙都隔不断。珍大哥的姬妾纳了一个又一个，大嫂子的两个妹妹，还因为各种不明不白的原因死了。尤氏姐妹，两个妹妹因与宁国府有关联而丢掉了性命，大嫂子心内不知怎么苦呢。

再远的，就是早逝的宁府小蓉奶奶，名义上是族中晚辈，实际上大过自己好多岁。又是一个死因存疑的例子；有传她的坟墓是空的。姑娘家的身份限着，自不好问得。据家里仆妇嚼舌头，宁府里焦大有一日可是什么都骂了出来。那么，这夫妻恩爱也多半是假象了。

想到这些，探春想到自己的娘。带自己到世上的人，偏偏内心离自己最远，无见识偏要屡屡惹事，几乎活成了府里的笑话。一个亲生兄弟环儿，也像个外路人，与府里格格不入。自己将来出嫁了，有个三长两短，是不会有人为她出头的。

二哥宝玉倒是个有情之人，可是他在脂粉堆里厮混，外务一概不通，也指望不上。父亲对于女儿情上极淡，从小到大，因了自己养在祖母身边，父女两个甚至都没说过几句话。倒是太太，还算看重自己，但终归不是她亲生的，有什么事情，未必肯出头。打小探春就知道，她看宝玉的眼神和看自己的眼神，那完全不一样。

这些想法，在探春心里拈了不知多少回过子。终于，她知道了，自己的猜测成了现实。

据王夫人后来告知她的，官媒来了，还不止一次。

那一天，贾母单独召唤她去了荣禧堂。贾政和王夫人也在座。这样的情形是平生第一次，往常都是众姐妹和宝玉一起来的。探春走进祖母的房间，当贾母眼里含着泪，望着她的时候，她知道了，一定是自己，一定是自己身上有不好的事情发生了。

她终于知道了。皇家给她指了亲。未来的夫婿不仅她没见过，甚至，他甚至不是朝廷的子民，是异族人！

探春听到父亲贾政艰难地把这门亲事说给自己听的时候，她的脑子嗡嗡响，咬紧牙关，她掐着自己听下去。一个南洋小国，叫什么陀兰的，派人来中土为其子求娶中华上国的新娘。而圣上在众多的王公后代中，选中了她。

熟读经史子集的探春知道，这无论是谁嫁过去，新娘的使命与王昭君是一模一样的，不是和亲的和亲。尽管本朝沿了前明，不与藩邦通和亲之策，但现实就在眼前：她被选中，作了一枚朝廷期待发挥效用的棋子。牵制？均衡？贸易？缔结一个亲善的友邦？探春痛恨自己，在如此关头，脑子里还能正常理性地分析。

她没有权利说答允还是不答允。父母之命媒妁之言，显然，做主的是他们。她也知道，他们之上，还有更加不可抗拒的力量。

现在，父母和祖母，只是通知她而已。

探春一直低垂着头坐着。祖母舍不得她，她知道，父母也是，尽管太太王夫人只是嫡母，但说到要去的地方隔着大海，也不禁哽咽。这个消息，不仅是为着自己这个庶女即将远嫁，也定触动了太太的心事。大姐姐元春久居深宫，自省亲来过一次，后边就一直没有回过娘家；因着大伯惹出了石呆子之事，连贤德妃的“贤德”封号也被削了。这样一来，归家省亲更是遥遥无期。

该说的都说完了，堂上一片寂然。探春含泪站了起来，又拜了下去，向疼爱她的祖母，向父亲母亲。

这是她的命运，超出了她此前设想的任何一种可能。

这一门亲事，朝廷和贾府准备了半年之久。内廷派来了通晓宫中礼仪的嬷嬷，教习探春各种礼节，务使不失中华上国的气派风度；又派了六十名宫女随行，特赐一名御医、几名乐师同去。工部派出了各个行业的匠人，木匠、石匠，甚至泥瓦工都有。贾政忙着应付一应事宜，他知道，藩国求亲，不止为加强与领主国的联系，还多有求取中土技术、物种的意思在内。至于朝廷特赏的锦缎绸纱、瓷器、茶叶若干，稻米种子、各类珍稀药材、动物毛皮，礼部的官员说了，到时候直接装船；如何使用，除了赏赐的分例，其他全由探春自主。

大观园自此愁云满布，朝夕相处的姐妹们咽泪装欢，面上还要各种恭喜，探春都知道。黛玉是所有姐妹们最出挑的，她虽不曾说一句劝慰之语，但探春明白，心思如此细腻的潇湘妃子，她明白自己。倒是惜春，还是淡淡的，看来佛门终有一日要度了她去。

大姐姐元春离家进宫，二姐迎春嫁了，自己一走，四春走了三春。大观园的屋子空了好多，来年春天不知何等寂寞。自己离开后，内囊罄尽风雨飘摇的家园，还能撑持多久呢？

心绪如此低沉，连那叫作陀兰国送来的聘礼，探春都无心看。左右无非是异国之物，睹物伤情，她内心抗拒着，任由父亲处置；种种亲事必经的程序，也仿佛与她无关。

一帆风雨路三千。探春明白，她与这个家永别的日子就在眼前了。这个家，虽然繁华背后支离破碎，但离别之时，一切又都如此不舍。庭前的芭蕉，屋后的梧桐，无不在与她道着再见。

这一年的春天，东风无力，大观园的百花开得似乎也没有往年娇妍明媚。无论准备的事情有多繁琐，离别的一天终究是来了。

现在，探春来到了千里长途的第一站：京城通州码头。

车队前送亲的吹鼓手停止了吹奏，避在了一旁。侍书扶着她的小姐下了马车，替她理了理披风。四月是残忍的，运河边的柳枝虽然已经长长地垂着鲜嫩的枝条，但天空如此阴沉，小雨和着风打来脸上，冰冰凉凉。作为陪嫁丫鬟走上这条不归路，侍书心里一样的难过。可是，姑娘都没得选择，她作为自小被卖给贾府的丫鬟，还有什么选择呢？要怨，只能怨自家父母了。

礼部官员带着漕运上的守备和主事迎了上来。他们已被交代过，从此刻起，国公贾府的三小姐，享受的就是王妃的待遇礼仪。贾琏陪在妹妹旁边，他当然知道，今上对于来自南洋的小国是不大可能重视的，既然来求亲，就赏个宗女身份的女子嫁过去，以显示朝廷的恩德，如此而已。朝廷的态度，看看送亲的礼部官员就知道了。领头的是郎中，四品；领了圣命一路送探春去的，虽然是朝廷派出的钦差，终究职位也只是员外郎，五品。妹妹远嫁，不但公主，连郡主的封号也没赏一个。好在妹子嫁过去就是王妃。她的夫君，如果没有意外的话，将来会接替老国王的王位，探春也将成为遥远王国宫廷的女主人。

这对于现实的贾家，实在是太重要了。贵妃失宠，父亲受罚；东府里因了秦可卿的事儿，珍大爷干脆被褫夺了爵位。贾琏想起内外交困的家族，有时不免心灰。还好，三妹妹还真有出息，被南安太妃瞧中，继而被朝廷指婚。无论如何，家中前边出了贵妃，现在又出了王妃，该是灰暗之中的一桩喜事。

礼仪浩繁，探春终究登上了大船。大运河宽阔，流水汤汤。她上船之前回眸西看，那是京城的方向，是她的家，是她的根。如今她要远行，也许此生此世，她再也不能回来。河岸两旁的垂柳，在风雨里轻轻摇动，像是不舍她的远行。探春终于懂得了“昔我往矣，杨柳依依”，这依依二字，饱含了何等深沉的眷念。

一枚碧绿的柳叶在风中辗转，飘到了探春肩上。侍书才要拿下，探春轻轻阻止。她从左肩上取下这片不舍得她的树叶，托在手心里。看了一忽儿，轻轻吹了口气。柳叶离开了她的手掌，在风中转了几转，落到了水中，在漩涡里旋了旋，继而离开了她的视线。

“走吧。”探春说。她抬起头，修长的眉毛，清澈的双眼，此刻有了因决断而生出来的一股英气。

第二回

运河风起

大运河始建于春秋时期，在隋时得到了开凿贯通，又经由历朝历代疏浚贯连，形成多枝形的水路网。最重要的是沟通南北，北边直通京城，江南物资纷纷北运，返回的船只又将北边的奇巧之物带回，水路两旁的码头市镇，无不纷纷受益于运河。鱼米之乡的江南各镇更是物资畅流，富甲天下。大运河南边直到杭州，探春上船的地方通州，正是北方大运河的起点。

为着送亲，礼部拟定了船行计划并知会沿途所经的漕运各衙门。关乎朝廷颜面，故各处不敢怠慢。送亲船队倒并不高调，只在探春乘坐的大船船头悬了彩绸花饰；一路沿运河南下，只在沧州、聊城、清江几个大的码头增添补给，并不惊扰地方。眼前已是镇江西津渡，过了此渡，杭州指日可达。

大运河上的船只星罗棋布，越接近镇江，越是密集。宽阔的水面上一艘艘船悬挂着风帆，游鱼一般来去，远远看过去，桅杆云集、船帆累叠，像赶集市一般热闹。南行的船只轻便，艄公们分坐船的两旁，奋力摇橹，借着风力，行得飞快。北行的船只，这个季节要少上许多；寥寥可数的几艘船，沿岸有光着上身的纤夫，肩背上背着绳子，艰难地在岸上走，拖着船只逆流而上。

因着顺风顺水，船行平稳，探春并无不适之感。几艘官船高大，船速也快，一路行来，商船、货船识得，纷纷让开水道让船队通过。

走一路看一路，一切如此热闹如此新鲜，让探春欣喜不已。她在船舱里，不时掀开帘子看着窗外陌生的一切。起初看见纤夫们的裸身，她吓了一跳，但习惯了也就好了。生存如此不易，船工、河工、纤夫、小民们的生活，是深闺中的自己所不曾了解的。两岸垂杨新鲜碧绿，天晴时，如同绿云扰扰。中间夹着花林，粉粉的，夹在柳树之中，娇柔得让人心醉。

浓浓的离愁，随着江南风物纷纷扑入眼帘，渐渐淡了好些。过西津渡时，她站在船头，遥看长江辽阔，两岸青碧，心头为之一爽。一边是瓜洲古渡，一边是西津渡小山楼，以往都是诗词里的意象，现都在她的眼底。潮落夜江斜月里，两三星火是瓜洲，这是张祜的诗。西津渡的小山楼，明月下，潮声里，对岸瓜洲灯火明明灭灭，该是何等意趣。探春记得远在盛唐，这里不叫西津渡，而是金陵渡，据她自己评去，西津渡的名儿更有味道。过渡口虽然不是晚间，但白天的色彩却另有一番妙处。隔着水流，她甚至看得到岸边的灼灼烟霞，是密密层层的桃花？说不定也有杏花。嗯，大观园夜宴，自己抽签时，抽到的词儿就是“日边红杏倚云栽”，那就当杏花盛开，送自己一程吧。千古江山，杜郎俊赏，如果自个儿是自由身，定当踏上扬州，去看二十四桥芍药；又必去登北固楼，看老辛笔下的舞榭歌台，寻常巷陌，体会夕阳下的寒鸦社鼓。

可惜，自己注定是匆匆过客。探春心中明白，也几乎可以断定，此生再无重来此地冶游的机会。大观园的岁月前所未有地鲜明起来。眼前的柳岸花林，江水浩瀚，于她是如此新鲜，可是，她没法告诉二哥和姐妹们。以后的日子，也都不可能有人与她共享了。

如果不是朝廷将她远嫁，她也许注定就在京城碌碌一生，一辈子看不到江南美景。在奔赴自己的命定之所前，能够领略到江山如此多娇，也算是不幸中的幸运了。想到此，探春心胸开阔了许多。

按照探春的要求，一路所需的地舆图早已送了一份到她乘坐的船上。侍书得着吩咐，打开箱子抽出一卷，又从中找出一张，拿了过来铺平，挪过镇纸压在几案上，方便姑娘看。探春手指沿着纸上的大运河，从京城一路看下来，看到了与运河交汇的长江。

难怪这里水域如此辽阔！这里通着长江，也就是历朝历代说的扬子江。

嗯，沿着扬子江深入内陆，即可通往金陵。探春知道，那是贾府的原籍。刚刚转好的心情不觉又沉了一沉。十几天来，每南下一里，离家就多一里。船行迅速，那么不久后，血脉相连的金陵老家也将被抛在身后。她知道，自己要去的地方，与父母之邦隔着重重海洋。地图上标注的，此行的目的地，那可是远在天边，又岂止是运河可以连接的。前几日礼部送亲的员外郎前来大船，隔着屏风，禀告她大致的行程，她才知道，自己的想象力是如此贫乏。行驶在运河上远离京城，这已是最轻松的一段；接下来的远渡重洋，海上风云，气候炎热，才是真正考验的开始。

翡翠送上茶来。探春揭开盖子，鲜嫩的茶芽在碗底根根朝上，像春天的林子一样青翠。抿了一口，这茶汤淡绿，入口清香，真不愧是江南的好茶呀。此时清明节气，看来这是真正的明前茶。在家中，即使喝大姐姐从宫中赐下的新茶，也无此等曼妙。

探春抬起头，看到眼前侍立一侧的翡翠，眼前又浮现出祖母慈祥的面容来。膝下长大，如今远别，祖母风烛残年，自己注定无法陪伴老人家了。

翡翠此前是贾母跟前的丫鬟，因了探春远嫁，贾母将她给了探春。她倒比侍书想得开，跟着老太太也好，在探春面前应差事也罢，奴才的命，本来就不属于自己。一路看看春天河流两岸的风光，那么美，自己这一生也值了。如果待在京城里，她一辈子都不可能开这个眼界。

“翡翠，替你改个名儿吧，如何？”探春含笑说。

离开了老太太，不用立那么多规矩，翡翠离开贾府，一路活泼多了。听到探春要给她改名，她笑了出来，声音清脆又响亮：“姑娘要给我改名，好呀。改什么呢？”

她的笑容感染了探春。“嗯，叫锦书如何？“

“这名字真好。”翡翠点点头，真心实意地说，“侍书姐姐的名儿沾个书字，一听就特别雅致。以后我跟着姑娘久了，说不定也熏一点书香。那么，以后姑娘就叫我锦书了。”她不忘礼节，面向探春行了一个礼：“谢姑娘赐名。”

她当然不知道，探春想起改名，是因为心底生起了此后遥遥万里，与家里音讯难通的惆怅。云中谁寄锦书来，雁字回时，月满西楼。易安居士的句子，在探春心头流过，所以兴之所至，提出给她改名。不料这小妮子满心欢喜如此，反倒把探春逗乐了。

侍书见贾母从前的大丫鬟夸自己的名儿好听雅致，心下自也欢喜。在府中，贾母的丫鬟到哪里都是头等的，哪有此时与自己这样的亲近。看来出了贾府，规矩也变了。

十几天的远行，她的忧愁也淡了好些。现下看翡翠，不，锦书如此开朗，不由得也受了提振。是啊，自己愁什么呢。无论天涯海角，她相信，只要姑娘在，她都会护住大家的，她的心头涌起一点骄傲。大观园里，除了宝二爷房里，就数秋爽斋的丫头们活得最神气。抄检大观园那天晚上，姑娘护住的，何止是她自己的脸面，她还护住了包括自己在内的所有人。

紧跟着探春大船的，是礼部员外郎的船。他知道此行责任重大。远渡大海，送亲至南洋，那是自己从未到过之地，故行前四处请教朝中办夷务的官员，甚至具体办事的衙门小吏，他也找了几个来问。因着品级不高，他也不可能得着详实的信息，只知道南洋岛国多，纷争也多；近年来，听说西边的老毛子为了香料，不时带了大船到南洋，四处掳掠打仗占地盘。先是葡萄牙人，后来又来了荷兰人，还有英国人。岛国中原先进贡来朝的，有些渐渐不见踪影。对此，朝廷的态度颇有些暧昧不明，像是不大关注；不来朝贡的藩邦，也不曾着人去问上一问。

这位员外郎是汉人，姓毕名豫，湖广人，进士出身，为官多年；因在礼部，又无背景，故升迁甚慢；平时对上司勤谨，遇事多考虑首尾，因此被派了差使。他心中明白，自己之所以被选中，固然因自己办事稳妥，轻易不出岔子，但也多半是因了京中无奥援之故。满人是不会被派来出这样的苦差的：做好了无功；做不好，那就是大罪。今上整治豪族，贾家子孙不肖，同僚私下里早已议论纷纷；自家冷眼看上去，堂堂国公府竟然有了些末世光景。现贾府姑娘指婚嫁到南洋，算是陀兰国未来的王妃，但奇在连封号都无一个；看来即使是贾府千金贵妃之妹，今上也不甚爱惜。再考虑到陀兰是小国，此前都没怎么听说过，因此他私下揣摩，即使自己顺利把差事办完，回来也不一定有恩赏。他想起家中一双儿女，那么幼小，自己这一走，就只有年老的父母照看；若有个头疼脑热的，连个照应都没有。中年丧妻，本就箕帚倒竖，现下一走，回京起码也得半年。家中无主，这么长的时间，教人如何放心得下。

想得胸闷，他走出船舱，在船头站了一站。刚才还淡蓝的天，现在却阴灰欲雨。摇摇头，像要摆脱掉烦恼，他走进船舱，拿出地图来细看。镇江已过，再有两三天，就到杭州了。按朝廷的安排，陀兰国的队伍，会在浙江的宁波迎亲。船队到了杭城之后，不多几天就可以到达宁波。此后的茫茫大海，有了引路船，就无需担惊受怕了。

毕豫心中想着各种细务。论起来，朝廷还是想得周到，考虑到两国语言不通，此行安排了一位来华多年的传教士随行；还有一位数年前随着主人来进贡，因了各种原因滞留的柔尔国人，此次也和送亲队伍一同折返。他决定，到宁波之前，要与这两人多说说话，南洋之事，该当好好讨教讨教。海上不太平，他有些担心。

第三回

孤山断桥

“姑娘，毕大人上船求见。”侍书传报。

船已到杭州码头。昨晚船队过苏州未停，在一个接近杭州的小小市集边靠岸，抛了锚停下。众人在船上，听着浪涛声安宁睡了一夜。这水波拍击船帮的声音，启程的前几天，还让探春殊为不惯；这走了一路习惯了，竟然觉得一波波的浪涛声犹如催眠，实在是前所未有的安适。过瓜洲、西津渡之后，晚间安歇，连梦都没有一个。

头晚的抛锚，正是为了清晨的抵达。运河三千里，毕豫按照航行、休息、再航行的节奏安排，第十八天到达终点杭州，正是为了不让贾府姑娘太过辛苦之故。虽然只在通州码头见过一面，其后也都隔着屏风说话，但从话语里感觉到，这是一位头脑清楚、心有定见的姑娘，与他想象的待嫁女成亲之前，各种羞涩，遇事不拿主意的不一样。

比如船上休息一晚，次日清晨到达，就是探春的主意。她不愿意夜晚抵达，更重要的，是不愿意晚上搅扰地方。毕豫对此深以为然。现在六艘船已靠岸，一个时辰前他已派人通知杭州知府，想必差不多时间，当地衙门也就接过来了。他上船来禀报，一是礼仪所需，二是在杭州停留的时间，他想征求探春的意见。

贾府四位姑娘元、迎、探、惜四春，京城里的官宦人家大多是知道的。元春由女官而封妃，且加封当日就赐号“贤德”，当时震动京城亲贵圈，这是贾府多大的荣耀。不几年又听闻去了封号，圣眷似乎也不如从前。到底怎么回事，外边也不明所以。宫中事向来牵扯朝廷，消息在同僚的觥筹交错间，或明或暗地传递，毕豫虽然与同僚、同年、同乡的交往保守一些，没那么密切，但也多少听在耳中。他知道，街头巷尾的小道消息传来传去，既是人心里的猎奇使然，也是朝里做官的方向标。为官多年，他也自嘲老于世故了。

毕豫家道小康，自幼读书，在科场上算是早达，不到三十岁中了进士。任京官十来年，对于京城有名的王公贵族自然心里有数。也因品级不高，此前听到过不少关于“护官符”的市井传言。“贾不假，白玉为堂金作马”，赫赫扬扬的威势，金玉成泥的财富，耀得毕豫们睁不开眼。他这样的平凡出身，那是攀也攀不到的。不料这次奉命送亲，倒与国公府邸搭上了关联，他自然关注贾府多些。一日想到宫里贵妃，又想到即将远嫁的新娘，他被自己的思绪吓了一跳：这贾府给姑娘起的名儿不对呀，元迎探惜，明明白白“原应叹息”四字，听上去满透着不祥，也不知道宁荣二府当初是怎么起的名。

这些心头的琢磨，毕豫自然不会说出来。

探春正在晨妆，听闻侍书传毕大人到了，忙最后理好鬓发，命请进来。

船舱虽然阔大，到底是在船上，空间有限。船分两层，顶层自然做了探春居室。隔壁的一间间小屋，则是她的婢女们所住。下一层则是司保卫之职的侍卫以及船工们。探春居室又分内外两间，会客就在外室。因着男女之防，行程中毕豫有要禀告探春的，中间就会置上屏风。

“卑职有礼了！”毕豫被引进起居室，对着屏风后的探春行礼。对于这位姑娘的称呼，他费了不少思量。按礼部的指示，待遇礼仪按王妃品级；但未离中土就称“王妃”，感觉又有些不妥，因为是未来外邦小国的王妃，并不是朝廷的封爵，而且人也还没有成亲；称“贾姑娘”吧，朝廷又有送亲明文，这么个叫法恐透着不敬。心有犹豫，故毕豫一路上只好含糊说话。

“毕大人有什么事吗？”好听的声音传了过来。

“一个时辰前，卑职已派人通知杭州知府衙门，想必早晚间也就到了。卑职想请问，在杭州住几天？都有些什么打算？卑职也好安排。”

言语间回避对自己的称呼，难处在哪，探春此前心里就明白。自运河启航至今，毕大人做事细致，船队一路不曾出岔子，自己也不曾缺过什么，她知道，这位毕大人是用了功夫的。

“毕大人是朝廷钦使，请莫再以卑职自称；就是外人听来也不像。”探春开口了。她决定先把毕大人的称呼给正一下，也是尊重使然。

她口中的“外人”，毕豫自然知道，到宁波见了陀兰人，他们就是外人。

探春的声音又传了过来：“想必毕大人称呼我，也有难处。既未到陀兰国，大人就按照京城风俗相称就好了。不必多有顾虑。同行一路，更不必见外。”

探春说得清楚明白，毕豫听了心中舒服。未到陀兰国，就是未成亲的意思；京城风俗，那就是说可以按未嫁女的称呼。他赶忙回：“多谢姑娘提点，在下遵命。”真真假假的，这个贾字，毕豫话出口时隐去了。他想的是，既然离开了天子脚下，对外又不好招摇身份，以江湖自称反倒方便一些。

“杭州物华天宝，我倒想停留几日。不知大人安排上是否方便？”显然探春对称呼的改变不持异议，接着回答刚才的问题。

按照毕豫的意思，早一日到宁波，早一日启航，他的责任也轻一分。但大运河走了那么多天，不休息几日也说不过去。贾府姑娘从此远别中土，多留些时日看看湖山美景，这个要求难以拒绝。想到此处，他心中涌起一阵怜悯。

“姑娘愿意的话，停留休整三五日，并不误事。杭州衙门自会派人通知宁波那边。既然姑娘有游兴，在下会妥当安排，请放心。”毕豫答得又谦恭又妥帖。

探春轻轻点头，她听懂了毕豫的善意。毕竟，与外头打交道的是这位毕大人，如果他决定尽早启程的话，自己也无话好说。

锦书送茶过来，毕豫轻轻抬起抿了一口，放下茶杯告辞。有了探春的准话，他好去与本地衙门协调了。

贾府虽日薄西山，但当年两国公府何等鼎盛，亲戚间又联络首尾，故在朝野影响不小。有上门来攀附的，也有事儿前来求恳的。贾府第二辈代化、代善人慈心软，当年官场上颇帮过一些人。贾府嫁女经过杭州，这消息早在半年前就已传开。探春一行离船登岸，到达驿馆刚安顿好，外头就来了好几个帖子，都是贾府旧友，或者当年帮扶过的官员，以眷属的名义投来的。内容自然是宴请，侍书一一拿来给探春过目。

探春深知今时不比往日，且自己身份特殊，不宜见客。然这些帖子都来自贾府故交，得妥善回应才是。便令侍书准备笔墨纸砚，她要亲笔一一回复。

锦书虽在老太太跟前几年，但跟老太太进园子逛的，一直是鸳鸯琥珀几个，故从未见过三姑娘写字。只听说探春的闺房倒像个书房，密密麻麻都是笔砚，墙上挂的字画不是颜鲁公就是米襄阳的，她自个儿的字也写得漂亮。锦书不知道米襄阳颜鲁公是谁，还悄悄打听过，不得要领，据说是书画很厉害的古人。古人自然见不着，但姑娘在此，如今可亲眼瞧见了。看着探春端坐挥毫的侧影，她觉得姑娘前所未有的好看。老太太曾说，腹有诗书气自华，这个华字，大概就从学问中来。读得好书，才能写得好字，应该是这个道理。锦书对自家的推测很满意。都说大观园的姑娘们，薛林两位最有学问，看来先前三姑娘是被这二位压住了。

锦书在旁，看看探春，又看看案上一个个娟秀的字，越看越觉得好，她心头转起个念头：找个时机开口，请姑娘教自己读书习字，这才不算辜负了自己跟随姑娘远嫁的机会。

毕豫把随行众人安排好，见过杭州知府，转述了探春的意愿。府台大人含笑配合，派出两辆装饰华丽的宽大马车供探春使用。次日探春素装，早膳之后，带了侍书、锦书乘坐一辆，毕豫带了两名侍卫坐另一辆，沿着西湖看美景。

四月西湖之美，无法用语言形容。天朗气清，云霞灼灼，苏堤上烟笼翠雾，正是柳絮飘飞的时节。探春戴了面幕，沿着苏堤一路走向西湖深处，片片雪花般的柳絮飞来，沾在她的头发上、衣裙上。大观园中填柳絮词的辰光历历在目。还以为天下风光，自家府里即便算不得顶尖儿，那也是一等一的，到得西湖一看，自家园子仅仅是一处精致的所在罢了，哪比得上西湖天然明珠。桃花夹在绿柳之中，鸟儿在枝头一声递一声地鸣叫，她终于懂得了“千里莺啼绿映红”一句的好来，因为其中充溢的是自然之气，就像眼前的西湖。风吹过来，空气里都是甜香。长堤两旁春水拍岸，水草从湖底长出来，随着水波轻轻晃动。各色鱼儿纷纷游近岸边，吐出的泡泡把大家都逗乐了。

“姑娘，你说这红鱼，为什么只管张口吐泡泡呢？”心境变得明媚的侍书问自家姑娘。在她心中，姑娘无所不知。

探春看着自小陪伴自己长大的丫头这么快乐，早先的愁绪似乎一扫而光，同样心中欢喜。

“傻丫头，那鱼儿多半以为柳絮是吃食，忙着张口吞呢。”探春的话里满满的宠溺。

从苏堤到白堤，路程可不短，但探春三人兴致不减。走走停停，穿过柳荫，到得孤山一带，风景更是清丽。几处亭阁掩映在翠色之中，檐牙高啄，远看过去，像要飞起一般。难得高处尚有几株梅树盛开，枝丫横斜，黄色的腊梅最是香气馥郁，隔得老远熏得人醉；红梅白梅交织一起，又如珊瑚堆雪，三人都看住了。

旁边有青石凳，探春坐下小憩。见小路蜿蜒，绿苔在石缝间挣出一片又一片的嫩绿，心中感慨。江南的春天如此丰美，就连苍苔也不辜负这股春气。正左右看不尽春色，忽见旁边小坡上有彩石闪耀，锦书捡起一枚，用自己的帕子擦了，递给探春看。探春对着阳光一瞧，里边的纹路清清楚楚，晶莹如玛瑙一般。

一直跟在后头随行的毕豫见探春三人停住，便也跟了上来。如此美湖山，把等级这些暂时都洗淡了；见探春对西湖如此倾倒，顿觉心中亲近了好些。待几个行过身边的游人走远，他笑着介绍：

“这石头果然好看。此地名儿正是玛瑙坡。”

探春看着手里的石子，色泽那么美。玛瑙坡，看来还真是玛瑙。

“毕大人此前来过这里吗？”她抬头笑问。

“进京会试之前，在下专门来杭州游历过一次，也喜欢这里。”毕豫微笑着说，“再走几步，就是林和靖的放鹤亭了。”

梅妻鹤子林和靖，探春当然知道。她抬头看不远处的亭子，那么卓然独立。那么这里，就是这位奇人当年的隐居之所。只不知眼前的梅花，是否还是他当年手植的？

“果然上有天堂，下有苏杭。毕大人的游历真会选地方。”探春感叹，又赞了一句。苏州是无缘一见了，还好杭州没有错过。她扭头把石子交给侍书：“替我收着。”

这无边美景，她要留下一个实在的记忆。

登宝石山，上雷峰塔，观灵隐寺，探春天天出门，几日来游得快乐。除了天然风景，她也很想看看杭州市井，柳永柳三变笔下的参差十万人家到底是个什么样子；但她知道，走到密集的人群中，那终究是不可能的事，故也忍住不提。

下榻的馆驿就在断桥边，这里看西湖风景最好，历来是杭州衙门接待上级的处所。游玩之时，时间总是过得飞快，明天就要启程了。探春清晨醒来，默默立在窗边。那断桥一带的水面上，荷叶早已密密层层，又鲜嫩又恣意，在风中摇摆不休。现在是四月末，毕竟西湖六月中，映日荷花别样红的丽景，自己是看不到了。想到此，探春不觉有些怅然。

嗯，断桥，自己就要远行，这一别，就是永诀；对这方土地的思念，也要断了才好。人终究是要往前看，终究是要朝前走的，不是吗？坠着沉甸甸的回忆，前行的路，那将是何等艰辛？

第四回

海阔天空

浙江的杭州与宁波本有河道相通，奈何走不得大船；且河道时阻时通，非大运河主航道可比。探春一行随员不少，所带物资又极多，这两地之间迁移不易。毕豫与府衙协调，粮食绸缎用具等，化整为零，由小船运送；人员也分散在各小船上一同进发。探春一行则走车马。计算了下时间，令七日后在宁波港通同取齐。

由此事看来，大运河真乃无量功业，从北到南三千多里，也才走了十八天。而杭州到宁波，不出省，两地却需这么多天。不仅毕豫心中如此想，探春虽然不言不语，但都看在眼里，深有同感。

好在民间最不缺的就是人力，府衙命令之下，谁敢不服从调配。终于，水陆两路人马按期陆续来到宁波。

这是探春初次见到大海。往东边望去，陆地的边缘，隐于一片蔚蓝之中。行近港湾，高高的桅杆从港口一溜排开；再走近，立在高处一望，见港湾之中，一艘艘巨船顺着蜿蜒的海岸线停泊。岸边忙忙碌碌，不知有几百还是上千人，卸货的卸货，搬运的搬运，通往港口的路上，络绎不绝的车辆来来往往。探春不承想，在这远离京城的地方，船只有这么巨大，海运有这样的规模。

南北差异，到此时才显露出来。自朝廷定下宁波为通外国贸易往来的港口以来，这里船流日密，来往船只吨位越来越大，一是运货量多，商家自然划算；二是税收是按船的数量交。一来二去，随着造船技术日益先进，海上航行的船只载重、速度各项指标自然水涨船高。这里不比内陆有船只尺寸的限定，又有西洋技术传来之便，遂使得宁波在不长的时间迅速崛起，繁荣程度不差内陆州府驻跸之所，甚至更有过之。

海禁策变了又变，但宁波关一直开着。迎亲船只不属商贸，不必报关，但也必须登记在册。毕豫先行一步查看了，两艘陀兰国的船只已在宁波停留多日。也就是说，探春一行到宁波之时，迎亲船队应该在此迎接了。

探春在离码头不远地方等，见毕大人自远处拍马而来，她心里升起不祥的预兆。果然，毕豫下马，阳光下一脸油津津的，来向探春禀报：

“姑娘，陀兰国的船只停在码头，我见了陀兰国的迎亲使，他说，好几日前，他们的王子就已经回国了。这不符合两家定下来的迎亲规矩呀。”

向朝廷求娶新娘，新郎居然先回了国？探春始料未及。

她把车窗的帘子拉得开一些，方便询问：

“毕大人，迎亲使说了离开的原因吗？”探春乃未嫁女身份，此时也顾不得了。

“没说。只说他奉王子之命，请姑娘登船前往陀兰国。行程大约一个半月，粮食淡水都已备好。”

探春扭头看看身后黄色的土地，绿色的庄稼，她知道了，自己此前都没有意识到，这片土地才是她的力量源泉。她还没上船呢，对方就这样不管不顾了。可是，箭在弦上，不得不发。也就是说，她一直倚仗的力量，到陆地为止了。陀兰国如此失礼，迎亲使甚至都不来见自己，真正令人料想不到。看毕大人的神色，恐怕已经与他们交涉过，没法作主才会来跟自己禀报。

如今，一切只能靠自己拿主意了。

“毕大人，您怎么看？”

“返回京城，禀报朝廷；或者先不计较，上船，毕竟迎亲使和船只都在。”他停了停，又补充：“赐婚之事，京城这边已有明旨。陀兰国王子虽失礼在先，但是何原因也还不知。如果陀兰国确实出现了需要早回的情形，我朝追究起来，怕也是旷日持久。”

“明白了。我们几艘海船跟过去？”探春咀嚼了下毕豫话中话，半晌方问。

“按照原先安排，我们去两艘海船。在下刚才已经看了，绿字船已经停泊在码头。”他看向大海，指了指远处，“船只阔大，停得稍远一些。待加了补给，应该就可以出发。”毕豫本来想按当地说法，告诉探春“白头船”的，出口前意识到这说法有些不祥，他见机快，硬生生地改成了“绿字船”。

“为何叫绿字船呢？”探春果然问。

“禀报姑娘得知：原先为着对付台湾郑氏，朝廷实施海禁之策，康熙二十三年，因天下太平，南洋诸国纷纷请求与我中土贸易，朝廷遂在四个港口设了海关，并通商贸。恐出于华夷之防，又禁了，后又开；如此往复。朝廷前些年定下这宁波港作为唯一通夷的港口，海船贸易来此地报关。原先规定的沿海四省船只颜色，倒一直沿用了下来。浙江商人出海，船头和大桅上部漆的是白色，船号用绿色油漆写上，因此就叫绿字船。”毕豫一口气将自己所知告诉了探春。

探春来了兴趣：“都有哪些颜色的船？毕大人是说，四色的船只还在用，那么浙江以南省份的船，都到宁波来报关吗？”探春看过地图，知道了中土地域之辽阔，也知道沿海各省。她想的是，既然各省还在沿用朝廷此前制度，那么从南边的船跑到北边来报关，不也太远太费事了嘛。

“这个……在下知道些，但也说不好。因广东在南，南方属火，用色为赤，赤即红色，用红油漆饰，青色勾字。江苏在其他三省之北，北方属水，用色为黑，青油漆饰，白色勾字。浙江为西方的白色，白油漆饰，绿色勾字。福建则为东方的绿色，绿油漆饰，红色勾字，俗称绿头船。四省的船就以这四色作为区别。其中最特别的是广东的红头船，多出于潮汕，还特意在船头画上像鸡眼的黑圈，认为船头画上眼睛，才不会迷失航道。”毕豫说得颇有兴味。他离京前，把相关的朝廷制度看了个仔细，也找老家在沿海的同年打听了一些，故说得顺溜。科考出身之人，记住这些不算难事。

新鲜的知识进入脑海，暂时冲淡了眼前的难题，待探春回过神来，她意识到，毕大人刚才虽然说了两条路，但其实自己只有一条路可走，那就是不计较眼前礼仪的缺失，继续自己的远嫁之路。返回京城？谈何容易，不得朝廷指令就返回，本就是获罪之举；行文上报，恐怕自己在此地等待朝廷令下，都不知要迁延多少年月。

“毕大人，我中华上国乃礼仪之邦，总以宽容大度为是。既然迎亲使节在此，那就按朝廷原先的安排吧。不过，就坐咱们的绿字船。他们的船，在前边带路就行。”此话说得堂皇正大，毕豫听在耳中，不由生敬。探春如此吞下自家委屈，是顾了大局，品了得失的。其中难处，他自是了然于心。

这是一位奇女子呀。如果贾府姑娘一味委屈，或者干脆拒不登船，那他这个送亲使可是两头煎熬，无所适从了。

“如此，谨听姑娘台命。”毕豫行了一礼，干脆利落回应。早一日送到南洋，自己也可早一日回家。不承想贾府姑娘如此敏慧通达。这个决定作得如此理智，完全不让自己作难，这个情，他领了。

终于起航，甲板上的水手们纷纷升起了硬帆。

海船与内河的船，那相差不是一般的大。探春乘坐的船只船体结构甚巨，长三十余丈，最宽处接近二十丈，船舱三层，看上去十分气派；外加密封的桅圆形船尾，还有坚固的船尾甲板室，因此船载重量大。每艘船可容数百人。按照西洋的计量单位，可载数十吨甚至上百吨货物。

大运河运来的物资，两艘船装载绰绰有余。宁波关衙门配合，故应用之物两艘船上也准备充分。为着海上有迷失航道的风险，毕豫禀过探春，随行人员大多安排同乘一船，方便照应，他自己也在船上；另一部分随从则负责押运货船，跟在头船后面，一起出发。

天是那样蓝！海是那样蓝！

不到大海，不知道海阔天空。探春贪婪地看着眼前新鲜的一切。白鸟鸣叫着越过桅杆，船帆一片片升起来，像密密的丛林；远处的白云像洗过一样飘在空中。这是她从未见过的世界，一切都超出了自己过往所有的经验。然而，又是那么迷人。

船上的船员水手自然多了许多，在船长的指挥下，井然有序地启动了大船。

这个时代的海上船工们，分工已然很细。船长负责全船的航行。领航员负责观察前行路线，确保船队利用海风和洋流保持最佳位置，一路尽可能吃风提速；看到前方潜在的危险，示警责任也是他的。舵手在船尾操控舵杆，掌方向。前甲板则负责船帆的调整。至于其他水手，多在踩明轮位置，即用人力踩踏船上的转轮来前进，或者转向、后退。

说起这明轮，唐代就有了。有个名叫李皋的人，他受到船上划桨和田野中抗旱所用水车的启示，创造了一种车轮船。这种车轮船的两舷装着会转动的桨轮，桨轮外周装上叶片，它的下半部浸在水中，上半部露出水面。当人力踩动车轮，叶片拨水，推进船舶。因为这种桨轮露出水面，所以叫明轮。因了这个缘故，车轮船也叫明轮船。

南宋初年，湖南洞庭湖畔一位叫杨么的人，创造了一种作战用的车轮船，称为杨么车船。这种船是明轮的升级版，不仅船的左右两侧装有能转动的桨轮，船尾也装有八个叶片。桨轮与转轴相连。船上水手齐力踩踏桨轮，轮周上的叶片，好像许多把桨，接连不断地划水，使船前进。更方便的是，只要向相反方向踩踏就可以使船后退。为了保护桨轮不受损伤，桨轮外面设有保护板，这样可以避免桨轮碰坏。这种船由于转轴装在船舱底部，水手又在舱里踩踏，不易被外力所伤害，尤受定做船只海上航行的商人所青睐。朝廷的官船多在清江浦船厂造，其属下有十八个造船厂，此行乘坐的海船即由其中的山东卫河船厂建造，采用的就是这种设计。

此时东南风虽起，但北方来的气流依然强劲，推动船只一路南行。陀兰国的船，船帮两侧画满了巨大的花草，色调以橙、黄、绿为主，白色船帆在海面上耀眼非常。四艘船在海面上走了一段，探春发现自己一队的船似乎要慢一些，好在走在前头的船似乎也注意到了。两队距离拉开，那前船便逐渐减速，直到四艘船保持一个合理的距离。

一日，她戴了面幕，站在前甲板上看海看天，想起两队船的航速，便问毕豫。毕豫论起年龄，差不多与探春差着一辈，但探春问的这个事儿，他还真不知道。行前他自认为准备得很细致充分了，但面对船速这样的问题，他发现自己就是一个门外汉，好在他知道找谁来问。

船长有个助手，名字起得好，叫做刘欢乐。船长与毕豫航行之中免不了要交换意见信息，自己走不开之时，就派这小伙子来传口信。毕豫见他口齿清楚，人又长得干净，颇有好感，便多问了些他个人的细务。毕豫已经远离青年时代，官做久了便没有书生，脑子里早已浇注了满满的说话做事章程。听到这小伙子自报家门，反倒勾起他及第前的豪情：这名儿多好！一点不遮遮掩掩，留住欢乐，谁不想呢。甫听这名儿，自己都不禁快乐起来。接下来了解到，这小伙儿是广东来的，此前已经在红头船上干过几年，后看到府衙贴告示，招募去往南洋的水手，年轻人想多闯闯世界，便报了名。想不到的是并非在本地上船，而是被送至宁波。毕豫听到这里就明白了，那自然是广东水手多，浙江招人招到南边来了。

接下来的事儿，就是船长闲了时说的。他奉命送亲南下，知道此行关乎朝廷体面，故南方四省招募来的水手都面试了一遍。刘欢乐经验足、人机敏，故而看中；绿字船准备期间又多有得力之处，便干脆提拔了，当个自家助手；以他眼光，这一趟折返回来，当个领航员都可以胜任。

刘欢乐祖籍潮汕，本不会说中原话。好在他跑船多年，与各方客人还有水手打交道的次数多，年轻人学东西快，便也什么话都学说几句。中原官话是各方交流的共同语言，因此慢慢也就会了，只是还夹杂一些地方口音；一些字发言不准，说话间往往反复纠正。

他奉命来到甲板，只见前头立着一位身姿曼妙的女郎，那背影映着海天，真像剪出来的一样好看。船头风大，吹动她的裙脚，又将她的腰身裹得那样柔软婀娜，整个人像要随时飞起。刘欢乐自出娘胎，从未见过如此美丽的身影。他只管呆看，猛听一声咳嗽，这才见到立在面前的毕大人。

刘欢乐回过神来，赶紧施礼。那丽人慢慢转过身来，面幕飘起的瞬间，刘欢乐看到那仙女下颔尖尖，肤色白得发亮，脑子里又晕忽了一会儿。

“回大人的话”，刘欢乐听清楚了问话，定了定神，微微低头，将自己所知的说了个大概：“陀兰国的船，看上去与西洋的差不多。与我们的相比，都是明轮船。相差只是在帆上。大人想，风力、水流，一条航线上，这些基本上是一样的，怎么就他们航行得快呢？大人请看。”他边说，边抬手指着不远处的陀兰国船。

“嗯，他们的帆是白色的，吸饱了风，有许多层。”毕豫说。

探春回过头去看了看前方。这船帆的差异，她先前也注意到了。

“大人说得不错。我们的帆叫做篷帆。带有横向的硬质桁条，所以也叫硬帆。帆布采用桐油涂浸过的棉麻布，防水性能好，只是看起来色泽暗淡些，不如西洋帆船的白色风帆好看。”刘欢乐猛然发现自己扯远了，哪有当着朝廷命官说自家船只不如别家船好看的道理。毕豫倒没觉得有异，让他接着说。

“我们的篷帆由于硬质桁条的存在，增加了张力，可以使用更为轻薄的面料。但篷帆也有不足，难以通过增加拉索来增加强度，还不能做得太大；桅杆高度也受到限制。操作上也不支持多层风帆。这样一来，导致对风力的利用不足，这是中式风帆与西洋风帆的最大差异。”说到了自己熟悉的领域，刘欢乐侃侃而谈。为了简化船帆称呼，干脆用了“中式风帆”。他接触到的外国人，就是称呼自己为中国人的。那么船帆自也可以称“中式”了。

探春走近了一步，她听得入迷。没想到船与船的差异，就在于甲板上的船帆。她抬头看看，绿字船上立着一根根桅杆，开口问：

“咱们船上立着的桅杆这样多，是不是为了弥补船帆不够大，风力不足的缺憾的？”

探春的声音不疾不缓，语调温婉，刘欢乐从未听过有女子这么说话。怎么说呢，不只语调，这话里还透着一股子聪明，一问就问到了要害。

“王妃说得是。”刘欢乐不敢正视探春，低头说，“中式篷帆也有优点，由于桁条的存在，改善了帆布的变形性，可以在船甲板上直接操作；升帆时通过绳索拉起，降帆时落下。出现紧急情况，只需砍断绳索，收放极为便利。也无需绳梯爬桅杆上，操作上更为安全。当然了，由于中式风帆无法支持多层风帆，为弥补驱动力的不足，不得不设立多个桅杆和多个篷帆，就是用数量弥补单个篷帆风力不足的问题。即使这样，速度的差距还是在。这么说吧，中式海船形体大，速度相对较慢，依小的看来，就是因了船帆的关系。”他边说边指点船上的桅杆与船帆，方便探春领会。

见探春没有新的问题提出，毕豫挥挥手，让刘欢乐退下。这个年轻人走南闯北，熟悉海上生涯是无疑的了。也可能因为见的世面广，礼仪方面缺了些。不过比起他的优点来，也算不上大事。

航行到南海，两队船陆续靠岸，就近停泊在香港屯门码头补充淡水蔬菜。这里因着南洋香料贸易的强盛，早已经成为北上南下船只的聚集地和交易商埠，与此相关的物资贸易也繁荣起来。

随同探春远行的丫鬟从人，还有朝廷派来的工匠，一辈子都没有见过大海。航行开始就晕船晕得七荤八素。众人方领悟到海上航行和运河航行根本无法比，那风浪大得没词儿可以形容。巨浪打来，船冲上浪尖的瞬间，心都提上嗓子眼了，然后完全没有预兆，又重重地跌落下来。这一起一伏，不少原先不晕船的人也开始倾囊倒荚。起初太医还为晕船吐得厉害的人煎药固本培元，后来自己也撑不住，趴在船帮上往外倒。船到香港屯门，大伙儿适应得差不多了，见到陆地就像见到亲娘，纷纷要求下船去走一走。毕豫本有恻隐之心，他也是海上适应了很久才好些的，但一提到下船，他马上清醒。

他找来负责护卫的队长，要他派侍卫一一去传话，不到陀兰不得下船。只有厨师采买得了机会，由护卫陪着乘了小艇登岸，添船上食盐及菜肴佐料的同时，为探春买些新鲜的水果肉蔬。他心中琢磨着，这海里鱼虾多，要不要买上几样，在小厨房试着做做看，给自家姑娘尝尝鲜。至于做法么，这个倒不愁，卖鱼虾的多半知道，自己多试几回就行了。

这厨师姓杜，为人忠厚老实，自小被卖在贾府充个使役；因他行三，大伙儿便唤他杜三。他天生有些做菜的天分，外头老爷们留客，他做几色菜式，众人吃了还觉着行。后来就充任了厨子，专任爷们小灶上的头儿，手脚也还干净。贾政虽然不理家，时间久了，对跟得久的几个人还是有数的。这次探春远嫁，贾政心中疼惜。以往大观园的饭食都是林之孝家的派了几个媳妇儿上灶，她们有家有子女的，自然走不了，且远赴南洋，男子要比女子方便。思来想去，禀明了贾母，将杜三派了跟探春，为她一路调剂饮食。

贾政任京官多年，放过外省官，眼界开阔些，他知道南北饮食差异巨大，想想南洋隔着大海，探春不习惯可想而知。贾母看儿子这么细致上心，知其对自小疏于关怀的女儿心存内疚，自也宽慰。得此启发，贾母唤了王夫人凤姐儿来，又让林之孝两口儿也来，众人细细合计，越发选了几个家生子儿没有成亲，做事还勤谨，性格儿也还讨喜的，让跟着探春去。顾虑着这是父母子女的远别，想想重赏之下必有勇夫，要得其力，必用此策方能奏效，故贾母不用官中的钱，自家拿出私囊，赏了这几个人的老子娘；又亲自招了人来相看，都还妥当。这几个人中又选了一个眉目间有棱角威势，看着老成些的，做个管事，拢着大家。

贾府来的平时起卧都在一处，现看厨子杜三要下船采买，这几个人便嚷着要跟了去，杜三憨笑着答应。这几个家生子儿，他们搬运东西是次，主要还是想到陆地上去舒活一下筋骨，也逛逛街市，开开眼界。

屯门是一个深水港，船只南下北上，多在这里停留补给，也有直接卸货，在这里分散货源以此获利的。因此，这位于九龙半岛西南角的小小码头，各类物资都有，批发零售行到处都是，空气里满是海洋特有的咸味腥味。探春看过海图，到得香港屯门，路程算是走了三成。从这里出发，就不再停留了，直发马六甲。她掀开竹帘，远远看着远处的街道房屋，近处的人流穿梭，心中起了好一阵羡慕之情。这是多么热火朝天的景象！空气似乎都是炽热的。原来古人说“靠山吃山靠海吃海”，现在她终于明白了，这“吃海”，不仅仅指食物，还有更广阔的领域，那就是航海贸易。

她知道，朝廷管辖的岛屿中，最南最繁荣的大岛，就是这里了。待到得陀兰国，天气会更加炎热，风俗也各异。所去国度，语言与中土并不相通。听毕大人说过，船上还有懂西洋话的教士，还有原来马六甲海峡一带的岛民同行，或者，自己也可以利用船上的时间，学上几句也是好的。这里远离中土，说不得礼不礼的。自己学时，请毕大人在场就是了。

还有，毕大 人终究是要北归的。眼前一切由他来管，但以后呢？自己得好好考量下，随自己南行的各类人不少，朝廷派的，自家府里的。俗话说“人上一百形形色色”，这两三百人所司不同，来处不一，如失了管束，在异国他乡不知会惹出多大乱子来。现毕大人还在，尚可倚仗，但也要有个远虑了。海上航行这个过渡期要把握好，探春下了决心。

“侍书，去请毕大人来。”探春吩咐道。

第五回

陀兰王国

陀兰国王子宾洛沙提前回国，不是没有原因的。小小岛国，夹在三个大岛中间，本就是夹缝里求生存。近年来，又频频遇到西洋人沿岛上岸。周围几个大岛，航线上的几个码头城市据说已经被西洋人实际占领。这些异邦人占地方的理由千奇百怪，连"停下来晒太阳"的都有。但宾洛沙知道他们所为何来：香料，以及背后的银子。而这些掠夺者，离自己的国家已经不远了。

陀兰国四面临水，位置也好也不好。不好的地方，是周围皆是强邦，百年来几家一直分分合合打打杀杀。陀兰国一直未被吞并，除了各国互相制衡牵制之外，不能不说，是靠运气了。好处在于接近南中国海，而王室一脉，有着中国血统；祖先还曾北往纳贡，受过中国朝廷的诏封。周围国家动武之前，也还有所顾忌。在他们眼中，北边的大陆国家是一个庞然大物，不少岛国数百年来都有归附的历史，贸易往来也一直不绝。即使是换了朝代，新朝也还沿袭前朝旧路，对于隔着重洋前来纳贡的南洋国家多有礼遇。陀兰国王室与中土既然有血缘关系，即使已经遥远，各岛国还是有所掂量顾忌。

打破这种平衡的，是西洋人。近几年来，南洋一带频受侵袭骚扰。这些人乘着大船，海面上乌压压一片，到了就攻城略地。西边的柔尔国，已经遭遇了好几次侵略；南边的纳澳岛一带，已经被西洋人割裂得一小块一小块的，明显是分而治之。

陀兰国因不在西洋国的战略航线上，暂时还可喘息。但枪炮声里，哪里还可以安居乐业。

西洋人手中有火器，但一拨一拨的，有先来也有后到，似乎也不全是一伙儿。南洋诸岛军事外交上因此还有转圜的空间。借鬼驱夷也好，借力打力也罢，但无论如何，从此门户大开，关不上国门是肯定的了。哪有不设条件的合作呢？

南洋大的岛国，起初还能与最先来到的葡萄牙人一战，是因为他们手中也有火器。自明王朝郑和下西洋开始，与之结盟或者归附的岛国受惠于这次大国的南行，有远见的获取了火器，部分还有火炮。西边的奥斯曼土耳其帝国对于南洋也有兴趣，雅鲁国曾向其求助，得到了大量枪炮工匠，从而建造了自己的枪炮工厂。多边交易，带来的也不仅仅是武器的迭代。西北部的大陆上，古印度的穆斯林商人来往南洋，带来了伊斯兰教，也把“苏丹”这个阿拉伯词汇带来了。对这个词儿，据这些商人的解释，是“力量”“统治权”的意思。不知是否与此相关，还是因为伊斯兰教接力式传播，影响日益增大的原因，雅鲁国的最高统治者采用了这个名，对外称雅鲁国苏丹。

陀兰国王听得周围国家这苏丹那苏丹的，心下倒不为所动。这苏丹二字，在他眼中，就跟中土的国王一个意思。至于穆斯林商人传来的教，他既未特别推崇，也没有禁止。国王这一支来自羡安王室，宫廷里信奉的是佛教；国民还有信奉印度教的。经过了上百年的洗礼，王室一行又从羡安国逃来此地生根，各派的教义也都有些不完整。剪不断理还乱，老国王遂听之任之。

周围大大小小国家，武力最充沛的自然是雅鲁国。最让雅鲁国苏丹得意的，是拥有令人叹为观止的巨炮。但自从葡萄牙人、荷兰人、英国人纷纷前来南洋，争夺港口做他们的香料生意之后，侵略与反抗便成了主旋律。与之交火，一对比才知道自家火器射程、精度和杀伤力已经远远落后。还好南洋诸国除了盛产让西洋国垂涎的丁香、胡椒、肉豆蔻、生姜、檀木之外，还有硝石。火炮没有炮弹就是一堆废铁，有了硝石制作火药，尚对侵略者构成威胁。

据宾洛沙父子收集的信息，争夺港口的战争，在马六甲西边，有几场由岛国取得了胜利。这对于西洋人的野心是一个狙击。但南洋与之对战的诸国自然也付出了沉重代价，国力受损，国民伤亡惨重。显而易见的是，几场胜仗带来不了长久的和平。西洋人还会再来争夺地盘；有了已占据地点的依托，后勤物资供应会更充沛，可想而知战斗会更激烈。战争是残酷的。陀兰国一时苟安，但危机已经不远了。

这种压迫感带来的焦虑，是无法轻易抹去的。即使对于统治一国的苏丹来说。

父子两个多次商讨过未来。老国王已年过六旬，身体笨重，心脏不时疼痛难忍，他知道自己或不久于人世。祖辈传下来的国土，能不能保住，就看接替自己的继承人了。宾洛沙前有两个姐姐，后边还有一个弟弟。身为长子，他的婚姻大事一直跟国家安危关联。老国王允许他像遥远的中土一样，身边早早就有侍候的人，但不允许他娶妻，说要选择一个背景强大的女子来做未来的王宫女主人。

这是个难题。周围国家打得七零八落，又分分合合，朝代倾覆有时比翻书还快。比如他们的远祖郑揽。统一了羡安国才几十年，为他塑的像还高高矗立着，他自己的王朝就被推翻。如果不是后代其中一支乘船逃到此地，这一脉也就断了。

一代一代祖先传下来的故事教会了老国王。邻国的炮火让他停止了无休止选择儿媳的努力。既然决定要傍大腿，就抱最粗的。抬眼望望，西洋人对于南洋诸国势在必得，只有一个遥远的东方大国，来过南洋，也接受小国归附，但对任何国家从未有过领土要求。这一点最是难得。老国王心中，那个雍容大度的国家，就是祖先的国度：中国。

“去，孩子，去求亲。去请求中国的君主赐一门亲。公主、郡主都行。这样，我们的国家遭受攻击时，说不定能施以援手。即使隔着海洋，不一定会派出兵舰援我，但面对这些强盗国家，也许居中说几句话，就能熄灭一场战火。”一个夏夜，老国王前所未有地慈祥，对他心爱的儿子说。

“可是，父王，我们从前没有朝贡过，一直是独立的国家。这样贸然去，他们肯接受我们的请求吗？”宾洛沙微微倾着身子，问坐在身边的父亲。

“中华上国是礼仪之邦，自古以来，换多少代，对我南洋诸国的政策一直差别不大。中原曾有一个强盛的王朝，是成吉思汗的继承人建立的，就曾经为了归附的小国内乱而派船队大举南下，目的是扶保正统。这不容易呀。”老国王眯着眼睛看着庭院里，那月光下的鸡蛋花味道那么香甜，花朵开得那样坦然。这种花的名字正是老国王命名的。转过头来看着儿子，继续说：“我已经派了商船北上，他们回来了，带来了消息。中国的南大门有一个城市叫做广州，贸易最是发达。他们的朝廷指定了十三家规模最大的商行经营外国贸易，叫做十三行；也让他们通传外国事务并上奏朝廷，这么说吧，就是半官半商。这十三行民间也叫福潮行，就是以福建、潮州商人居多，实力也最强。你带了迎亲的船去，带了礼物去，先到广州，与十三行接洽上，他们会将我们的请求报给朝廷的。”他口中喃喃的，像是在说给自己听。

他指着庭院里的鸡蛋花，接着教导儿子：“知道我为这个花起名的原因吗？因为我的祖父曾告诉我，中国有一个词语，叫做危若累卵。就是鸡蛋放在高处，一摔就碎的意思。像极了我们，是不是？”

宾洛沙点头。确实，他一直以为这花朵外白内黄，像鸡蛋，因此父亲才起了这个名。私下里他还觉着，这树长得枝丫茂密，花香也好闻，居然起这么个直白的名字，可惜了。现在才知道父亲的忧虑，早已深埋心中很久。

“知道我为什么从小教你说中国话吗？就是为了有一天，或许会用上。”老国王叹息，他的声音在黑夜里，像树影那样飘摇，又透着些许神秘。

“我懂了。父王认为，现在是时候了，对吗？”

“是的。你走吧，递上国书，然后等待，会有结果的。等多久，一年两年都等，然后带回你的新娘来。要说的话，国书里都写明白了。”他从旁边的小几上拿过一本手册，递了过来。宾洛沙打开，里边用两国文字写得满满的，字迹在夜晚看得不是很清楚。他知道，父亲今晚找他谈话，是诸事准备得差不多了。

烛火在幽暗的殿堂里摇了一摇，风吹动了窗帘。外头的仆役早已被老国王遣走了，偌大的王宫里，此刻就像只有他们父子二人。

“可是，父亲，这一去一回，又不知等到何时，朝中有事怎办？还有您的身体。”

“还有你叔父在。他会辅佐我；还有你弟弟，他也长成了，可以交办些事务历练历练。改日我即下诏，告知臣民，我百年后由你继承王位。儿子，放心去吧。记住，我们是潮汕人的后代，根在中国，在广东。虽然我没有去过，但我总觉得，与那里的联系，还在血液里。”

这一场黑夜里的谈话，改变了宾洛沙。担起国家未来的责任如何沉重，他此前并未清醒地意识到。父亲体衰，又预见到列强即将叩门，这才告知他最后的决定，催他动身。

“父王，还有一个问题。如果这求亲，没有起到帮助国家的作用，那怎么办？”

老国王笑了。他的笑容在烛光下漾开。宾洛沙近年来很少见过父亲这样的开朗，这样的笑容。他听到他的父王说：

“套用中国一句老话，那就只能说，尽人事而听天命了。”他的声音响亮起来，“儿子，这句话，我是记了很久才记下的。从来没有用过，今天传给你了。意思就是，不可轻易言败，要用尽一切力量去赢得胜利；如果真有不幸的一天，也不要怪责自己。归之天命，也是智慧呀。”

“懂了。”宾洛沙低沉地说。国与国的较量，靠的是实力。陀兰像海上飘着的一片树叶，如何能够抵挡长枪洋炮。父亲这是教给他生存的智慧。海上季风那样强劲，终归不能把岛上的树木全部连根拔起。总有顽强者，风来低头，风过又抬头，继续开枝散叶。父亲是担心儿子的心，受不了摧折。

有长裙拖过走廊的声音。通往内宫的门打开了。高高的雕花木门间，站着宾洛沙的母亲。她听到了丈夫和儿子所说的话。

“你听见了？”老国王望着她。

“是的。”

“我们会有一位中国儿媳。”

“我会善待她的。”

宾洛沙知道，这是父母多少年来形成的默契。没有废话，只有理解。是的，作为世袭王国的统治者，他们有共同的荣辱。

他走了过去，扶着母亲的手臂向父亲走来。最后，三个人的手握在一起。宾洛沙觉得，这是他此生最幸福的时刻。

宾洛沙遵父命，乘着夏季风起扬帆北上。他如愿见到了中华上国的君主，求亲之事，也幸运地得到了朝廷的答允。但接下来，新娘的身份却让宾洛沙有些失落。不要说是皇室公主、郡主，甚至不是宗室女子，只是一位公爵府邸的千金。从姓氏上看，都不属满蒙亲贵。在中土待了一年多，他了解本地的风俗不少。礼部负责与他接洽的官员拜访闲谈中，说到了这位未来的新娘，原是宫里贵妃之妹。他闻听心中又一喜。看来中华上国对于陀兰小国，是以兄弟相待呀，这礼遇可不低。他心中感念，原先的不快顿时一扫而空。

京城待久了也无聊，宾洛沙想念海洋。他也想更多地了解浙江福建一带的贸易情形，便先行一步，去了宁波等候新娘。宾洛沙派了手下留在京城，继续等待朝廷何时送亲的消息，也进一步打听新娘家世，品格如何。可当京城的信使回来时，第一个消息就让他险些崩溃。宾洛沙前边的喜悦，实实在在变成了对他自己的嘲讽。怎么！这名即将成为他妻子的女子，居然不是嫡妻生的。按照中土的说法，是庶出，也就是新娘父亲的侍妾所生。

贵妃之妹又如何！不是一个母亲生的，能一样吗？王子正妻，身份怎能如此卑贱！

宾洛沙的尊严受到了伤害。陀兰虽然是小国，但他作为王国的继承人，奉上的是一顶王妃的冠冕。这样的安排只能证明一件事，陀兰国的归附，请求赐婚，以及未来缔结更密切联系的希望，中土并未认真对待，更谈不上看重。虽然行前他已经有了心理准备，毕竟，第一次朝贡，又是小国，不会有太高的规格，但也不至于指个庶出的女子与他为妃呀。陀兰国约有两成国民祖先来自中土，现在商业贸易方面也很活跃，他们遵从古老中土的各种规矩，并不因年代的流逝而改变多少。如果他们知道自己娶的是一位庶出的王妃，他们会怎么看待未来的国王？

王子思前想后，从国家角度，中国依然是大国；他求亲了，朝廷也赐婚了，恩眷和礼仪不能说缺了什么。中国的君主舍不得嫁自己的亲生女儿，他也懂得，也没奢望。但怎么也没想到，会轻视自己至此。

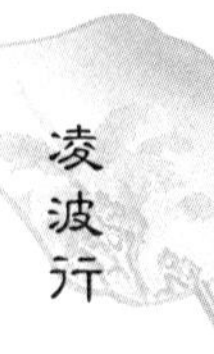

可怜的父王。还指望着结了这门亲，将来好有个奥援呢！

悔婚肯定不可以。那不是结亲，是结仇。然而，让自己继续等在宁波迎接，也不可能了。宾洛沙心中愤恨，挥手让信使退下，再不多问。强压怒火，他考虑再三，决定留下两艘船在此迎接，自己即日扬帆南下。海风吹拂，宾洛沙心中起伏难抑，既为国家的未来忧心，也为自家父子难过。行前，当迎亲使问如何向送亲队伍解释之时，他几乎咆哮出来：

“还要什么解释！”

第六回

嫡庶之别

长期在海面上航行，人是孤独的。每一个人都如此。周围茫茫都是海水，单调得令人发狂。鲜有人来记录海上旅人，他们或者她们旅途中的，属于人类独有的孤独感。

自离开香港屯门，船队直接南下，不再停留，也无处停留，因为周围已经没有大的岛屿。再鲜活的人，在天海之间生存，渺小与厌世感或多或少都会袭上心头。

波浪成为唯一的伙伴，海风成为或帮助或毁灭，无从左右的存在。唯一的来客是飞鸟们，它们不知何处来，也不知将往何处去；在桅杆之间，炫耀完它们的轻盈舞姿和对称双翅，又不管不顾飞走。

大陆看不见了，岛屿也看不见了，地平线成为每一个海上旅人的思念。探春身边，就连最活泼的锦书也安静下来。无事可做的时候，她把姑娘写的字作为法帖，写了又写。奈何船只起伏，非比平稳的书桌可以一气呵成。

刘欢乐平稳地在船尾掌舵。因了船长的喜爱，他得以历练船上每一个岗位，无论是熟悉的还是不熟悉的。海图已经看得熟练，但他嫌着不够详尽，也不够准确。自己如果能制作一张好用的海图就好了。明明前边不远处可以看到有小岛露出水面，但海图上空白一片。这要夜晚航行，领航的水手经验不够的话，一头撞上去怎么办？

这个船上，海上经验最丰富的，除了船长，就属领航的水手。这领航员姓黎，人称老黎，甲板上的事都归他管。他见刘欢乐老围着他各种发问，开始不怎么搭理；后处熟了，长海漫漫，也随时指点些：水流、季风、海岛、鱼虾，还有飞鸟。在海上讨生活不易，老黎厌倦了长期不着家的孤寂，还有海上不能错眼睛的责任。如果不是船上生涯报酬不低的话，他早就辞了工，回老家去种地了。有了刘欢乐，又见他是个靠谱后生，有时也会让他指挥一段，自己好去歇一歇。

中华地向边城尽，外国云从岛上来。探春默默咀嚼着唐代韩偓的这句诗，感受殊深。以前看过不以为意，只记得李商隐称赞他“雏凤清于老凤声”；但海上一路漂流，她终于知道了中国和外国，真的是两个世界。从前没有哪个诗人将中华与外国放在一起，他是第一个。了不起。两个词不只相对，也是边界。不止是地理位置的相隔，还有人与人的差异。

探春常常站在船头，看着前方，也看看头上的云，天边的云。天气越来越热，穿的层层叠叠的衣服，不得不减去了几层。船长传话给毕大人，让他告知贵人，海上白天温度高，如果热度不减的话，可能会中暑。在自然界的威力下，人类也只能屈从。

再长的旅途也有终点，终于，在夏季季风来临之前，船队到达陀兰岛。最北部的城市仙那是深水港，也是陀兰国的国都。

四艘船只陆续停泊在码头。引头的迎亲使过来向毕豫禀报了一声，自行上岸去禀报。从上午等到了下午，这才看到迎亲使回来。王子依然没有出现，王室的任何一个人都没有露面，只是安排了卸船。一起带来的车轿，将探春一行迎进了王宫旁的馆驿。

这座馆驿在王子出发的时候就开始修建了，他回国前已经建成。阔大，庭院幽深，花木遍植，围墙的脊线是一条起伏的龙，覆盖着绿蓝色的琉璃瓦，阳光下闪着光泽。建造这座行宫，王室花了心思，请了远近闻名的华人建筑师傅，让其设计时尽量加了中土元素；施工干脆也多用了华人后裔，好让这里的中国风更浓一点。

这儿是准备新娘来到，成亲之前住的。知道中华上国必然会陪嫁许多人许多物资，所以上下人等的房屋修了好几栋，厨房、库房一应俱全。毕豫请探春下了船，一路车行至此，住了下来。虽听不懂当地人的语言，还好迎亲使乃老国王所派，安排细致，又每日来问候，碰到问题即时处理。探春一行，衣食住行都带了自己的人，故上上下下生活尚方便。

住了半个月，王室没有露面；再半个月，还是没有露面。婚期更是无人提起。毕豫心中不满到达顶峰。这日迎亲使来看望，便与之交涉起来。

这迎亲使乃中国人后代，语言沟通不成问题。他心中也知道，如此对待远程迎来的大国新娘，陀兰国是有愧的。因此他频繁来访，也是稍稍弥补一下的心思。

至于王室态度，婚期，他也有难处。见毕大人问起，便只拣着些好听的话来敷衍。

毕豫从未体会过自己这般责任重大。在朝，他只是朝廷的一名低级官员；但在外，他是钦差，如果不能得到礼遇，那伤的就是朝廷尊严，也就是他的失职。

他拿出早已准备好的国书，对迎亲使说：

“这一份国书，是我皇上亲手交付，要呈递贵国国王的。请贵使转达问候，并请国王接见。”他郑重地说，“一个月过去了，贵国没有一位王室成员露面，未来的王妃千里迢迢渡海而来，竟然受到如此不公正的对待，于法度于情理甚不相合，也请贵国国王见面时予以答复。”

锦书出来奉茶。在贾母面前，各诰命那是见惯了的。她眼睛平视略低垂，肩颈微弯，奉茶之际从容有度，不急不缓。然后又翩然离去，绝不拖泥带水，一看就是训练有素。

迎亲使看其仆知其主。见到锦书，他知道迎来的新娘多半不会是等闲之辈。他抬起茶杯喝了一口，转过头来继续面对毕豫的诘问。这个问题迟早要来。他思考了下，也不再推辞，答应了将送亲使的原话转达，便起身告辞。

王室的态度，根子自然出在王子身上。至于老国王，他没那么看重血统嫡庶这些。王侯将相，宁有种乎？他们的祖先不也是潮汕一个跑船的，因缘际会，才得以一统羡安，成了万众敬仰的王。虽然王朝延续不久，但这份功业在，也惠及子孙后代。王子没有迎接新娘就提前回来，本就没有遵守双方的约定，人家不计较，已经是大度。但儿子已经年近三十，各方面可以独当一面，他要是没想通，也不能拂了他意，故也同意冷一冷，待儿子回心转意。听了迎亲使的转述，他知道，成亲的时间不能再拖下去了。

老国王招来王子派在京城打听新娘消息的人。当日王子一怒之下离开宁波，后续的自然没有听得。老国王不比儿子，他问得详尽。据这位眼线报告，据说这贾府姑娘还不错，老国王心中有了数。这两年多亏祖宗保佑，陀兰国尚未遭逢祸殃，趁这个太平时节，把未来国王的婚事办了才是正经事。

次日，国王接见毕豫，为着尊重起见，他下了王座，双手来接毕豫捧的国书，又多致意旅途辛劳，又赐毕豫及随从诸人丰厚礼物。国王的妻子姝丹娜则来到驿馆看望探春。

探春对于自己受冷遇，自然是气的，但早在宁波港口时就有了心理准备。王子的母亲登门探望，她脸上不透露任何心情，只按中土礼节，行了晚辈见长辈的礼。

女人看女人的眼光有时候很毒。也许男人们看的是面貌身材，但姝丹娜不一样，她重点要看的，是探春的起坐之姿，谈吐之气。探春，这名字的意思姝丹娜问过，那是春天已至，百花深处享受春天的意思。她喜欢这个名字。

探春自然感觉到未来的婆婆打量自己的目光，心中也略不舒服；但在形式上，这次拜访还是王室中人来看望自己，便也落落大方，陪着说些路上人情，海上风光，其他的，并不多说一字。姝丹娜中土语言听尚可，说的能力也就一般，繁复的表达就颇有不顺溜之处，坐了一坐便走了。北方大国赐的婚，所选女子果然不错，尤其是那一股从容的气度让她满意。这一点，她要告诉儿子。

婚期很快定了下来，就在当月。王室准备已经很久，所欠的唯有宾洛沙的一个点头而已。既然父王、母亲都给压力，又为新娘说话，本来也是为国娶亲，已经晾了新娘一个月，再拖下去就不好收场了，想到此，王子也就答允下来。

按照陀兰国的风俗，全国因着这次王子大婚欢庆三天。王宫内外张灯结彩，宾洛沙与探春按两地风俗行了礼成了亲。因着心中的结还在那里，故宾洛沙的面上一直是淡淡的。他们二人住的宫殿，宽大的殿堂两边分了两个卧室，又按西洋人的布置，各布置了书房，盥洗室，还有仆役所在的房间等。宾洛沙很少来到探春这边。二人除了家庭用餐聚会，还有需要代行老国王职责，外出露面的礼仪场合才会露面，肩并肩出现在众人面前。

不管怎么说，送亲使的任务已经完成。毕豫带着船队即将返航，船中装了陀兰国送朝廷君主的礼物，象牙、檀香、珐琅制品，最难得的是一尊白檀整雕的观音塑像，还有晒干的丁香、豆蔻等物。毕豫知道，这是礼尚往来。来之时，两艘船也是装得满满的。虽然中间有过波折，毕竟人也好，东西也罢，还是顺利交接完成了。

探春带来的工匠众多。这原是中华上国对藩属国的例行技术输出。陀兰国现在最要紧的是备战，民生的项目统统靠后。这些人平时待在馆驿里，性格活跃的，便走上街头，学习本地风俗语言。毕豫担心自己带侍卫离开之后众人失了约束，但这些人背井离乡，自己又当回程，确实也没法管。因了这个原因，他准备启程前，将自己的担心告知探春。

“禀报王妃，卑职明天就启程了。”对于一路同行的探春，他是关切的；对于这样一个家庭出身的姑娘，被朝廷指婚，嫁到如此炎热，语言、生活习惯都大异的地方，他是同情的。现在探春已经成亲，从礼节上说，她已经是外国的王妃。毕豫遂按规矩行礼，也恢复了旧称。

探春的头发梳得高高的，额头光洁，发型还是中土样式，上边已经簪上了姝丹娜送的发簪，镂刻着密密簇簇的毛茉莉。毕豫眼中，人还是那个人，只是多了点异国情调。

听得眼前的毕大人次日就要离开，探春一时百感交集：

"毕大人一路送亲，共历风波，探春心中感谢。家书一封，请毕大人带回，不胜感激。"

侍书将一封缄好的信交给毕豫。

"跟随姑娘来的朝廷派遣工匠，还有贾府家人等，目前仍在馆驿。卑职去后，诚恐疏于管束，引出是非来。恳请王妃拨冗费心。"毕豫小心斟酌着词语。

毕大人担心的是自己，探春心中知道。两个月的运河、海上之旅，真如一梦。现在肯为她操心的，只有这个即将离去的人了。

"多谢毕大人惦记。我会善加安排，大人放心。海天茫茫，大人北上，一路保重。"囿于身份，探春不能像在船上一样说话，千万言辞，也就凝成这几句。

毕豫看探春清减了好些，看来新婚没有带来她的容光焕发。他心中明白，拖了一个月，王室才有人来见，王子不等新娘即直接先行，这一切只能意味着一件事：陀兰国的王子，未必珍惜他的新娘。

可是，自己能做的已经做了，其他的，也无能为力。他心中长叹。忽想起一事，他赶紧趁着这最后一面的机会，告诉探春：

"按说船队要北还，船员水手自中土来，他们也需一道回国。但有一事，请王妃示下。"

"毕大人请讲。"

"船长的助手，就是向王妃解释风帆的，他表示希望留在此地。准确说，他希望追随王妃，为您效劳。"

探春记得那个精神的小伙子。

"他说了什么原因了吗？"探春想了想，开口问。

"这个小伙子名叫刘欢乐，他说，王妃不能没有自己的船只。总有用得着的时候。他愿意为王妃驾船，踏波平浪。"

探春的鼻端有些酸楚。这个小伙子想得深远。确实，不是他提醒，自己都没想过这个问题。她毕竟嫁入了王室，也听得了些老国王的忧虑；还有王子紧蹙的眉头，她也看在眼里。如今孤悬海外一个小小孤岛，又危机四伏，没有自己的船，等于行路没有车，过河没有桥，若有个缓急，那真是走投无路。

"他想得深远，也是一片赤诚之心。那就请毕大人告诉这位出色的水手，他已经是我的船长了。后续之事，毕大人放心，我会安排。”探春说话之时，带了一点感情。刘欢乐自己留下，毕大人也可以略过不提。他在告别之时特意对自己说起这事儿，是对她的处境洞若观火，对那水手的提议深以为然吧。

次日，毕豫扬帆北上。那同船来的柔尔人已经拜别，回他的祖国去了。他和传教士一路上已教了一些南洋的基础语言给探春，功德已毕，也到了说再见的时候。教士的意愿是还要返回京城，故毕豫回船，自然也带上了他。所有船员之中，只留下了刘欢乐。毕豫自然记得这个后生在甲板上见到探春时的惊艳表情。他也理解，但不会谴责什么。谁的人生之中，没有那么一回两回出格的事情呢。有那么一个谙熟船只海上航行的人在探春身边，他也放心。他也相信，那个船上同行了一路的女子，可以驾驭得了这个后生仔。他记得探春的理性，记得她的敏锐。

能帮到的，就全力帮到吧。权当自己也年轻了一回。

毕豫回程时的心情与来时大异。皇家赐婚，风光的背后藏着多少无奈，谁能知道呢。

探春融入王室的生活是一点一滴的。宫廷里，她一半时间穿中土的服装，一半的时间穿筒裙（一种传自南边满者伯夷王国的裙子）。但一旦随同王子出外，就一色的可巴雅礼服。老国王有个传统，每个月一次，到首都的大街小巷去给穷困人家送米粮，现在，这个任务就由宾洛沙王子夫妇履行。王子接过了相当一部分的内政，有时走不开，穷人们就会看到温雅的王妃带着她美丽的侍女前来，不但送粮食，有时还会说几句问候的话。

王子的两个姐姐已经出嫁，偶尔回宫，看见探春，总是一副看见异族人的表情。弟弟二十刚出头，倒没什么特别的言语表情，但也不搭话。王子少有的在场时候，也总是和他的父母说话；有时候说的，还是探春听不懂的他们自己的语言。

老国王还好，受的汉文教化深一些，与探春说话总是温文尔雅，但也仅限于问候。只有姝丹娜，王子的母亲履行了她的诺言，不时亲善地对探春笑一笑，带她熟悉偌大的王宫。

王室内部举行家宴时，王子的叔叔扎尔卡也来。他与老国王很相像，但缺了老国王眼神中那一点温和，显得精明强干。王子不在陀兰期间，王宫的卫队由他负责，宾洛沙成亲之后才接了过来。这位叔父对探春倒是友好，脸上总有笑容，但因汉文不通多少，探春也只有起码的几句当地语，两人的交流因困难而作罢。

与中土最大的不同，除了王妃作为王子的配偶，可以外出代表王室之外，还有一点令探春新鲜。这里的家人无分男女，是可以一起饮宴的，无需隔席。王宫里的摆设也多有西洋货，除了探春见惯的自鸣钟，还有玻璃、珐琅、金属制成的器具；织物、绘画、书籍、雕塑、家具，样样与探春素日所见的不同。还有几支手铳，也放置在小客厅里，家人聚会时，这些武器在灯火下闪着幽蓝的光。

所谓入乡随俗，也就是这样子的吧。

探春请求老国王，将她曾居住的馆驿赐给她，供她安置随自己南行的人员。送亲使回去后，宫廷乐师老国王用得上的，他已经命人接出去了；木工、石工、雕刻工，也被纳入了陀兰国庞大的建筑队伍之中，虽然现在远不是可以大兴土木的时候。这些是两国交流的一部分，从上国来说，这是先进工艺的赠与；从老国王来看，这些是新娘的陪嫁，当然也就是自己的使役。朝廷赐予的六十名宫女，貌美的，也被老国王挑走，充塞他的宫廷。

留给探春的，不到六十人。贾母果然有远见，探春自家的人，陀兰国没有理由动。这些是她的私人财产，她请求老国王的，正是为了妥善安置他们，也为自己保留一个私人地方。

老国王痛快地答允了探春的要求。这个儿媳，一看就是知书识礼之人。儿子冷待她，自己看在眼里。能在其他方面补偿一点，也算公平。他扭头与身边的王宫总管耳语了几句。老国王年老了，心肠比年轻时软和了许多，也细致了许多。他告诉总管，王妃自己的人所住地方，日常开支自然由王宫支付。

刘欢乐是自由人，自然不是探春的财产。他自愿留下的原因，自己也模糊无法分辨。只觉得如此美的仙女，他此生不会再见到第二个。到了陀兰后，他在街巷中到处走逛，也看到兵营里的士兵匆匆调防经过，本能让他觉得此地不安宁。他是男人，随时可以走，搭个船什么的，不是难事；但他心中的仙女，在毕大人的船队离开之后，就是孤零零的一个人，想走都没法走。月色之下，他徘徊了好一阵子，最后下定决心，留在她的身旁。即使用不上自己，看着她平安也是好的。

他也知道，自己并非一成不变之人。问自己，如果哪一日自己心意转了，怎么办呢？小伙子立马告诉自己，那就转了再说。海上流浪生活久了，他明白自己自由的天性。既然不能保证什么，那么就遵从内心的指引好了；想留，就留；想走，就走。心，就是他的方向。

得了老国王的允可，探春回馆驿准备整顿内务。她下车时，第一眼就看到高大的木门上新挂了匾额。匾额上写着两个汉字：“汉宫”。不用说，这是老国王让人挂上的。探春默默地笑了。她相信老国王没有恶意，也不会拿来开玩笑。估计因为老国王对中土了解似是而非，以为写个汉字，就是她的家。

好吧，汉宫。

烛火燃起来！宴席摆起来！既然来到了令人哭笑不得的地方，那就既来之则安之吧。

她是这里的主人。

什么寂寞梧桐深院锁清秋！她想起了秋爽斋。多么矫情的名字。现在，她要解放自己。

想到此，探春忽然豪情万丈。金杯里荡漾着琥珀色的酒，她端着站起，和大伙儿一起痛饮。什么王妃、厨子、丫鬟，什么水手、乐师、匠人，大家都是娘家人。从此后，大家都荣辱一体、生死与共了！

日暮汉宫传蜡烛，轻烟散入五侯家。

我们都是汉宫人！

第七回

船曰“大观”

探春不想回忆她的洞房花烛夜。不想回忆偶尔王子来的时候，在她身上所做的一切。女孩儿长大，为何要过这一关，只为传宗接代吗？可是伴随这个任务的，为何如此痛苦？她觉得自己的身体离开心灵很远，在某个场景中被反复使用，然后又被抛诸一旁。这种感觉让她沮丧。人不是物件，不应该被使用，任谁也不应该如此。

前前后后，都是一样的。没有体贴，没有快乐。留给她的，只有费解与不适。她的身体往往因为紧张而痉挛，那是她的心灵被放大后的恐惧。

奶娘没有跟着来，也无人教导她，帮她排遣，听她的倾诉。

没有人可以帮助她，一个也没有。

她记得琏二哥与尤二姐的事儿；也记得凤姐的生日宴上，二嫂子如何为多姑娘与二哥有染而醋意满满，大失体统。那么，琏二哥这些人，是醉心于此的了；那么，二嫂子她们，也像自己一样痛苦吗？看上去又不像。那么，一定是自己这边有什么问题了。可是这些话题，是不可能有人与她讨论的。

可怕的自我怀疑笼罩了探春。是自己不够好，还是哪里出了问题？

在她的侍女前，她不能不保持一个主心骨的样子，沉着、有主见，帮她们排遣解决异地生活的种种不适应，饮食也好，语言不通也罢，还有精神上的提振。但当独自一人待在夜晚的宫殿时，她觉得，虽然自己获得了比做女儿时更多的自由，但真相是，她只是进入了更大的牢笼。

宾洛沙不会知晓妻子的想法，也无兴趣。他只是想让探春生下一个继承人而已。对探春，虽然他承认比未见面时感觉好得多，毕竟那么优雅，在公众场合从未行差踏错。但被赐予一个庶女做王妃带来的屈辱，始终未尝忘怀。期望有多大，失望就有多大吧。他也并非无理之人，知道这不是妻子的错，可他受伤的心灵总得有人担负罪责。这个罪责，不是探春担起来，还能是谁呢？

宾洛沙出生就是王子，且是长子；父母恩爱，也爱他；父王已经颁诏确立了他的继承人之位。从小到大，他从未有过不如意之事。除了对于国家的责任让他不安忧虑之外，他不曾有挫折的经历。而这位父王让他娶的女子，让他的人生有了若隐若现的污点。对此，他不能责怪父王，但也抹不去心头的疙瘩。

老国王关心儿子，当然听到了来自儿子宫殿的各种传言。他明白这意味着什么，也隐晦地劝过宾洛沙，但也不能说更多。

王子身旁从来不缺逢迎之人。他的卧室就在探春对面，他也从不避讳带其他的女人来，有从前的伴侣，也有新欢。西洋人要来了的消息，就像古老的“狼来了”的故事，让他神经紧绷，也让他疲惫，只有放纵之时才能稍稍遗忘。

探春不能让他放松，即使她的额头那么光洁，身体那样美。

探春看着这一切在眼皮底下发生。她怀疑过自己，但没有答案；她也想问自己的丈夫，但没法开口。每次单独相处，王子都是匆匆来去，看上去并无耐心来听一个异国女子的心事，即使这个女子是他的妻子。

她是孤独的，是孤岛中的孤岛。探春心中明白，如果不能获得王子的心，在这个宫廷里，她就始终孤单一人，她就永远扎不下根。

探春曾有过考虑，是否国家风俗两样。但老国王夫妻看上去那么恩爱，默契得如同一人。嗯，他们有四个孩儿，不恩爱的夫妻不会有那么多孩子吧。而且最小的儿子才二十出头，那就是说，老国王四十来岁时，与他的妻子照样很亲密。

她的泪水，落在华丽的衣裙上，又迅速在炎热的天气里蒸干。白天，身体一直汗津津的，洗了又湿透；衣服换了不久，也是一样的湿和粘。夜里，没人看到她的眼泪，她也不准备让人看见。朝向花园的高大窗户，可以看见天上的月亮和星辰。探春无数次凝望过它们。王宫的总管会说一点儿汉话，他曾告诉探春，在陀兰国，或者再往南一点，可以清楚地看到一个星座，名字叫做“南十字星”，是航海之人用以判断船只坐标的吉祥星座。探春倚在窗边望夜空的时候，星星那样密集，她找寻了很久，也没法确定总管说的究竟是哪个星座。

庭院里高大的树木，因了这里充沛的水与阳光，花朵开得格外硕大艳丽。这里离开中土已经水陆三千里，连花木长相都大异。园子里的姐妹们如果听她说起这些，该有多惊讶。

不过，也不会有人倾听了吧。母亲赵姨娘只会在乎自己给她带来的荣耀与实际的好处；嫡母不会在乎，她也顾不上；老太太可能会听，但也只会说一些安慰的话。仔细一想，整个家族，她没有一个真正的朋友。不要说迎春惜春并非亲姐妹，秉性不同，她们注定不会是一路人。黛玉有知己，那就是二哥宝玉；而二哥的心思全放在这个妹妹身上了。自己这个亲妹妹，在二哥心里，恐怕连黛玉的小指头儿都算不上。宝钗姐姐？那更不会，这是个精明得让人生畏的女子。她的心思也明明白白写在日常的举动里，那就是取代黛玉嫁给宝哥哥，缔结金玉良缘。否则，她作为亲戚，也不会在贾府住了那么久。

她惊讶地意识到：自己没有朋友。没有那种可以互诉心事、可以彼此安慰的朋友。这是个巨大的缺憾。以前不觉得，现在，这个问题自己浮出来了。

在家里，热闹的表象掩盖了一切；她也从不曾觉得需要朋友。大嫂子李纨和姐妹诸人，实际上是桃花源里的伙伴，无忧无虑；开夜宴也好，启海棠社也罢，大伙儿总在一处。直到凤姐儿抄捡大观园，才把这个幻梦打破，接着就是迎春出嫁受欺凌的现实。

可是，即使内里各种不堪，贾府依然是她的家，是她可以喘息，可以自在生活的地方。现在，她真的失去了家，失去了那个亲切，可以容留她悲伤和欢乐的地方。

探春抬眼看着周围，每一面墙壁都在对她说：看清楚，这里不是大观园；这里是陀兰国的王宫，不是国公府。

嗯，我知道。探春心酸地答。夜晚，这是她与墙壁的对话，一个无人知晓的秘密。

眼泪流得更多，她终于理解了黛玉。黛玉是父母双亡没有家了，才投奔过来的。无论老祖宗如何疼爱，她知道，大家都知道，贾府不是她的家，难怪她那么爱哭。不到同一个处境，是没法共情的。那种骨子里的孤独，那种心事无人倾诉的寂寥悲伤，现在，她全明白了。

天下难过悲苦的人，就只有自己了吗？探春不容许自己沉浸在悲伤中太久，她抹抹眼泪，重新审视自己的处境。她所看到的那些贫民窟的老弱，那些衣不蔽体的孩童，他们不比她更苦？

快醒醒吧。“满纸自怜题素怨，寸心谁解诉秋心？”这是林姐姐的《咏菊》。可这里没有菊花，这里只有鸡蛋花，花名都透着俗气。这里当然也有树干中伸出的各种兰花，可是，那深山幽涧的清冽之气，来到南洋就没了。有两种花的名儿还好听，天堂鸟，旅人蕉。可是，怎么听上去就有一股悲伤与安慰的味儿，旅人，天堂。

她曾经庭前的芭蕉，现在成了旅人蕉。

“明妃去时泪，洒向枝上花。”自己就是今日之明妃。可惜，和不了番邦。

夜晚的眼泪让人成长。探春终于学会了设身处地，也开始思考高门大院与平民生活的差异。也让她明白，眼泪换不来什么。需要做的，是积极的，有利于她自己的改变。

一个十几岁的女子，初为人妇，还嫁到与中土完全不一样的海岛来，这样的落差是没法子一下子适应的。好在夜晚够多，天空够暗，可以提供充分的安静予她思考，让她改变。

她的改变是无声的，也是痛苦的。

盘点下自己的所有，她不能失去的，是她的家人。随她来到这海角天涯的人，都是一家人了，除非他们自己离开。

汉宫的饮宴给了探春自信。侍女们不用说了，所有的人都信赖她。当她学着当地风俗向大家祝酒时，大伙儿的眼神那个亮。还有那个刘欢乐，她任命了他做自己的船长，可是，船只在哪儿还都不知道。

探春知道，自己现在的使命是融入这个宫廷。可是，不是她不肯融入，而是这个宫廷未来的主人，她的丈夫，并未从心里接纳她。仔细想了，自己并未做错什么，那就不必谴责自己，怀疑自己。既然王子要保持距离，那就保持好了。最紧要的，是不能失去尊严。

自己得开出一片疆土来！既然融不进去，那就自立，那就自强。就像一株草被园丁移植到别处，怎么办？只有努力将根须伸向大地深处，牢牢地生存下来。探春管理大观园的时候，她见过园丁们如何整理园子里的花草。

她认真履行着王妃的职责，去怜贫惜老，去送米面蔬菜；站在王子身边面对国民，她永远保持最亲和的微笑。

探春也想对陀兰国有所帮助。奈何她所受的教育，是孔子的仁义礼信；她所受到的熏陶，是唐诗宋词，是王羲之米芾，是颜真卿。国家与国家之间的事儿，也仅仅停留在《史记》《汉书》的几笔，即使因为兴趣看了一点《春秋》《战国策》《资治通鉴》，那也用不上。没有哪个闺秀，她的教育会涉及国家的内政与外交。她需要学习的太多了，首先就是本地的历史，风俗；还有，她必须熟悉本地的人群。

探春在家宴中听说，本地华商甚多，还有因行业而组织起来的各种华人协会。她自此留意，见华商的身影，有时也会出现在王室的慈善宴会上。在王室生活了这么久，探春当然知道，王室宴会上出现的，不是亲贵，就是商人。富贵二字如影随形，果然如此。跨进王宫的大门，也是需要有所付出的吧，她想。大观园不就是个现成的模板么？小一些而已。来贾府拜访的显宦贵戚也好，父亲贾政的同僚也罢，要来不也得送礼吗？送的礼物，二嫂子连收也收不下。而贾府，因了大姐姐入宫，这么多年，又送了多少东西进去？可见天下事一个道理。

陀兰是小国，各行业的规模普遍不大，好在海上贸易频繁，商业景气。南洋各国并未互设壁垒，故首都仙那城的几个码头总是船只穿梭来去，忙忙碌碌。这里的华人多是祖先浮海南行躲战乱或者来做贸易的。王妃来自故国，他们自然心中亲近。

一日午后，探春刚刚午睡起身理完妆，侍书来报。

“王妃，有一位华人商会的会长来拜访您。他说，明天他受邀参加王室的慈善宴会；他希望有这样一个荣幸，可以提前见到来自故土的美丽王妃。”侍书说这套话语体系颇有为难，还好把它说全了。对于自家姑娘，在正式场合，她已经以“王妃”相称。

“在候见室吗？”

“是的，王妃。”

“请告诉会长，我很高兴与他见面。请他到客厅稍等，我这就来。”探春出外多了，也学到了一些外交辞令。

探春换了中土的衣裙，发簪也换了。她心中知道，这是她该团结的人。契机来得正好。

礼节性的拜访，也可以有实际的内容。探春记得刘欢乐的建议。

客厅是一间混合了东西方风格的房间，宾洛沙和探春二人共用，探春还是首次用到这个房间。窗子高大，光线通透，墙上绘满了花束，探春喜欢。房中置了宽大茶几，高背雕花木椅，会长进来行礼毕，探春便依本地风俗请其落座。侍书献上茶来。

商会的会长是位德高年长之人，在当地政府挂了个名誉性的职务。做贸易几十年，早已修炼得上下融通。他坐定后，不急不缓，向王妃谈及自己祖上来陀兰的经历，又表达了对于来自故国王妃的敬意。

对于这样的长者，探春是尊敬的。既然成为商会会长，显而易见，见识必然广博，资历足以服众。她表达了对于会长来看望自己的感谢，又说了些中土风情；继而闲闲地提到，她有时想再乘船看看海上风光，看看附近的渔民出海打鱼，不知在哪里可以定做一艘船。

造船业对于南洋各个国家来说，都是重要行业。靠海吃海，因此造船及相关的行业也颇发达。西洋的野心固然带来了风险，但也带来了造船技术的进步。这些，老者都很清楚。他听王妃讲起此事，略思考了一忽儿，明白了王妃的意思。这是想要订购一艘属于自己的船。不是王室，是她自己的。

这位王妃虽是初见，但说话婉转，仪态从容，颇有外交风度。他在心中评价。

他的心思转得极快，便开口回话："回禀王妃：新的船只建造，总是需要时间。因为龙骨、船帆这些要好的，那就要各种定做。如果王妃不急用的话，将尺寸这些具体要求告知臣下就好。"他停了停，双手按住膝头，专注地看着王妃，接着说下去："王妃察渔民出海情形，乃体谅生民艰难之举，臣下感佩。如果时间上需要提前一点的话，臣下倒有个建议。"他说到这里，停住了。

"会长年高德重，提出的建议定是好的。"探春说话也学得圆转如意。

"商会中，原本也包括了造船业，所以臣下也算相熟。他们现有的帆船大中小都有，如果王妃愿意，可以选个时间前去船厂，挑上一艘；需要增加或者改装的，就说给他们。这样一来，进度会快一些。"

探春看着眼前老人睿智的双眼，她大致猜到了他的心思，就是建议她采纳第二条建议。嗯，时间。是的，早一日有自己的船，早一日安心。

"会长果然有好建议。"探春微笑着说。

"那么，待宴会之后，我让小女萨宝丽来陪同王妃，一起去看船可好？"

萨宝丽？这名儿好听。探春答应下来。

会长果然守诺，他的女儿过了几日就来请见。萨宝丽十三四岁，自小跟着父亲走洋渡海，性格因此开朗活泼。探春一见喜欢，带了她同到汉宫；再带上刘欢乐几个人，乘车去了造船厂。

此行探春禀报过姝丹娜。老国王最近身体不好，家宴也很少参加；内宫之事，就归了妻子管；外边的事，就交给了宾洛沙。探春近日来一直没见过王子，告诉姝丹娜也是合理的。

姝丹娜听得探春要购一艘船，起初一脸的高深莫测。待探春解释，是为了体察沿海渔民辛劳，自己散心时也可以扬帆海上的意思，她的眉头舒开了一点。探春又说，王室中规矩她懂得，如果要出行，免不了上下都盯着，又要派水手这些；不如她置办一艘小船，带来的家人也好去训练训练，当个合格的岛民。

姝丹娜这下听明白了。她的理解是，儿媳是想给自己带来的人找个活法，有时候也出出海，适应海岛生涯这样子。她考虑了一下，此乃小事，也没其他不合适的，便答允了。既然探春不提船资，那就是花她自个儿的钱，她乐得不问。

船厂在仙那城的东北几里，车行迅速，没花多少时间就到了。探春下了车，当她看到眼前一片蔚蓝大海，心境忽地豁亮起来。这夏秋两季的海洋是那样湛蓝，打在岸边的浪花如此雪白，与阴霾天气下的大海，完全另是一番景象。

萨宝丽得着父亲吩咐，此前也来过船厂。见探春下车，便也跟着下来，立在探春身边。两个人都是青春女子，面容美丽，衣衫华贵，站了一起，路人见了心里都喝彩。其中有人见过王妃的，便在路边行礼。

船厂在一片山崖之下，修有台阶，旁也有车道，只是比较险峻。探春兴致好，与萨宝丽两人沿着台阶往下。眼前障目的山崖转过，忽见一艘艘船停泊在海里，像一匹匹骏马，在等候主人的检阅。岸边沿着山势曲线，成片的椰林之后，有一片连一片的场地，空地中间搭着大大小小的棚子；工匠们在棚里棚外穿梭忙碌。更远处一片开阔的沙地，有两条路轨一样的金属杆子通向海滩，上头是一艘船；看上去比自己乘坐的船小很多，但又比平常的小艇大。显然，这是尚未完工的船。待主件、配件装完，工人便可以将船从轨道上推下去，直接入海。

探春想不到，小小岛国，居然可以有这样的船厂。恐怕中土的船厂都没这样的规模。那两条海滩上的路轨让她震惊，那是什么做的，可以承接船只的重量？

“是铁杆。他们真聪明。用铁来做轨道，这多方便呀。“一旁的刘欢乐说。他仿佛听到了探春心中的疑问。铁质的光泽，他一看便知。陀兰国看来制铁工艺不差，能有这么长的铁轨。

探春点点头。她的视线转瞬被停泊在海里的船所吸引，其中一艘船身纯白的，比曾见过的渔船要大上许多，阳光下白得耀目。船厂的老板自然是商会的，此刻已迎了上来，见探春眼光盯着那艘船，行过礼后便招手叫来伙计，引刘欢乐几个上船看构造细节。自己陪同王妃在凉棚下喝茶，品尝槟榔，还有椰片糕。

刘欢乐上了船，试试尾舵、船轮都轻巧好用，船身木板结实，铆钉钉得稳固，心中满意。来到甲板升起一段船帆，操作顺溜省力；到船头看看，底下拴着的是铁锚，绞盘也是铁铸的。他确定了，这是一艘制作精良的好船。

回到王妃身边，他点了点头，便侍立一旁。自宁波启程的海上航行，他学会了规矩。

侍书见探春微笑，便掏出了银票，躬身递过。

探春原本也不知道该付多少。在来的路上，她问过萨宝丽，一艘中型的航海船只大约多少银两。萨宝丽的来到，除了女子身份方便陪伴之外，也是为了解答那些他父亲在场不方便回答的问题。她听了探春的询问并不意外，也无需隐瞒，便把市场的大致价格说了一下。

这个私房钱，还是贾母临行前让鸳鸯交给探春的，给她作个不时之需，现在，她把它派上了用场。探春想，既是与中土大陆有往来的商人，想必可以兑换这张银票。

那银票船厂老板看也不看，他恳切地对探春说："我是商人，造船自然是为了赚钱。但比起银票来，我更希望王妃可以留下一件物品，不拘什么物件都好，只是证明在我的船厂选购过一艘船；将来，我传至子孙，也算是给家族世代相传的船厂留下一个美丽的纪念。"

探春的脑子一想就明白了。商会的老会长一定与船厂老板沟通过此事。她将是船厂出品的船只质量与信誉的最好宣传；而船厂不再另外收取船资。各取所需，双方有利。留下的信物，将来完全可以向外展示，这就是无声的保证。她心下叹服，与自己打交道的果然是商人。

探春想得通透。人家做得那么漂亮，话又如此委婉恳切，自己焉能落了下方。她含笑微微点了点头，伸手拔下头发上一只中土宫廷样式，镶嵌着上好翡翠与羊脂玉的簪子，递给锦书。锦书认得这是老太太赠给三姑娘的陪嫁礼物，她看了手中簪子一眼，躬身托着交给了老板。

那老板一看就知珍贵，忙也躬身来接。信物什么的，他也就是为了让王妃心里坦然才说的，没想到手中的信物如此贵重。他是识货之人。在他心中，中土来的王妃所佩戴的饰品，玉石的价值倒在其次，华人世界自然知道它的价值。而他的主顾，超过一半都是华裔。

"王妃如果喜欢，可以亲自命名这艘船。我好让工匠刷在船身上。"收好首饰，满脸欣喜的船厂老板说。

"就漆上大观二字吧。有劳了。"探春想了想，礼貌地回言。

站起身，看着北面海波茫茫，那里有她看不见的故乡。而不远处，已经有了一艘属于自己的船。探春转头微微一笑，对刘欢乐说："船长，这是你的船。"

刘欢乐心中激动，他赶紧低头行礼："王妃，我将为您劈波斩浪。"他眼中看去，王妃对他的一笑美丽非凡，称得上是倾国倾城。以前不知道这四个字是什么涵义，现在，他知道了。

第八回

海上烽烟

侍女们都随探春进了宫。汉宫留下的所有人员，探春都交给了刘欢乐管理，目的只有一个，训练出一支航海的队伍来。

船厂的老板度探春的心思，对航船作了小部分整改，使之更舒适。白色的船只旁拴着一艘救生艇，经过刘欢乐的提议，也略为改造了一下，使之可以撒网捕鱼。贾府的人员随同探春来的，大多属于不得志、主子看不见的二门外小厮；如果家里有些权势，那林之孝两口子也不会挑了他们来。他们起初颇不愿听命于一个广东佬，说话又别扭，又没到京城见过世面。但刘欢乐天生有些亲和力，他把大伙儿团在一起，隔三岔五就出海，教他们海上常识，又指着海图讲解。

人最怕的是脑子里没有新东西进来。那样活一百天与一天也没有两样。刘欢乐教大家掌舵、升帆、下锚、踩明轮，对于年轻人来说，无不透着新鲜。茫茫大海，本来视为畏途，但驾驶着自己的船出海，那就不一样了，那是海上的主人。

看着海图，他们方直观了解了，自己已经离家多么远。一个多月的航海时间，可不仅仅是几十天的日出日落。家乡，多半回不去了。现实摆在面前，不迅速适应海上的生活，海岛的生活，那么这里就是度日如年。

年轻人学得快，从操作中油然升起对刘欢乐的敬佩。同样的年轻，也没大几岁，可是人家懂得这么多。崇尚强者是每一个人的天性，也是自身变强的动力。以往有规矩压着，有势力者为大，与管家有关系者为大，现在，全都不一样了。有本事才能生存，有本事才能号令别人。

新的秩序正在建立。家生子儿也好，被挑剩下的工匠乐师也罢，在蓝色包围的岛上，他们都是紧密团结的一个群体。落了单，就意味着群体中再没有自己的一分子，因此，人人努力。有个别惫懒的，刘欢乐拿出足够的耐心，各种教导各种单独培训，慢慢地也跟上来了。

第一次出海，几个人用小艇撒网，回程时拖了一大网鱼虾蟹贝，按照当地人的吃法，添了许多食用的香料进去，当天煮了一大锅，那汤的鲜美是前所未有体会的。

生命因为有了新意而变得生机勃勃。

岛中间是密密的雨林，热带树木茂盛，进去容易出来难。蚊虫毒蛇是岛上不离不弃的随从，一不小心就会中招。刘欢乐此前只是航海，短暂地在各港口停留，没有如此次的长住。他有时想念起潮州的家乡，众多兄弟姐妹的家庭，但更多的时候，他期待的是探春的到来。纵然她并没有向他说过几句话。但是，他记得她的声音，记得她任命自己是船长。

探春到大观号去过几次。侍书用手帕垫着帆索，让她试试升帆。亏得老国王提醒，她明白地意识到，自己就是一个被放逐的汉人。既然如此，在可能的空间，还紧守着中土的规矩做什么？她不也禀报过，要体察渔民的生计么？她现在所做的一切，只是为了做一个岛国合格的王妃。

王子消失了一段时间，探春终于从议事厅那边听到了他回来的消息。

萨宝丽自从结识探春之后，倒不时来相伴。带一束花来也好，带稀奇的远方水果也罢，总给探春惊喜。这一日，她来到探春的书房，正值锦书在探春的指导下，正握着一管毛笔蘸墨写字。

行过礼，萨宝丽像往日一样，跑到探春身边，勾着她的肩膀说这说那。美丽活泼的女孩在哪里都有特权。大庭广众之下，各种有礼貌的萨宝丽，在私下场合，就把神采飞扬的王妃当作了自家姐姐，全不管合不合适。

“王妃，这毛笔的毛毛忽软忽硬，可怎么写出笔画均匀的字呢？”

“这是秘密，要汉人才懂得。”探春喜欢这个姑娘，有时也只管胡说。

忽听一阵靴子响，宾洛沙走了进来。他不认识萨宝丽，便多看了两眼。

锦书连忙把笔搁在笔架上，站在探春、萨宝丽的后边屈身行礼。小姑娘最会察言观色，赶紧告辞。

待锦书献茶退下之后，宾洛沙开口了：

“听我母亲说，这段时间王妃很忙。”

“是的。出海了几次，感觉海洋就是一个巨大的鱼舱。”探春平静地对着宾洛沙的眼睛说。

“陀兰国是小国，周围都是列强。王妃买船，是否为自己，嗯，留一条后路？”宾洛沙费劲地压下自己的愤怒。

探春明白了，这是来找她的晦气来了。第一次认真的谈话，居然从质问开始。

她笑了笑，没有忧伤，也没有愤怒："我确实存了这个心思，不过不是为了自己，是为我的家人们。如果他们不适应，也许有一日，他们可以重返家园。"探春喝了一口茶，茶叶是她自己带来的，继续说："至于我，殿下在哪里，我就会在哪里。我无需后路，有也不要。"

按照王子的想法，妻子被拆穿了底细，一定是惊慌失措，满口否认，倒没想过这个答案，一时语塞。

探春见王子无言，便主动开口："我因了圣上指婚来到此地，殿下对我有疏离，我也能想通。今天既然来了，我倒希望我们可以像真正的夫妻一样，坦白说几句话。"

探春说话柔和，脸上表情平静，闲闲地像扯家常。王子受过教育不低，他明白这样的女子并不多，潜意识里有些尊敬，便点点头。

"我到岛上，已经半年有余。感谢殿下照拂，我在陀兰，比预期适应得还要顺利。不过，有一些方面，要说没有思考，那显然是不合人情的。我想了想，应该只有一个可能。还请告诉我，王子是否对我的身份不尽满意？"探春突然单刀直入。

王子正准备以一场恰到好处的发怒结束这个问题，他抬起眼，忽然看到探春的眼睛，那样真挚而聪慧，他知道了，自己的所作所为，确实给妻子带来了巨大屈辱。但她不是为了这份屈辱来指责自己，是真的当作一个不解的问题来询问。

"王妃，问这些问题是没有意义的。"他站起身，没有准备中的发火，只是冷冷地说。

探春也站了起来："那么我知道了，确实是这个缘故。或者因为我出自国公府，只是宗女身份，朝廷不曾赐我一个高贵的头衔。或者么"，探春顿了顿，声音低沉了一些，"王子自然了解中华的习俗，觉得我不是太太生的，因此心生了芥蒂。是也不是？"

王子不承想探春会如此直截了当。她说的当然是真的，但是，王室从来不会就如此具体的事情公开讨论。这是……很不高贵的行为。王室夫妻之间谈这个，不合适。

他的声调变冷了："王妃累了，该休息了。"说完提脚就走。

身后飘来一句话："出身没有选择，但为人可以选择。除此之外，都是偏见。殿下请细想。"

探春的声音随着宾洛沙的走远而逐渐消失。他心中恨恨，自己刚对这个有着俊眼修眉的女子有了一丝尊敬，结果她就抛来这么一个问题。果然是庶出的女子，终究缺了一份高贵。在他心中，高贵的女子，即使受了委屈痛苦，也是不会形诸于色的。服从与缄默，才是妻子的当然属性。

王子消失的几天，是应柔尔国苏丹之邀，到了双方相邻共有的海上一个小岛，秘密协商两国结盟事宜。南边的纳澳岛那边，荷兰东印度公司得了国家的授权，派遣雇佣兵来南洋攻城。最近的消息传来，已经有三个港口城市被占。更东边的城市，原来被葡萄牙人占据的，据说也在备战；两个西洋国家，拿南洋岛国来做战场。更令人心惊的消息是，纳澳岛原本有七八个小国，有的还在打仗，有的则已经屈服。

这帮侵略者，随着他们日益深入，必将染指柔尔和陀兰。宾洛沙与柔尔国王对此有相同的认识。两个国家隔着海，但不远，完全可以成掎角之势，互通首尾，彼此支援。那海上来的队伍，虽然黑压压一片船，但人数终究不多。且按他们攻打纳澳岛诸国的惯例，似乎都是港口战，而少深入丛林；如果腹背两侧受敌，两国当有胜算。

老国王同一时期对外称病，这自然属实，但真正的原因，却是悄悄派遣宾洛沙前往会谈。对外称病，可以回避各国使节怀揣不同意愿的试探。国家危机之际，往往也是国内宵小野心萌动之时，老国王遵从了一个密字。柔尔与陀兰因了地理位置的靠近，如是敌人，则卧榻之侧岂容他人酣睡；如是盟友，则同心向敌，彼此都是一路奇兵。这样的结盟，除了彼此互信的确定，更有诸多的计划细节需要落实；如消息外泄，给了侵略者及其爪牙预先准备，那就心血付之东流了。

柔尔国位于半岛的南部，细条形斜着深入海洋。其国土的北面是宾洛沙先祖郑揽曾经统一过的土地。彼时两国友好，百姓得了安居之福，至今还有许多怀念郑王之人。这让柔尔国天然有了亲近之感。苏丹正是因为此，秘密遣使前来会见老国王，也因而有了宾洛沙西去小岛之举。本来国王会谈，谈判级别应该是一样的，但柔尔苏丹知道陀兰老国王身体不适海上航行，其派继承人来，足以显示其缔约的诚意，因此并不计较。

双方有共同的利害关系，陀兰国又有先祖传下来的好名声，故谈得顺利。约书两份，由两国签署各自秘密保管。宾洛沙谈好此事回来，沉重的肩膀为之一轻，故才有了回宫见探春时的好心情。

探春见王子提脚而去，倒不意外。他对问题的反应证实了自己的判断，这才是真正令人伤心的。隔着中土三千里，自己是姨娘生的这一事实，居然还继续影响自己的人生。王子如此见识自然令人失望，但毕竟他还通汉语，还可以交流。如果朝廷将自己嫁到语言完全不通的国家，那么自己不就成了远嫁乌孙国的刘细君了吗？探春自嘲了一下。如此低落的处境，自己还给自己打气。

生命的出生由不得选择；可是，出生在哪里，父亲母亲是谁，却影响了对孩童的评价，直至成年，甚至一生。这公平吗？探春想起了自己力争上游的这些年，终于博得了老太太、太太的欢心，凤姐儿的尊重与忌惮，可是终归没法左右千百年来人们的观念。到了外国，只要有华人的地方，依然影影绰绰阴魂不散。她突然明白了弟弟贾环为什么长成那别扭样。有宝玉二哥比着，弟弟简直是豆腐掉在灰堆里，拉不起提不起。自己和迎春有老太太护着，弟弟他整日在外，受到的歧视，那是比自己多了不知多少倍。

探春比任何时候都清醒，恨怨解决不了问题，她知道，能够对话就是进展。她不后悔说了那些话。

从次日起，宾洛沙不再进探春的寝室；家族的晚宴上，也不再与探春说话。察觉这一点的，何止是老国王和姝丹娜。他们原指望小夫妻俩闹别扭，自己和好的，可是时间过去了两个多月，两个人还是形神各异，视若路人。

不过，一切都顾不上了，因为战火已经烧了过来。

宾洛沙确实顾不上这些事了，顾不上妻子的心情，也顾不上反省自己，这一辈子所要为何。因为老国王已经把所有的担子都压在他身上，除了名义，其他全给了。

各港口已经依着山崖修了堡垒，仅有的三尊炮已经推了出来，就置在仙那城面对大海的方向。那里有一个山崖上的缺口，底下是缓坡，再下就是沙滩。如果敌军登陆，那是最方便之处。陀兰岛有大港口三个，都可以停泊大船，不知道西洋人会攻击哪一个，还是全部都来，但国都无论如何必须备战。宾洛沙甚至不知道来攻击的西洋人究竟是哪国人。毕竟他们长的全都一个样，白皮肤、高鼻子、蓝眼睛，各种颜色的头发。

敌军即将来袭的情报，是柔尔国派密使驾船送过来的。具体的时间没法确定，只知道，柔尔和陀兰两国，都在被征服的目标名单上。仙那城除了军队集结，百姓们也被纷纷动员起来，派往最近的港口，去抬石头、码堡垒。

刘欢乐见到探春派来的锦书，听了转达的话，心下明白了。他知道事态的严重，便提前将船只驶离常用码头，在仙那城以东，造船厂还要过去的一个隐蔽狭窄水湾里，停泊了下来。这是他带着大家出海时，留意水流港湾才找到的。又分出十个人在那里日夜轮换看守。枪支是没有的，但刀剑棍棒有，他陆续用大车运过去了一些，随车的也有一些米粮。他知道，自己要做的，就是守好王妃的后路，也不只是王妃，是大家的后路。

空气里都是紧张的味道。陀兰国不大，信什么教的都有，但此刻却是众志成城。山林里有不少隐居的人也跑了出来，到处找活干；水泽河流边，小船小筏子也调动起来，运送粮食到仙那去。人人明白，保卫仙那城，就是保卫国家。

国乱如此，不容考虑其他，探春把自己的不幸深深埋藏。她想起带来的工匠中，有不少是从事建筑的，泥工、石工、瓦工都有，便直接去找了老国王和姝丹娜，请求暂时将王宫的建筑队伍拨给她。老国王听了她的建议，点头同意。

探春脸上蒙了面纱，带了建筑队来到仙那城边上一个低洼潮湿的地方，就在这里开始了造砖行动。挖出的湿泥被泥工做成胚子，旁边筑好窑洞，泥胚子放进窑洞里煅烧。柴火开始是他们自己砍，后来路过的人多了，见了四四方方的砖头出窑，知其用途，便也纷纷参加进砍柴、运柴火的队伍中。再后来，更多的人下了泥地挖泥，去当工匠的助手。这块洼地挖得差不多了，旁边的土地又被平整出来，挖出的泥土继续作为砖料。

得了这些人的力，新的窑洞一座又一座开起来。每天都有烧好的一批批红砖出炉，整整齐齐码着。待凉透了，刘欢乐和汉宫的几个人便轮流赶着大车来拉。过得几日，运往城中的大车多起来，络绎不绝，一眼望不到边。那是华商协会的老会长动员了他的会员们，将家里的车、厂里的车都派了出来。有了他们的榜样，更多的商家，更多的人加入进来。

这些砖被迅速地用在了保卫城市的堡垒上，又顺着各个堡垒砌成了半人高的边墙。因为搬运方便，组合简单，又比石头现成，故后期的防卫墙都用上了方砖。传来传去，就叫了“汉砖”。大家都知道，是来自中华上国的王妃亲自带着汉人烧出来的。

探春早已脱却千金小姐陀兰王妃的养尊处优，她的裙角上溅满泥点，汗水打湿了她的面幕，顺着脸颊流了下来。她在就是秩序，窑洞的火始终不灭，砖头源源不断地运了出来。炎热的季节虽已经过去，但此时的温度依然高。如此耗体力的劳作，时间一久就有人支撑不住，烧着烧着砖就会晕倒；挖着挖着泥，就会倒下。但探春带来的人没有一个离开。匠人中本就有大夫，此时便是大家的定心丸——他总用一根细针扎进晕倒的人头上的某一处，然后就能神奇地将人唤醒。

某一个午后，凄厉的海螺一声一声吹响。树上的瞭望哨看见一大片船只飞来，便摇动红旗，让海螺手吹号。最靠近防卫墙的哨口点燃了一堆浓烟。不多时，远处的小岛上也有烟尘升起来。这个海上烽火台，原是探春向老国王建议用于岛上各堡垒之间传警报的，老国王转念一想，用在岛上岂不正好？遂吩咐了宾洛沙实施。此时启动起来，相信海上几个岛烟雾接力，柔尔国必会看到来援。

宾洛沙他们不知道的是，这是一次试探性的进攻。来的是荷兰雇佣兵，他们的船只接近仙那，见海上不停有烟雾升起，便知海里有埋伏。他们进入岛上大炮射击圈，或者迅速拿下这座城市，如果不能，他们就会遭受两面夹击。领头的荷兰东印度公司佩伯船长拿起千里镜，看到大海中的岛屿上一处处有浓烟升起，他明白了，古老的烽火台。他略研究过东方。自己是被雇佣来攻城略地赚钱的，不是来白白送命的。

为了试验岛上火力，他下令先派五艘船逼近仙那港口。果然，岸上的大炮开火了，炮弹打到海里，溅起巨大的浪头，但没有一艘船中弹。他知道，岸上的火力猛是猛，但准确度不够。五艘船是散开的，打不中也正常。如果全部开过去，船队太密集的话，被打中几艘也说不准。

船上的炮也开火了，直接打到了高崖的防卫墙上。炮弹是实心的，摧毁了几段城墙，墙下的几名士兵被打伤压伤，但还好没有性命之危。后勤队的士兵弯腰来抬走伤员，另一部分人将汉砖用小车运过来，拼命修补防线。若不是这些汉砖，这堵防卫墙不会建得那么快，那么长。如今，修补防御工事，又起了大作用。

五艘近港口的船乱轰了一阵，被船长船上的令旗召回。海面上，二三十艘船掉转方向，往南边去了。

这是一场有惊无险的战斗，耗时不长。待西洋船退去，柔尔国的船只才从对岸开过来。对于几十艘船开来，又只用五艘攻击，开始两队指挥官颇为不解，一直在山崖上指挥的宾洛沙也一样。后来双方坐下细细复盘分析，得出的结论，应是海上烽火起，两国彼此接应的意图已经明明白白，那些洋鬼子才退的。

虽然仙那城没有发生真正的激战，敌军也没受到损伤，但毕竟，是侵略者知难而退。也许下一波打击还会到来，但将士们对于保卫自己的国家愈发有信心。

两国的联盟战略发挥了作用，老国王非常高兴。宾洛沙回到王宫，他的父王重重赏了他，他的母亲拥抱了他。

在敌人想出破两国联盟互相策应的主意前，陀兰国是安全的。而两国同气连枝，一荣俱荣、一损俱损，这样的联盟，又怎么会破呢？宾洛沙想通此点，舒了口气。这次敌军攻的是仙那城，下一次，可能攻击的就是另外的码头了。看来，与东边的曼掸国，也要促成相同的联盟。南边，嗯，南边最弱，因为接近的是纳澳岛，那里已经被瓜分，不可能有盟友。如果敌军从南边攻来，便只有靠岛上的力量了。

还好，岛的中部是原始森林，是河流，是沼泽。如果西洋人要来，就看他们能不能走过雨林吧。如果他们沿着海岸线推进，那么他们的兵力，守卫某一个据点，也许尚可；处处设营盘，兵力必不足。如果在行动之中，一路分兵守工事的话，那么就是化整为零，正好消灭他们。

秘密向安岚国买的枪支，叔父已经去了一个来月，差不多也该回来了。待这批枪运回，获胜更多把握。西洋人的厉害，不是他们有多高大，而是他们的火器杀伤力太强之故。安岚国的武器虽然没有他们的先进，但有总比没有强。

是的，入侵者如同野兽，只有猎枪才是最好的回应，宾洛沙振奋地想。

王宫里举行了盛大的宴会，宫外大放烟火，庆祝首战告捷。仙那的城民们，在阳台上看到他们爱戴的老国王一家站在阳台上挥手，信任和欢喜顿时席卷了他们的每一个人。危难时刻，老国王和姝丹娜没有丢下他们逃跑，王子就在前线指挥战斗，在西洋人的炮口下；年轻的王妃双脚站在泥地里，指挥烧砖；而这些砖，筑成了他们的防卫墙，那是他们自己的海上长城。

他们有什么理由不爱戴？

转头看看身边，王妃正微笑着向臣民们挥手，王子百感交集。他内心居然曾将顺从与缄默当作了妻子的本性！如此狭隘低劣。身边的她，是战士，是伙伴，是他无与伦比的妻子。

她说得不错，以出身来定评一个人，是偏见。

战火洗礼了他们每一个人，他感觉到了自己的成长。

“王妃，今晚，你真美。”王子发自肺腑地说。

探春回转头来看着她的丈夫，一点也不惊讶。烟火在天上炸开，五颜六色的光照亮了她的面庞，像彩虹一样。她什么也没有说，只是灿烂地笑了。

“你是人间瑰宝。”王子低声补了一句。他的眼看着她的眼。第一次如此专注。

探春伸出左手，放在了王子右手的手心，王子握住了。他们抬头一起看着天上的烟火，地下欢乐的海洋，不断挥手向人群致意。在看不见的衣裙褶皱里，十指紧扣。

第九回

兄弟殊途

陀兰国备战以来，王子宾洛沙一直承受着巨大的压力。老国王的精力已经不足以应对国事，已经把权力下放给他。传位之事，私下父子俩也议了几回。由儿子全面接手，无论治理国家，还是调动力量抗击外侮，才是名正言顺。

因了宾洛沙与东边岛国曼掸结盟的提议，老国王召见了弟弟扎尔卡，准备由他代表自己东去曼掸国。安岚国这一趟军火之旅，所获不多，据扎尔卡报来，总共一百五十支新式燧发枪，长枪短枪都有；所费自然不少，差不多二十两黄金一条枪。老国王明白，安岚哪有能力制造武器，整个南洋，甚至中华上国都没这能力。那是西洋四处纵横依仗的利器。此次所获安岚国枪支，多半也是经由走私来的。人家肯卖，应是看在西洋人叩门南洋诸国的情形下才点头的，数量不多，也在预料之中。安岚国也不会愿意过度武装邻国。扎尔卡谈成此事，定费了不少辛劳。

老国王稍有点后悔。以往，为了免于西洋走私枪支流入陀兰引发治安危机国内动荡，这些年来他严厉打击武器走私。停靠陀兰的贸易船只检查异常严格，如果发现来港口贸易的船只夹带火器，无论多少，一律处以死刑。重刑之下，走私贩子不敢铤而走险，以至于现在自己国家需要武器御敌，缓急之间还得找邻国去高价转买。

据扎尔卡说，原来需要点燃的火绳枪早已被淘汰，未来肯定是燧发枪的天下。海上走私，以前大量的是香料，现在，有些海上商人，只是打着香料贸易的旗号，实质上已经进行军火贸易了。

暴利令人疯狂，老国王明白。以前的肉豆蔻、丁香，低价从南洋收购甚至抢劫，转到西洋据说可得五六倍利润。如果从西方走私火器到东方，那不知得翻多少个倍数。这一来一往，船队及其后边的公司、团伙，能赚取到多庞大的利润？沿海路国家的黄金白银，长此以往，又会有多少外流？

嗯，运香料与走私火器的多半不是一伙人，那首先发动战争的葡萄牙人、荷兰人，他们恐怕不愿意遭到强有力的抵抗。但无论是哪一伙，他们都是掠夺者。

老国王前所未有地清醒，西洋国家发起的香料战争，究竟会给南洋诸国带来什么样的灾难。官方的，海盗的，他们的船只会因不同的目的不停歇地来到南洋，直到占领这里，直到把这里当作他们的货舱和钱仓。

在老国王的起居室里，两兄弟边谈边享用早餐。在宾洛沙长大之前，扎尔卡一直辅佐哥哥，他自然深知陀兰目前的危险。扎尔卡虽不住在王宫，但他是随时可出入老国王所住宫殿的人之一。因此两兄弟单独相对的时候，少了许多礼仪客套。

听了西洋人几十艘船直逼陀兰，又自行退兵之事，他不比老国王乐观。战争能不能避免，陀兰能不能守住，这是由国力、外交、军事准备所决定的。言语之间，扎尔卡对于陀兰国军事力量一直没有加强颇有不满。老国王明白，同是一家人，弟弟忧心的也是西洋人再度来袭之事。陀兰是岛国，乃四战之地。这些年来一直在安抚国民，休养生息，发展经济，对于武器迭代、征召士卒、军队训练方面确实做得不够。

他安抚地拍拍邻座弟弟的手背，告诉他，准备派他去曼掸国，说动那里的苏丹与之结盟，像与柔尔国一样。三个国家在海上一字排开，所属小岛星罗棋布彼此相邻，是最合适的结盟对象。如能结盟，起码陀兰国会有安全的东西两翼。

扎尔卡心里不痛快。与柔尔结盟之事，哥哥此前一点消息没透给他。现在又派自己去游说曼掸国苏丹。这一切，都只是为了王储可以安心接班。老国王也就罢了，是自己哥哥，平时颇多照顾王族；但侄儿宾洛沙不一样，花花公子一个，娶亲回来也不像个合格的丈夫。一个对家庭没有责任感的人，对于家族，还会有什么责任感可言？何况，王子这几年来，手下已经有一班子人马，都是少壮派。任谁明眼看去都能看出来，这些人一旦王子上位，就是要取缔老人的。自己即使是叔父，也免不了靠边站的命运。

“哥哥，按说我该照你的话去做。但是，与柔尔国结盟，哥哥说了，是王子亲自去的，那么，与曼掸国去谈同样的事，那边的苏丹会不会认为身份不对等？不与我谈结盟事小，耽搁了时间，对国家影响大，这才可虑。”

老国王听了，知道弟弟所说也是实情。国家与国家之间另有一套礼仪，派遣使节不慎，所求未必遂，且有可能造成新的争端隔阂。不过，他不担心此点。

“弟弟，与柔尔国的谈判是秘密的，两国所签文件也不对外披露。虽然海上烽火燃起，那曼挿未必知晓谈判实情。你是我弟弟，你去，和我去，是一样的。你我兄弟同掌陀兰非只一日，曼挿国不会挑这个礼的，而且结盟对他们也有利。西洋人的野心，是要将南洋诸国置于他们的铁蹄之下，进而予取予求呀。”他凑近弟弟一点，声音小了下来：“国民可能被欺凌被烧杀，但总有活下来的，因为他们是蚁民，谁来统治，都少不得他们。而王室被废，只有两条路，一是流亡，二是被全灭。弟弟你想，我们能流亡到哪里去？那不就只剩家族覆灭一条路。弟弟呀！”

老国王的声音让扎尔卡一阵苍凉。哥哥真是老了。怎么就想着失败呢。难怪这么多年武备不修，又异想天开与北方的天朝上国去攀亲。这火烧眉毛的，那上国在哪里？报个信都得看海上的季风，是顺风还好，走几十天；要是逆风，船只都得在海上打横。说来说去，还不是得倚靠自家人。

“那，让宾洛沙再去一趟？”他心中不舒服，还在推脱。

“弟弟，哥哥我心脏不好，已经准备提前传位给宾洛沙了。让宫里头的巫师挑日子，送上来的几个时间，我都看了，下个月中比较合适。所以，他不合适外出，得准备登基的仪典。弟弟你就辛苦一趟，早去早回，参加大典。以后，还期待你像辅佐哥哥一样辅佐宾洛沙。祖先传下我们一支到陀兰，这才有了立足之地，我们可不能丢了它呀。”

老国王言辞恳切，扎尔卡不能再推辞，遂领下命来。

老国王心中知道弟弟有不快，也猜到宾洛沙接位后他对自己位置的担心，遂于次日发布诏书，封扎尔卡为护国王。再一日，扎尔卡持了国书，带了老国王精心准备的礼物，领了大队随从上船，一路东去曼挿国。

宾洛沙对于父王的决定并无异议。确实，能干而可靠的人选在宫廷里历历可数。弟弟尚年轻，此前并未接触国事。两个姐姐所嫁之人，也都是攀龙附凤之辈，哄女人也许有一套，但对于重大的国家政策来说，不但亲疏有别，能力上也不足以倚仗。在港口送行叔父那天清晨，宾洛沙倒生起一丝不安：秘密出访之事，带那么多船去，有必要吗？海面无遮无挡，过往船只人人可见。南洋岛国众多，这么多挂陀兰国旗的船只去了曼挿，这还保得了密吗？

可是，叔父自己筹办行程，是奉了父王的命令，现在干预，肯定不合适。船队已经下海，自己也无法干预了。

仙那是城市，也是港口，王宫就在城中央。王子送行时，天还蒙蒙亮。回到宫中，见探春正在梳妆。侍女托着两盘刚折来的花，等待王妃插鬓。宾洛沙看过去，探春梳得高高的发髻，头发光可鉴人。这位妙人儿正拈起一朵白兰，贴在头发边对镜打量。他边走边看，到窗边停住了脚步，身子斜靠着，看这一幅闺阁晨妆图。

窗外是陀兰国的春天，像是天上泼下来的色彩组合而成的。晨雾还未散开，各种花儿在其中隐隐约约，像裹着无形的面纱。空气湿润，花匠照料得好，天堂鸟开遍了宫廷草地的每一个角落，曼陀罗花娇艳的胭脂红，晕红，还有宫粉，点缀得花园如同锦绣。庭院左侧高大的白兰花树，一簇一簇的白兰花开在硕大的叶片间，香气氤氲了整个宫殿；右侧，两人高的旅人蕉掩映着院墙，对称的叶片清新翠绿。蕉下沿墙，有一丛丛玫瑰盛开。显然，侍女们折的花就从这花园来。

王子倚着的窗子，外头就是这样一幅动人的景象。

“为何不用红玫瑰？你戴起来会很好看。”他无视窗外春景，懒懒地说。

陀兰国女子出门，人人戴花。开始探春还颇不习惯，后来为了入俗，陪王子外出的时候也戴。时间久了，那花香沁人，反倒离不开了。这里莺飞草长，花朵开得尽兴，但也不能暴殄天物呀。

听得王子建议，她抬眼看了看，莞尔一笑。放下素净的白兰花，转手选了一朵半开的玫瑰，轻轻插在发丛里。丝绒一般的花瓣，在漆黑的鬓发间更显光耀，衬得探春的脸庞明媚照人，长眉入鬓，一双秀目顾盼生姿。侍书曾私下里与锦书闲话，说这一段日子以来，姑娘的肤色腻滑，上妆都容易了许多。她俩在侍从室的说话，探春听见了。此刻见镜中的自己神采飞扬，心中满意。不是这俩丫头提醒，自己还未发觉。确实，与前些日子相比，皮肤光洁细腻了许多。

捧花的侍女知趣，见王妃戴花已毕，不待吩咐便托着花盘退下。王子王妃最近好着呢，她们可不方便待在旁边。

过往的一切都消失不见了。宾洛沙的眼里，只有探春一个人。由内而外的美，哪是等闲皮相可以相提并论的。千帆过尽，王子终于学会了嗅灵魂的香气。一旦闻到了这样的气息，其他的也就不足挂齿。他见房中只剩了探春一人，便走了过来，扶着探春的双肩，对着镜子说：

“我从不知道自己有这样的福气，娶得这样美的王妃。”

“仅仅是美呀？”探春轻轻地笑，也看着镜子，里边是两个人依偎的身影。

“还动人。”

“除了动人呢？”探春继续笑问。

宾洛沙俯下身子，轻轻在探春耳边说了几句。

探春一低头，脸红了。

“看看，不说又要问，说了又脸红。”他继续调笑妻子。

探春口不言，心里甜丝丝的。

宾洛沙不忍心探春尴尬，便离开一步，口中抑扬顿挫：“我现在知道了贵国说的一句话，究竟是什么意思了。”

探春起身追了过去，扯住宾洛沙的袖子：“是哪一句？说不清楚不让你走。”

宾洛沙看着探春：“真要听？”

“要听。”探春微仰着头说。

“闺房之乐，有甚于画眉呀。”怕探春打他，说完宾洛沙赶紧跑了。

嗯，闺房之乐。这种说话，在京城，断不会有人当面提起。姑娘们出阁前，去哪里听这种浑话。但王子如此胡言，自己怎么生不起气来呢。探春脑子转动，手可没闲着，挑了一对与玫瑰红色相称的宝石耳环戴上。

自宾洛沙说了玫瑰衬自己之后，探春戴花多挑玫瑰。好在这种花常开，一日换着戴两三朵，到晚间依然幽香。玫瑰枝上有刺，但花朵没有。想起侍书说，以前在大观园的时候，二门外的小子们就叫自己“玫瑰花”，探春笑了。

那帮小子懂什么呢。

王宫是一片逶迤连绵的建筑群，外有围墙，四角有门，均有卫士站岗。正门坐北朝南，岗哨比另外的三门加了一倍。宴会厅在东边，小宴客厅是其中一间，专供王室成员膳食宴饮。王室成员有时聚在这里用膳，有时在自己殿内各自进餐。

这段时间，宾洛沙忙得脚不沾地。今日忙中偷闲，看了一阵探春梳妆，离开寝宫，来到宴会厅。好久没有与父母亲一起用膳了，有些事儿得跟父王商量。出门前，他吩咐外边侍立的锦书，让她请了王妃尽快来一起早膳。

老国王的身体每况愈下，夜里经常心疼难忍。他怕大家着慌，一直未传御医，就连在相邻小房间值班听唤的侍从也未察觉。姝丹娜的房间在老国王对面，因着老国王身体不好，晚间睡不踏实，近年来，这对风雨了一路的夫妻也开始分居，故她不知丈夫身体变化。老国王白天与家人见面时，总是笑吟吟的，因此众人皆不察。

长条形的餐桌上摆满了鲜花，还有大大小小的盘子碟子，盛得满满当当。老国王坐在中间，宾洛沙坐在他的右侧，紧挨着父亲。宾洛沙的对面是他的母亲姝丹娜。看着儿子舒展的眉头，姝丹娜心中安慰。探春进来了，宾洛沙待她向父王和母亲行过礼，便站了起来，将身边的椅子拉开，待锦书扶了探春入座，他才坐下。探春微笑着看了丈夫一眼，表示感谢。

这一幕落在老国王夫妻眼里，二人对视一眼，自然欢喜。儿子亲冒矢石，儿媳动手烧砖，这对国民来说，是多大的鼓舞。从中华上国求娶的这门亲事，无论上国朝廷是否真成为陀兰国的后盾，但论选的这王妃，无疑是称职的。儿子因了这次国家危机，似是迷途知返，懂得了妻子的好，眼下又即将接位，这一切都往好的方向发展呀。

"父王，叔父去了一个来月了，还没回来吗？"宾洛沙喝完一杯牛奶，问父亲。都要举行传位大典了，这位护国王还没回来。曼押国不远，如果没有海上起风暴，正常船速，抵达也就是差不多两天的事。

"你叔父前几日派人来报过消息，说还有些细节没谈妥，因此耽搁了。见你忙，也就没告诉你，也不是什么大事儿。我看这一两日就会回来。大典日期我是告诉了他的。"

探春默默地喝着汤，听着老国王与丈夫的对话。他们父子使用的是中土语言，显然是为着尊重自己的缘故。

姝丹娜关心的是儿媳，她看见探春头上戴的红玫瑰，连称好看。

宾洛沙的注意力被转了过来，他见母亲称赞探春，心中高兴。

"母亲，玫瑰非常配王妃，不是吗？"他话对着母亲说，但眼睛却是斜望着探春，嘴角含着笑。

"谢谢母亲，谢谢殿下。"探春站了起来低头致谢。公共场合，探春记得礼仪不失。她接着说下去："王子殿下选的花，无疑是最合适我的。"

老国王还是惦记着大典之事。他见儿媳回答妥帖，心中自然满意。他转头向儿子："宾洛沙，王妃不愧来自中华上国，更难得的是有胆有识，你当好好珍惜她。现在，我们去议事厅吧，大臣们想必等在那里了。"

王子收回目光，点头称是。父王心中，恐怕也有一点点担心叔父的晚归。待自己即位之后，得跟叔父好好谈一次，要告知叔父，自己会像父王在位时一样相待，一样倚重。

姝丹娜站了起来，对探春招招手："孩子，来，我带你去看礼服。那是当年我穿过的，专门让制衣的工匠改成了你的尺寸。"

探春心中感激老国王对自己的评价，也感激婆母的慈爱。她顺从地起身："好的，母亲。"

时间流逝得很快，庆典的日期就在后天。王子已经忙得不可开交，整日在外，既忙于与朝臣商议国政，又忙于演习登基仪式。探春白天演习过一次，记住了自己的位置与行走路线，侍女们也按王室典礼清单准备好了所需之物。劳累了一天，探春打发侍书去休息，自己在书案练字，等候王子归来。

终于，夜晚的宫殿走廊上，传来宾洛沙的脚步声。

看丈夫累极的样子，探春忙上前，帮着宾洛沙解下宽宽的镶着金边的腰带，再解下长外套。

“这是？”她吃了一惊。宾洛沙的腰间贴身系着一个牛皮袋子，一把手铳插在袋里，枪把就露在枪袋外头。

王子疲惫地倒在椅子上，过了一会儿，才重新坐了起来。

“来，我告诉你这手铳该怎样用。”他招招手让探春过来。

探春满怀狐疑，依言走近，坐在宾洛沙身旁。

“这手铳叫燧发枪。以前使用的是火绳枪，不方便。据说这是一位法兰西人改进的。射击时，扣动扳机，里边有个弹簧，燧石打着火门，冒出火星，引燃火药。就是这个原理。”他边说，边拉动枪栓。

探春不期然见到这一幕，心中突突的。贾府虽然天下之物尽有，也从未见过枪。初到陀兰国时，见到会客室摆着各种玩器，靠墙的雕花木案上也摆放着手铳，她只以为陀兰受西洋影响所致，后来也问过丈夫，但从未想过会有使用的一天。

“这手铳……是用来做什么的？”她疑惑地问。

王子笑了，拇指向前推上了保险，将枪放在探春手里。

“试试。来，我教你瞄准。”他扶着探春站起，手抬着探春的手臂，教她瞄准窗外高大的鸡蛋花树。那花树在风的吹动下微微摇摆。月光清亮地洒在花园里，与屋内烛光相映成趣。

一切那么美好。可是，我的手里居然握着一把枪！探春觉着荒谬，手里沉甸甸的，差点举不起。王子并未回答自己的问题。她心中一阵慌乱。即位庆典在即，宫里宫外都张灯结彩，怎么丈夫会如此紧张，随身挎着枪？

宾洛沙一句话也解释不了心中所想，故回避探春的问题。他决意先教探春熟悉这武器。拉着探春的食指，放在扳机上，告诉她开枪时就按压这里，记得要对准目标，又拿下枪来演示拉动枪栓。

“来，你试试。”他温和地说。

探春试着拉动枪栓，然后手指放在刚才教给她的扳机位置上。她心中突突地，但看到王子不说，心中强按下了一肚子的疑问。

宾洛沙自然了解妻子的惊疑。想了想，也是时候告诉她一些事了。

“放心，我只是觉得叔父迟迟不回，又没有消息，感觉有些不对劲。王宫的卫队他带过一阵，为着不让他回来不高兴，我也一直没有调整。今天，我终于下定决心，换了卫队的队长，四个门的分队长我也换了。”王子终于说出了他的担心。他边说边再次拉动枪栓，告诉探春，枪栓朝后斜立，是击发位置；枪栓直立在中间，是上了保险，此时可以装填弹丸。要启用，就要像刚才一样将枪栓往后拉开。瞄准，手尽量保持不动，然后射击。

探春在王子拉开枪栓的时候，看到了枪管里的弹丸。

空气一下变得沉重，她几乎坐不稳，向丈夫靠了过去，感觉自己全身在发抖。王子搂住了她的肩膀，脸颊在她的头发上来回摩挲。

“也许是我想多了。叔父没有回来，说不定是海上起了风浪。明天，他一定会回来的。后天是庆典，他不会错过。”宾洛沙说，探春“嗯”的一声。除了听着，她什么也不能做，什么也说不出来。

王子没有说出口的担心是，叔父带了十几艘船走，每艘船可载近百人，那就是带走了至少一千兵力。因为是老国王决定的，所以宾洛沙没有插手此事。现在想想，十几艘船，即使遇到风浪，也不至于一艘都回不来。毕竟曼掸国并不远。出海的渔民近来也没有报海上有大风浪。

他在前几日就觉得有些不对劲，便让负责防卫仙那城的提督来查，叔父究竟带走了哪些人，多少人。今日，这位在自己手里提拔的提督，在他演习登基大典的间隙，向其秘密汇报：他接命令后立即开始清查，发现士兵的名册不见了；调集所有下属队伍的册子一份份查去，发现护国王扎尔卡带走了一千五百人，其中有一半是中下级军官。更蹊跷的是，他去询问前任时，人已经不在军营，也不在家里，家中人说好几天没有见到了。

王子知道，提督耽搁了几天，正是为了统计出叔父带走的兵力人员以及名单，这是他交办的任务。但他心中不能不怪这位提督，名册没有之事，早就应该报给自己。转念一想，到今日才来报，可能也是为了给出一个准确的答案。牵连的毕竟是自己的叔父。这么多年来，叔父是受到绝对信任的，不久前又新封了护国王。下属谨慎，可以理解，只是有点分不清缓急。

父王还是太信任叔父了。王子自然记得，仙那城的防卫力量，叔父曾经掌管过多年，他亲手提拔的将领军官自然不在少数。

现在不是责怪之时。宾洛沙越想越觉得事态严重。叔父一个谈判带那么多艘船，本以为是为着他自身的安全起见，顶多就是招摇了一些。但带那么多军官，还不报父王和自己，性质就不一样了。不得不作最坏的打算。

王子心中清楚，最坏的结果，是叔父借着谈判之机，勾结曼掸，转过头来逼老国王传位。

想到此处，他马上下令，让提督明松暗紧，调动仙那城中军队日夜巡查，尤其留意港口，还有保护国王的府邸。港口也好海面也罢，一见叔父回来，立即飞马来报。虽然王宫的队长刚任命，掌握士兵还存在磨合的时间问题，但也顾不得了。他命令王宫昼夜巡查，直到庆典结束。父王母亲居所不能惊动，尽量不要打扰，便吩咐了，只在外围低调巡逻。

刚买来的一百五十支枪在王宫库房里。他看过入库清单，记得有长有短。此时想起来，便吩咐下去，长支的，队长按四门卫队分发。短的让送来自己处。不多时，队长送来手铳，不过只有两支。宾洛沙顾不上核查数量了，他将手铳上满子弹，自己随身佩了一支，另一支留在自己书房，两盒弹丸，也放在那里。

谢天谢地，叔父买枪回来之后，还讲解了一遍，教了自己如何使用这新式武器。

王子边思考白天自己的安排有无漏洞，边闻着探春头发的香气，玫瑰花在灯光之下，憔悴黯淡了一些。他的声音像是安慰自己，又像是安慰探春："别怕，可能是我自己想多了。这一段的事情太多了，过了后天就会好的。"

后天？

王子一骨碌站起来，把探春吓了一跳。宾洛沙被自己这个日期提醒了，脑子飞快转动起来。假设，叔父不满自己这个继承人，他要自己当岛上的国王，那最有利的时机就是在自己登基之前。因为与他血缘离得最近的，是自己的父王。兄传弟，算正常；侄传叔，那就缺乏正统性。自己一日不登基，父王一日可以另选继承人。到时一纸诏书向臣民发布，谁会质疑老国王的意志呢？

今明两天，父王有危险！

其次就是自己。

他脸都白了，一下站了起来，三步两步跑了出去，奔向父王的寝宫。王子因了怕探春恐惧，自己的宫殿里并未安排卫士。他跑出去时，宫殿院墙外守护的一队人，在队长的带领下，呼啦啦跟着王子跑去。

第十回

祸起萧墙

王宫建筑群是由一座座独立的宫殿组成的。前边是议事的朝堂，后边是王室的寝宫。老国王住在西边，与王宫的西门隔着一座精致的花园。这也是最大的一座寝宫，同样有着院墙，将这所房子与其他建筑物隔开来。玫瑰花、白兰花、黄兰花的香气不分远近还在空中飘，但夜晚的降临，已经让整座建筑蒙上了一层安静的气息。

宾洛沙急促的奔跑声打破了夜色的宁静。卫士依旧守在老国王的宫殿院墙外。今日刚发了长枪，见到王子，赶紧左手放下枪支，右手举到眉前行礼。王子舒了口气，脚步慢了下来，看来自己是多想了。

他摆摆手，让跟随他的士兵留在外边，他自己一人进去。虽说疑虑消失大半，但不看到父亲，总是不踏实。想了想，他又招手让队长过来，跟随自己进了花园。

父王母亲分别住的房间，中间隔着一个大厅。宾洛沙看过去，母亲的房间已经没有灯光，应该休息了，父王的卧室灯还亮着。宾洛沙放轻脚步，穿过花园小径，向父王的寝室走去。

房间的门关着，门下地毯边隐隐透出光线。不知怎的，宾洛沙心跳得很厉害。门前站岗的卫士早已让父王遣走，现在，偌大的一座宫殿，就像一盏孤灯一样。

隐隐有细小的声音传出来，宾洛沙心头一紧，把头贴在门边听。也许是父王和他的侍从在说话，他安慰自己。他敲敲门叫“父王”，边推门走了进去。

老国王的卧室宽大，床在阔大窗户的旁边，一面挨着墙，办公桌也设在此间，放在床左侧靠墙的位置，离得不远。办公桌的墙后就是侍从室，是一个房间隔出来的。这是王子自小熟悉的布置。此刻他推开门，眼前一幕差点让他血液凝固：办公椅上坐着一个人，手中握着一把手铳，正对着床上的老国王。

“叔叔！”宾洛沙大惊。

“来了，也好。”椅子上的正是扎尔卡。他的枪管摇了一摇，算是打了个招呼。

宾洛沙看向父亲，灯光下脸色灰白，眼睛微睁。他的右手抚胸，不知状态如何。他缓慢地从高高的枕头上转了过来，看见宾洛沙，微弱地发出声音：“儿子。”后边就没有声音了。

王子一摸腰间，方想起刚才教探春射击，出来时忘记手铳了。

队长站在宾洛沙后边，并未看清楚屋内情形。但几个声音发出，他已觉得不妙。他想起自己腰间别着的手铳，慢慢拔了出来。

“把手铳给我。”王子头也不回，对后边的队长低声说。

“进来，宾洛沙。”扎尔卡一点不紧张，枪举得更近，对准老国王，对着自己的哥哥。

宾洛沙向前走了一步。后边跟着的队长就此暴露在屋里人的目光下。

“塔尔，你也来了！”他看了看队长的肩章，“哦，升职了！”

那队长面对老国王，王子，又面对昔日将自己从一名小兵一路提拔起来，有恩于己的护国王，一时不知所措，手铳不自觉地藏在身后。

“你退出去吧，这是王室内部的事。”扎尔卡温和地说。他本不想惊动任何人，只想拿到自己想要的东西。现在宾洛沙进来，还带了自己昔日的部下，只有先减少一个对手的威胁再说，

塔尔队长服从护国王命令惯了，此刻脑子纷乱，闻言退了出去。

这下变故突起，出乎王子预料。该死！他看看退出的队长，又转过头来，看着自己的父亲，还有叔父。

“过来！”扎尔卡加重了语气。

宾洛沙只得往前走，他要先确定父王的安全。

扎尔卡右手持枪，左手从写字台上拿起一张纸来。

“来，把这个签了。”

“这是什么？”王子再走近了一些，他遇见了父亲的目光，那么虚弱。

“是一份退位诏书。我跟你父亲说了半天了，他不肯。正好你来了，那么，你来签，也是一样的。”

王子四处看看，父亲的侍从应该在隔壁，现在不见，不是被叔父制住了，就是已不在隔壁房间里。

“叔父，我父王待你不薄，你为何如此？”他压抑住自己的情绪，想拖延时间。

“你父亲老了，保不住陀兰。你年轻，也保不住。这个岛，这个国家，该交给可以保卫它的人。”扎尔卡说得轩昂，人站了起来，声音也大了一些。

“你这是造反！”王子愤怒的声音也大了起来，“你走不出这里的。投降吧，父王可以赦免你的罪责。”

“笑话！等我接掌了国家，我需要谁的赦免？过来，把这文件签了。”他再次摇动枪口。

老国王缓缓地抬了抬身，他望了望儿子，又看向弟弟。

“扎尔卡，我不会给你签，我的儿子也不会。”他疲惫而虚弱，但声音坚定。

王子知道，这是父王在给他的指示。拖时间！外头那么多卫士。不对，队长是自己刚任命的，他不下命令，别的卫士也不会进来。他深悔自己没有细察底细，用错了人。叔父早已施恩在前，看刚才的样子，还不薄。

“哥哥，我不忍心对你开枪。但对宾洛沙，我可以。”他嘲弄地看着这个他从小看到大的侄儿。“他选个人提拔了，以为就可以忠心于他。这样的眼光，如何做得君王？”他又转向哥哥，“要保住宾洛沙的命，哥哥你就签了，还省一道手续。”

王子自然明白，叔父拿到父王签字的文件，就可以直接继位。陀兰国从未明确过是父子相承还是兄终弟及，只以国王的诏书为准。家族漫长的从大陆到岛国的漂流之路，王室成员随时会发生的生死变故，让他们一直不敢明确传承制度。如果自己签了，那就多一道手续，后日自己登基，随后叔父就会凭借今日签的文件让自己下台。

多希望外头的卫士冲进来！多希望那队长良心未泯，选择站在自己一边！

他忽然想起了母亲，回头看看门外。这么多人说话，她应当听见了。为何迟迟没有动静？难道？

扎尔卡不想拖时间了，他看穿了宾洛沙的想法，便直接告诉他：“你的母亲没事，放心。她只是昏睡了过去。知道为什么吗？她今天喝的水里，多了一点点东西。”

宾洛沙的双眼要喷出火来。这么说，叔父是蓄谋已久的了。他早已回国，但瞒过了自己的眼睛。他进入父王的寝殿，但无人示警。这王宫到处是窟窿，他懊恼地咬了咬牙齿。

“哥哥，你的身体不好，要传位，宾洛沙担不起这个责任。现在，为了保住他的命，还是由你签字吧。我这边也省一道手续。”他的声音平稳，一点不着急，甚至还有一点魅惑，“我保证让你们一家安全离开陀兰，坐上船，去哪儿都行。嗯，宾洛沙不是结了一门显贵的亲嘛，可以一路往北，中华上国，应该可以收留你们。”

老国王积蓄了一点力量，对他曾经心爱的弟弟说：“弟弟，我一直爱你。你是知道的。你买的枪，并不是二十两黄金一支，对吗？”他闭了闭眼睛，再睁开的时候，眼睛发亮：“国库的黄金没有那么充足，但你这么报了，我也没有追究。”

扎尔卡笑了：“哥哥，我还以为你老糊涂了呢。好吧，我承认。是的，枪支没有那么贵，我买的，也不止一百五十支枪。嗯，哥哥，你可以想想，这些枪在哪里？”他边说，枪口转了起来，手稳稳地指着五六米外的侄儿。“签吧，哥哥，否则我开枪了。”他走过去，把手中纸放在老国王面前，又从口袋里掏出笔来，那是柔尔国苏丹赠给他的小玩意：一支自来水笔。

老国王笑了：“弟弟，我知道你的想法，你觉得自己屈才了，是吗？你想想，你杀了我，杀了宾洛沙，陀兰国会接受一个弑君者作他们的国王吗？”

“他们不会知道的。”扎尔卡咬牙说。

“外头的卫士那么多，不全是你的人吧？再说，你挡得住他们所有人的嘴？嗯，我明白了，你事成之后，会将他们全部杀了。”老国王的声音激动，提高了许多。他的心脏显然不能够支持这样的激动，他的脸又转白，手本能地放在胸口上揉，像要安抚自己的心。

王子一下明白了，父王是拼尽力气告诉外边的队长，还有卫士，跟着扎尔卡造反，必然会落得事后被灭口的结果。

勇敢的父王！聪明的父王！宾洛沙眼眶潮湿，有眼泪要溢出来。

“叔父，拿过来，我给你签。”王子忽然说。他要将那支罪恶的枪从父王身边引开。先引开了再说，或许可以获得一个贴身肉搏的机会。叔父手中的枪距离远了，不一定能打中要害。那么，他就有可能走近自己。

扎尔卡在屋里那么久，内心已升起不安，见哥哥如此大声说话，动机自然猜得到。夜长梦多，他决定不废话了。收起心中残留的那点亲情吧，他对自己说。

“你过来，在我面前签了，来写字台这儿。”他冷冰冰地命令道。手中枪侧指着老国王，人正面对着侄儿。

哥哥的签字一向复杂，对外发布的诏书上，除了本国语言，还有汉文的签字，他还造不了假，否则自己也不用那么多事。没想到的是侄儿会闯了进来，也好，两个人质在手，谁签都一样。他心中盘算了一遍，嗯，没有问题。

耳边传来一个女子的声音："放下你的枪。否则我开枪了。"

扎尔卡不敢相信自己的眼睛，他的头侧过来，宾洛沙去年新娶的王妃，正站在他的侧后方。

听见拉扳机的声音，那支枪离自己那么近。正对着他的脑袋。

变故发生得快，扎尔卡的反应也快。他语带讥嘲："你不敢的。你一动我就开枪，王子就保不住了。"他的枪口并不转向，只是微侧着头，用汉语对身后的王妃说。

"不要管我，打死这个叛国贼。"王子见妻子到来，怕她为了自己坐失良机，那就是他们一家三口一起死。扎尔卡心机深沉，既然做下这等事来，心就不会软。他不会留下任何一个活口。

探春看了自己的丈夫一眼，又迅速望向扎尔卡。一只手支持不住，她双手握着枪柄，指着丈夫的叔父，全身都在发抖。扎尔卡这还担上了心：王妃不敢开枪，怕自己杀了宾洛沙，他心中有数。但她这样子发抖，手铳走火倒大有可能。打中自己无论哪一处，哪怕不致命，自己就不一定出得了王宫了。

只听"啪"的一声，枪声响了。

接着又是"啪"的一声。

扎尔卡和王子先后倒在地上。扎尔卡中枪后倒地之前，扣动了扳机。

探春看着手里的枪，一时头脑空白。自己并没有开枪呀。她的脑子转不动，看看远处的丈夫，又看着眼前地上躺着的叔父。她的眼睛最后对上了床上躺着的老国王。

老国王的手里握着一支枪，枪管还有青烟冒出。是老国王开枪了。

扎尔卡分神对探春说话，又半转了身子，给了他良机，他摸出枕头下的手铳，亲手向床前的弟弟射出了子弹。这个决定，这个动作，耗尽了老国王的全部体力。子弹射出，弟弟倒下了，他的心也空了。

弟弟买来了枪，老国王本不疑，还道弟弟谈判辛苦，为国操劳。后见弟弟临近大典迟迟不回，老国王终于心生疑惧。他秘密调来账目，知道了弟弟虚报黄金、虚报所购枪支数量的秘密。儿子登基在即，老国王不想让所有人恐慌，准备大典之后再告诉儿子。卫队换防，他也是知道的。只要王宫安全，过了后日再整顿军营和卫队，这样动荡最小。但警觉催促他谨慎，故调来一支，放在自己的枕头下，没想到就这样派上了用场。

被子上的伪诏书，还有水笔，滑落在地上。心脏又一阵绞痛袭来，他再也没有力气了。

“我不能晕过去。我不能晕过去。”探春看着眼前一幕，不停地警告自己，她闭了闭眼睛，又睁开。屋里站着的只有自己一人了。要防着扎尔卡反击。她望过去，那个胁迫哥哥的护国王，身体扭动了一阵，不动了。枪落在他手边不远处。

探春右手举枪，左手掐了自己一把，鼓勇上前，伸足将扎尔卡身旁的枪拨远一点。他的眼睛还半睁着，躺着的地板上，慢慢洇出暗红色的血来。

她的心中狂跳不已，但此刻不是惊惶的时候。她跑向门边的王子，王子躺在地上，左肩上一大片暗红近黑色的血，已被击穿的衣服上还有火药烧焦的痕迹。手中枪是如此沉重，她放在了地上，费力地将王子扶了起来。

真重啊。

王子躺在探春怀里，他的眼睛半眯着，看着灯光下的探春：“王妃，你会是一个好枪手。”他挤出一点笑容：“可是别忘了，不要提着跑，要记得把枪上保险。”他低声说。剧痛让他喘不过气来，但他现在安全了，父王也安全了。为了不让她太担心，还不忘给妻子开个玩笑。

这些话耗尽了王子的精力，他的话说完，心里一松，眼睛也闭上了。疼痛已经让他失去了知觉。

门外呼啦啦跑进一大帮卫士来。

队长塔尔退出老国王的寝室之后，内心恐惧至极。卷入宫廷政变，那就是嫌自己命长了。他并未走远，就靠在墙上听里边的说话。当老国王大声说，护国王一定会将所有人灭口之时，他一直尊敬爱戴的扎尔卡并没有反驳。那就是了，他会那么做。

无论里头如何发展，自己都逃不脱被灭的命运，他的脑子空荡荡的。这座宫殿真安静啊，安静得好像没有人在此居住。

为国要忠，为人要义。他内心滚过老国王到军营视察时，向大家说的话。无论扎尔卡先时对自己和家庭如何支持帮助，现在看来，那只是收买，提前买了自己的命而已。自己在关键时刻离开王子，是为不义；国王被乱臣贼子胁迫，自己不挺身保卫，是为不忠。一闪念间，他退了一步，这一步，却已将自己置于不忠不义的位置，而王子还刚刚提拔他到队长的位置。

可是，即使王子赢了呢，还饶得了他吗？他已经背弃了自己保卫国王、未来国王的职责，背弃了自己的誓言。他离开王子的那一刻，已经宣布了自己的死期。

他滑下墙，蹲在地上，双手插进头发，内心懊恼万分。

远处，花园的门口隐隐传来说话声。这里是国王寝宫，卫士们向来不敢高声说话。嗯，好像夹杂着女子的声音。他缓慢站起，沿着花园小径走到门前，向里拉开了门。

是王妃和她的侍女站在门前。

探春自王子忽然起身跑出去，心中一片无以名状的恐慌。王子的推理她听明白了。手铳，他没有带上，那如果遭遇危险呢？

她绕室急走，怎么等，王子也没来。时间似乎过得很慢很慢。不能等了，不去看一眼，她不能放心。

她唤醒隔壁的侍书，找来几盒自己带来的药，拿个篮子提着，枪就放在药盒之下，用了块锦帕盖着。如遇到士兵说晚间不让进老国王寝宫，她也好有个理由。

夜晚的王宫真静啊。白日花开，小径逶迤，从不觉得人少。夜晚，只有淡淡的月光照下，忽然觉得冷清得可怕。仆役们的住处在东北角，离开主殿很远，现在都沉睡了吧。

老国王宫前，站了一队士兵。不见王子。

卫士们行完礼，只说王子进去了，让他们全部在外边候着。现在还没有出来，请王妃稍等。

探春知道卫士们执行的是王宫的任务，尤其是晚间特别警醒。她请队长来说话，得到的答复是，队长随王子进去了。两个士兵站在门前，并无放探春进去的意思。王子带来的一队人也立在边上。

正在这时，门开了。正是备受煎熬的队长塔尔。

他开门前已经整理好自己的表情，见面行过礼，便问："王妃夜晚来国王寝宫，是有什么事吗？"

"王子吩咐我找一找药，送来给父王。近来父王睡眠不宁。"探春说，"王子呢？他还在里边，是不是？"

塔尔看着王妃，他内心的复杂没有写在脸上，而是写在眼睛里。探春心中疑云大起。

"怎么，队长是有什么不放心的吗？那么，请你把王子请出来，我交给他一样的。"

塔尔作了最后的决定，他温和地说：“既是王子吩咐了，那还是王妃亲手送进去的好。请跟我来。”

他转头看着分队长说道：“我给王妃带路。你守在这里，如无紧要事，任何人不得再入内。”

探春跟着队长穿过曲曲折折的小路，她看到了殿里的灯光。奇怪的是，他带自己和侍书走的，似乎是要绕行到正殿的侧面。

探春停住了脚步。“队长，正殿的门，不是这边吗？”她指了指正面的殿门。

队长举起食指，做了个噤声的手势，转身继续往前。探春心中不明就里，但今晚如此特别，现在不是询问的时候，且在王宫里，谅他不敢怎样。便捏了捏身边侍书的手，让她警醒着，又伸手向侍书手中提着的篮子，拿出了手铳，手自然下垂，手铳就藏在身后的衣褶里。

队长似乎不察觉，脚步很轻，很快来到了寝殿的侧门。

这扇门通往侍从室。

塔尔进殿里的时候就发现了，老国王身边随身侍候的侍从并不在里边。那么可能被限制住了，动不了身；或者出宫去了；再或者，干脆就是护国王一伙的。如果是后者的话，他应该在场帮扎尔卡才对。所以，还是前两种更有可能。

现在，接近内殿，只有这里最隐蔽。

他轻轻地推门，还好门没有从里边拴住。进了过道，暗淡的光线让他几乎看不见什么。适应了好一阵，方才有了模糊的影子。过道的尽头就是侍从室，隔壁就是寝殿。

不出所料，侍从室的地上躺着一个人，一动不动，手脚被绑得死死的，口里塞着满满的布团。塔尔就着隔壁转折传来的光线，蹲下试试他的呼吸，还好，应该是晕过去了。

探春看着这一切，惊呆了。

在进入通道之前，她挥挥手，让侍书不要跟她进去，就在门外等。探春担心的是侍书没经过什么事，慌乱了不好。现在一个人跟着队长走在这幽暗的通道，又发现了地上躺着的人，她大致明白了。

许多的疑窦涌上心来。队长为何要悄悄带自己来到此处？他不应该在王子身边保护吗？

队长指了指内殿，然后又指了自己心的位置，自行退了出去，把探春一个人留在侍从室里。

让王妃去打哑谜吧。他退到通道靠门的位置，坐了下来。

侍从室为着方便老国王随时呼唤，并没有设门。里头的说话，探春在墙边听了个大概。话是用陀兰语说的，她不能全听懂，但也足够她理解整件事了。

外头的分队长听得殿内传来两声枪响，队长没出来，他再也不能等，带着人冲了进去。他眼光拂过闭目躺在王妃怀里的王子，又望向老国王。他躺在床上，手里半握着枪支，人闭着眼睛，像死去了一般。

完了完了，他们所保护的人，一个晚上变成这样。他心中惊惧，四周乱看。发命令的人一个也没有。他转向蹲在地上的王妃，这是唯一有权下命令的人了。

分队长的眼光给了探春力量，这是找她拿主意了。

几个卫士在外围蹲成一圈，守候着他们的王子，不知道怎么办。

探春看了看，这一队进来的士兵二十来名，心中盘算，定了主意，然后开口："传御医，来看国王和王子；隔壁王妃那边，派人去看看；把住东北角，所有仆役不得命令不得出入。"她的眼睛坚定而有力，"地上躺着的是图谋篡位，妄图谋杀老国王与王子的罪人扎尔卡，由老国王亲手击杀。这个叛徒虽然有罪，御医来了也让看一下。是生是死不管，先看管起来，就在王宫里找个地方。"她转向分队长，"现在，你亲自负责反贼之事，不能让他跑了，也不能有他的同党来救。你亲自去办。"

她说一声，分队长答一声是。他一挥手，底下的卫士忙着去执行，绳子没有现成的，赶紧去取。

探春将丈夫轻轻放在卫士抬过来的长椅上，让他躺好，她的手绢按住丈夫不断涌出鲜血的伤口。一名卫士割断窗帘，将王子的肩膀用布条勒好，等待御医的到来。

见卫士履行职责，还听命令，探春心中舒缓了一点儿，她理了理头绪，接着说："封锁消息，一个字不得外传。待国王和王子醒来，再由他们处置。"

不断有人飞跑出去传达指令。探春想起了队长，想起了那个被捆住手脚不知死活的侍从，便让身边的卫士找向侍从室通道方向。

队长塔尔没有逃走，他就静静坐在那里。卫士找到他，他低着头过来了，将自己的手铳躬身递给探春。

侍书进来，看到满地鲜血，她不敢发声，站向探春身后。此时见带她们进来的队长献出自己的枪，不明所以，见王妃沉吟，便自己向前一步拿了，放在篮子里。

探春一直想不通队长今晚所为是什么原因。这一献枪，她心中明白了。

“按说你其心可诛，不能留你。不过你是王宫的卫队长，要处置，也得让王子殿下亲手处置。”她冷冷地说，“把他单独关起来吧。分队长，现在我令你从此刻起代行队长职务。王宫四门卫士你自己负责清理，不可靠的，全部拘押待审。”她这是授权了，也是给分队长火线升职。

分队长知道此刻对自己意味着什么。他行礼毕，指挥着几个人把扎尔卡绑好抬走，又亲手绑上了前队长。

被捆了手臂的队长塔尔，押着出外时经过探春面前，他挣扎了不走。

探春坐了下来，抬手让卫士先停一下，然后对原卫队长说：

“有什么话，你就说吧。”

“西门。”塔尔说。

“嗯？”探春没明白。

“我猜护国王是从西门进来的。”他的头向侍从室方向摆了摆，“王子今天中午进行过调防，所以，应该是先前的一队有问题。”

探春还是没听明白，抬眼望着分队长。那分队长一听就恍然：

“卫队今日一直巡逻，并未有人见过护国王。王子中午命令调防，也就是说，其后扎尔卡若出现，定有踪迹。所以，扎尔卡要通关节进宫，应该是调防前就进来的。我看装束，也不是他平日的衣着，应该是换装进来的。”分队长前边还依照旧例称护国王，后来想想不对，直接称名了。

一语提醒了探春。扎尔卡装扮确实不是平日入宫的样子。这个推断可能是最接近真相的了，但还需要证据支持。“现在你是队长，就履行职责吧。调防前守西门的那一队，你去查，要查出明明白白的结果来。”

刚升职的队长知道责任重大，大声答应了。他推了前上司一下，示意他离开。

塔尔看看刚刚接替自己的手下，心头翻滚。大局已定，自己失职至此，免不了被清算。他原有求死之心，这样王室或许就能放过他的家人，因此献配枪。一时伤感过后，他生存的欲望又浮上来。他不甘心自己就这样了结，便看着探春说：“王妃，是我帮助了你，帮助了王子。卫护不力，我承认；但我不是罪人，不应当这样待我。”他晃了晃被捆着的肩膀。

“塔尔，你是叫这个名是吧？既然你说到这儿，我也不妨说明了。你刚才不是帮我，也不是帮王子；你内心期盼的，是今晚所有人都死。对吗？”探春探究的目光看着眼前之人，这种隔山观虎斗之计，认真一想，也就能明白。

“你进过这殿里，但你来给我开门时是一个人，那么当时王子在哪里？你是卫队长，为什么不在他身边？这是一。王子没有带枪，扎尔卡有枪，从武器而言，多半是扎尔卡弑君成功。但也不然，还有变数，毕竟国王与王子是两个人，外头也还有那么多人，他多半逃不出去。你刚才说了，中午换过防，这一点，扎尔卡不知道，但你是知道的，对吗？这是二。扎尔卡管过卫队，他对你有恩，是吗？你还有卫士的荣誉感，有对国王、对王子的感念之心，但又不愿背弃心中的恩人，所以，你只好当了懦夫，在王子最需要你的时候，你逃了。我推测得对吗？这是三。你开始为自己打算，如何让你在这一场政变中不受牵连，顺利脱身。正好我来了，你引我到侍从室，但又不打算帮谁。你猜，我们可能都会毙命于此，扎尔卡也未必可以全身而退，那么，对你最好的结局是，所有人死，然后你作为唯一的目击者，向外任怎么说都可以了，对吗？这是四。你献枪给我，是认输，因为国王、王子还在，我也还在，你灰心了。现在回过神来，觉得不甘心，想减轻罪孽，所以又提醒我，是你帮助了我，对吗？这是五。”

探春长篇大论地说完。这些思绪不是一开始就想明白的，但一旦开口，桩桩件件都连起来了。听在塔尔耳中，就是一阵冷汗。确实，他就是这样想的。他期望所有人都死，好让自己无需选择，好让自己逃脱这个旋涡。

他低下头，额头上的汗水滴在地板上。

“不过，你确实做得不错。因为我的出现，扎尔卡分了心，这才给国王拿枪开枪的机会。”探春冷冷地说。这一刻，她不是装饰宫廷的玫瑰花，她是王室一员，是守护陀兰王朝的卫士。

有句话怎么说的？身怀利器，杀心自起。何况是西洋的武器，比刀枪剑戟致命多了。探春在满室鲜血中迅速成长起来。

“懦夫！”探春不屑地说，“看在你还没有为虎作伥的份上，我会向王子殿下求情，请他饶你一命。”她干净利落地结束了谈话。

原来以为是聪明之举，现在变成了最蠢最笨！塔尔再也无话可说，沮丧地任由卫士带走，他的脊梁再也直不起来。死局就是死局，他没这个能耐解开。自己此前唯一的机会是，击杀叛贼，自己从前门出，由侧门进，杀了护国王，然后自己就是功臣。如果自己被护国王击杀，那自己也不负卫士职责，家庭依然会受照顾。

怎么只会一心自保啊！大义之所在，不以私恩换公义，这样才是对的。视死如归，反倒可能活。退了一步已经错了，那就应该弥补过错，就忙着在自己的私利中转圈圈了。王妃说得对，自己身为卫队长，实质上就是怕死，就是个不折不扣的懦夫。

自己怎么就没想过，老国王会出手呢？他懊恼地谴责自己。

还有王妃，她如此年轻，怎么就能够一眼看穿自己呢？塔尔痛恨自己的愚蠢。

塔尔队长被押下去后，几个御医疾步进来，他们的助手提着药箱跟着跑在后边。老国王的身边围了一圈，王子的身边也围了一圈。探春想起姝丹娜，忙令两个御医过去瞧。

为着怕再有变故，新提的卫队长吩咐诸事毕，自己带了四个卫士，就站在王妃旁边。

隔壁的侍从也被抬了出来，捆绑兼塞住口的时间太长，他的呼吸微弱。

御医看视一番来报："老国王衰弱，怕顶不了几天了；王子需要马上做手术，取出子弹；侍从头部遭了一击，还活着，但需要医治。"

看视姝丹娜的御医早已回来，看王妃一直处置事务，没敢打扰，现在也来报："姝丹娜和值夜的侍女饮品中都被下了毒，杯子里发现有残留物，人现在还没醒。药物是什么，还得去查。"

探春心脏一阵紧缩。此刻，她最关心的自然是宾洛沙。中枪？怎么治，她听都没听说过。她只得泛泛地点点头："先按照你们的方案救治吧。就在这里。拿些灯烛来，点得亮亮的。国王、王子醒来就马上告诉我。"

站在身边的新任队长听到这里，欲言又止。探春看到了，她站了起来："跟我来。"

她穿过屋子，来到侍从室。这里说话隐蔽些。

"王妃，我是在想，扎尔卡带走的船队与士兵，是不是已经和他一道悄悄回来了？各个码头和可以停泊的地点，是否需要搜寻？如果人已经入城，那么，这些人现在哪里，他们后续要干什么，要不要立刻查？还有，扎尔卡的府邸，要不要派人围了？"他一口气说完。

队长一语提醒探春。这位队长的父亲一系来自中国，能说些汉语，但不熟，因此长一些的话，汉语里夹着陀兰语，说得磕磕绊绊。还好探春听了个大概。事情严重至此，对内对外都得有个交代。而且，今晚的事还没有完，扎尔卡的党羽不知在何处，需得连夜处置，这队长说得是。可是，自己不曾参与过陀兰国的国政，也不知该如何办。

“围扎尔卡府邸之事，先不要惊动。其他的事嘛……依你说，如果王子醒着，他会怎么办？”探春想了想，来了个反问。

队长满意地笑了。聪明的王妃。

“按惯例，我想，王子会立即召唤宫内监，由他传民政大臣和军政大臣，还有守卫京城的提督入宫，商量着怎么办。”

“队长，你是一个有远见的人。那么，现在请帮我召宫内监来。”探春看着队长，此人值得重视。能在乱局中点醒自己下一步该怎么做，怎么看都是忠贞能干之人。

“是，王妃。”

“对了，队长，你会说汉语，这很好。我能知道你的姓名么？”

“当然。这是我的荣幸。我父亲家族姓程，路程的程。他在我小的时候给我起过一个汉名，叫做程希。希望的希。陀兰国的名，叫做察布。”

“我记住了。现在你是正式的队长了，无需代职了。”探春记得刚才任命的是代队长职务，现在这个“代”字，可以去掉了。这个新任命，相信王子醒来也会认可的。

队长去后，探春走出侍从室，她看着偌大的宫殿，深深呼吸了一口气。看到老国王床边掉落的纸张，还有笔，便走过去一一捡起，卷起来放进袖口里。想起一事，她吩咐侍书：“去东北角，把咱们带来的人，被宫廷收了去的，全部放出，带来我的寝宫见我。”她考虑了一下，又补充，“此事办完之后，派人去一趟汉宫，传刘欢乐他们，全部带进宫来。现在，我们只能用自己的人了。”

侍书躬身答应。探春对旁边侍立的卫士说：“你们跟着去两个。”

两名卫士也躬身答应。他们知道，今晚谁说了算。

第十一回

临阵决机

察布队长领命出来，在王宫前区办公域内找到了值班的宫内监。

宫里发生了这么大的事，那宫内监考阿莫可不知道。白天卫队换防他是知道的，但夜晚，按照规矩他不能入后宫。听得王妃传，他心中一惊，这是从来没有的事情。但看看来传他的人一脸肃穆，便把疑问揣回肚里，来见王妃。

老国王寝室隔壁就是他的小议事厅。有重要事情与亲贵大臣商量，便会招入这间屋子。老国王寝室门已经关上，方便医生们救治。探春从寝殿出来之前，吩咐另找间屋子，将老国王侍从抬过去单独治疗，并派卫士守着，一刻不能放松。今晚发生的事情关联甚多，没有查清楚之前，这个人的嫌疑也摘不掉。扎尔卡怎么进来的？何时进来的？是不是跟他有关系，不能因为现在他受伤而放过了。

小议事厅里，探春约莫说了几句，考阿莫差不多魂飞天外。后天就是王子即位，发生这样的事情，确实，该招大臣来商量。虽然从前没有姝丹娜或者王妃发令招大臣的先例，但事急从权，他懂得利害。向王妃鞠了躬，他赶紧出外，到办公区带上手下，分别去召内政大臣、军政大臣和提督。

察布队长接令之时，本来担忧护国王的府邸，怕有异动，但王妃说暂不惊动，他不好再言。想想，即使不从国家的命运，也得考虑自己。现在明摆着，他的命运与王室、与王妃都连在一起了。王妃的意思是暂不围府，但是，这种紧急情况，是不是该多少有个情形的掌握呢。他想了想，派出两名卫士，吩咐了着便装出宫，去监视护国王府邸。

探春见宫内监愿意听命，心中稍安，起码看上去不是护国王一伙的，否则大可以拿下令的合法性来压她。即将来到的大臣，但愿没有被扎尔卡所裹胁。

侍书来报，汉宫的人已经全部到齐。宫殿东北边来自中土的人员也甄别了，全部带到了王子寝宫之前。王宫总管本在被封的区域，探春得察布队长提醒，后又专门派人去，让先请他来，期望得他之助。总管从卫士的口里听得宫中有事，三言两语之后他就知道危重，遂配合王妃，找出花名册，这才将中土人员迅速选了出来。

总管是老国王最信任的人之一。王妃嫁来陀兰，无亲无故，唯一的倚仗就是老国王和王子，她在特别时候作出的决定，一定是与王室，与老国王、王子一致的，所以他并不怀疑，马上执行了王妃的命令。确实，现在唯一可以马上排除与护国王瓜葛的，还真只有中土来的人了。

王妃回到自己寝宫，见跟随自己一路来到异国的同胞们静静守候，不禁鼻端发酸。自船到陀兰，很多人她都再没见过。除开王室建筑队伍，还有刘欢乐派在隐蔽码头守护船只的十个人，其他都在这里了。虽然被花坛分割得一群一群的，但他们并未交头接耳，只是肃静地站在月光下，立在花香之中。看到探春进得庭院，在宫殿的台阶上站好，便一起拜下去，行的依然是中土之礼。

探春并未透露王室发生了什么事。她知道，夜晚召集大家在一起，本就是个非常事件，现在也不是解释的时机，也断不能解释。看着那些朦朦胧胧的面孔，微仰着头，一起看向她，探春读懂了他们的心。他们别了自己的家人，来到异国他乡，王妃就是唯一的倚靠。现在需要他们，无论发生什么事，他们一定站在她身边。

探春理了理头绪，她想起了凤姐执掌宁国府，想起了大观园，她曾与大嫂子她们几个兴利除宿弊，心中掠过一丝感慨。管理之道虽然相通，可是，她现在立足的是宫廷，牵涉的是陀兰。她抑制住自己的情绪，告诉大家，王宫各处人员需要重新调度，目前，需要大家维持宫廷的秩序和运转。待事情办理完结，会论功赏赐。朝廷派来的人员，得力的，她会上奏国王，恢复自由身。来自国公府邸的，参同办理。

这个激励如此之大，底下的人抑制不住心头的喜悦。那就意味着，他们和她们，有机会返回中土。

探春自来陀兰，尝尽离乡背井漂泊异国之苦，她已经想了许久，有机会要放跟随自己远来陀兰的人回国。她自己一个人漂泊也就算了，这么多人，因了朝廷的一纸命令漂洋过海，她于心不忍。现在是用自己人的时候，也是她把曾经有过的念头付之于行动的时候。朝廷派来的，不属于她，她自然需要国王或者王子同意；跟她来的娘家人，她自己说了就算。即使不能够一次性放走他们，至少可以给其余的人希望。而希望，说不定在何时就能成真。

而且，看不到前途的人，是不会长时间出力的，探春深知此点。也许三两日，他们会执行命令完成得不错。但时间如果长了，少了陀兰国原来各级主管的管束，出纰漏的情形也就难免。人上一百，形形色色，中土来的也不能免俗。还是得激励，靠激励来激发他们的自律。探春想通此点，直接把最高级的奖励拿了出来，

总管听在耳内，一开始是震惊，因为入了宫廷的在册人员，等于是陀兰王室的财产；王妃刚才的承诺，实则是处置了她无权处置的事情。但一想想现在是什么情况，陀兰国眼前都得靠王妃渡过难关了。她要得自己人之力，除了许诺自由之外，还能有其他更有效的吗？他转念一想，好在王妃没有说全放了，也说了需要奏请国王同意，那眼中也不是全无陀兰王室。想到此处，总管打开的嘴巴又合上了，听王妃继续说。

今晚聚在此处的中土人员，全部加起来约莫一百七八十人，短暂接管宫廷的衣食住行日常运转，应该够了。探春心中合计，当众宣布由总管调配人员，刘欢乐和锦书协同管理。这个安排，既保证了人员不会因语言或其他沟通的问题引起纷乱，也保证了中土人员有事时不会缺失反馈的通道。

总管听探春吩咐，有激励、有布置，更重要的是确立了新的秩序，他心中点头。这个王妃不简单，一来就抓要害。自己现在实在是无人可用。原来的人员，没有查清与护国王的关系之前，怕是一个都出不来。如果不是王妃调了自己的人来用，恐怕这一座宫城要停摆了。想清楚此节，他意识到，王妃这是给他帮了一个大忙，她的一切也是为了宫廷。

刘欢乐听到了探春的委任，他虽然不知宫廷里发生什么事，但如此布置，显然出了事。王子不在寝宫，命令如此特别，大概率出的事还不小。他出列行礼，表示按王妃指令办事。锦书是老太太房里出来的，由她来管理贾府人员，还有宫女，也是合适的。她见刘欢乐出列，便也从王妃身后出来，下阶行了一礼，表示领命。

总管禀明，宫里还有空置的宫殿，是否带众人前去连夜具体分派，探春点了头。把维持宫廷运转之事安排给总管，她得去看看王子的伤势治得怎么样了。想起此节，她忙令朝廷派来的医官留下。

可以分身就好了！

探春匆匆带了侍书及几个侍女，连同医官，返回老国王寝宫。一进花园，见宫殿已经灯火辉煌，夜色里像是和平安宁的盛景，此刻在探春看来，倒像是与死神争夺时间的战场。她前脚进了殿门，宫内监传的内政、军政两位大臣后

脚也到了。

卫士来报王子已醒来。探春心中一宽，带两位大臣到老国王寝室。老国王还在昏睡。旁边搬来的长条木凳上，王子躺在上面，脸色苍白。他的牙关嘴唇紧咬，枕着一个靠枕，显然在忍受极大的痛苦。他的左肩衣衫已经被剪开，一名御医拿着不知什么汤药在洗创口，两名御医在旁低声商量，额头上亮晶晶的，全是汗。探春带来的医官知道王妃顾不上他，便在边上看视王子伤口。人员来往多，灯烛照着地上未清理干净的鲜血，屋里一片凌乱。

探春闻到一股血腥气，不觉欲呕。她强忍着，看到王子为着忍痛而紧咬嘴唇，心中难过。为着在众人面前不失态，她克制住自己的眼泪，蹲下去，握着他的手，她的眼睛凝视着宾洛沙。王子读懂了，看看行礼的两位大臣，他知道了，现在还有很多事要办，而王妃正在替他办理，他点点头。探春从袖中拿出一直拢着的伪诏，王子示意交给两位大臣看。

两位大臣都是跟随老国王半生的人，从政差不多二三十年。他们传着看了诏书，扎尔卡赤裸裸地逼宫胁迫昭然若揭。军政大臣问了几句当时的情形，探春四顾看看御医在场，便看了看王子，王子点头。她转过身来，带两位大臣到小议事厅去谈。细细一说，两位大臣对视一眼，心中明白，这份文件老国王若签下，说不定现在已经离世了。

军政大臣想得多一些，他想的是，如果不是因为王子、王妃的先后出现打乱了护国王的阵脚，说不定扎尔卡拿到签字除去老国王之后，还可以栽赃给王子。理由是现成的，老国王作出了更改继承人的决定，王子知道后动了杀机，杀了老国王。虽然有点不可思议，但若老国王签字的诏书在手，怎么着都是扎尔卡说了算。

军政大臣老于军事，他的脑子一下想到，今晚扎尔卡逼迫签字，那么，这就意味着，今晚，至多明天，扎尔卡的党羽就会发难。

想到这里，他简直像坐在火炭之上，“刷”地一下站了起来：“禀王妃：我得马上出宫，派军队搜查护国王，不，扎尔卡的党羽。无论是码头还是岸上。不过，据我推测，他们应该早就上岸，藏起来了，只待他出宫拿到诏书接到信号就起事。”

这个推理惊到了探春。确实，没有后手，扎尔卡不会今晚发难。现在自己一方掌握的先机，是扎尔卡留在了宫内，他受伤，或者直接死了，那么这个信号就发不出来。也许护国王还有第二套方案，无论如何，军政大臣现在出手，打的就是时间差。

探春看了民政大臣一眼，那白胡子正在微微颔首。

探春点头，嘱咐了一定要控制影响，毕竟后天还有登基加冕的典礼，不能惊动了满城百姓。那军政大臣行个礼，向民政大臣点点头，起身就走。从军数十年，他不相信一夜的彻查会一无所获。

民政大臣脾气缓得多，请问了王妃几个问题。扎尔卡在哪，是否还活着；侍从的证言是否拿到；放扎尔卡进来的卫士是否已查出。探春明白了，这是梳理事件和取证的问题。她不知道陀兰国有没有类似都察院的机构，可以承担调查起诉审判叛国罪的责任，见民政大臣问起，干脆全部托付。宫内监在旁，探春吩咐了，配合民政大臣办事。今晚夜会很长，也会很短，只有便宜行事了。民政大臣看到了王子的枪伤，也明白此刻须得长话短说，便行了礼，和宫内监一起出了寝宫，自去带人提扎尔卡。

嗯，现在宫廷卫队内部的初步清查，也该开始了，就交给新提拔的队长吧。凡是有疑问的，先关押了。一个原则须得定下，扎尔卡主管宫廷卫队时期进宫的人，一律关押，等待审查；他提拔过且速度过快的，也一律先解职待查。卫队取消轮值，未当班的卫士全部回到王宫加强警戒。她转头向侍书，吩咐去向察布队长传话。她心中记得他姓程，但在陀兰国，自然得以本国名相称。

主管仙那城治安的提督已候在门外。此前王子已经命他查过护国王带走士兵之事，所以他对此事发生的冲击力没那么大，知道现在最重要的事是防范仙那城乱。吸取了此前教训，他几句话说明自己要做的事，见王妃点头，便匆匆离开了。

探春此刻其实也不清楚该信谁不信谁。民政大臣，军政大臣，提督，他们至少是老国王用了许久的人。或者说，他们的利益和国王、王子多半是捆绑一起的，除非有特别情况，否则，他们没有叛国叛君的理由。餐桌上老国王提起朝政，往往只是几句话。但探春没有听到关于对这几位重臣不满之处。那么，只有信他们，和他们一起来应对眼前发生的一系列事情。只有信任，没有第二条路。

探春默默复盘了刚才与几位大臣的谈话，回想他们的眼神，听到消息的态度，觉得自己的推断应该没有问题。现在，她终于能够腾出时间去看丈夫了。怎么这么久，还没通知她做手术呢？

信息一个个地报来。刚走到前厅，探春听到了扎尔卡流血过多已经死去的消息。好吧，死了也好，只是，他的计划也就无从问起了。转念又想，这样一个人做事，即使救活过来，又能问出什么呢？扎尔卡毕竟是老国王的亲弟弟，既然死了，还是要有一个好的处置。

嗯，还有王子的姐姐们，还有弟弟，他们也有权知道家族发生的事。御医说过，老国王撑不了几天了。没有人可以预测准确的时间，如果是今晚，或者明天呢？还有他们的母亲，姝丹娜还没有醒来。他们没有看到这一切，将来必定会有无穷无尽的质疑。

一个脑袋不够用啊！时间也没法同时分成两份。探春敲敲沉重的头，吩咐侍女去给察布队长传话，静悄悄地派人接两位公主和小王子进宫来；特别叮嘱不要惊吓了他们。

侍书先看到探春闻到血腥气不适，便连忙找了总管刚分派下来的宫女，一路清洁寝殿。待探春进去时，干净整洁多了。一个小火炉在屋子中间燃着，旁边有御医在火上反复烤一把锋利的小刀。

她走到丈夫的床边，见御医捧着一碗药汁，抬到宾洛沙嘴边，用小勺子在喂。另一位御医把王子半扶起，方便喂药。王子眼神有些涣散，看上去像是认不出自己。探春心中一惊，忙止住御医，询问这是什么药。

那御医听不太懂探春的陀兰语，放下药碗，回了几句，速度太快，探春一时也听不清。旁边的医官见探春进殿来就跟在后边，心中焦急，但一直说不上话、现见探春着急，也顾不上礼节了，赶紧抢到探春面前禀报："王妃，他们煎药好像用了忘忧草。"

探春探究的目光看过去，那医官知道是让他继续说："这草据说可以减轻疼痛。"

"据说？"探春疑云大起，"你没有用过，是不是？"

"这个药，据小臣所知，确有麻醉止痛功效。只是，服用过度，可能会上瘾。"

见王妃不解，他又解释道："就是会药物依赖。每日都要服用。然后损耗身体。"他说到此处停住了。

那端着碗的陀兰御医看看王妃，说了一通，意思探春听明白了，说是要马上把子弹取出来，在王子肩膀里已经太久了。

"有没有其他同样功效的药物？"探春忙问。

"没有了。我们陀兰国很少遇到这样的枪伤。平时有需要做手术的，就用这个。"御医捧着碗，对探春说。他的眼满是焦灼，显然也承受着很大压力。

探春不甘心，回头问自己的医官：“你的药箱里，有没有可以替代的药草？”

医官低下了头：“只有小臣自己配的一点点紫堇草药酒，也是备用的。可是，王子已经喝下了无忧草，小臣不敢再试。两种药草叠用，小臣没有试过，不敢保证效用是更好，还是……”他的声音越说越小，最后低到听不见。

探春听懂了医官没说出口的话。他如此犹豫，正是说明两种药同服，有着不可测度的风险。

这是探春作出的最艰难的决定。她痛恨自己为什么不早一点来到丈夫身边，又恨陀兰国的御医为什么不向她说明用药的情况。是了，这也怪不着他们，自己说过按他们的方案医治的。如果不是自己带了医官来，自己可能一直不会知道，用无忧草有什么问题。

没法了，只有先救人要紧。探春咬咬牙，她终于知道了什么叫做饮鸩止渴。

第十二回

危难之际

王子的两位姐姐还有弟弟来到王宫时，正值御医在给王子做手术。虽然灌下了无忧草药，但御医还是担心王子因疼痛醒来，挣扎之际影响伤口。征得王妃同意，他们把王子双臂双腿绑在条凳上，由最资深的老御医亲自持刀，划开皮肉，取出已经深入肌理的子弹。

这个过程缓慢而艰辛。王子痛醒几次，又晕过去几次。两个姐姐看了父王之后就来看弟弟，眼前情景太过血腥，不觉掩面。小王子从来没有见过这个阵仗，脸色变得煞白。看看身边的嫂子，平常不以为意的，现在身躯站得笔直，头上鬓发不乱，只有一双盯着王子一眨不眨的眼睛，透露出她的紧张和隐忧。小王子心中知道，这是王室的重要关口，这个远嫁而来的女子，比自己还小着几岁，现在居然撑住了，心中不由得升起一丝敬佩。

出生就是王子公主，国事无需操心，王子的姐姐和弟弟已经习惯了安富尊荣，没想到会看到这一幕。

察布队长在王宫前等候公主和小王子，在进老国王寝殿之前，他已经把该说的都禀报了。两位公主本来想带夫婿一起进宫的，是察布交代去接的卫士，只请王族，不请外人，且不透露具体事件，这才阻住了。

在探春心中，眼前最重要的事情有三件：王子，老国王，登基典礼。她知道，这三环之中哪一环出了问题，都会影响陀兰国。侍书和刚派来当值的宫女抬来屏风，隔开了老国王和王子。探春的眼像藏着一潭深水，在灯烛下暗得不见底。王子的手术令人不忍卒视，也担心一堆人在那里影响御医操作，便嘱咐了自己的医官，让他盯着，然后走过屏风去看老国王，又请小王子和两位公主来。

待扎尔卡伪作的篡位诏书传给两位公主和小王子看过后，他们瞬间沉默了。

“阿雅公主、格丽公主，小王子，现在，想必各位已经知道了宫廷里发生了什么事。”探春开口了，“现在，是王室中人必须团结在一起的时候。这一点，想必公主、王子也知道。”

“母后呢？”小王子先问。

“姝丹娜的饮水中被下了药物，是什么药还在查。现在还没醒过来。御医一查出药物来，就配制解药。”探春回言。

“有没有危险？”阿雅是大公主，与母亲的情感最深。

“我们是至亲，我不能瞒着你们。现在还没有醒来，我很担心。”探春蹙眉说。

格丽公主眼中泪水流了下来。

“叔父怎么可以那么混账？”她问探春，也在问周围的所有人。

“这就是我刚才说的，现在是王室必须团结一致的时候。”探春看看两位公主，又看看小王子，“扎尔卡在大典之前发难，他肯定留有后手。现在大臣们正在想对策，如何搜出他的党羽。”探春没有全说，事实上全城甚至全岛，已经开始搜捕了。

小王子和他的哥哥一样，受过良好的教育，也通汉语。隔壁哥哥被叔父一枪打成这样，给他很大的刺激。看来谁坐在王位上，都是阴谋家的靶子。父王都已经要退位了，还被叔父逼着在篡位诏书上签字，风烛残年还受如此刺激，不知能不能挺过来。

小王子热血上涌，他懂得王妃嫂嫂的意思，便站了起来：“王妃，家族遇此不幸事件，自然团结一致。王妃若有安排，尽管告诉我。”他说得真心实意，探春看得真切。她也站了起来：

“谢过小王子。目前要稳住宫廷，也会随时有外头的信息报来。如果可以的话，就请小王子在前殿的议事厅里值守，有事好及时决断。两位姐姐，能否请二位在此看视父王母后，他们的安危，关系到陀兰国的未来。”

两位公主自然无异议。眼前做主的虽然是弟媳，可是，她现在是陀兰国的王妃，过了后日就是王后。宫里遇此大乱，现在已井井有条，这份胆识是她二人没有的。二人对看了一眼，答应了下来，便起身去大厅隔壁的寝殿去看母后。

小王子回答得迟一点。他想了想，对探春说：“王妃，国事我一直不太清楚，宫廷今晚发生的事情，我也无从措手。我去前殿值守，一时间也做不了正确的决定。王妃分身乏术，我知道，那我就当个辅助吧。王妃有事，可以去前殿处理，我来守着父王和哥哥。”

探春心里安慰。她最担心的是，大臣们不久后就会报来各路信息，自己守在后殿，是会误事的。但去前殿，宾洛沙这边的手术，没有自己人看住，她怎么能放心。但是，留小王子一人在这，她也担心其他事情，便恳切地说：

“小王子如此深明大义，先谢过了。”探春微微低头，算是致意。“王子在此，我作为他的妻子，自然也要守在此处。小王子刚才所考虑的也不无道理。您看这样可好？今夜大臣们过来禀报的必然是要事，我让宫内监，再有两个人跟了您去，有需要处置的，他们回来通报，我们一起商量着办。小王子看，这样是否妥当？“

小王子一想在理，他本就担心自己所作决断坏了事。如果王室完了，他也完了。叔父既然忍心对哥哥下手，就能对自己。王妃说的一起商量着办，是正理。看来，自己去前殿，王妃是看重他的身份，把他推出去，稳定朝臣们的心。好吧，陀兰王室，躺倒了两个，但王室还在。在内，有王妃；在外，还有自己。

小王子年轻，想通就不拖泥带水，点了点头，出去了。侍书得了探春示意，带了人跟了去。小王子来得匆忙，又受了嘱咐，没带他自己的侍从来。

探春这时才觉得脚发软，忙扶着椅子坐下。她在外人面前一直强撑着。现在能安排的，都已安排了，这股气一泄，便觉得空落落的，心一下没了支撑。

她的泪不知不觉流了满脸。她用手帕捂着嘴，怕哽咽的声音传到屏风后头。现在才能够有一个小小的空间让她流泪。她不能痛快地哭，甚至在侍书面前也不行。王子能好起来吗？只有看天了。扎尔卡招揽的政变士兵能拿获吗？不知道。后天的大典还能如期举行吗？不知道。未来会向何处去？不知道。

她的少女时代没有包括这些。没有包括动乱，政变，鲜血；没有包括无助，孤单，恐惧。她的少女时代，有老太太做她的支撑，她需要对付的只是一两个不知高低的下人；她需要管好的保护的，也只是秋爽斋几个丫鬟。可是，命运把她推到了这个漩涡。

从离开京城之日开始，她也就出阁了一年。可是，这一年，可是将所有的忧愁恐惧全部尝遍了。刚刚唤回了王子的心，以为今后琴瑟静好，不料，王宫里埋伏着一支枪。人是那么脆弱，一粒小小的弹丸，就能让一个人昏迷，面临生死之忧。

窗帘飘动，送来花草的芳香。探春抬起泪眼，深觉人不如花。花儿每年都会绽放，而如果人没了，哪里去找重生？

“孩子，别难过。”一个苍老的声音传来。

探春转向声音来处，脑子一时转不过来。

“别担心，孩子。”这个声音又说。

探春不自觉地甩甩头，她清醒过来。是老国王！是老国王醒来了。

她扑了过去，跪在老国王面前，仰望着那张衰老的脸。那花白须发之间，一双眼睛深邃而安静。

“父王，您醒了？“探春喜极而泣，泪水又流下来，鼻子也塞住了。她难为情地擤擤鼻，放好手帕，双手握住了老国王放在被子外的手。

这一刻，老国王就像是她的父亲！

老国王慈爱地看着眼前的儿媳。她那么年轻，可已经担起了王室的重担。他回想起了弟弟用枪指着自己，又指向儿子的时刻。没有探春进来，他们父子两个，可能今夜都会被干掉。没有外人在场，小儿子在宫外，又哪有力量与之抗衡。而且，不久以后他也会被杀掉的。

这狼心狗肺的弟弟。自己信了他那么多年。

“宾洛沙呢？”老国王依稀想起自己神志模糊前的一刻，还听到了另一声枪响。他任由探春的手握着自己，她年轻的力量似乎注入了自己的身体。

“他还活着，肩膀受了伤，现在在隔壁，御医正在取弹丸。”探春赶忙拣着要紧的说。

老国王闭了闭眼，又睁开。宾洛沙终归还是被弟弟打中了。这枪，还是自己委托弟弟买来的，真是荒谬。

“扎尔卡呢？”他眼前又浮现出弟弟拿枪对着他的样子。

“这叛国贼已经伏法。”探春回得干脆。她明白老国王内心的纠结，尽量讲得简单。

是自己打中了他，打死了他，老国王明白了。他闭着眼睛思考了一会儿，决定换一个轻松一点的问题。

“王妃，你怎么有手铳的？”

“王子担心叔父有不轨之心，他教了我的。后来想到父王的安全，他没带手铳就跑来了。我等王子不来，就拿着来了。结果还是来晚了一步……”

“勇敢的姑娘。”老国王咕哝说。

见老国王精力不济，探春赶紧把招大臣，现在正缉拿扎尔卡党羽，小王子在前殿等宫外消息，还有姝丹娜尚在昏睡诸事简要说了。

“嗯，做得好。”老国王默默听着。儿子就在身边，可是他没有力气坐起来去看自己的儿子。他的眼睛从虚空中又转了下来，望着探春：“好孩子，站起来。嗯，不怕。”

探春含泪笑了。她顺从地站了起来。这个时候，老国王还能顾念自己跪着，给自己打气，不愧是老国王。

“中国是个好地方，那里有座长白山，不是专出千年人参，可以续命嘛？”老国王眼睛明亮了一些，嘴角露出微微的笑容，”你们上国的皇帝送来了两支。让御医去殿东头的药房拿来。煎了，让宾洛沙，还有你的母后，吃下去。”

探春万料不到老国王还能记着千里之外来的礼物。她忙答应着，出来让御医去老国王的药房找。王子和姝丹娜都服过药，不知道是否药性会有冲突。但老国王，他是可以喝参汤的，只要撑住了老国王，国家就不会发生大的动荡。

宾洛沙伤口里的子弹已被取出，御医正在包扎。王子麻药未过，又流血过多，脸色苍白，静静地躺在长凳上，像死过去一般。探春的医官现在充了王室御医的下手，见包扎完毕，又忙着拆掉绑着王子的绑带。给王子喂水时，见其嘴唇疼痛时咬破了。医官问过御医，得了允许后，从自己的药箱里拿出柳皮，碾得细碎，轻轻覆在王子的嘴唇上。

探春伸出手，在王子的鼻端试了一试，还好，王子的呼吸虽然微弱，但还平稳。供王子安卧的床卫士已经抬来，她指挥着将王子从条凳上抬了上去。又撤去了屏风。

老国王侧过头，看着不远处的儿子，心脏又疼起来。他赶忙止住自己，此刻不是看着儿子心疼的时候。

他的手招了招，让探春过来。

“招卫士来，抬我到前殿。”

探春看着老国王衰弱的身躯，也有担心。老国王忧虑的是小儿子镇不住大臣们。他是要稳住王朝。探春明白，便不再进谏。

卫士们在大厅里，见他们的老国王醒来，心里都是一阵欢呼。

第十三回

远见卓识

陀兰国小，故历朝国王均未设总理大臣，所有部属全部自己统辖。仙那城虽是首都，人口也未超过十万。兼是港口，故城中居住面积也不大，岛民主要以渔业、商业为主，他们所居大多顺着海岸一溜排开。

要查这样一座仙那城，一晚上的时间可以查出许多事来。

扎尔卡在城外有一座占地颇广的庄园，军政大臣带了人去搜，果然几栋建筑中聚集了不少人。他们正等待仙那城的上空升起一朵祥云——约好了以烟花为号，便趁着黑夜到王宫西门与护国王汇合，拿下王宫。

好在王室派出军队早。里边的人焦急等待之时，庄园被包围了，几个门把得死死的。军政大臣亲自在外喊话，说扎尔卡已经被国王亲手击毙，被扎尔卡蛊惑者放下武器者，王室既往不咎。喊了一遍又一遍。他带去的军队是正规军，趁着里头军心动摇，不多时便突破了庄园大门。

里头扎尔卡聚集的军官和士兵并不团结，所有人并不只唯护国王马首是瞻。虽然扎尔卡在曼掸国期间，对他们有基本的分队，想建立起战斗序列，但众人来自不同的兵营，军阶不一，互不服气，又哪是短时间可以办到的。这些人跟着起事就是搏一搏，并无明确的主张。他们心底都明白，跟着护国王是要改变自家命运，而不是白白送命。

烟花一直也没放出，各人心中嘀咕，一定出了问题。待到园门外的喊声一阵阵传来，再坚定的人也不免动摇。护国王至今无消息，那么，也许外头的人所说护国王已死，多半是真的了。也有不解埋怨的，这护国王平时挺虎挺威一个人，怎么就那么不堪一击。怎么，被老国王亲手击毙？不是说老国王快死了嘛。外边的火把照耀如白天，显然，他们的起事已经败露，剩下的只有搏命还是投降两条路。众人冲出屋子，准备撕开一个口子突围。奈何人心不齐，战斗力也凝不在一块。各自散乱抵抗了没多久，见有人放下了手中武器投降，剩下的也无战心，遂一窝蜂扔下了武器。这里有西洋枪，几代的都有，大刀，剑，弓箭……五花八门，纷纷落在地上，正应了树倒猢狲散一句。

军政大臣指挥部下收拢降人，心想，干脆一不做二不休。扎尔卡妄图颠覆国家叛国罪名已坐实，为防养虎遗患，干脆留一部分军队收尾，看押审讯哗变士卒；带另一部分人来护国王府邸。护国王有两子，府邸也有镇府兵，他们乱起来倒是不好处理，干脆先下手为强，拿下了再说。

察布队长放在这里的人正焦急万分，他们两人一直盯着，看到府邸后门已经有车辆运人运东西，显然正在悄悄转移什么。如跑回王宫去报告，那肯定来不及了。正没法的时候，见到军队来，又是由军政大臣领队，不由得大喜。平日守卫王宫，陀兰国的几位重臣自然是见过的。二人赶紧出示卫队腰牌，把情形汇报了。军政大臣正愁没个由头，现在正好，干脆围了扎尔卡的府邸，还没转移走的人财物，全部扣留。又找几个看着胆小的先开刀，弄清楚了要去哪里，派人去把先走的追回。全面接管护国王府邸办得干净利落，军政大臣有数，他把扎尔卡的家眷子女拢在一间屋子里，命严密看守。王室中人，处置不是他能左右的，故做事留了分寸。决定不得上意就先关着，自己不审不问。

天色慢慢亮了，总算不辱使命。军政大臣一身疲惫又一身轻松，回王宫复命。

民政大臣也到了。他审了一夜，也差不多有了结果。

老国王的侍从是清白的。他值晚间的班，进了侍从室，脑袋就被重器击中，倒在地下一直昏睡，直到遇救。民政大臣看了呈上来的口供，又调出王宫出入记录来核对，这侍从说话属实。有问题的是他的前任。他头一日上午就放进了扎尔卡，一直藏匿在侍从室。估计是白天人出入不好行事，这护国王一直等到夜深人静时才现身。他所没想到的是，老国王能坚持那么久，枪口下也不低头。

既然已有结果，民政大臣立即通知察布，出外缉拿昨日白天值班的侍从。姝丹娜那边的侍女也全数提了出来，审了一个遍。

扎尔卡入西门的时间，记录上没有。但前后衔接，也无甚疑惑。民政大臣发出拘押命令之前，察布早已先一步控制了西门一队，此时押来交差。白胡子老臣看看眼前精明强干的新任卫队长，点点头。这王妃火线提拔的还真有些远见，也不知她是怎么看出此人可用的。

护国王隐藏行踪停泊船只的地点也找到了。有一间当地人开的船厂，规模不小，正好当了扎尔卡的船只隐蔽之地。这地方还是护国王府邸的管家说出来的。派人去搜，果然十几艘船都在船坞里停泊。据说船只已卸下了国旗，外边重新涂了颜色，是伪装成普通商船分散回来的。藏船厂这个点子隐蔽，王子先前派了仙那城的提督查找各码头，均没有结果，还好现在起了底。那船厂主人吓唬了几句也就招了，他开的船厂，本就是扎尔卡给他的本钱。

提督在四门巡防，派亲近人来报，仙那城别无异象。

有些事，注定随着扎尔卡的死亡而永沉海底了。但行必有迹，综合他招揽的士卒、王宫卫士、身边侍从、管家、宫廷侍女所提供的线索，他之所谋渐渐露出水面。虽然心迹难定，大体可以合理推断。两位大臣就自己所知分别叙述，老国王听着，渐渐明白了，为什么弟弟要置自己于死地，又迟迟不动手。

扎尔卡数年前即已生出取代哥哥成为国王的想法，但一直犹犹豫豫。因为老国王对他推心置腹，手足情深。他生出此念，倒也并非全部基于权力的欲望。

主要是扎尔卡认为，老国王武备不重视，国家迟早要被分食或者吞并，不是邻国，就是西洋人。原因无他，陀兰国小小一个岛，四周都是强邻，还有西洋不知何时来叩门的强盗，光死守，靠现有军力是守不住的。在扎尔卡眼里，哥哥大部分时间待在宫里，对国事多不作为，因循度日罢了。平日又只顾着些怜老惜弱的面上事儿，真正对军队应予以重视，予以训练，他却看不到。

扎尔卡有这些认识，是因为他曾好几年代表国王去陀兰国的几个主要军营视察，并监督各处换防。中下层军官普遍对饷银待遇不满，又夹杂着兵源杂，信仰不一，中底层互相倾轧，乱象丛生。上层或有所知，但都仅以威压和安抚两手应对，并未解决问题。陀兰是君主制国家，王室高高在上，底层苦无向上反映的机会，除非王室来人。

扎尔卡外表亲和，又能走入士兵营地去倾听他们的呼声，自然受爱戴。虽然国王的弟弟来了听了之后，状况也并未有多大改善，但在许多士官心里，那是国王的问题，而不是扎尔卡的问题。扎尔卡有意笼络，心中强兵强国的计划也有意无意透露一些，故几年过去，军营里收了不少心腹。他顾忌着老国王察觉，故军队的上层他还没有着力去渗透。

扎尔卡主管王宫卫队期间，他冷眼看过去，出身贫贱、脑子灵活的卫士是他提拔的主要对象。私下里也有意施恩，对其家庭颇多接济照顾。来自底层的人最容易感恩戴德，扎尔卡明白这一点。有些拿不准忠诚度的，他也尽量广结善缘。亲王的俸禄和田产支持不了他做这些事，故在主管王宫卫队期间，账目开支上做了不少手脚。

他隐隐约约知道自己要什么，但一直下不了决心。

真正让他下定决心的，是老国王派他去安岚国买新式枪支来拱卫仙那城。在扎尔卡看来，这是典型的临时抱佛脚，他心下嗤之以鼻。陀兰国小人少，防卫力量弱是实，但总归是一个独立的国家。跑去邻国低三下四，明知对方的枪支来路不正，还得去谈去赔笑脸，讲那些唇亡齿寒的道理，好让安岚国王手里松一松，高价卖枪让他带回去复命。这成什么体统！他内心压抑已久的不满渐渐长成漫天野草。

待老国王颁下诏书，给扎尔卡上护国王尊号时，他的心腹们，招揽的士兵们，隐约看到了希望。可是，脑子只要清醒就能意识到，即使扎尔卡是护国王，但老国王即将退位，王子宾洛沙估计与老国王一样，那也改变不了什么。这叔侄不比兄弟，血缘更远，期待护国王发挥作用改善自身处境，估计希望更为遥远。

护国王东去曼押岛，他带走的，正是守卫仙那城的军队里素日招揽的军士。正值提督换人，诸事千头万绪，下台的提督不忿之际，故没有及时察觉。到了曼押国，自有不少磋商合计。大典的日期是定下来并通告全国的，时间只有一个来月，如何利用好这段时间，扎尔卡没少费脑筋。为达成他自己的目标，知道拿到哥哥的手诏是关键。要亲手致哥哥于死地，他下不了手，但威胁则可以。因此，他的船队分散了，陆续在离开仙那城不远的船厂汇齐。那船厂老板开设船厂的本钱本来就是扎尔卡出的，自也没法拒绝其停船的要求。

扎尔卡换装回到仙那，心中微微冷笑。哥哥的迟钝可见一斑。王宫里、都城里到处是窟窿，这样的为君者，如何做得国家的主人？他也想过哥哥不从之事。故其到得仙那，派人联络了宫中姝丹娜身边的侍女，给其一包配好的药物，让她在大典前二日晚间放入姝丹娜的饮料中。那侍女如何敢？但护国王派去之人百般保证，只会让人多睡一会儿，绝对不伤性命。那宫女一家子在外衣食都得护国王照料，听了不敢不从。为防着值班的侍女察觉，干脆两个人的饮水里都放了。

万事俱备，只欠东风。哥哥与嫂子情深意笃，他可以自己强硬，但涉及妻子性命，估计会动摇。解药只有他有，只要他不说，哥哥贵为国王，也没法救得了她。他还作了万一准备，如果哥哥再不从，就直接拿了哥哥的手按个指模。当然，这个时候，哥哥应当已经不在人世。

护国王手中拿了手铳，但他从不曾准备开枪。声音一响，他还走得了吗？他想得到，哥哥也想得到。那么，如果哥哥硬挺呢？如果哥哥真的不识时务，那说不得，也得强来。枕头，瓷器，锡器，什么都可以。他狠狠心，进了宫，打晕了值夜班的老国王侍从，静静等待夜晚的来临。

可是，面对哥哥，他还是下不了手。无论拿多少祖先大业来激励自己，面对信他爱他的哥哥，他心中有愧。正僵持不下心中焦躁时，宾洛沙突然冲了进来。接着，又来了王妃。

然后，就没有然后了。

此时天已大亮。仙那城的市民们，还不知在他们沉睡的时候，王宫里都发生了什么。清晨的阳光透过窗子，照在老国王脸上的皱纹和花白的胡须上。他站在自己的角度，又站在弟弟的角度，细细复盘。

明面上，这一起未遂的政变，还没有真正开始就覆灭了。王室行动迅捷有力，大获全胜。但老国王知道，两位大臣也知道，在大典之前发生这样的事情，对于王室的威信，对于军队，都是前所未有的分裂和削弱。王子还在昏睡，明天要不要延期？如果延期，会不会造成国内的疑惑和混乱？其他港口和城市还没有那么清楚，但仙那城他们是知道的。城中居民有好多户自己制作了彩旗，还准备当日制作香花串，在新国王游行的时候抛向花车。附近城市也有许多人会来，看新王登基。如果宾洛沙不能参加庆典，那对国民来说，将意味着什么？

老国王心中觉得还是疑惑未解。他的思绪又从大典转向了昨晚。细细审视内心，他终于明白了自己不安的由来。他的不安在于，从各方面看，这起事变不算严密啊！

老国王一直躺着，耳里听大臣的分析，心中默默得出自己的结论。两任用了多年的大臣没有背叛他，提督没有背叛他，这是最大的安慰。弟弟这么仓促起事，一个人进入自己寝殿，这么危险没把握的事情，他怎么做得出来？相当于他自己，叛乱的发起者，做了一把尖刀。虽然这把尖刀有着其他人取代不了的身份，或者说，非他不可；但是，这未免也太危险了。

两军决战，主帅直接当了前锋，少见。如果王宫卫队有人看见他了，或者任何一个意外，他不就出不了宫？出不去，他在外的士卒就是一盘散沙，行动也就不攻自破。

扎尔卡是太过于高看了自己？还是另外还有未查出的事？可惜他已经死了。嗯，他行前百般推脱不想去曼掸，为的什么？而去了之后，似乎决心很快就下了，所以悄悄回来潜入宫廷铤而走险。那么，他去曼掸期间，发生了什么？

老国王没有办法理清楚。唯一可以确定的，是时间。他的所有举动，都指向大典之前。他要完成所有举措。那么，在大典那日，登基的就会是他。

如果拿到了自己手诏的话。

嗯，弟弟是想以自己的生命，妻子的生命来作筹码，来威胁，来交换诏书，然后，嫁祸于宾洛沙。他召集的部队就是来为国王报仇，师出有名。小儿子在宫外，什么事也不知道，然后王室就只能全交在他手上了。

陀兰国会陷入短暂的混乱。谁能就此得利呢？

曼掸。

老国王一下明白了。大典之日，曼掸国的船只说不定就会杀到，支持扎尔卡登基。那么，扎尔卡一定拿了什么去交换。也许，曼掸国的船只现在已经在海上了。

同盟不是筹码。这是自己给曼掸国的提议。超过同盟的，那就是割地了。老国王想起了与曼掸国关于领海相接的几个岛屿的归属，双边曾争议多年。那么，曼掸国出兵，只是为了几个海岛？

如果他们不止要几个岛呢？如果还另外包藏祸心的话，他们就会假借支持扎尔卡之名，战船进入陀兰领海，趁着扎尔卡登基，大臣们无所适从政令不一之际，攻打仙那城。能够拿下，就拿都城号令天下，兼并了陀兰；拿不下，就割几个岛去，甚至几个港口，嗯，这几个岛和港口，多半就是扎尔卡许给他们的。这样，曼掸的势力范围就扩大到了陀兰。

同盟关系既然满足不了他们，那么只有领土，领海。

兄弟阋于墙，外御其侮这是古老的故事。一直以来两国虽有争端，但到底不曾兵戎相见。现在，是扎尔卡送去了机会。曼掸国不抓住这时机，可能吗？

但扎尔卡为什么那么傻呢？当一个主权不完整的国王，随时可能被废，自己还弑君篡位，当了个乱臣贼子，这不值得。只除非一件事，他自信站稳脚跟之后，可以驱逐曼掸国的船队，甚至夺几个岛屿回来。他为什么有这个自信？

老国王眯起了眼睛。他仿佛看到了扎尔卡在海上扬帆航行的样子。对了，他去过安岚。这才是一切发生的地方。是安岚给了他胆子，把他的野心给引发了。

如果自己的推断是正确的，那么，曼掸也是扎尔卡利用的一枚棋子。他们互相利用。而扎尔卡，他大概不会意识到，一旦与曼掸联手，自己回国搞政变，他就会成为安岚的一枚棋子。

扎尔卡应是早已与安岚密谋在先。是自己让扎尔卡出使曼掸国，给了他们绝佳的机会。曼掸国与扎尔卡达成协议，大典之日来到，表面上是为扎尔卡站台，助其坐稳位子，然后按照两方协议，分得自己所要的东西。而扎尔卡所谋甚多，他会提前通知安岚国，陀兰与安岚联手，将曼掸的海上船队打残，然后把陀兰与曼掸之间的小岛统统拿下。因为曼掸已经少了守护力量，一败之下，只有承认现实。

扎尔卡图的就是这个。他真正联合的是安岚，他想要的，是临近曼掸国的一溜岛屿。海岛就是领土。安岚国出兵，胃口就不一定是曼掸国的几个岛屿。在仙那城边海域交战，不定什么时候就打上来。

安岚，陀兰，曼掸。海图上，三个国家就在一条线上。谁占领多几个岛，就多几分战略机动。嗯，说不定还为了对付西洋人时，胜算多一点。

相邻国家这么频密的算计，自己还坐在井里，还派弟弟去结同盟。同盟同盟，什么时候就变成引狼入室了。

老国王深悔自己大意，用错一个人，无穷后患。弟弟在自己眼皮子下搞了那么多花样，自己居然不察。眼前的两位大臣，看来他们和自己一样，老了，都在坐井观天。

思绪又回到安岚国。螳螂捕蝉，黄雀在后。不能不防。

想到这里。老国王叹了一口气。弟弟是要实现他伟大的抱负吧。他是有多看不起自己这个衰朽残年的哥哥。这些战略上的筹划，他来跟自己说，披肝沥胆地说，自己就听不懂吗？非要兵戎相见，兄弟相残？是了，因为宾洛沙就要接位，他等不及了。

再想下去就没意思了。老国王精疲力竭。这一切推理，如果只是他自个儿脑海中的风波就好了。但如果，有那么一丝可能性呢？

想到此处，老国王睁大了眼睛，一下坐了起来，敏捷程度远不是他平日衰老的样子。他拿过身边的纸笔，匆匆写了几行字，用陀兰、中文签上名，折叠好了，又亲手点上火漆，命宫内监马上去交给海政大臣，令他马上执行。又命身边的小儿子，去请王妃来。

事情如果像自己推断的那样演变，那么，陀兰国已万分危急，形势糟得不能再糟。

军政大臣负责的是陆军，他一直注意老国王蹙紧的眉头，一听老国王让传令海政大臣，他反应不慢，一下明白了：扎尔卡伏法事小，他在此前的作为，才是陀兰国的真正危机。这个危机不是今天，就是明天。

他看了一眼民政大臣，后者感受到了紧张气氛，一脸的不安。两人对视了一眼，站了起来。

老国王知道，他们看出了自己的紧张，便摆摆手，让坐下。他缓了一下，沙哑的声音在已经亮起来的宫殿里，有着格外的深沉。

“陀兰国已经到了最危险的时候。但愿佛祖保佑，王子今天可以好一些，可以站起来。至少明天，他得稳稳地站着。”

民政大臣回：“国王遇险，事急从权，故王妃传话，我等也听命。王子做了手术，终究会好起来的。陛下在此，那外朝之事，王妃还参加吗？”他顾虑的，是陀兰国此前并无姝丹娜或者王妃参政的先例。

老国王疲倦地倒回到了椅子上，他对和他差不多一样年纪的民政大臣说：“王子现在昏睡未醒，但虎狼已经屯于阶。王妃果决，在王子养伤期间，可以参同理事。小王子格里布已成年，可以自今日起一起理事。”老国王说完，闭上了眼睛。他没说出口的是，他自觉已不久于人世了。宾洛沙一时好不起来，小儿子平时并未参与朝政，一时半会为宾洛沙分不了忧。这段特别时期，王室主事的人断不能缺，环顾左右，也只有王妃了。

他的头沉重地靠在身边的靠枕上。两位大臣听老国王语气如此沉重，只得躬身答是。

“拟诏书吧。”老国王平静了一下，向躬身在他身边的秘书郎说。“护国王扎尔卡叛国罪行必须公之于众。这么大的动静，全城百姓全无知觉是不可能的。与其谣言乱传动摇民心，不如公开。王子受伤也是瞒不住的。王子明天即位，典礼仪式能简则简。同日宣布王妃在王子疗伤期间参知政事。同时封王子格里布为议政王，同参知政事。削去原护国王尊号，其土地财产收归国库，家眷子女审理后定罪发落。”他说得断断续续，但语气坚决。

“陛下，为迅速拿下扎尔卡党羽，我曾宣布追随扎尔卡的士兵放下武器即获宽恕，陛下的意思是？”军政大臣想起此事，赶紧请上意。

“眼前安抚为主，你做得对。现在严密拘押，过些时日，把他们削去军籍，带去岛中部的几个矿区，去挖矿吧。给王后下药的、勾连的，现在不忙一个一个查了，昨天一班子饮食上的人，接触过王后的，还有进过王后寝宫的，统统赶出宫廷，也去挖矿。”老国王恨恨，如果不是为了大典在即，他就全杀了这些人。

克制自己是很消耗力量的，他说了那么多话，气有点喘不上来。他抚了抚自己的胸口，接着说完自己想说的话：“记得，即使流放，他们也不能放在一起，尽量打散，防着他们再次作乱。还有，所有人终身不能回仙那。如违命，杀无赦。”

最后的愤怒耗尽了他全部力气，头一歪，老国王晕了过去。

第十四回

水师受命

陀兰国土辖一个大岛，周边还有多个群岛，甚至还有只露出一小段礁石的小岛。有的岛上荒无人烟，有的岛则有居民居住。海政大臣莫阿的职责，不仅仅是统领全部战船水军，也负责管理诸群岛小岛上的居民之事，因此在朝廷诸臣中任务最杂最重。他的驻地在仙那城东部一个军港，叫作耶里。这地方槟榔遍布，绿草成茵，四处清洁优美。本是军营，但被他管理得有条有理。

陀兰岛作为一个小国，至今未被邻国欺凌，国力方面就是因了有这一支训练有素的水军，这是底气。水军上下又将莫阿视为灵魂人物。老国王多年来一直信任他，也给与了极大自主权。

见来自王宫的信使飞马传信，没有信封，只有火漆，他一看就知道危急。陀兰岛上马匹数量少，平日里只有王公贵族才能使用。军用的马匹对品种有要求，入选的马匹拿来组建了一支骑兵队，直属国王，这支队伍也承担来自国王的紧急通信任务。因着水军重要，老国王让挑了二十匹良种马，拨给了水军，专司传信。

莫阿剥开火漆，展开整张纸，看着看着，不由得站了起来。

才一读完，他当即命令通信兵通知下去，全部战船集结，士兵全部上船，等待出发命令。他思考了一下，也学了老国王，不用帐下文书，直接手写了几封命令，命通信队出发。他指示得具体，通信兵带足干粮，一人两马，迅速到陀兰岛另外三个防护深水港的水军基地传命。他的书面命令同样明确，令三地的水军立即集结，出海绕岛巡视。如有邻国战船入侵领海，立即驱逐，必要时可以主动出击。

莫阿在此前仙那城的防守战中，一直和军政大臣一起，站在王子宾洛沙之侧，指挥战斗。他麾下的战船就集结在一个大海湾之后，一旦他向空中发出特制的烟花信号，船队就会开向仙那城。因了传说中的西洋船火器强大，王子定下了先观察对方火力，依托岛上山崖工事，击退上岸侵略者的策略，因此水军不曾出海迎敌。

老国王这封信，他翻来覆去读了，明白了现在要抗击的，不是西洋人，是邻国。

这担子实实在在压在他一个人肩膀上了。

嗯，海上烽火是个不错的主意。水军也可以用起来。陀兰海岸线长，海域广，有什么传递消息的速度能比海上的浓烟快呢？他命令后勤队伍送物资上战船之时，每个船上都送几大缸硝石、硫黄、木炭制成的黑火药，还有柴火、引火绳，叮嘱了使用务必小心在意。

莫阿安排完，自己带了亲兵队，上了最大的一艘战船。船首高高悬着三面旗帜，陀兰国旗挂在最高处，中间是陀兰水军旗，低一点的则是他的帅旗。

出发！他的旗舰率先出港。上百艘船从军用船坞里开出，按照指令，向西向东分别开赴。只有北面不用守，因为那是中国。除了商船，那里不会出现战舰。陀兰向上国纳贡修好，与周围许多岛国一样，这个策略是对的。南洋诸国至今还没有哪一家敢吃了熊心豹子胆，敢去惹北边的庞然大物。而北边，差不多七八十年来，并不曾有南下的先例。莫阿心想，也因了这个因素，陀兰水军不用几面受敌，真是幸事。今天，他除了留了一支机动队守海港之外，算得上是倾巢而出了。

莫阿本来忧心忡忡，看看海面上密密层层的船队，不由得意气风发，这是他多年以来的心血。旗舰首先启航，迎向老国王判断的战事发生方向：东边的曼掸。海水透明一般，衬着远处的海岛，真是令人陶醉，如果没有战争，该有多好。他眯着眼，看看船首，碧海蓝天，又走到船舷，只见浅一层的海水里，游鱼清可数。但他知道，在看不到的海水深处，有无数看不见的凶猛物种。

百般小心，不能轻敌，他提醒自己。

他的头顶，风吹着战旗呼呼作响。

发出命令的老国王，此刻在王宫里头，已是心力交瘁。待探春和小王子来到前殿，老国王身边的御医和几位大臣已围在身边救治。时过正午，众人熬了一个晚上，但没有一个人敢露出丝毫倦意。国事如此，他们都坐在一艘船上。看看老国王灰白的脸色，两位大臣不由担心。什么时候都好，但老船长可不能在这个节骨眼上油尽灯枯。一定，必须，撑过今天明天。

征得老国王专属御医同意，探春将熬好的独参汤一口一口喂进老国王嘴里。还好老国王人虽晕过去，还能咽下汤药。独参汤顾名思义，就是汤里只有一味药，中医如使用了这道药，说明病人已经生命危殆。好在这千年老参药力巨大，小半个时辰后，老国王醒了过来。想起自己先前说过的话，挣扎着坐起，让拿过诏书来，在拟好的任命王妃、小王子参政的文件上签字，又亲眼看着符宝郎盖上了御玺。

他心中放下了一件事，长舒了一口气，又倒回到躺椅上。

“你母后呢？”他微闭着眼，问身边的小王子，又看看不远处的探春。探春谨守礼仪，当着小王子和大臣给老国王喂完药后，便自觉退到了一边。

“御医查明，母后的药里有好几味药草，其中有曼陀罗。”探春见小王子没及时回应，遂走近来接话。

小王子在前殿值守，这事自然不知首尾，故他未回答，只听着王妃嫂嫂回话。

“父王放心，中土的医官说，甘草可以解曼陀罗之药性。只是另外几味药，嗯，御医说，医书上没有记载，不能确定，想是陀兰岛外来的。中土的医官也没见过。要请父王示下。”探春行了一礼。

没用的御医。老国王心中叹息。听起来，曼陀罗草像是主药。因为是中土的医官所说，所以儿媳不敢擅用，来让自己拿主意。

“你母后到现在已经沉睡好几个时辰了。救人要紧，既然甘草可以解毒，那就试试，左右坏不了事。其他的药，让御医再查。”老国王已经发不动狠，但他知道，妻子受药力控制，到现在还没醒转，这可不是好兆头。

小王子挂着母亲，转身回后宫，亲自去交代御医。

看看眼前的两位大臣，他们还有许多自己的事要忙，总陪在自己身边是要误事的。便转头说：

“两位跟我多年，陀兰要靠你们，遵旨而行吧。”老国王见两位重臣脸有忧色，牵动嘴角笑了一下：“放心，这把老骨头一时倒不了。去吧。”

两位大臣答着是，退下了自去干事。今明两天仙那城需要格外小心，提督那边兵力少，无论衙役还是军士，都得派将出来，协助京城治安。他们心中自然听了出来，老国王说的“遵旨而行”，多半不只是让他们退下，强调的其实乃是新盖上御玺的诏书。看来宾洛沙痊愈之前，这一对叔嫂要共同执政一段时间。王妃的名次一直在小王子之前，莫非老国王是明确下来，主要以王妃意见为主？想想也是，探春参政的合法性，就今日来说，只能来源于老国王的任命。任命一个异国女子参政，是因为她是未来国王的合法配偶，夫妻一体，特殊时期也可理解。嗯，也说不定埋下了将来如有危机，好向中国求助的伏笔。

两人从政多年，心中揣摩，但彼此并不说破。出宫赶紧各自料理昨夜首尾，分派今日任务去了。

老国王目送两位大臣的背影，待他们走出视线，方问探春："宾洛沙呢？醒过来了没有？"

"禀报父王，他醒过来了。只是……"探春低着头，一时不该怎么说。

老国王让身边的人退远了些。他看着探春："孩子，你说实话，不要紧吧？"

探春轻轻地说："醒是醒过来了，只是，中枪的地方一直渗出血来。他痛得很厉害。我作了主，让中土的医官正在给他针灸止血。"

老国王明白探春的无奈，他心中痛了一下。这是他的儿子，要接过自己衣钵的继承人，如今变成这样，怎能不心疼。宫廷里的御医真是无用，是自己平日不察，疏于管理了。

他招手让宫内监过来："传我的话，让民政大臣秘密全岛寻访西洋医生，要快，找到别国去也要找到。"

"宾洛沙他……明天能够站起来吗？"他吩咐宫内监毕，转过头来看探春。

"御医们也在商量。他们的意思，可能要使用无忧草。王子拿出子弹的时候，也给他喂了这个药。"探春小心翼翼地说。

无忧草是什么，老国王是知道的；有什么后果，他大略也知道。

他沉默了一会儿，面容冷静，吩咐探春："明天大典是最重要的事。该用什么药就用什么药吧。要让他站起来。告诉御医，这个药非同小可，用多了也坏事。让他们斟酌着用。"

探春不敢流泪，躬身答是。她见老国王才醒来，又操心宾洛沙的事，担心他撑不住，便让侍从们过来，抬上软轿送老国王回殿休息。

老国王坐在轿上，他看着身边的儿媳，忽然叮嘱道：

"记住：治国如理家，关键是秩序。现在加了一条，就是抵御外侮。好好用人，用能人，不阻塞言路，要眼观四路，耳听八方。"他说完抬抬手，轿子向前走，独留探春站在远处，咀嚼着老国王最后撂下的，这没头没尾的几句话。

针灸止血颇有效。王子肩窝一带，随着医官几条经脉施针，血渗出得少了。陀兰国的御医现在反成了助手，见施针毕，便忙来换药换绑带。

这中土医官姓任，他医术不弱。年纪不大，就被选入太医院当太医的助手。他的师傅就是与贾府交好的王太医。任太医资历虽浅，但他医术已颇受老师重视。因见后宫频频出事（详见作《榴花纪》），参与医治的太医纷纷被遣出，太医院正使紧接着告老还乡，心中栗栗畏惧。

贾府三姑娘被指婚，沿袭前朝旧例，其随行人员之中包含太医院御医。任太医运气不佳，被指定的医官就是他。他的师傅王太医资格虽老，想留下他也无计可施。

任太医自然心中不愿，但君叫臣死，臣不能不死。何况只是把他发配到南洋而已。是的，于他，这就是发配，而自己并未做错什么。一路上他想明白了。他的使命，除了保证探春及陪嫁人员一路安全之外，为天朝上国传播中土医道的优越，也是他的使命。他和那些匠作人等地位无异，与贾府姑娘也是一样的。他们所有人的离乡背井，只是上国对周边国家怀柔政策的一部分。他们都是棋子，或许连棋子也算不上，那棋盘多大，他们怎么能在上边呢。

任太医屈从于命运安排，心灰意冷。一路除了医治晕船众人，其他一概无言。不是这次宫廷惊变，他也不会出现在探春面前。本拿定主意不主动做任何事，毕竟这里的宫廷有御医，但探春毕竟是与师傅有渊源的世家之女，见王子服的药有问题，故不能不言。且无论他承不承认，在这异国他乡，探春就是他们所有人的支撑。而王子，又是探春的支撑。救王子，就是救大家的未来。

这位贾府三姑娘昨晚当众说了，要给他们自由，任太医的心里熊熊燃烧起希望之火。这么说，他有生之年，还有可能踏上中土的土地，见到自己的父母家人。有了这丝希望，他尽自己所能帮助王子。只是陀兰国御医用药，太虎狼了，他心中叹息。

王子已搬回寝宫，任太医为他针灸完毕，正收拾医箱，探春进来了。

宾洛沙躺在床上，肩膀敷上了药物包着，白色的丝绢穿过脖颈，把他的左手吊在胸前。看到探春，他蹙着的眉头展开了一点，两个人就那么目光对视。任太医在近前见了，颇觉不便，低了头离开。

“疼吗？”

“好很多，不疼了。”王子撒了个谎。

探春在床边坐了下来，她握着宾洛沙的右手，轻轻地问：“明天能站起来吗？能坚持下来？”她拣着要紧的问。

“御医给我服了一碗药，止痛的，说明天再喝一碗，应该可以坚持。不过这药……我脑子里总是乱乱的。”

探春心中了然，她问过医官这种药会引发的身体反应，那可不乐观。她眉头皱了起来，意识到不妥，又赶紧展开一个温婉的笑容，什么也没有说。她能说什么呢。

她扶王子起来坐一坐，奈何王子受伤的左肩膀牵着半边身子，一动就是剧痛，又躺了回去。探春心头难过，只有默默祈祷上苍，但愿明天这个时候，王子可以好一点，可以在典礼上接受父王给他戴上王冠。

房间不时有人进进出出，来通报消息寻求指示。侍女来报，姝丹娜眼皮微动，似有苏醒的迹象，但也说不好，得去瞧瞧。典礼官来报，王子穿不了原来定做的礼服，得想办法。老国王说典礼减半，减去哪些环节，请示下。还有，重新预演是来不及了，只能靠现场调度，出纰漏怎么办。

探春不能陪在丈夫身边，没有人告诉她怎么做。

可恨的扎尔卡！在以往王室的宴会上，他是那样的亲和。这个人，怎么就能干出逼宫造反的事？怎么就下得了手，向他从小看到大的侄儿开枪？

老国王说的"好好用人"，这是他内心的忏悔吧。他应是后悔自己没有早一点看穿弟弟的野心。探春想。

探春把自己的会客室充当了办公的地方，一一给出意见。这么多繁琐的事情，以前，宫里都是怎么运转的？老国王和姝丹娜倒下，就一片乱麻。此刻不能再去问老国王，只有自己迅速决定。正忙乱着，宫内监来到，让屏退了众人。他受老国王指派，来向王子和王妃说明海上准备迎战之事。这是秘密，他说。探春不想让王子忧心，一个人听了。

原来局势已经到了这个地步！如果明天海面太平，那自然无事；如果不太平，那就是海战。卷进来的，可能不止一个国家，这是什么局面？

宫内监行礼退下了。探春心脏还在急剧跳动。战争，怎么就迫在眉睫了呢？仙那城不久前，不是才迎过西洋人的炮火吗？此刻，她是如此期待，老国王的推断纯属一个衰弱老人的臆想，它不会是事实。

如果老国王推测的成真了呢？探春甩甩头，重新想起老国王意味深长丢给她的几句话。老国王给她压未来的担子，是不是就意味着，对于眼前的危机，是胸有成竹的了？

想到这里，探春心下稍稍安慰。老国王就凭发生在眼前的事情，就断定海上会起风波，不愧是治国多年之人。他作为一国之君都没有慌乱，那自己慌什么。

但愿明日能够安然度过，她内心祈祷着。从不信佛的人，此刻居然有了向佛陀祈祷的想法。

第十五回

登基加冕

漫长的夜晚，宫里依旧弥漫着花香；旅人蕉在不远处高高地站立，像防守的士兵。一切那么安宁，头一日宫廷里出现的危机，似乎一点没有影响到它们。

鸟儿们已经乘着暮色归巢。姝丹娜短暂地醒来，又沉沉睡去。御医和任太医都去看过了。据任太医报告，被药物抑制的时间太长，姝丹娜的脉息不稳，跳动忽紧忽慢，恐怕不太好。两位公主和小王子将母后移到老国王身边，好让父王和母后可以在醒来时可以互见。有他们守着，探春才得以抽身，去看望自己的丈夫。

老国王倒是清醒。明天，权力就可以正式移交。这沉沉重担他已经担了很久。儿子宾洛沙虽然晕晕沉沉，不是一天两天能痊愈，但好在他娶的儿媳可以分忧。小儿子虽然年过二十，可惜平素对他的教育，多了许多艺术性的科目，少了许多治国安邦的常识。这也符合他的天性。现在，即使要推小儿子格里布主理政事也来不及了。而且，小儿子如果被催生了权力欲望，就真的好么？看看自己和弟弟扎尔卡就知道了。

儿媳探春来探视老国王。两位公主和小王子格里布也在旁。

正问候间，莫阿的快马进了宫门，他密封的信件被送到老国王面前。老国王打开，里边只有四个字："出发靖海。"老国王半卧着，微微地笑了。前两个字，是指已遵从他的命令出发；后两个字是决心，也是自信。

他招招手，让小王子附耳过来："可以传令军政大臣了。"

宾洛沙闭目听着殿外传来的脚步声，轻轻的，有节奏，接着是环佩叮当的声音。他知道，是探春回来了。刚喝下的药让他减了痛苦，也让他麻木如在云端，脑子里偶尔还有幻象。他心中害怕，但不能形诸于色。闻到玫瑰花的香气，他睁开了眼睛，他的王妃立在眼前。

侍从早已知趣退下。

探春一层一层揭开纱布，宾洛沙的伤口比她预期的还要严重。天气已经炎热，想必是汗水渗透进了伤口，创口附近肿了起来，烧焦的皮肤虽然已经剪去，但边缘处微微发白，像是不祥的信号。探春心疼着，令守候在侍从室的御医端消毒的柳皮水来，她要来亲手揩拭，又令从地窖中多多地取冰来寝殿，就放在王子身边。

虽然有心理准备，但探春在洗伤口时，还是禁不住一阵一阵恶心。手上血水，伤口气味又有一股难闻的气味。她想抑制自己，究竟也是无能为力。

宾洛沙没有恼怒，只有悲哀。为自己悲哀。他看着探春为他洗好伤口，又敷上药，咬牙不喊疼。接位前夕碰到这样的事情，活下来已经万幸，救得了父王已经万幸。见探春脸色转青白，他的悲哀转为关切，转头命御医为王妃把脉，看看是不是病了。

那御医的功夫来自中土，自祖上起已经传了好几代。他平日主治外伤，内里之事本来非其所长，但王子命令不敢有违。他诊了半天，不敢肯定自己的判断，建议请中土的医官来一起看。王子心提了起来，半仰起身子，让请任太医。对这位来自中土的医官称呼，他已经跟随探春了。

任太医已经获探春宫廷内免礼的礼遇。他坐了下来，打开医箱，拿出一方丝帕搭上王妃的手腕，这才伸出右手三指放在手腕内侧诊起脉来。他闭上眼睛，感觉小指处感觉如珠走盘，快而光滑，然而脉动跳得让他有些难以把握。

他诊脉诊了多久，宾洛沙就担心了多久。探春开始还坦然，后来也担上了心。

考虑了半晌，任太医睁开了眼睛，他明白了陀兰御医的踌躇。这像是滑脉，但不规则处又有些难以确定。

他站起微微低头行礼，这才抬头禀报："向王子王妃贺喜，王妃这是喜脉。"他的脸上露出了一点笑容。

探春惊喜地看向宾洛沙，后者眼光也看过来，这会是真的吗？

探春最先反应过来："任太医，二位诊脉诊了如此之久，是否脉象有什么违碍？"她想起御医的踌躇，任太医诊脉也那么久，那么慎重。

任太医在宫廷久了，知道与人为善的道理。他为探春高兴，也愿意与陀兰国的御医分享这份功劳。他明白，是医者的审慎让探春疑心了，便看了身边的御医一眼，回过头解释：

"臣等的判断应该是一致的，是喜脉，但不肯定是不是双胞胎，可能再过一两个月，更好判断。"

那御医心中领情，便也接上："是的。"

探春心中忽然涌起一种不真实的喜悦，还有难以言说的惶惑。自己真的要做母亲了吗？她从座位上站起，走到宾洛沙身边。二位医者看着，忙提了药箱退回到侍从室。侍书不敢离开探春太远，也轻步走开到房间角落侍立。

命运给了他们大悲，也给了他们大喜。

宾洛沙此前花蝶无数，但从未有过一丝半点子嗣消息。半生纨绔，不料正确的事，真的只能待正确的人来到才会发生。他作为男子，以往不止一次怀疑过自己的功能，但此事羞于启齿。此前交往的又都是些没名分的人，故宫里宫外，他无人可诉说自己的焦虑。这个好消息的到来，像是驱散他头顶阴云的一道阳光。

“我们这就去告诉父王。”他低声说，未受伤的右手抚摸着探春光滑的手背，细长的手指，无处不爱怜。

“现在天晚了。明天大典之后吧，或者等一两个月之后。任太医不是说，等等看才可以明确下来的吗？”

“就明天。”王子坚持。

“嗯。”探春微微含羞，低着头，顺从地答。

这一晚，是探春身心俱疲之后的一剂良药。佛祖是慈悲的，给她风雨，也给她阳光。她和衣躺在宾洛沙旁边的躺椅上，两个人就那么望着，满心的安静喜悦，直到睡梦之神的来临。

次日一早，王宫前的大广场已是鲜花的海洋。仙那城的居民，还有从远处、近处赶来的其他城市乡村的国民，都齐聚到广场四周。王室的近支、远支成员，站在王宫左侧列队；朝廷大臣按照等级，列在右侧恭迎。他们当中，消息灵通者自然有各种心事；不通消息者，还在左顾右盼，奇怪护国王迟迟没有到场。

宫门大开，四匹白马拉着的镀金马车驶出王宫大门。老国王喝了参汤，强撑着腰身让自己坐得直一点，身边是姝丹娜，她头晚醒了过来，恢复了一些意识，但身体依旧发软，头歪着，靠着座椅后背。老国王右手撑着她的腰，左手伸出车窗外，不断挥手向马车外的人群致意。

军政大臣得了老国王的口谕，头一晚即已领兵在仙那城的几个紧要隘口驻守，今日不在队列里。他明白老国王不愿意惊动更多的人，故调动人马都在半夜，布防也都在城外靠海岸边，城中人多不曾察觉。

紧接着出来的马车是王子的。不期而来的喜讯让王子精神好了很多。因他受伤，手无法伸进衣服的袖子里。故头一天，探春令宫廷裁缝紧急改了他的长礼服，作主剪掉了两只袖子，在肩膀处绣上金边，这样穿起来，既免了穿袖之难，外边也可以遮蔽伤口。王子今日里穿白色传统宽大罩衫，外头套上无袖礼服，出行前看了看镜中的自己。剪掉了左肩处的布料，裹上药膏，外头一点看不出，他很满意。左手吊在胸前，牵扯的疼痛让他不时咬牙，但今天无论如何要撑住，他告诉自己。坐在车里，他的右手也像他的父王一样挥动，向外边的臣民示意。

探春知道王子支撑不了多久，但他能够站起来，已经是万幸了。她的左手抬起，右手轻轻托着王子吊着的胳膊，在颠簸的马车上尽量给他一点缓冲。

广场很大，中间已经搭好了一座巨大的礼坛。坛分三层，以鲜花作装饰，上头是王室的徽章：一只鹰在海面上飞翔。

仪式已经从简。老国王与姝丹娜的衰弱是掩盖不了的，二人均以软轿抬上礼坛。参加典礼的众人心中不免疑窦，不期然他们的国王王后已经衰朽至此。待王子宾洛沙在王妃搀扶下出了马车，众人心中只剩下惊诧。

王室的骑兵队已经散在广场四周。民政大臣派下的暗桩也散在了人群四周。他知道，提督的兵力也全部散了出去，仙那城的街巷都会有一队一队的士兵巡逻，防着意外。

老国王知道自己的病体。待宫廷乐队奏完乐，典礼官宣布典礼开始之后，他直接宣读诏书，传位于王子宾洛沙。他声音不大，语速缓慢，但坚定，喧闹的众人不觉静了下来，听他们的老国王说最后的话。

诏书读完，老国王坐在王座上，姝丹娜软软坐在他的身边。

宾洛沙早起服过无忧草药，此时正是精神亢奋之时，眼前不时出现幻觉。他仅有的意识让他保持肃穆，吊着左臂，单膝跪在老国王面前。老国王无比慈祥，摘下了头上的王冠，轻轻戴在王子头上。

“宾洛沙，你可知道，从这一刻起，你要担起陀兰王国的重任？”

“我知道。”

“你是否发誓，为陀兰国民的福祉而努力终身？”

“我发誓。”宾洛沙举起右手，向老国王宣誓。

老国王为宾洛沙正了正王冠，他的白发在空中飘动。一片树叶落了下来，在他的头顶上盘旋了一阵，轻轻落在他的袍子上。

“我以祖先的名义，以国王的名义，宣布从此刻起，你是陀兰国王。”他最后说。

王子站起向四周挥手。乐队奏乐。民众欢腾起来，香花串一串一串扔向礼坛。尽管他们不知道新任的国王为什么受伤，但老国王的嘱托他们听见了。为国民的福祉，说得多好啊！

按照仪式，王妃的冠冕同样应由姝丹娜戴上。冠冕已备好，但姝丹娜已经不能胜任此职。老国王招手，让探春过来，他亲手为她加冕。冠冕上镶嵌的蓝紫色宝石，炫目地闪着光。

探春双膝跪下。她以为老国王要对她说什么的，结果，老国王只是轻轻地说："孩子，你现在是王后了。"探春鼻子一酸。在这样正式的场合，老国王如此称呼她，用只有她一个人的声音告诉她，他视她为自己的孩子。

探春站在了宾洛沙身边，夫妇二人向人群挥手。有小童上前送上鲜花；又有年迈的老妪上前，亲吻她的裙脚。

老国王的侍从扶着他站了起来。他必须要将扎尔卡的事情说清楚给臣民们听。他自己终结了扎尔卡，也理当由自己把弟弟的叛国罪行说清楚，不遗留尾巴给后人。

"读吧。"老国王命令宫内监。诏书里写的是原原本本的扎尔卡叛国，胁迫自己，下毒姝丹娜，枪指王子，被老国王亲手击毙之事。老国王不准备隐藏什么。一家子的兄弟相残，只影响一家子，但他是国王，扎尔卡威逼自己枪击王子，影响的是整个国家。不说清楚，流言会像飞鸟一样扑向四面八方。九虚不如一实，就让臣民们看到真相吧。让他们看到，王室是强有力的，不仅迅速挫败了叛徒的阴谋，今日照样如期举行了新国王的加冕仪式。王妃持枪一节太骇人听闻，就不说了，所以诏书中只说了她及时出现，扎尔卡因此分神，给了老国王予亲手击毙罪人的机会。

诏书很长，更像是一个通告，是按老国王的要求写的。

宫内监不带表情地读完了长长的诏书。准确地说，是前国王的诏书。诏书的末尾，是撤销扎尔卡护国王称号，其参与的家人和党羽将论罪处罚。

这道诏书的内容太过出人意料，四周一片寂静，仿佛空气都凝结了。缓了一会儿，才有细细的讨论声浮出人群。

老国王站在坛中央，张开双手，往下压了压。他苍老的双眼环视了广场一圈，众人重新静了下来。他开口了：

"给国家带来灾难的人，也一定会给自己带来灾难。扎尔卡是我弟弟，我很心痛。但是，叛国就是叛国。古往今来，每个家庭都会有不肖子，我们杜绝不了。我要说，那些叛国者，那些祖先的不肖子孙，无论他是谁，绝逃不过覆灭的命运。所盘算的阴谋，也一定不能得逞。”他大喘了口气，又接下去：“今天加冕的国王，我的儿子，将继续引领陀兰所有的国民向前。他的王后，将襄助国王完成他的使命。”他以一个大幅度的挥手结束了演讲。

老国王说得那样坦诚，那样有信心，离得近的国民，有的感动得落下了泪。在他们心中，国王久居深宫，像是神一般的存在，今日倒像一个慈父，或者一大家子的祖父，在跟他们面对面交谈。朝臣们想得深一些，理解了老国王不得不公开这件痛心之事的苦衷。他为的是终结朝野猜想，归根到底，是为新接位的儿子保驾护航。而无论老国王的动机为何，新国王的勇敢不虚；能够面对扎尔卡的枪管不屈服，他的受伤就是荣誉；新王后也是。没有她的在场，没有她的忠贞与勇敢，这起叛国事件的结局恐怕会改写。

看着坛下一个个望向自己的目光，老国王感觉到，自己与国民前所未有地接近。

老国王一口气松了下来，他已耗尽他的心力。他知道自己所说的，不多时就会传到全国每一个角落。

他也知道，今天自己走下了神坛，同时也让王室走向了神坛。祖先传下来的心得，王室有事，都是瞒着捂着；国王对外说的话，多为华丽空洞的语言，无他，为的就是保持神秘感。人总会本能畏惧于不可知的东西。而他今日，亲自打破了这份神秘感。

这是不得不作的取舍，老国王心中清楚。新国王带伤，护国王缺席，这都是捂不住的。既然捂不住，那就不如公开；既然公开，那就全部，不留死角。扎尔卡的余波未靖，不把他的罪行最快最清晰地公布出来，国民会因迟疑而起贰心，那迟早会酿出大事的。

精简后的典礼仪式，本来拟好的次序是，先宣读扎尔卡的罪状，再宣布传位宾洛沙。老国王不知道自己服的药可以让自己撑多久，便临时改了。先传位，先确定这件最要紧的事。自己如还没有倒下，再继续第二件。还好，自己都撑下来了，老国王为自己感到骄傲。

保持神秘感？父子两个在枪口下走了一遭，还有什么神秘可言。人不是石头缝里蹦出来的，总有亲近之人。在亲近之人眼中，又哪有什么神秘感。野心才是要防范的东西，而神秘感，什么也防不住。

这个神坛走不走下来，已由不得自己。既然要走，干脆主动一点，坦荡一点。起码不自欺，起码王室不会被自己的臣民看不起。国王被弟弟护国王用枪指着，这是多大的丑闻？再不坦荡，王室的尊严就会土崩瓦解。

嗯，丢掉神秘感，收获亲和力，也不算太糟。扎尔卡招揽的士兵，有的交代了，说跟着他，起初就是因为他有亲和力，自己不也被他给骗了吗？在自己面前，弟弟一向恭谨又亲切。自己不是一向将国家大事相托，最后还封了他为护国王了吗？

没有王室的光焰加持，再亲和也没有用，老国王心中清楚。但既然是王室，多了亲和力，是不是就可以减少那些假仁义者钻空子的机会？毕竟，受人爱戴，总比被疑惧强。

此前无论如何想不到，扎尔卡的力量之一，居然是亲和力。那就学一点，但愿没有太迟，希望宾洛沙也能够悟到这一点。老国王深深懊悔，自己觉悟到这些，太迟了。

好在自己的后继者，他们来得及纠正。至少，有一点是确定的，那就是，儿子儿媳都是勇敢无畏之人。但愿他们能够守住王室，守住陀兰。这艘汪洋中的大船，就交给他们了。

老国王看看靠坐在王椅上的妻子，原本歪着的身子，不知何时已经坐直，正看着他，犹如当年成亲之日。他不知哪来的力气，弯下腰，搀扶着他的姝丹娜站了起来。未来的世界，就交给儿子了，他是他们生命的延续。人群里的欢呼声，也交给了新的国王。

新的朝代开始了。

老国王退位，他的马车消失在广场的尽头，那里是王宫，是他的家。渐渐当顶的太阳照耀着宾洛沙，他接受了广场上臣民的欢呼。是的，他们爱戴老国王；是的，他们也因年轻国王的勇敢而欢呼。

在下坛回宫之前，国王侍从托着一团紫色呈到探春面前。

"这是国王的礼物，我的王后。"一旁的宾洛沙微笑着说。

探春打开，盘中是一件白底紫缎织花披风。那紫色如此之正，仿佛让头顶的太阳也失去了光彩。

探春知道眼前披风的贵重。世间少有紫色染料，要有，只有海洋里一种特别的骨螺。它分泌出的黏液，起初乳白色或者没有颜色，暴露在空气中过一段时间，就变成了紫色染料。这种染料稳定持久，不易变色褪色，随着风化日照，颜色会变得更加鲜亮。这些，是贾府老太太闲了时偶尔说起的。只是，一只骨螺只能采集一点点，染这件披风，用掉的骨螺得有多少？上万只，她猜。

她心中一阵激荡，披上了披风，抬起眼，国王正深情地凝视着她：

“王后，这个颜色很配你，非常美。”他满意地说。

第十六回

邻国相伐

海政大臣莫阿与老国王相识之时，他只是水军中一名普通的水手。当时，年轻时的国王还不像年老肥胖时那么怠惰，视察军营也不委托于人，均是他亲力亲为。水军是岛国的命脉，他最为重视，每年都会去军营巡视。在一次观看水军操练中，他发现了莫阿身手敏捷于常人，一身腱子肉在阳光下晒得发亮。招到近前谈吐几句，发现此人虽是小兵，但对于海上战事的防御与进攻居然也有思考。国王赞赏，有心提拔，又一路考察，最后确定莫阿是个忠勇兼具的难得人才。最后，老国王将水军交给了他。即使派弟弟扎尔卡巡视军营时，他也不曾派向水军。

水师的战船日常维护、修缮、增添，技术改造，凡是莫阿报来，老国王一律照准。民政大臣曾私下有所担忧，认为这可能导致水师坐大，但老国王听了只笑，并不回答。莫阿的待遇自始至终未变。

老国王就是要明明白白告诉莫阿，他获得的是绝对信任。

莫阿十来年来致力水军，其练军之齐整，周围几个岛国都是知道的，只是从未与之一战。议论起来，均不知道这位获陀兰国王多年信任的大臣，会是赵括，还是卫青。

是的，即使是南洋，诸国受中土文化影响也不少。他们的臣民中也有相当一部分是汉人，更有往来客商带来书籍野史。各国王室也都有意收集这些信息。朝贡国家，北上见中土君主的时候，使者的胸中也多装一些对于中华上国的了解。虽然朝代更迭，北上的商船替代了邦交往来，但纸上谈兵的赵括，奴隶成将军的卫青，他们也都是知道的。

接老国王手谕后，莫阿率领他的船队出发，东行一路绕海境巡视。南洋诸岛国，往往以小岛作为分界，岛与岛之间连成的线，就是不可逾越的边界。既然老国王判断首先有警的是曼掸，故莫阿扯满风帆，直奔东边。到了界岛后，便沿着几个边境小岛来回行驶。到达边界之时，天上已经星斗闪耀，已是后半夜时分。借着月光，莫阿的视野里出现了大量船只黑魆魆的影子。莫阿坦然不惧，夜晚不会有真正的战事打响，他知道。因为两军如果接战，船只一旦交集，混乱之中，双方都难分清敌我，故交战各方一般都会很有默契，黑夜不战。

对面的船只沉默着，偶尔有几星灯火越过海面。莫阿看了一阵，见影子没有移动，莫阿便未理会，只让两名副将在船首船尾盯住了看，有动静再报他。他自己则返回船舱睡觉，直到次日凌晨才起来。

太阳升出海面，从一点点逐渐到半个太阳，天地间一片彤红，海洋顿成红海。转眼之间，那太阳已一整个跳出海面，金光四射，照得人睁不开眼。海面又成一片金色。海浪拍击船身，是水手们最爱听的声音。

莫阿手搭在眼前，看着太阳跳出海面，忙命全员戒备。确实，在一溜不规则小岛连成的线东边，集结的正是曼捭的船队。清晨的视野良好，莫阿甚至隐约认出了曼捭国红蓝相间的旗子。

老国王判断得一点不差，他们确实来了。

曼捭船队也曾考虑到新王登基之日，陀兰海域自然会加强战备，但未想到头天半夜，对面来了那么多船只。指挥使想的与莫阿一样，晚上不兴兵。太阳一出，阳光从自己肩后照过去，他见对方船队密密麻麻，怕不是来了五六十艘。打头的船身高大，上悬三面旗帜，隐约看去，国旗之下，竟像挂着海政大臣的旗帜。陀兰水军的帅旗突然出现在海疆，不像是防御，倒像是准备入侵自己国家一般。这出乎先前的判断。曼捭国水军指挥使不敢贸然按计划进军，赶忙派快艇回去传讯。与陀兰相比，毕竟自己一方离海岸更近，有着通讯上的便利。

曼捭国苏丹早已移驾水师驻地督战。曼捭国作为陀兰东边的邻国，中隔茫茫海水，一直遗憾西面的领海狭窄，缺乏有效的缓冲地带。几个历史上有争议的岛屿，曼捭一直与陀兰争执不休，为的就是多划几个岛过来，好扩大海防区域。但双方谈来谈去谈不拢，要打也没把握，就这么耗下来了。

天幸陀兰护国王扎尔卡过来试图联盟。曼捭国苏丹以接待国王的礼节接待了邻国的特使，款待极其奢华，日日醇酒美人歌舞不歇，就是迟迟不与扎尔卡谈正事。

邻国之间互相收买奸细是常用手法，毕竟南洋诸国距离又近，海域又广，民船商船来往频密。扎尔卡对于老国王的施政不满之事，国内无人提，但曼捭国收集了多年的信息情报，经过分析，内务大臣提供给曼捭苏丹的意见，便是此人可用。正苦于没有机会，不料扎尔卡自己来了。联盟也好，怎么也罢，陀兰主动前来便是求人，怎么也得撂下点自己想要的东西。

曼捭国王有意延宕时日，促对方心急，故一直让大臣出面接待，自己总不露面。看看扎尔卡已盘桓了差不多一个月，曼捭国苏丹这才约了扎尔卡谈正事。

“曼捭与陀兰唇齿相依，按说结成海上联盟，对于两国都是好事。海图上看得明白，陀兰这是要我国成为贵国的东部屏障，但贵国就一个岛，且不大，并不足以成为我国屏障。因此，按照护国王的建议，我国吃亏了。”曼捭国王鲁图正是年富力强的中年，他为这场见面已经准备多时，说话时底气十足。

“不然。西洋人现在纳澳岛一带，打下一个岛一片土地，就设自己的总督，这是灭国。贵国想必也知道，西洋人迟早北上，找上我们两国的麻烦。早一日定下结盟之策，共同对敌，便早一些有把握。毕竟他们千里迢迢，没有那么多兵力派来。我们本土作战，互相策应，物资后勤源源不绝，守土有胜算。”扎尔卡说的是事实。

“听闻贵国新国王就要即位。护国王这么辛苦劳碌，为侄儿守江山，倒也是可敬之举。只是本王为你不值。”鲁图转了话题，开始加料。

扎尔卡笑笑。这种话，于他是预料之中。

“护国王雄才大略，所招揽的能人敢死之士，像大海里的鱼儿一样多。这个，本王也是佩服的。”鲁图继续笑吟吟说。

这话才引起了扎尔卡的重视，他的眼睛一下犀利起来。

“苏丹此话，倒是有些不好理解。”扎尔卡以退为进。

“这样，本王也是打个比方。比如说，护国王的能干下属中，可能有不少是曼捭国的武士。你看，你我早就是一家人了，哈哈。再说了，护国王终究只是护国。为他人作嫁衣裳之事，怎比得上自己称王来得痛快。”鲁图笑得开心，直接托出了他心底之话。

扎尔卡明白了，这已经是要挟他了。他心中暗恨，也在转念头。既然鲁图以话挑他，就是当作鱼饵等他咬钩，那他也不妨回应。扎尔卡假意装作被对方拿捏不得不从的样子，演了足足一场戏，终于二人好好坐下来，细细磋商。鲁图成竹在胸，扎尔卡有心逢迎，二人遂约定了宾洛沙登基之日，曼捭国出兵陀兰海域相助，助扎尔卡称王。扎尔卡则答应了邻近曼捭的几个小岛未来的归属易主。曼捭国王担心的最大阻碍，那就是陀兰水军全部出动，那就是一场海战，胜负难定，曼捭国不想打一场恶战耗损战力。扎尔卡听了笑笑，说登基日前一天，他自然会下达国王诏令，海政大臣会被免职，换上自己的人。陀兰水军只有海面常规巡逻队伍，战力有限，如曼揖王师到，自然土崩瓦解。

扎尔卡说得自信又神秘，曼揖国王猜到了，扎尔卡威逼国王传位甚至弑君，是其达成目标的最大可能。邻国王室内讧，于他是喜闻乐见。从老国王一向信任弟弟来看，成事的可能性极大。扎尔卡拉拢陆军将士多年，曼揖国王心中自然有数。这次来曼揖，跟随来的一千多人的队伍本身就是战力。以有心算无心，竟是扎尔卡的赢面多些。陀兰国水军不出最好，即使出了，也未必能强到哪儿去。眼见扎尔卡此去，陀兰王室内乱是定了的。既然相邻，不去打几个太平拳火中取几个栗子，也是暴殄天物。这一场进兵，一旦去了，曼揖水军又怎会轻易退却？进则签订协议实拿几个海岛占几个港口；退也可以实占双方存争议的岛屿，造成既成事实。这一步走通了，便可将海防区域向西推一步两步。曼揖国王想来想去，怎么看也划算。

海上联络不能及时互通信息，这是个实实在在的障碍。双方只能约定，宾洛沙登基日就是曼揖国水军抵达陀兰的日子。待一切尘埃落定，双方即签正式文件，明确约定岛屿的归属。扎尔卡假装不知道对方的胃口不止几个岛，谈定之后面上一片欢喜。鲁图心中知道，扎尔卡是因了自己握着他的把柄，所以不得不从，但双方密议于扎尔卡本身有利，故心中坦然不疑。

扎尔卡与鲁图计议已定，便将带来的船只改了颜色，落了旗帜，分批扮商船回国。他的部下倒多半先回陀兰岛，扎尔卡本人乘着东风，秘密去了安岚。

购买枪支期间，他与安岚国王没少打交道，现下到来，自是轻车熟路。扎尔卡和盘托出自己的建议，待曼揖国水军入了陀兰海域，便两国水军夹击，务必要将曼揖水军打残。那么，一长段时间内，三国相接的海域，曼揖西边海域，由陀兰分得；北边的部分，则由安岚分得。曼揖国的水师被打残后，短期内是不可能复原的，两国所占地盘，占了就是占了。

曼揖如失了临近半岛的诸小岛，那么西边、北边海域不再是其屏障，而会是它眼皮前的威胁，二国浮舟即可抵达。而曼揖，此后数年内，将再也不能在海上与两国争锋。

扎尔卡对着海图讲。他边向安岚国王建言，内心边向自己说，与安岚国的联盟才是大手笔，而这一切都写在图纸上，哥哥怎么就看不到。带着鄙薄之心，他回顾了自己的筹划，愈发觉得这是一个难得机会。他要借此扩大陀兰的边界，也要让陀兰的国民看看，谁是最配坐上王座的人。

自己使的是驱虎吞狼之计。在安岚国眼中，这是阳谋。但扎尔卡不担心对方看穿此计。因为这样做，双方共同的利益最大。各有所获才是好买卖，这个民间说法，他深信不疑。

如扎尔卡所料，安岚国果然没有拒绝这个提议。只是与他商谈的国王问，扎尔卡调动不了陀兰水军，有何把握陀兰水军一定会出动，一定会打击曼掸船队？扎尔卡笑了，他说，海政大臣是老国王一手提拔，他的水军巡视海疆，不见到曼掸船队便罢，一旦见到有船队入侵，岂有不动手之理？两支水军激战，安岚国水军加入，那就是两家打一家。那安岚国王素听说陀兰水军之能，即使传闻有夸张的成分，五成的成色想必是有的。如依了扎尔卡，那就是陀兰先与曼掸海战，然后安岚加入。自己一支生力军出发，就是在陀兰海域通行，然后打一支半残的队伍，那还不是砍菜削瓜。削弱东边隔海相望的邻居，素来是安岚国所乐意看到的。如此行顺利，浑水摸鱼也未必不可以。陀兰海域的通行权，有了第一次，就会有第二次。至于海的对面那一片土地，已是眼馋许久了，伸一只脚过去，以后也好再图别的。二人心意一致，遂秘密定下此事。

扎尔卡海上穿梭虽忙忙碌碌，但见所求一路顺遂，心中喜悦。他为陀兰国所做的一切，归根结底，都要落实到他自己当国王这个点上。护国王，护谁的国？宾洛沙继位后，他连护的机会都不一定再有。想通此节，故他不惜铤而走险潜入仙那城王宫，要抢先拿到哥哥传位手诏。心狠一点，拿不到就干掉老国王，诏书按上手印，继而发兵王宫灭了侄儿，随后将老国王之死嫁祸宾洛沙。

扎尔卡一系列的计策都想好了。他自己的队伍围了王宫，那支只有三四百人的卫队怎是敌手？内外消息封闭，卫队中有内应，也多有自己提拔之人，自己持老国王诏书，卫队一时不明就里，混乱之中，怎会拼命抵抗？这些都是可想而知的事。如宾洛沙侥幸不死，也会因真相难明一时接不了位，群臣无首，也就无所适从。随后便是自己的人四处大造舆论。那时国内大乱，自己护国之后再主政，也是水到渠成之事。

他也知只身入王宫之举，太急了，也不甚周密，但时间紧迫，也只有这样，才能迅速在混乱中取得先机。哥哥有二子，非如此，恐怕王位还有周折。从来富贵险中求，他不甘心放过这个机会。

他费尽心机布好的连环计，不料功败垂成。

扎尔卡之死事出突然，距离所限，曼掸国和安岚国自然无从知晓。曼掸如期派出的水师遇到陀兰陈兵海域，方觉有异。他不敢直接进兵，只有迅速报告他们的苏丹。

曼掸的苏丹此刻也无从判断，陀兰王廷内发生的事情究竟走到哪一步。可以确定的是，扎尔卡回陀兰，陀兰王室必乱。他不动手，就等于让曼掸爆他集结军队意欲反叛之实。扎尔卡是聪明人，也是野心家，自己亲手替他点燃的欲望之火，不会轻易灭掉。既然自家战船已发，好歹先占了计划中的岛屿。虽然局势未明，对方主帅悬旗以待，但从水程来计，陀兰水军应是早已接到的命令。也就是说，扎尔卡尚来不及解除陀兰海政大臣莫阿之职，他就出发了。

这确实是计划外的变故，但陀兰王室发生内乱是肯定的。苏丹想着，对方水军齐出，但未必敌得过自己多年来用重金打造的庞大船队，箭在弦上，那就发吧，便命令下去。

太阳君临于一切之上，对人间无知无觉。海面上浮光跃金，一如既往的光辉灿烂。但岛链两侧，陀兰与曼掸双方战船对峙的杀气，仿佛也让海鸟们惊觉。它们远离战船急急高飞，在空中留下一长串的鸣叫声。

莫阿在太阳出来之前就已醒来。按照习惯，船舱上下检查了一圈。见值夜的水手已换下休息，心中满意。疲惫之师打赢不了任何人，他需要他的军士保持饱满的战力。

对面的曼掸船队中间忽然摇动一面黄色大旗，紧接着，船队外围几艘船分兵驶开，船中央的旗舰当先起帆，向自己一方驶了过来。因了借着东风，速度很快。莫阿看了看离开船队的几艘船，心中推测，对面的船队可能改变了计划。他们的意图是什么呢？攻击自己主舰是虚，抢占相邻各岛是实？还是有虚有实，侧翼包围自己？这个阵势不小，后头还有没有机动船队增援他们？

来不及判断了，无论如何，这是赤裸裸的入侵。

他决定先不管散开的船只。摇动中军帅旗，当先驶了过去。既然要两军决战，那就硬碰硬，旗舰对旗舰。周围的四条船，除了莫阿所在的旗舰，已是陀兰最好最高的船只，此时见帅旗摇动，纷纷挂上船帆调整角度，跟随主帅杀了过去。按照主帅根据平素演习作出的规定，几艘船中间保持了近百米的距离，后边的船队也纷纷跟上。一路东行，太阳射入眼帘，说不出的难受。军士纷纷戴上军帽，用帽檐挡住阳光。

两国的船只都装着火炮，只是已经是古早时代的。炮身沉重，炮口移动慢，装填炮弹还需要用木杵捣实，炮弹又是实心的。故水军的厮杀，主要靠船速、船只的高度、武器，最后是军士的勇猛。这些，两国的水军都彼此了解。莫阿的船与四艘护舰一字排开，冲向边界。那边已经有几发炮弹打来，所幸开炮时离得远，并未打中。炮弹落到海里，溅起一大片火花。两国水军在临界处相遇了，莫阿看着距离，三百米、两百米，目测曼押主舰已经越过了界岛之间的中线，他挥手下令。不远处的炮身发出巨大的轰鸣，船也因巨大的后坐力晃荡起来。

莫阿先前盘算的就是这个时间差，对方开炮，就是他们先动的手，离得远，炮打中自己船的几率不高，他便可以抢到这个装填炮弹的间隙，将这场海战拖进短兵相接。

对方还真是肆无忌惮，主舰公然过界线，正说明他们蓄谋已久，他心里冷冷地说。

那就看看，谁是海上的真英雄。

莫阿左右的战舰开炮了，一发炮弹打中对面一艘船，眼见那艘船横了过来，看来击到了主舵。莫阿目不斜视，在差不多已经看得清敌舰人影之时，发令自己的船开炮。炮手拼命摇高炮口，炮组其他人赶紧装填炮弹、捣紧，旗舰的第一发炮弹过去，只听“轰隆”一声，这一炮直接打到了对方旗舰的后半部。眼界所及，对方舰上乱了一片，只见人飞快跑动，有的倒地不起。

莫阿见一击得中，哪容对方歇气，他拿过旗兵手中高高的令旗，旗杆前倾。左右船只见主帅发出了进攻令，士气大振，五艘船打头，后续船只跟上，一起杀了过去。

莫阿熟悉海上生涯，知道造船技术与船载兵器的重要，他曾几次上书老国王，要求购买西洋人的新式炮。无奈西洋人正仗着坚船利炮纵横纳澳岛海峡一带，怎么可能购得到。陀兰自己的兵工厂，还是数十年前建的，更新迭代一无技术，二无人才，更非一朝一夕可以办到。故他转请老国王拨款，由他本人来改造战船。老国王同意，当即派王宫总管将水军驻地附近一造船厂秘密买下，交给莫阿，由他全面主持战船的改造。

莫阿本人奏章，老国王此前发了话，宫内监不得拆阅，直送国王。老国王为水军买的船厂，他不用国库银两，而是掏王室自己的内囊，买下之后原封不动，直接交莫阿使用。这样做的目的，为的是绕开朝廷管财政的大臣，增加水军改造的隐秘性。一旦有战事发生，隐秘性就成了突然性，可能就此得到战场上的先手。密，才能不透风。重要的事情，知情人范围越小越好，老国王一直谨记这一点。

莫阿今日准备使用的，正是这个突然性。

曼押旗舰本是乘风，船行速度快，此时船身全部已冲过双方界岛。两边军士开始放箭。双方射手前均有军士持盾牌护住，但也都有后排军士中箭。莫阿所在大船看看两船接近，他命舵手侧面转舵，避开对方船首，然后向着对方的船舷驶去。待得两船相近，原覆盖船头的油毡，军士一把扯开。

曼掸指挥使眼见对方船头升起一个巨大的铁爪，黑黝黝的金属光泽在清晨的太阳下闪着寒光。来不及退后了，他眼睁睁看着一支磨盘大的铁爪重重击了下来，自家的船帮顿时被咬住，木头外本来包了铁皮用铆钉铆牢，此时不堪重击之力，开始撕裂，那恐怖的声音让他一时愣住。眼看着那铁爪缩后往陀兰旗舰那边拖，指挥使反应过来，拼命摇动旗帜，令船上所有人上甲板，准备肉搏。

莫阿见他精心准备的大杀器一击奏效，挥动旗帜，传令兵向上下舱之间特意留出的圆洞传话，底仓士兵操作升降轮轴，那大铁爪徐徐放平，铁臂上迅速被铺上木板。旗舰上的士兵一拥而上，通过木板，直接跳下曼掸的船只。两支船队的士兵开始短兵相接。莫阿仗着船高出对方的优势，让兵士点燃火把，直接扔敌船上去。曼掸的船只受铁爪之袭已经出现倾斜，此刻前行的方向受此影响，不断在海面上打转。莫阿的旗舰趁对方军心大乱之际，命令源源不断的军士开向曼掸船。

相邻的护卫舰也有同样装置，此刻见对方主舰被牢牢套住，军心大振，也攻向前方敌舰，登时海域一片火光。

曼掸原来散开的船只，是受指挥使的命令去占岛。此刻回救主舰不及，只有按预定计划，一个一个大大小小的岛屿上去，又忙升起曼掸国旗帜，以示主权。莫阿远远看见一两面旗帜，不为所动。见两军士兵在对方船舷交战，虽一时呈胶着状态，但敌方败是迟早问题。为减少己方伤亡，他下令抬出黑火药来，裹在没点燃的火把上，扔向船头和船尾，然后令士兵搭好火箭射向这两处。随着巨大的爆炸声，船头船尾燃烧起来。莫阿树起收兵旗，放下绳梯，召唤己方士兵回船。曼掸有跟着上来继续搏斗的悍勇士兵，则被陀兰兵居高临下，一刀一个砍落。

莫阿指挥他的战船，后退，再前进，又一次扬起铁爪，给已经呈分崩之势的敌方主舰再一击。那船经受不住火烧爆炸，船只逐渐失去平衡，船底进水，逐渐下沉，在周围形成巨大的漩涡。莫阿忙令己方船只退后。曼掸指挥使一看船沉就是不远的事，忙收拢身边残兵，挂下绳梯，乘船侧拴着的救生艇逃命。剩下的曼掸军士一看主帅走了，不少纷纷跳下大海，去追赶救生艇。其余接战的曼掸战船，见主舰燃烧，耳边甚至听到了船身龙骨折断的声音，心胆俱裂，忙掉头回自家海域，逃得慢的，船只被毁，军士或死或伤，莫阿也不去管他们。

此役，曼掸国战船损伤过半，陀兰水军大获全胜。

莫阿见曼掸军已被打残，既然退回海境线，他便举旗拢住全军，分散四周去取缔被占领的小岛升起的旗帜。小岛上的曼掸守军一见自家兵退，不得命令不敢下岛，依旧负隅顽抗。莫阿先铁爪破船，再火把火药摧毁敌船，最后才派军士上岛，夺回己方海岛。曼掸军士抵抗的被杀，放下武器投降的，被一个一个绑了带回。还有几个跳进大海，做了漏网之鱼，能不能游回陆地，那就看造化了。

曼掸军上的岛，大一些有原住居民的，莫阿吩咐安抚；有伤的，帮助料理救助，并承诺朝廷抚恤，还好未死一人。岛小一些无人的，曼掸插上的旗帜拔了，换上陀兰国旗。

莫阿收兵之时，派往西边的陀兰船队也发现了安岚国水军的旗帜。船队在海政副大臣的率领下依次排开，静静守在陀兰一溜界岛内侧。西北是安岚方向，西南是柔佛国海域，他们堵西北方向就好了，两国相接的海域不算宽广，在岛链内侧中部候敌，往哪个方向也来得及。北面和东北面是南中国海，副大臣无数次看过海图，形状像一个盆，装着广阔的蓝色海洋。安岚要绕开他们直接东去，就得经过南中国海。南沙群岛一带海岛传说有中国人居住，副大臣设身处地想过，他赌安岚不敢。

安岚国水军指挥使得到的命令是，海面上一见曼掸国旗帜，便自两国海境线攻入陀兰海域，和陀兰水军一起打败曼掸国水军。然后迅速沿曼掸岛方向追击，三日内拿下曼掸岛西部北部岛屿，能占几个就几个。拿下后，驻军就地等待下一步命令。安岚船队就位后，发现陀兰水军早有准备，拦在两国边界相接部分，心中疑惑，两国水军不是友军吗？这阵势倒像是对敌。出发前，国王曾密告指挥使，此行是与陀兰护国王磋商的。那么，不是两国王结成的正式盟约？指挥使在船上，看着前方陀兰国的战船队伍，疑惑不已，既不能派小艇去与对面的船队沟通，更不敢轻举妄动，打一场莫名其妙的战争。友军变敌军，不是安岚国的计划，自然也不是他指挥使的计划。他只得等，一直等。日影西斜，再到次日的日头高举，一直不见曼掸水军旗帜，那指挥使心中猜到了陀兰情况有变，更不敢动。两支水军一直在边界相拒两日一夜，指挥使料知难以按计划进军，便收拢战船，回安岚向国王复命去了。

莫阿得胜回营，吩咐日常海上巡逻的船队严加注意，又拨五艘战船海域东西巡航。如遇敌情，便使用海岛烽火传讯。同时发出捷报，令快艇迅速回营，换快马直送仙那城。

王宫内，老国王一直吊着一口气，他在等水军的战报。传位当天，他已是拼尽全力稳定民心，为儿子未来的执政铺平道路。回宫后，药力已过，打起的精神像晚间退潮的海水，再也不能凝聚，只好卧床养神。姝丹娜醒来的时间，已知晓儿子受伤缘由。她眼见宾洛沙登基，心愿已足，在老国王身边躺倒沉睡，自此不省人事。御医轮换着把脉，都知道老国王心脏衰弱，已经无力回天。姝丹娜药力解除不尽，已入肺腑，恐也有性命之忧。

宾洛沙大典之后获御医报来信息，心中难过。他强行支撑自己，到寝殿告知父王母后自己即将有子之事。老人眼中尽是欢喜，但已说不出完整的几句话。御医在旁，知如此好消息都不能让老国王坐起，回天已无力，剩下的时间，只能是挨时日罢了。

老国王偶尔醒来，心中清明的一小段时间，便是等待海上的消息。他问了几次，宫内监都答尚未有报。老国王默默计算时间，无论他推测得错与不错，莫阿的信息传来，最快也得三日。莫阿既已出海，海疆当能无忧，这个自信老国王是有的。既然自己现在还活着，那是祖先庇佑。能将莫阿此人情形告诉儿子儿媳，心里也算放下一块石头。他招来宾洛沙和探春，摈弃了旁人，断断续续告知此人本事，包括自己与莫阿的相处之道。

任命探春与小王子参政的诏书，此前宾洛沙已看过，故父王单独嘱托自己及王后，他并不意外。既然父王与海政大臣的联系如此机密，他知道了，这水军跟国运攸关，莫阿本人则是重中之重。作为一国之主，父王只告诉自己及妻子，自然也是慎重之故。父王是要告诉他，用好莫阿，不要轻易撤换，与莫阿相处，信任是关键。还有就是，沟通的环节尽可能少。他懂了，为什么莫阿的奏章信件可以直通御前。

宾洛沙登基后的第四日清晨，树上的鸟儿刚开始鸣叫，烫着火漆的水军消息报到王宫。

宾洛沙为了镇痛，晚间用的药物加了量，正昏睡未醒，宫内监直接报给了王后探春。探春知道老国王一直在等消息，自己原封不动用托盘托了，到老国王寝殿报老国王。

躺着床上的老国王得报，一双强撑着的昏花老眼看着她。探春知道，这是让她拆读的意思。待她读完抬起头来，只听得老国王一声爽朗的笑声，脸上须眉全张，眼睛里全是笑意。那笑声中气十足，像是一个壮年人。探春正为陀兰高兴，为老国王高兴，那笑声忽又戛然而止。她定睛一看，老国王的手已沉沉地搭下床沿，白发下的面孔转为灰白，双眼已经合上了。

候在旁边的御医抢上前去，先搭脉，后又将手指放到鼻孔处探气，最后轻轻翻起老国王的眼皮看。他知道了，老国王已去。御医登时在床边跪了下来。探春心中明白了，一股巨大的悲伤袭来，让她立脚不住，侍书赶紧扶住了。

巨大的失落感笼罩了探春。自她到陀兰，老国王一直爱护她，信任她，指导她。他叫她“孩子”。他实在是一个好父亲，甚至他的身影，比养育自己多年的贾府父亲更为鲜明。探春到陀兰，曾为宾洛沙的冷落而流泪，曾为丈夫的受伤而流泪，但没有哪一次有这样的伤心，从此以后，她和宾洛沙再也没有指导之人，身后再也没有靠山了。

新登基的国王还沉睡未醒，只有自己了。

探春在老国王身边痛痛快快哭了一场。宫内监在宫廷服务多年，他知道王后此刻流露的真情。他也知道，此时不是痛哭的时候，他得提醒王后。而且有孕之人，如此痛哭，伤了腹中胎儿可怎么好。

她的悲伤是如此之深，宫内监简直没有进言的机会。还是侍书劝住了。

老国王的治丧刚刚开始，当晚，姝丹娜也在沉睡中去世了。他们相伴半个世纪，育有四个孩儿，到今日，也紧跟丈夫去了天国。

整个王宫、整个陀兰都陷入送别老国王和姝丹娜的悲痛之中。丧典有议程，照着办就是。为难的是宾洛沙，他的肩膀总觉有刺痛，像是一根刺长在伤口里。为了办理父王母后的祭典，他不得不咬紧牙关。任太医原本建议使用紫堇来替代无忧草的，但宾洛沙喝紫堇药酒不能缓解疼痛，依旧让御医呈上无忧草。他每天喝几碗药才能坚持完当日的祭奠仪式，具体的事务，都交由王后探春会同小王子格里布主理。

两位公主见父母同一日去世，哀痛之余不理其他。二位公主的夫君见小王子不做主，倒是探春抛头露面决定宫内外大小事务，心中渐生不满。

嗯，且由得她。宾洛沙已经是国王了，待他伤好后，作为姐夫，向他要个肥差，或者讨个要紧差事，应当不过分吧？两个人打着相同的主意。

第十七回

弱肩担政

莫阿海上大捷的消息，早由商船民船带回陀兰。两支水军交战，海鸟惊飞，海上船只远远看见，如何不惊？无小岛阻隔视线的海域看得更是清楚，炮火连天，浓烟滚滚。后见陀兰水军列队返还，方确定莫阿大胜。

街市上，陀兰人喜形于色，传说自家水军厉害，果然所言不虚。他们不知道的是，如果不是这支水军抵住了邻国的入侵，恐怕都城仙那，现在已经乱成一团了。

料理完国丧，扎尔卡也赐地安葬，探春与宾洛沙终于腾出手来。他们与大臣商量，要以一个盛大的庆功仪式来为海政大臣莫阿授勋。他和她亲得老国王告知，知道在扎尔卡逼宫之后，陀兰最大的危险，就在于这位叔父生前布的局。这种不顾国家安危只顾自身野心的行为，自然让探春深为不齿。如果不是老国王提前密派莫阿全面迎战，那么，曼掸、安岚两国入侵陀兰就是回避不了的事。莫阿之功，怎么嘉奖也不为过。想起扎尔卡给老国王，给宾洛沙造成的伤害，探春心中犹是恨恨不已。看在扎尔卡曾说动了柔尔结盟的份上，二人按下心头恨，还是好好安葬了他。

虽然不能详知扎尔卡当时的所有想法，但从安岚屯兵海域看来，安岚、曼掸都对陀兰虎视眈眈。地图摊开，探春看得清楚，这两国的中间就是陀兰海域，他们想的就是蚕食鲸吞陀兰岛屿领海，扩大自家海防区域。相安无事多年，如今剑锋忽指，这不能不引起她的深思。

宫内监来报，柔尔国使节来王宫求见。王子宾洛沙登基时，这位使节也曾来陀兰道贺；对于陀兰护国王扎尔卡意图叛乱之事，也表达了遗憾。时隔不久，这次再来，自然是因了陀兰与曼掸的海战。

莫阿领军在东边与曼掸水军海战，因为东西相隔远，茫茫海水中间岛屿遍布，柔尔并不能看到海上烽火。但北面的邻居安岚国出兵之事是知道的。事实上，安岚出兵当日，柔尔水军已获令集结。据海上小岛上设置的观察哨报来，远远看去，那陀兰水军旗舰挂了海政副大臣旗帜，战船四五十艘，一直在海上与安岚军对峙。两天一夜后，安岚撤军，接着陀兰撤军。

家门前起烽烟，柔尔国自然要来问。

探春已经熟悉了大致的政务，见盟国使节来，便与宾洛沙一起接见柔尔使节。这盟国前向在西洋人来犯时，遵守双方约定出动水军，实为陀兰奥援，故宾洛沙对待使节甚是热情，规格也甚高。只是身体未见大好转，吊着的手臂也让重视外表的宾洛沙心中不豫，在介绍了大致情形后便告病回后宫，由探春继续与柔尔使节谈。

探春此时已怀孕超过三个月，本是将养之时，奈何宾洛沙的伤始终没有大好转，她和小王子只得分担政务。简单一些的，小王子与探春商量了，可以独自去处理。但盟国柔尔使节到，就不是小王子可以代替接见并商谈的。柔尔是重要的盟国，使节是其国王所委任，又负有特殊使命，自然必须得由陀兰国王亲自面见。宾洛沙疏于政务，这样重要的会晤，不能不与探春一起出席。好在陀兰不像中土礼教森严，探春穿了宽大的礼服一同参与，宾洛沙看看，也还不显眼。

那柔尔使节初见探春，倒是吃了一惊。陀兰这是无人了吗？新王带伤即位也就罢了，居然谈话未结束就自己退出，由后宫王后来谈国事，实在是闻所未闻。使节知道，这位王后来自中国。但在他有限的认知里，北面的大国虽也听说历史上曾有皇后主政，但终归不是正统，后来不是被推翻，就是人亡政息，重新归政于男性继承人。有个中土的成语，叫做牝鸡司晨。陀兰如此，这可不是什么好兆头，他心中想。

此时退出是不礼貌的，那使节按捺住自己心中的不满，听王后说话。

探春自然读过老子“治大国如烹小鲜”这句话，但她一直不信。国家之事千头万绪，怎能与做一道菜的难度相提并论呢。实际执掌国务多日，她渐渐悟出，这二者确无法相比，老子的重点也不是这个。这位智慧之人说的是，二者有相通之道。做菜，除了食物材料、配料需准备好之外，最重要一项就是火候的掌握，然后才是按掌勺者心中的菜谱烹调而成。

使节的面色在国王退出之后就不好看了，探春都看在眼里。她微微一笑，先让锦书抬出茶盘，从隔壁烧着的小火炉上取下滚水，给使节沏茶。小小的茶壶在锦书手里玲珑如意，她左手压住茶盖，右手将茶壶倾斜，将第一道茶倒出，烫了面前白色胎瓷的杯子；小竹夹夹住杯子旋转了一圈，将杯中水倒出；然后再给茶壶灌满水，托在手心里摇了一摇。这第二道茶倒入大一些的陶杯，再就着杯口，均匀将茶水倒入两个白色杯中。

那使节不曾见过喝茶那么麻烦。既然是客，也就客随主便，自己安坐一旁静候不言。

待王后示意，他礼貌地抬起眼前小小茶杯，才近鼻端，就觉异香沁入。他张口浅尝，顿觉满口清香，回味尤其悠长。

“这是武夷岩茶。是我离开京城时，圣上赐的。今日款待尊使。”探春也陪饮了一口，笑吟吟地介绍。

哦，这是强调她的来历，她的后方是中国。使节不露出太多的表情，但手中的茶喝了好几口，锦书在旁添上。

既然王后要谈茶，那就谈吧。

“果然是好茶。只是不知一杯茶，为何还有这么多讲究？”使节问。

探春面容如旧，她头戴的蓝宝石王冠在宽大的殿堂里闪着光辉。

“因为这样冲茶，茶的香味最能发挥出来。尊使不觉得吗？”探春停了一停，看着使节，“贵国与陀兰的联盟，对于两国都是好事，这相当于好茶。增加了温度，用沸腾的水冲开，茶香会更浓郁。”

使节放下了手中杯：“王后的意思是，我们两国还可以温度更高，茶香更浓？”

“是的。此次陀兰不幸，王宫异动，海上风波，老国王谢世，不及通知贵国，要请贵国见谅。事发突然，也是不得已之事。所以我想，能否互派常驻使节，可以及时通两国情况，不使误会发生。如再有异动，也好遵守前盟，共同对敌。”探春说。

使节思考了一下，这确实是个不错的主意。事实上他来陀兰，也有部分问罪的意思。这么大规模的行动，不通知盟国，致使自己国家一阵紧张，不知陀兰、安岚究竟剑锋所指。如有专门渠道，确实好多了。

“这个建议，我回去后会禀报我国王。还有一问，刚才茶壶里的茶，为何要先注入一个大的杯子呢？”他指着有豁口似鹰嘴，专门盛茶倒茶的陶杯说。

探春微笑：“在我中国，这个杯，叫做公道杯。为的是让茶汤均匀，不偏不倚的意思。”

使节明白了，这是为两国的将来划定一个基本的准则：公道。

“前向我国海上驰援，耗费若干，不知贵国是要还回这个公道么？”使节脑子转得快，马上想到了自己国家的利益。

探春说："先王与贵国王结成的盟约，我们必当遵循。国王登基之日，曾立下誓言，为陀兰国民的福祉而努力。我国民还远不到家家富足的程度，故国王与我相商，准备派出经商使团，前往中国。先王在世时曾告诉我们，西洋人垂涎南洋的，最开始就是丁香、肉桂这些香料。这些，在中国也是可以高价卖出的。然后再运丝绸、茶叶回来，卖给西洋。这一去一来，利润可观。一部分充实国库，另一部分则作为国民福利，改善他们的生活。我国有此计划，不知贵国是否有此意，参加进来呢？"探春想起了香港屯门，想起了宾洛沙说起的广州十三行，也想起了她代老国王每月去慰问的那些贫民。她能看见的已经是这样，陀兰土地上，不知还有多少穷人得不到救助。是的，守着海洋，守着香料，这个现成的钱不赚足，反让西洋人赚去，实在是守着宝山而不知挖掘。

使节明白了。陀兰新胜，短时间内，曼掸和安岚都不敢妄动。等于一段时间内，陀兰已经确保了西北、东北面的安全，只管派商队北行，与中国做生意。王后是天朝赐给陀兰的王妃，别国的大型团队不能驶入南中国海，她派出的船队则可以。

这是拉盟国一起经商赚钱的主意，也就是王后所说的还个公道。柔尔国出兵的军费，自然也就在其中了。

聪明的王后，他收起了小觑之心。

柔尔使节面上不说，又喝了一口茶。告辞前，他问了最后一个问题："王后所说，是否能代表陀兰？"

侍书托出一份诏书来，探春让交柔尔国使节。那是老国王下的探春参与政事的诏书，排名尚在小王子格里布之前。

"使节放心，先王留下的诏书，陀兰王室不久后就会公布。今日我所说的，与国王之意一致。尊使回去后，如同意陀兰建议，早派常驻使臣。北上贸易之事，亦望早日磋商确定下来。"探春说。她面色一直温和，没有多余的表情，语调柔软而坚定，部分发音不准的，也不妨碍交流。

她离开中土，至今也不过一年多吧。学本地语言学得这么快！

还有她的思想，她谈话的艺术。

这是个天生的治国之人。

使节退出王宫，内心感叹，王妃的接见节奏鲜明，气度从容。她从喝茶开始，提议两家共同贸易，既表明了陀兰重视盟国利益，又表达了期冀，那就是希望两国的盟约未来更坚固，或者说，将两国利益捆绑得更紧。陀兰主动借一条贸易通道给柔尔国，对此前的相助之情有个交代。同时，也为她的母国、陀兰和柔尔国三国间加强商业贸易铺了一条路。

显而易见，海运带来的商业利益必有助于各方。嗯，如果没有西洋人悬在头上的利剑就好了。这帮该死的强盗。一想起来，就让好好的心情变糟。使节整理了下自己的心情，带着探春的建议回国汇报去了。

宾洛沙提早退席，除了面上的原因，也有其他不得已之处。国事让他忙不过来，即使王后、弟弟相帮，也有不少需要他出席之事。隔日的上朝，召见大臣，批阅奏章，于他已是难为，只得委之于探春和弟弟。各项需他出面的活动，如果不先喝下无忧草，简直无法坚持下来。渐渐的，宾洛沙喝的药，从一碗到两碗再到三碗，量逐日增多。探春苦劝过多次，然而也没有别的好办法。

宾洛沙肩上为做手术而划开的口子，虽然恢复慢，但无论如何已渐渐愈合。倒是肩膀里头一直隐隐作痛的原因，御医一直没个说法。一放开吊着的绑带，手臂伸直，便是一阵难以形容的撕扯之痛。宾洛沙日益烦躁，绑带没法取下，只得一直吊着。

他不知道自己喝药已经成瘾。

宾洛沙开始还安慰自己，一天只喝一碗药，是为了政事。到后来，逐渐发展成无论有无事务，他隔几个小时就得喝无忧草一次，否则流涕流泪，手脚不听使唤地乱动。如果不让他喝，便在寝殿里，乃至前殿的公务房里乱扔东西。他的意志力渐渐消磨，再也控制不住自己。宾洛沙招来御医逼问细末，御医不敢隐瞒，方把无忧草会让人成瘾之事告知。

宾洛沙绝望万分。为着这个，在清醒时，他思考了国家的未来，同意了原先只在大臣们之间传阅的先王手诏，择吉日向国民公布。父王与叔父本是兄弟，然而叔父的野心导致了自己手臂受伤，几乎成了废人。又因治伤被迫服药上了瘾，前鉴在前，他不能不警醒。几经思考，他决定以自己的名义，任命自己养伤期间，由王后探春摄政。参政与摄政一字之差，但此诏书公布，探春就是理所当然的治国者。

在颁布诏书之前，他找来弟弟，希望他明白自己的苦心。

小王子格里布倒没有哥哥预想中的反对。父王母后同日离去，予他很大刺激。父王哪怕病重得下不了床，也强撑着身体等待遥远海战的结果。而哥哥，因了叔父的叛国，受伤至今，变得人不人鬼不鬼的。是的，他见过宾洛沙的疯狂。治国这么一副重担子，他自问自己担不起来。既然嫂子能干，就让她去撑着好了。自己作为王室子弟，计算些权力什么的，守不住国家、守不住王室也是空的。故宾洛沙未费口舌，格里布便表示同意。

见弟弟与自己同心，宾洛沙心中欣慰。他一鼓作气，请来两位姐姐，告知她们自己的决定。不料姐姐们像是约好了似的，先回应的却是自己的夫君也愿为国分忧。宾洛沙和小王子对视一眼，琢磨了过来，两位姐夫已经在朝廷任职，这么说，自然是嫌官位小之故。王室动荡刚刚平息，探春前后立下的功劳她们又不是不知道。两位姐姐此时惦记的，居然是见缝插针为自家谋利益。自己重视亲情，所做决定告诉她们，是一种尊重，不料姐姐们居然拿来做交换砝码，想想让人心寒。

倒是小王子出来解围，说王后一直尊重父王母后，重视王室亲情，又见事明白，相信她会处理好两位姐夫的新职位。小弟弟作为目前顺位第一的王国继承人，他都这样说，两位姐姐也不好再提什么，就先看看王后怎么个安排吧，遂依了宾洛沙。

盛大的庆功仪式筹备了整整一个月。自老国王去世后，王宫一直死气沉沉，如今因了为海政大臣庆功，王宫前后殿宇统统粉刷一新。王宫大门，还有大门前的广场，四处张灯结彩，一洗先前暗沉晦气。王宫此时已由总管重新选人充实宫室，故汉宫人员已返回。探春不食言，将跟随她到陀兰，在王宫乱局中出力多的人员宣布为自由人，暂居汉宫，她承诺会将他们送还故国。另外的人员，探春也承诺了会分期分批放还。至于出力最多的刘欢乐，探春无法酬谢，她前后想了一阵，决定亲自与刘欢乐谈一次。

探春深知中土一直重农抑商，各级官吏又通过科举选拔，故商人的地位居于末位。陀兰虽然等级没那么严格，但商人要获得一个受尊重的身份参与社会活动，比如获得王室的邀请，背后无不需要付出巨大成本。对这样的制度安排，她一直认为不合理。

在她看来，最好的执政，便是国民安居乐业，既要安居乐业，就需各个阶层共同出力才是。阶层一分，人为制造对立与矛盾，智者所不取。她有心拿庆典作个文章，故传下命令，庆功之日，选士农工商卓越者各六十人入宫参加庆典。她要向天下传递这样一个信息，在王室的眼中，各个阶层都是平等的。只要尽心出力，才干优异，就是王室尊贵的客人。王室的客人，自然有资格当面祝贺为国立下大功的大臣。这既是对莫阿的褒奖，让各行各业四海传扬他忠诚勇敢的名声，也是对各个阶层，尤其是农民阶层、商人阶层的奖掖。农民辛苦种粮食，其功就不用说了，但王宫从来没有邀请过他们入内。至于商人，是他们将资源流动起来，带来了财富；也是他们带来了各地的风土人情，新技术的信息，甚至文化的信息，他们当然值得尊重。

她的想法成型之前征求过丈夫的意见，宾洛沙经过王室惊魂，对这些小事自然不反对。他只是日益惊诧于自己的妻子，觉得即使是自己，也未必了解她脑海里的全部。

锦书在王宫内乱期间，一直与刘欢乐协助总管管理宫廷。各种交接期间出现的大小问题，刘欢乐均托锦书通传，故二人接触甚多。刘欢乐做事干练，人又长得挺拔英俊，锦书看在眼中，不免意有所动。探春宣布可以归国，锦书心思便灵动起来。一日，探春命她到汉宫，将一封给华人商会会长的邀请函送给刘欢乐，请他到商会直接转交。

一路漂洋过海跟随探春到炎热的陀兰，如今见她已是王后，刘欢乐心中自然为她欣喜。但午夜梦回，心中不乏苦涩。他即使是泥泞里的蛤蟆，也绝不会想到要去挨近天鹅。纵然理智如此清醒，奈何那船上飘飘欲仙的女子身影，在他心头常留不去。如今陀兰王室劫难已过，探春会有忠诚于她的卫队保护，那自己留在仙那城将不再有意义。汉宫其他人这几日因了成为自由人而欢乐，饮酒歌舞不休，衷心感谢他们的王后，但刘欢乐心中只有彷徨与苦恼。或许，是自己走的时候了。探春将来会否还记得自己，想来想去，也不必在乎了。

见锦书交来给商会会长的邀请函，他心中一怔。王宫里自有信差，这封信专门送来让自己去一趟，以探春的心思，应当另有深意。面前的锦书笑意盈盈，站在面前。刘欢乐有些不解，送这封信函给自己，她像是挺开心的。

“刘大哥，”锦书按了中土的称呼叫刘欢乐，也像在家时称探春，“我家姑娘说，侍书和我可以先走一个，让我们自己商量呢。”

刘欢乐这才想起，锦书也是跟随探春来的人，当然也在可以回去之列。但她这样高兴，探春少了身边人，可怎么办呢？他不知道怎么回答，便顺着话头问：“恭喜恭喜。那姑娘怎么想的？”

锦书低了头，脸色泛起一点晕红，手指扭着一条绣花手帕，像是下了决心，抬头看着刘欢乐：“刘大哥，我是自小就被爹娘卖到姑娘府里的。这么些年，我也不知上哪儿找他们去。姑娘即使给了我自由身，其实我也不知去哪里。嗯，我想……”

刘欢乐心中一动，这锦书的语气倒像，是看上自己了么？他心中苦笑，也不方便不答言："姑娘有事，但讲无妨。"

"我知道，刘大哥总有一日要离开的。到时，我和刘大哥一起走，行不行？"锦书终于将心里话说了出来。

"你家姑娘不是说了，会安排你们回去的吗？"

"我想和你一起走。"锦书说。她承受不了刘欢乐看过来的眼光，不由自主低了头。

刘欢乐终于确认了，探春身边的这侍女对他有意。可是自己除了一身海上功夫，其他一无所有。他认真回答："姑娘，我之去留尚未确定。如我有驾船北归之日，姑娘要搭我的船一起走，当然没有问题。"他语气没有一丝轻佻，自认答得巧妙。

但这个答复，锦书已经很满意了。在她心中，只要刘欢乐答应一起北归，海上漫漫旅途，自会有时间有机会让刘欢乐喜欢上自己的。她快乐之余，想起此来还有一个差事，忙从袖中抽出另一封邀请函来，递给刘欢乐："这个，是我家姑娘专门邀请你的。她说，你为王室做的事，她要酬谢你，你是她尊贵的客人。"

刘欢乐热血沸腾。他尽量不让自己的手抖，接过函来，打开对折的红色镶金边邀请函，里边有探春毛笔签名。给商会会长的邀请函装在信封里并未封缄，刘欢乐抽出信函打开，见里边除了邀请内容，并无别的。

他知道了。他已被探春视为自己人。在王子中枪那天晚上，王宫混乱之时，她不得不全部启用自己信任的人。如今尘埃落定，探春以此表示，她并未忘记他的存在。对他的尊重，就体现在这纸邀请函上。那么说，他让自己去找商会会长，也定有深意。他联想了一下，大致明白了探春心中所想。

刘欢乐心中一阵喜悦。探春是在告诉他，他未来的前途可以是什么。是的，他有权走自己的路，因为他是自由人，但探春给了他多一个选择。

"请转告王后，我这就去商会。"刘欢乐脸上的阴云散去，痛快地答应。

探春给汉宫备了四匹马做紧急时使用。刘欢乐到马厩牵上马，慢慢走出汉宫的大门。自己倾心的仙子有情有义，虽然不是以自己妄想的方式，但已经足够。她在天上云端，自己就是地上一凡人。认清现实吧，自己的感情既然埋藏了那么久，也许，也应该在心里静悄悄地了结掉。

为了彰显莫阿的战功，探春与小王子商量了，派出了老国王留下的骑兵队，到军营迎接莫阿以及他忠勇的部下。新绣的帅旗迎风招展，高大的椰树成排相迎，莫阿和他的副大臣，还有几十名将领，跟着掌旗使行走在官道上。路上的村庄，市集，陀兰国的国民们纷纷夹道欢迎海战英雄。王室早已发布王令表彰水军，国民无不知晓。一个月来，从仙那城那边传来了不少庆功宴的事儿，民间到处传说将要举行的宴会多么盛大与隆重。传言是虚，小民们也就图个热闹，但如今亲眼目睹将士们一个个坚毅的面容，许多人这才从心底里认识到，他们的平安，确确实实自勇士们的守护而来。王室的举动也理解了，确实，非如此，不足以酬水军守护陀兰之功。

新王登基之日手悬绑带，民间四处传说王室动荡宾洛沙受伤的故事，不少人心里发慌，不知道陀兰在新王的领导下，还能不能安定。现在看到水军英雄从他们面前经过，他们提起的心终于放下。水战大捷，这是国运啊！

第十八回

兰台夜对

已是夏天，太阳火辣辣地照在陀兰，照在仙那城。而比太阳更热烈的，是人心。

各种各样的热带花卉，碗大的木兰，玫瑰紫的铃兰，火红的天堂鸟，粉色、黄色的鸡蛋花，一串串一簇簇，被采来装饰巨大的勋堂。这处厅堂，原来是老国王接见各国使臣的地方，宽大，宏伟，气派，因了老国王生前已经少于露面，此处已经很久不用。探春巡查王宫各处之后，决定在此给水军将领授勋；此前陆战有功的军政大臣，也一起表彰。这所宫殿被命名为“勋堂”，以作永远的纪念。

军政大臣曾率军抵抗西洋人来袭，在肃清扎尔卡党羽中也出力甚多，见王室大力宣传水军的胜利，心中不满。探春与小王子一起，在庆典前专门在小办公厅与他谈了一次。他心中明白过来，眼前的执政者并未忘却自己的功劳。水陆两支军队既是国家栋梁，也是彼此不能取代的，故心结也就打开了。

仙那城提督负责都城卫戍，其本人忠诚于王室无疑，但获宾洛沙任命后，不能迅速接手，没有及时发现部下缺员甚多的大漏洞，这是明显的能力缺陷；后期又反馈信息过慢，缺乏必要的敏感度。这些，在处理完扎尔卡之后也就浮现出来。宾洛沙不想处理他提拔的人，也无心力，故探春琢磨着，这职位要紧，需要换上一个敏锐得力的将领，苦于识人有限，那就再观察、再点拨一下，看看有没有长进。原随同扎尔卡的前任提督已被捉拿归案，对卫戍部队的整理肃清已在展开，这个时候过于动荡也不好。探春联想到水军的胜利，她也想借典礼的机会，会会水军英雄，看看莫阿手下的将领，看看他是怎样培养的队伍。

宾洛沙知道妻子的心思，花费巨资举办一次庆典，可不能仅仅为了庆功。他勉为其难，喝足汤药，庆典当日和探春一起出席。小王子格里布首次着议政王礼服，随同在国王、王后身后，以示郑重。

王宫前面的广场一早已是人山人海，仙那城及附近村镇，居民能来的都来了。宾洛沙加冕的礼坛重新搭了起来，上面立了巨大的陀兰国徽。海上飞翔的鹰，其精神正是水军的象征。王室乐队在礼坛下奏乐。他们演奏的乐曲，除了陀兰传统的得胜曲、庆功曲、喜庆曲之外，还加了来自中土的《兰陵王破阵曲》。这支曲的谱子是跟随探春来陀兰的宫廷乐师带来的。他在内廷当差的时候，遍寻皇宫典籍，在故纸堆中找到了发黄的乐谱。人微言轻，他也不能确定自己找到的就是失传的那一份，故一直没有机会听到这首曲子的雄壮高昂之音。这次王后大赏功臣，他心神激荡，献了出来。才演奏了几个音符，探春就决定了，这支曲子加入庆典当日曲目。陀兰不知兰陵王，也不必知晓，那就将此曲命名为《水军破阵曲》吧。

日已正午。莫阿和他的水军将领在礼仪官引导下，缓缓骑马走进广场。探春调整了次序，原来是所有人到王宫门前下马，一起向国王王后行礼。她修改了，让礼仪官引莫阿诸人骑马绕广场一周。莫阿问过礼仪官，获知这是王后亲自定下来的。他深领上意，踏马在前，行陀兰军礼，缓缓从民众面前走过。迎接他的，是铺天盖地的欢呼声。

亲冒矢石，保卫国家，这份荣耀是他应得的。探春站在宾洛沙身边，看着广场上欢乐的人群，心里默默地想。就是要以特别的方式告诉大臣们，告诉陀兰的民众们，保卫国家就是最大的功劳。她含笑向远处的将领们挥手致意，又看着他们绕行一周后，在王宫前下马。

老国王赏识，将自己拔擢到水军统帅的位置，莫阿心中感激；尽心尽力打了一场仗，新登基的国王又如此厚待，向天下人昭示水军的功劳，他心中怎能不激荡。宫廷之变他已尽知，老国王一生最大的差池，就是没有早日看穿他的弟弟吧。但他临近生命的尽头派自己出兵，将一场国家的厄运及时破解，也算得上明君。他右手举起，后边的将领和他一起下马，整齐的声音令王宫前迎接的王室成员、内廷大臣们为之一震。

每一个人晒得发黑的脸都棱角分明，每一个人的身姿都挺拔庄严。不光广场四周的人，王宫面前迎接的所有人，都能从眼前的将领们身上感受到力量。血与火里杀出来的勇气，驱逐敌人的坚定意志。实力碾压的胜利，使得这支队伍拥有了一种特别的气质。强帅故有强将，强将方有强兵。探春心中赞美。这是一支纪律性极强的队伍，更是一支上下一心的海上长城，他们的胜利绝不是侥幸得来。

自全岛各地选出来的民众代表，早已聚集在勋堂里。他们穿着蓝色绣金边的丝绸外套，把殿堂映得光彩闪烁。探春为了淡化各阶层、各职业的身份区别，从王宫的库藏中取出她带来的上等丝绸，为二百四十名士农工商代表制作了统一的礼服。刘欢乐穿着中土的丝绸服装，说不出的亲切。他不去追问自己的身份是属于工还是啥，只是站在兴高采烈的人群里，见证陀兰王室的高光一刻。

王宫外，《水军破阵曲》的乐声飘来。宾洛沙站在御座前，当众宣读了对于水军的褒奖诏书，除了将帅，所有参战士兵们一律打赏，守护军营的次一等赏赐，真个是一人不落。到了授勋环节，莫阿单膝跪下，宾洛沙为他戴上金鹰勋章。副大臣以下将领，由小王子为他们戴上银鹰勋章。在场的所有人，无论是耕田的农夫，还是经商的会长，造船的工匠，还是学堂里的先生，都目睹了这一场庄严的仪式。他们不知身边站着的人是什么身份，他们也忘记了自己属于哪一类人，这一刻，每一个人只是作为陀兰国民，为王室的这一举动而感动，为水军的光荣而鼓掌。

探春此前问过宾洛沙，她在海上见过许多海鸟，海鸥居多，并未见过鹰，为何陀兰的王徽上会有鹰？宾洛沙告诉她，海上有鹰，不过多生活在海边的山林里。飞临大海之上，鹰便是王者。探春想想，还有什么比鹰更适合水军功臣的呢？故让人设计了徽章与绶带，今日挂在莫阿他们胸前，果然气质相偕。

宫内监带人自内殿走出，抬着一幅巨大的书法作品，上边用汉语写着“将军百战穿金甲，不破楼兰终不还”，侧面又用陀兰语写了“海上雄鹰”四个字。两种语言之间，不但字词之间无法全部转换，且含中国典故，所以探春就干脆用陀兰语言挑明了主题。字写得遒劲有力，陀兰国大臣们倒不怎么识得好处，那商会会长不只通汉语，汉字书法也有些基础，他看过去，心中叹服。

王后探春分别用陀兰语、汉语念了题字，又将这句诗略为解释。她清朗的声音在殿内回响，和着满殿的金色蓝色，激荡在水军将帅的心里。

这幅书法用沉香木镶白绫裱，上挂红绸，一看就是精心制作。莫阿心中感动，刚要行礼致谢，又见内殿二人出来，一左一右，将一个绛红漆盘齐胸抬来，上边放着金光闪闪的铠甲。

宾洛沙和探春对视一眼，二人走上前去，一起展开。殿内众人的眼睛被耀花了，定睛一看，果然是铠甲，是一件黄金甲。

莫阿终于明白了“将军百战穿金甲”之意。黄金甲是国王和王后对他个人的最高褒奖，题匾则是王后本人的心意。两份礼物一个意思，奖励他的杀敌报国功勋，也激励他今后凯歌常奏、大破敌顽。

他走上前去行礼，然后穿上了黄金甲。这甲胄穿上沉重，然而夺目的光耀又是如此无与伦比。水军两名将领接过了王后所赐牌匾，面对殿内大臣民众，弯腰致意。

水军褒奖之后，主管陆军的军政大臣也被授勋，他获得的是银鹰勋章。因为有了王后与自己的恳谈，他并无不服之色，欣然低头戴上了勋章。

当晚，王宫开了大宴会；广场上，陀兰民众跟着乐队节奏起舞。起先怕惊了马，他们的花串得了嘱咐不能扔给马上英雄，现在他们将手中花串挂上任何一个走过身旁的人，不多时，便是人人都在花海中。王宫乐团接到命令，只要广场上还有人起舞，他们就得一直演奏下去。夜色降临，不少人提了灯笼赶来，加入欢乐的人群。小贩们闻机而动，推着小车来卖椰子、桑粑、酸对虾、椰浆饭、罗惹、酸辣鱼。树枝上满挂灯笼，人们在朦胧灯影里，在明亮月色下，喝着椰汁，尝着美味，歌舞至天明。

宾洛沙授勋之后早已不胜力，宴会由小王子和大臣们主持。种田的农夫们从来没想过泥腿子可以踏入王宫，虽然典礼前受了礼仪官指导，但身临其境，可以跟王国的大人们一起祝酒，不免心中激荡，泪水和着酒浆咽了下去。他们离宫到王室准备好的馆驿之前，每个人心中装的都是感慨与感激。他们的家乡亲人，还等着分享今日的王宫晚宴消息，等着他们描述王国功臣莫阿的样貌。

商会会长不止一次来过王宫，但这一次，他和卖出“大观号”的船厂老板一样，纯纯粹粹是作为客人被邀请来的。来自故国的王后眼界果然开阔，他们作为工匠，作为商人，以前被压得太低了，他们本可以做更大的事的。峰回路转，感谢来了个中土的王后。

身边的刘欢乐是传信之人，王后专门派他来递送邀请函，会长稍稍琢磨一下就知此中有真意。汉人，跟着王妃来，听说宫廷惊变的后几天，汉宫人员都被招入王宫当差，几项事情关联起来，他有所领悟。是什么将自己和这位水手联系起来的呢？只能是未来的商业贸易。对，是海贸。看来王后要重用此人。而自己，也在王后的视野之中。她的期望，也是自己的期望。他带着猜透谜底的喜悦，在商会与刘欢乐谈了很久。今日参加庆功仪典，又参加晚宴，会长更加确定了，王后是一名非凡的女子，她将为陀兰注入新鲜的血液。自己与刘欢乐未来的合作，完全可以想象成与王后本人的合作。她要经由自己，推动陀兰的海上贸易，也许王后也同时含了一点私心，将刘欢乐交给自己，以此作为酬答他一直追随至陀兰的功劳。

莫阿一一接受了同僚大臣们敬来的酒，周围的人围了一圈又一圈，排队等着敬他。米酒虽然不上头，但喝多了还是发晕。他习惯了海风劲吹的军营，如今的热闹颇不习惯，便拉来副大臣替他顶一下，自己到露台吹风，想让自己清醒一点。

不知何时，身边多了一名女子。

“将军还好吗？王后准备了醒酒的茶。就在后堂，请跟我来。”那女子说。

没有哪句话比这句醒酒更有效。莫阿明白了，王后有话要对他说。

顺着露台走下勋堂旁的石阶，莫阿穿过花园，来到一处他也不知哪里的所在。与前头的喧哗灯火通明相比，这里安静凝敛，路灯一色垂得低低的。

来请莫阿的是侍书。探春有些话，要与莫阿谈。

宽大的殿堂里，风从帘外吹来，有茶的香气飘到鼻端。

“将军，陀兰感谢您。请喝茶醒醒酒。”探春已经沏好茶。待莫阿行过礼，在茶桌对面坐下，她递过茶杯，锦书用茶盘接了，再递给莫阿。

莫阿一饮而尽。他是军人，说话爽直：“国王、王后厚意，臣不胜感激。王后想必有事相问，那就请讲。“

探春笑了笑，示意锦书添茶。她则观察这位刚立下大功的臣子。

“将军此次所胜的，是曼掸人。我所忧心的，是上次来袭击仙那城的西洋人。他们因何草草袭击就退了？如他们再来，该当如何退敌？不知将军有无教我？”

“王后，那下臣也就直说了。我水军专门设了一个机构，招募了各色人，专门搜集各方信息情报。南到纳澳诸岛，东到曼掸，西到安岚、柔尔国；当然，北面也去，贵国的广州、香港也在范围内。搜集的信息包括港口船只数量，战船的建造技术，水上武器。总之，凡是有用的有关联的，都会报到我这里来。”莫阿开口了，他的声音低沉有力，“上次来的是西边尽头的一个国家，叫做荷兰。他们派往南洋的军士不过四五百人，其余是他们裹胁收买的海盗。”

这么详尽的信息？探春听在耳中，心头暗暗佩服。她微微侧了下头，侍书退到廊下去了。她不远处，卫队长察布在旁值守。他的角度，可以看得殿中情形，但听不到说话。

“嗯，请将军接着说。”探春斟茶，亲手递过去。

“西洋人高大，看起来虽然差不多，但不是一伙人。早些年老国王在的时候，在纳澳活动的，叫做什么葡萄牙人。臣也不知是什么意思，葡萄牙应该是一个国名。后来，荷兰人也想到南洋掠夺，还成立了一个什么东印度公司。这一来二去，就为争夺香料、岛屿，葡萄牙人与荷兰人打起来了。”

“后来呢？”

“葡萄牙人前边比较厉害，枪炮都有；荷兰是后起的，从他们国家官方、民间募资，财力雄厚，雇来雇佣兵，有些是收拢了海上强盗。荷兰的船上装的枪炮更先进，杀伤力更大。葡萄牙人占的地方，有几个不得不吐了出来。”提起未来，莫阿心头沉重，他停了停继续：“天幸陀兰不在他们的主航道上，所以这么多年没事。据臣估计，上次来的一支船队，是来试探的。他们的目的可能不是一个港口，而是陀兰整个岛。”

探春一颗心沉了下来。陀兰的头上阴云密布，她终于从信任的大臣口里落实了。

“为什么这几个月没有动静了呢？当然，这是陀兰的幸运。”探春问。

“据眼线报来的消息，臣综合了一下，可以确定，有两个原因阻止了他们前来陀兰。”

“哪两个？”探春继续问。

“荷兰人的船队，水手也好海盗也罢，得了一种病，他们叫做败血症。这种病得了之后，皮下出血，关节变形，发高热，人会昏厥。死亡率据说有三成，甚至更高。西洋人千里来南洋，船上饮食自然不新鲜，船舱又沉闷，得病的人不少。这个病，从得病到发作有一段时间。他们试探了我陀兰的火力之后，原准备组织船队，南北几个港口一起拿下的。后来因为这种病发作了，他们不得不退回纳澳一个占了的小岛，去治病。”

“这种病，能治好吗？”探春担心的是未来。

“我也不知。只是听说如早期发现，多吃一种叫做柑橘的水果，可以缓解，慢慢就好了。如果已经病重，那只有等死。死的时候很可怕，好像血液凝住了一样。”他说完，又一阵后悔。对面是一纤纤女子，即使是王后，自己也不该这么吓她。

“柑橘？我陀兰水军会患这种病吗？”探春马上问。宫中多鲜果，但她记忆中，柑橘一次都没见过。中土常见的柑橘，陀兰不是没有，就是品质不好，故未上得王宫餐桌。至于莫阿说的败血症，她不害怕，只是担心，又想起了宾洛沙的病情。看来，有些病始终不好，是受限于医术和药草。

“这个请王后放心。柑橘这东西虽然陀兰少，价格也高，但自听到这个消息，船只出海，我尽量让带上新鲜的应季水果，山竹、红毛丹、榴莲、甜角、蛇皮果、香蕉、椰子、菠萝这些。我琢磨着，都是从土里长出来的，这些果子应该有类似的功效，只是不知道哪种水果更好一些。水军至今没有出现这样的病例。”说起这些，莫阿不禁有些自得。不是王后问起，谁能知道，他为水军做的事情有多少呢。

“先王给水军的拨款一向丰足，将军果然都用在了刀刃上。”探春感叹。如不是爱兵如子的将军，不会这样做。

莫阿看王后话题一下转到了水军军费，心中愣了一下。但他一转念即很坦然：“是的，朝堂中确有不少议论，说水军军费差不多比陆军军费多一倍。先王在时，臣还听说，有人提醒要防止臣权柄过重的问题。”

“所以先王宁可由王室出钱，不走国库，也要支持将军。”探春接手后，简直没有停歇的时间。王室的账本、陀兰国的财政账目，她大概都看过。

莫阿的眼角潮湿了：“说起先王，臣感念不尽，只有他如此信我。”

他话说得急，一出口就知自己错了。刚刚才获隆重授勋，转头就忘了。这样回话，实在是无礼之极。

探春知道莫阿的意思。老国王虽然不是开国君主，但他在乱流中守住了陀兰，没有过人之处是做不到的。

莫阿不知该如何弥补，正在不安，耳边传来王后温和的声音：“我懂将军的意思。国王和我，也一样信任将军。”

莫阿心中感激，他看着对面的王后，还是那样温润，眼睛里满是信任。他明白了，眼前的王后是真懂他。

“将军，刚才你说到了西洋人没来，还有一个原因呢？”探春转了一个话题。西洋人未来，还有一个原因没说。

“臣也不知能不能说好。消息来源甚杂，也收集不易。是这样的：垂涎南洋的，西洋不只有荷兰人，还有英国人，他们是后来的。这帮强盗把南洋当作自己的猎场，在这里划地盘。因为在海峡一带抢码头，这英国人与荷兰人之间也有冲突。这帮红发蓝眼的鬼子后来决定停战不打了，先谈判划地盘。这些日子的安静，臣估计是这个缘故。”

风雨欲来。明明是盛夏，探春的后脖颈却无端发凉。这就是小国的悲哀。连和平都得看强盗们是歇息还是谈判。败血症，如果他们统统得上这种病就好了。那么，谈判完结之日，他们就会重来。

莫阿看出王后的担心，他安慰道：“强盗伙内讧不团结，这是好事。他们为的是各自的利益，哪有什么信用。谈出个协议也未必管用。我们也许可以利用这一点。他们谈的不会是一时半刻，谈出来了结果也要报回他们的朝廷。趁这段时间，我们可以好好训练军队，加筑工事。他们的枪炮我们一时造不出来，但我们本土作战，耗得起，未必便打不过。”莫阿心中乐观，把心中所想说了出来。

是的，这个问题此时想也无益。将领不怯战，就是幸事。训练，工事，国库，弹药，都得做好准备。探春脑子动了一遍，决定先解决目前可以解决的问题。

“有个想法，将军不知能不能加以考虑？”探春开口了。

莫阿马上接言：“王后请讲。”

“将军设立的信息情报系统，我看很有用。不只对水军，对于陀兰，也将会是很有效的信息。可否与王室分享，共同扶持国家？”探春问。

莫阿注意到了王后的用词。“与王室分享”，而不是朝廷。是了，她强调的是机密性。就像老国王在世时一样。嗯，王后看来对设立这样的机构也有兴趣。不过要达到水军现成的网络，恐怕没多年工夫做不到，故提出来分享。自己是臣下，王后说话如此婉转，那是因了要尊重自己。

莫阿也清楚，这也不是王室以上压下就能获得所需结果的。毕竟，信息网在他手里；真与假，也在他心里。

纵然明了其中沟壑，听王后这样说，他心中还是舒服。

“当然。臣与王后约定，常规一个月一次信息，紧要信息随时通传，可否？”

探春点点头：“这个系统，是云深处的雷，就给个代号吧，就叫雷。”

莫阿拊掌称善，这名儿就定下来了。

“将军器量如此宽宏，不但朝廷感激将军，王室也同样倚重感激。收集信息的系统应该所费不少，我见将军报上来的账目中并无此项，那么，就干脆设一个吧。这个账，由王室来支付，将军看如何？”

莫阿这才知道王后的厉害。他派驻各处的人员，每年的费用都是一大笔。他不欲朝中其他人知晓，故摊在了各项账目中。老国王是因为信任，才对他所有账目不加审计。而眼前年轻的王后，她看来是阅了水军历年账目的。

虽然是一心为国，但水军报给朝廷的账目不实也是真的。王后是要替他洗掉这个潜在的做假账的罪名。王室开支，财政大臣无权过问，其他大臣更是无由得知。而王室承担了这笔支出，也就是这支队伍的出资者，他只是创立者和管理人。水军的情报，今后不但从道义上要与王室共享，从出资的角度，自己也非这样不可。再说了，王室的利益与水军的利益，与他海政大臣的利益，不都是一致的么？

同时，这也是敲打。莫阿知道。财务账目可以看出许多信息，但也不是人人可以看出，王后这是花了大力气研究水军。

莫阿心念转的也就是转眼间。自己所为者国，妄担什么心。对待对面这位聪明人，坦诚就是最好的回应："多谢王后替我洗了这个贼名。否则将来朝中有人拿此说事，臣还真不知该如何说才好。"

探春见莫阿一句话荡开，心中也赞。她微微绽开笑颜，对海政大臣说："将军果然敏锐过人。一心为国，还要躲躲藏藏，天下没有这个道理。将军只管训练水军，尤其多琢磨对付西洋人的法子。其余事情，无需顾虑。"她举起茶杯当酒，与莫阿遥碰一杯。

莫阿自老国王去后，心中一直有个隐患。此时见王后通达敏慧，心中想，干脆把这个问题解决，也就踏实了。

"先时，我提到朝中有大臣担心水军权柄过大，恐对朝廷不利。王后英明，敢问对此如何看？"

这个问题倒让探春思考了一下。如果是其他人问，完全可以归之于野心的试探，但对眼前的莫阿，这个问题背后的动机要深得多。

好吧，刚才他以坦然破自己的账目之论，现在自己就同样以坦然来回应吧。

"陀兰国小人少，兵源不足，确实没有一支数量强大的陆军队伍。与之相比，水军战力卓越，人所共见。故有朝中大臣这么想，也未必全是出于私心。我来自中土，读史虽粗略，也深知没有永远的王朝，但更知祸乱国家者必先祸己。我知将军戏言，也知将军坦荡，故也戏言以复：将军若有此意，定不会亲冒炮火。故知将军之意，恐谗言故。君不疑而臣自疑，恐不为将军格局。"

探春说话，此次是尺度最大的一次。没有永远的王朝，这句话虽是真理，但落在野心家耳中，恐怕就是造反的起因。但是，这是莫阿。老国王去世前曾格外叮嘱，他最看重的是信任。大胜曼掸的战报详细写了战斗经过，探春读了非止一次。她心中知道，莫阿此人如果要做权臣，恐怕早就做了，天下也没有哪个权臣自己率兵去打头阵的道理。海上风浪无情，还有炮弹弓箭火药，哪样不是取人命的利器。莫阿这样说，既是试探自己的胸襟，也是为了免除将来的谗言。毕竟，他虽为朝廷大臣，常年在水军营，不在朝中。有大才者，多有择主之举，异于常人之议，非高明者不能用之。这高明二字，包含的未必仅限于才智见识，恐怕还包括胸襟。

老国王已去，他这是试自己来了。古人有兰台奏对之说，不料今日自己以王后身份，倒与莫阿仿效了一回。

莫阿站起身来，他已得到了自己想要的全部答案。王后坦然相告，又责己以格局，正说明她的坦荡无畏。

“王后，臣今生今世当捍卫海疆。”他双手抱拳，郑重向王后行了一礼。

探春知道，她已经收服了这位重臣，这也是莫阿直接的表态。他不但此前无此想，将来也不会。

她也扶着小几站了起来，灯烛摇了摇，复又站定。

“将军，那件黄金甲，是国王和我在先王的宝库中找出来的，好好用它。黄金最珍贵者，是其色不变，质也不变。”探春说。

莫阿知道，王后这是在告诉自己，她赐甲之时，就知道了他的忠诚。国王与她，也不会因为老国王的去世而改变对自己的信任。

第十九回

饮鸩止渴

夏季暴风席卷了陀兰，又带来一阵又一阵的大雨。王宫前的石阶都淹没了好几级。仙那城中，好多树木被席卷而起，横卧于街道。多处传来屋顶被掀，城中居民死伤的消息。探春忧心如焚。宾洛沙在宫内摆香案，向祖先祈求保佑。

民政大臣早已布置人手，待风雨稍歇，便外出赈灾。大风每年都来，每年都有人受灾，每年又都需要赈灾，这个流程都熟悉了。只是今年不同，陆战、水战大捷，军费开支猛增，财政大臣那边对于救灾费用，都已经开始嘀咕了。他不得已，将派到各地去巡视和赈灾的人员所汇的数据做了一个简报，和财政大臣一起联名写奏章，上书王室。

探春身子已经很重。她没法亲自出外，便派了锦书和刘欢乐外出替她看看大风雨后的城市乡村、居民的受灾情况。她需要感性的、直接的观感，故要求尽量详尽，也表达了希望，二人也尽可能远地去巡访。二人没有公职，便请民政大臣派了中级官吏各地详细查看，刘欢乐和锦书作为随行人员一起去。

大半个月后，他们回来了。据刘欢乐回报，仙那城及大半个岛，富有的人家建房地基用了大量的石头，影响小。但泥墙茅草顶的贫民屋，大风特别狂虐时，屋顶被吹飞，泥墙倒塌成泥泞的比比皆是。流离失所之人已经城乡满地。锦书补充得更为细致，有婴儿在母亲怀中嗷嗷待哺的，也有家人死于房屋坍塌、树木倒下击中，家人守在旁边痛哭的。不是朝廷赈灾的米粮到，他们可能都活不过这个风雨之灾。

“这个风，每年都有吗？”探春问。

“是的，我们广东每年也有，叫大风。这里不少华人就是广东来的，众人听了，传来传去，就跟着叫了台风。”刘欢乐答言，“王后知道，广东话的发音与官话差别有些大。”他说“大风”的时候用了广东的发音，听上去果然像台风。

探春本为灾后的陀兰担心，但此时听刘欢乐的广东话有趣，不觉抿嘴笑了一笑。刘欢乐不期引来女神开颜，心中欣喜。

探春心中有了一个想法。但她此时想与刘欢乐谈的，却是另外一件事。

在探春眼中，岛上贸易还是不够发达。官府对商人征收重税，致使商船海上辛苦多时，赚不到几个钱，船队扩大也慢。至于各地的信息、技术，从岛外传来慢，传入内陆也慢。陀兰重视农业本无不妥，但每年的台风过后，朝廷就得免税，还得赈济灾民，这个缺口一直没有有效的法子补上。还有工业，多为建房、建家具、建水车的小作坊。织布的据说还沿袭几十年前技术，梭子来回织，时间耗了，产量不高，还多为土布。用硝石、硫磺等制作黑火药的，居然已经是最高科技，这不对头。在她看来，陀兰最大的问题是对商户收税太重，过分抑制商业。

民政大臣人虽然老，但他主持民政良久，有些渠道收集的消息还是珍贵。比如柔尔国西边有块大陆，叫做印度，那里邻接西洋，有好几个港口专门做东西贸易。大陆西边有个果阿是个超大型的贸易港口，西洋人乘西风运送精美的金属制品、钟表、镜子来，获得一波暴利。又待东风起，将东方的丝绸、茶叶、香料运送回去，东来西往都不空船。他们属民间贸易，赚的也是贸易的钱，与西洋官方强行抢掠占地还是不一样的，因此受印度本国欢迎。周围各国也到这样的港口做生意，据说这个印度国库充盈，很有钱，已经雇了西洋的雇佣兵来保卫国家。

探春对这些信息很有兴趣。现在，她将获得的信息告知了刘欢乐。

“王后上次派我去递送邀请函，我琢磨着是让我向商会多了解一些海上货运情况。现在王后告知我这些，是否希望我走海贸之路呢？”刘欢乐如此近距离与王后说话，此前是想都不敢想的。但他经过前段时间的思考，心中懂得了，将自己的感情深藏心中才是应取之道，故他回话冷静多了，在王宫当差数日，说话也学了些章法。

“刘兄弟，你是自由人，你是天朝国民，是不受拘束的。我只是认为，你仅仅做一名水手，或者做大观号的船长，实在可惜。那艘船要用起来，让它走遍四海，才不负了大观二字。在陀兰，王室是王室，朝廷是朝廷，你如果愿意的话，可以陀兰王室的王商名义，与商会一起开拓商路。北到广东、福建、浙江；台湾康熙爷时代已经收回，你也可以去登岛看看；西到印度，那里现在据说是莫卧儿王朝，你可以带陀兰国书去，光明正大做生意。人生在世，做出些功业，也不枉了男子汉来世间一趟。”探春说得恳切。说到底，她能用、能信任的人太少了。眼前的刘欢乐是最合适的人选，但她尊重他的意愿。

“王后操心国事，刘欢乐能够效力，自然是我之幸运。不知何时启航？运送的货物又是哪些？”

探春知他应了，很是欣慰。她坐在椅上，将盖在自己腹部的丝毯往上提了提，回答刘欢乐：“我此前已经与商会会长大致谈了一个框架；他会拨给你四艘商船，直接受你指挥。放心，船的租金我会安排支付，将来买下来，也未必不行。具体的，你和他去谈。他的家族在国内姓齐，私下你可以称他家族的姓氏。大观号由你指挥，将这次放归的中土之人也一起送回去。还有汉宫，愿意留下在陀兰的，可以一起跟你的船队走，把他们用起来。请传我的话，他们的工钱会是中土的双倍。如果海运赚钱赚得多，由你做主，给他们额外发红利。”

养活中土一大帮人，时间久了，不但人员会出各种问题，也将会是王室财政之累。这事探春琢磨很久了。如有愿意留下的，这些人将会是她未来的臂膀。人是经历塑造的，哪有什么天生的商人、天生的水手。这一点，探春看得很清楚。老国王去世后，她不是以一己之力，撑起了陀兰王室至今么？只是个人力量终究有限。这一趟走成了，走出一条可靠的商路，有了可靠的上下游商人和店铺，以后船队还可以扩大，将陀兰本地的人也带起来。要形成一股风气，经商致富是正当的，是光明的。

汉宫之人迟早是要放回中土的。如他们到了北面不愿再回陀兰，那也由得他们，算是一个给所有人的机会。探春想清楚了，故土之情，她理解。

探春又嘱咐刘欢乐：“任太医禀告过我，他要回归中土，这次你一起把他带回吧，也好保障大家一路的健康。台风终究会歇的，风平浪静了，你们就可以启程了，一应费用会为你备好。到了中土，你如遇到合适的医生，可以多招募回陀兰。中土的医术在陀兰将会很有用，还有药草，也可采购一些装船回来。”

刘欢乐一听，有点着急：“任太医如北上了，王后怎办？”

探春看看自己丝毯下微微隆起的腹部，一下明白了刘欢乐的意思。她不禁有点羞涩，但也转瞬即过。她抬起眼睛看着对面的刘欢乐说：“放心。陀兰的御医也在。你只管组建你的船队，要当心海上失散了。向北我不担心，但向西边的印度，一定要谨慎在意。他们信仰的神与中土与陀兰都不一样，千万叮嘱手下小心在意，不要犯了当地的忌讳。还有，当心海盗。船上也要备一些武器。”

她说一句，刘欢乐答一句。

锦书在不远处听得，顾不得什么，上前跪下，请求探春允许她和船队一起北上。

对于这个随自己一路来陀兰的侍女，探春是了解的。她想回去之意，也曾禀告探春。侍书表示过，姑娘在哪里她就在哪里，那么，锦书要回就回吧。此时见她不顾礼节突然当着刘欢乐请求，探春虽然有点奇怪，但也只道她是归乡心切，便点头允了。

锦书不是跟着自己一块儿长大的，她想走，那就随了她的心愿吧。老太太将她给了自己，自己放归她，也可让她给府里传封信。离开家虽然不到两年时间，但仿佛已行过千山万水，几生几世。想获得一点故乡的信息都是那么难。给家里寄封平安信，也不枉了把这丫头改名“锦书”一回。

刘欢乐看看王后，又看看锦书，低声答允了“是”，便退了下去。探春给了他信任，给了他大观号和另外四条船，要不珍惜的话，自己还是人吗？他明白自己是去开疆拓土，顿时心中生起豪情。自己在中土只是一个水手，现在，即将有自己的船队，这一切都是因了王后。王后多么懂得他。她说得对，不做出一番事业来，枉自成为男子汉在世间走一遭。

自探春与海政大臣莫阿谈过之后，那一支特别的地下队伍所需资费就从王室秘密支出。探春当家，自然知道钱的重要。国家的安全肯定是首要的。与之相关联的国库开支，王室开支，是时候进行整顿了。探春思考了几日，准备和小王子格里布一起与宾洛沙商量，然后定下来。

探春日日繁忙，上午朝见众大臣，下午在小办公厅开小范围的会议继续商谈，有一点时间又得看各种账本文件，批阅奏章，只有晚间才得空来看丈夫。宾洛沙日渐消瘦，也日渐放诞。他本自尊，不愿让王后日日看见自己不死不活的样子，便搬到靠东边宫门的一所小小宫殿独居。探春心中难过，但丈夫是国王，自己也没法约束得了。

探春与小王子格里布约定的时间是晚饭之后。宾洛沙很少出现在王室餐厅，小王子有时陪嫂子用餐，有时在自己宫里。因着哥哥不怎么出现，他逐渐也淡出餐厅。他钦佩王后理家治国，故力所能及为她分忧。有时候他为嫂子难过，怀孕之人终日操劳，哥哥作为国王，倒成了撒手掌柜。约好的时辰已到，格里布走向哥哥新搬的东宫。他在花园小径中走，鼻端忽闻得异香。这种香如此特别，像贴着地升腾起来的，闻之让人不觉沉醉。格里布细细分辨了，不是普通的檀香兰香这些，可以断定，他自己此前从未闻到过。

探春从花园的另一头走来，侍书扶着她，她们两人也闻到了。在宫殿门口，探春和格里布对视一眼，均感疑惑，走近殿里，只见空落落的。侍从、宫女在不知何处。最靠东门的一隅，香味最是浓郁，又隐含着一股烟火气。探春和格里布站定，觉整个殿就数这个角落的温度高。

小王子当先走了过去，见拐角的一扇开着的房间里，有个穿御医官服的人坐在小凳上，正对着火炉煽火，火上架着一个小银锅，锅里乌蒙蒙一团，似乎夹有青色，那御医扇一阵火，又用小银挑子将锅中物摊开，又翻来覆去。他做得太用心，以至于外头有人也没发现。

探春在小王子后头看到了这一切。这是在炼药？什么药这么香？不是良药苦口么？这药这么香，能是正经药吗？她心头一时间滚过许多疑问。

小王子一样的疑惑，他先开口了："这是什么？"

那御医看见议政王立在眼前，又看见王后，赶紧扔下手中扇子，过来行礼。

见御医不答，小王子再问了一次："这是什么？"

"这是……这是为国王炼制的药。"那御医的声音小得几乎听不见。

探春看其神情，知御医为难，心下略猜到了一些。她退后了几步，对格里布说："我们走吧。不必问了。"

格里布和探春走过长长的甬道，到了宾洛沙寝殿门口，见高高的门虚掩着，侍卫、宫女一概不见，二人大疑。探春示意，侍书推开了厚重的大门，只听里边传来隐隐的欢笑声。

探春走了进去。这座宫殿像是密室，里边七弯八拐。待得走近最里，宽大的空间这才一目了然。

她终于知道外边静悄悄，里边又传出嬉闹声的原因了。

宾洛沙斜着坐地上，手里的酒杯也倾斜着，酒快要淌出来。他的周围满是酒杯食物。一堆艳丽的女郎坐的、站的、躺的，纷纷乱乱围着他。他受伤的肩膀上，还有一双玉手在帮着按摩，宫女和侍卫在房间的角落，皆微低着头。

探春惊呆了。

这还是自己的丈夫吗？这还是那个在她耳边低语，说她是人间至宝的王子吗？这还是那个为着卫护父亲，坚强立定在扎尔卡之前的王国继承人吗？这还是那个在老国王面前，发誓为陀兰国民的福祉而努力的国王吗？

宾洛沙抬起头来，看到自己的妻子还有弟弟一起立在面前。他出乎意外，也满不在乎，抬起酒杯说："你们来了？那也来喝一杯。"

小王子牙齿差点咬碎。但王后在前，他不吭声。

这些丽人，差不多都是王子娶探春之前的旧雨新知。王子成婚前，便给了她们丰足遣散费，其中也未尝没有存思念者，后见王子王妃恩爱，便也断了想头。王子受伤接着登基，心思也各各淡了。不料一一获王子派人相招，今日遂入宫伴其欢闹。

原本一群互相嫉妒争宠的人，现在竟能相安无事，在同一屋檐下嬉闹饮酒，不能不说是奇迹。

她们听到了宾洛沙的声音，顺着看上去，这才发现王后就在眼前，有的开始觉慌乱，后又觉自己是国王旨意召唤来的，王后也不能如何，便又坦然，有起身的，看看别的人，复又坐下。

血冲向探春头顶，她一阵晕眩。侍书看了着急，又不能出声。一下子，宾洛沙的殿里悄无声息，比夜晚的森林还静。

“给王后斟酒。”宾洛沙命令道。远处的宫女战战兢兢过来，斟了一杯，躬身呈给探春。

探春明白，宾洛沙旧习复发，这是自暴自弃了。此时，是他的自尊重要，还是自己的自尊重要呢？

她伸手接过酒，不假思索一口喝下，侍书都来不及阻止。探春喝完，酒杯递在宫女手上。那宫女如获大赦，赶紧退到一边。

深呼吸了一口气，探春口气平缓，看着殿里的莺莺燕燕说：“我和议政王有事找陛下相商。关乎国事，可否请客人们改日再来？”

宾洛沙抬起眼睛看着探春，他的眼神复杂，但一句话不说。探春看着远处的侍卫：“来，送各位客人出宫。”侍卫不得不听，看看国王，又看看王后。

探春突然笑了，她转向宾洛沙行了半礼：“陛下，是否没有尽兴？既然是王宫的客人，那或者请她们在偏殿等候，陛下议完国事再召见？”

宾洛沙到此地步，不得不回应。他挥挥右手，低下了头不语。佳丽们见此，知山雨欲来，遂赶紧收拾衣物，跟随侍卫出宫去了。自然，出王宫东门前，所有客人都收到了侍卫的警告，王室事务一概不能外传。

格里布目睹这一幕闹剧的上演，他也注意到探春笑之前，眼睛里一闪而过的微光。是泪光还是别的，他不能分析。

待人走尽，宾洛沙自己撑着地板站了起来。小王子看着哥哥，觉得此刻的他像个陌生人，又可怜又可气。

探春走上一步扶着宾洛沙的手臂，一同到桌椅处坐下。她像无事发生，说有王室矿产事，欲与陛下相商。小王子此前已经跟王后合议过了，见哥哥没有发火，便也走过去坐下。

探春眼见朝廷国库不丰，又虑王室开支，便抽空就阅看账目，不清楚的便问。朝廷的便请财政大臣，王室的便请总管，总要弄个明白才罢。王室名下的矿，一个是硝石，一个是宝石。硝石矿在岛的中部，宝石矿在西部一座山里。探春的意思，将王室的硝石矿转给朝廷，由朝廷开采，专供陆军、海军两支军队，王室则保留监督之权。

宾洛沙看看王后，又看看弟弟："你们定下来了就是，何必问我？"

小王子接言："王兄，这涉及王室财产，自然要取得国王的同意。现在水军虽打赢了一仗，但远不太平。陀兰国小，王室与国家紧密相连，将王室财产捐出去保卫国家，也是理所应当。"因了此时心情，他说得沉闷。

宾洛沙听弟弟这么说，心中涌起一点惭愧，也有一点不满。"那么弟弟是同意了。王后自然也是同意的，那我能说什么呢？就这样定吧。王室不是还有一个矿吗？王后的意思，是不是也要捐出去？"

探春回答："另外一个是宝石矿，我看了历年细账，不但产量不高，收益也有限，简单地说，就是出产的宝石卖不起价来。目前也就是开支持平的样子。我琢磨着国库紧，王室开支大，因此，要增加收益，只能从这个矿着手开源了。"

宾洛沙这才转向他的王后。他的眼睛一看着探春，内心就好似受了一击。探春大着身子，脸庞却瘦削了许多。她还不到二十岁，却把陀兰国家和王室担在了肩上。

自己借风流快活所逃避的，都由她担起来了。

想到此，他口中软了下来。

"这样的小事，王后看着办就行了。"他难得地露出一点笑容。"莫非王后的首饰盒子，该添新妆了？"他心中清楚，但口里依然调侃，像是跟探春赌气，又像是与自己赌气。

探春再也忍不住："陛下，父王传位时，你发下什么誓来？我知你本不是这样的，却偏偏以这样的方式刺激周围的人。有病就医，父王派人四处寻找良医，也差不多时间该回来了，治好只是早晚间。倒是陛下喝那无忧草日益加量，现在，是不是要炼出效力更好的来服用？"她的眼睛闪亮，像要喷出火来。

小王子见哥哥抬眼看着探春，赶紧在旁边解释："王兄，御医在那小屋子熬药，我们都看到了。哥哥，你不能这样。"一着急，他把小时候的称呼也叫上了。

宾洛沙恼羞成怒，站了起来："我还是陀兰国王。国事交给你们，王室之事也交给你们。我自己吃什么药，这点小事量也还能做主。”他冷冰冰的眼神看看弟弟，又看看王后。

话说到此，已是僵局。

探春眼中涌出了泪，她拼命不让泪珠掉下来。施了半礼，自己折身转回，由侍书扶着离开了宾洛沙的宫殿。

小王子不意哥嫂僵到这样的地步，想了想自己无话可说，行了礼也告退。

绝对的权力分享与人，哥哥也是不好过的吧。身体半残，那么强壮的哥哥几成废人，他心下的凄苦，也不是自己能感同身受的。小王子走在花园中，尽量理解哥哥，心中为他难过。明月在天，朗朗地照着这一切。大自然的台风已过，不期王室之内倒刮起了大风。

当晚的王宫，它的三个主人，都度过了一个无寐之夜。

过得一个多月，刘欢乐的船队筹备完毕，他和任太医一起来王宫辞行。探春叮嘱了他多听多看，注意记录各国风土人情。士兵的兵器，军队的秩序，凡是觉得与陀兰不一样的，她都让刘欢乐记下来。交代完毕，又将锦书唤出，将一封家书交给她，让她随刘欢乐一同北上，务必见到老太太、太太，讨一封家书交给刘欢乐带回。

任太医虽知探春待己至诚，但他不愿终老异乡，探春自然不会强留。他来辞行，一为告别，二则为给探春留下一个方子。他写在一张纸上呈给探春，探春打开一看，上边写着：

野生黄栀子捣碎，加入面粉、蛋清、烧酒，经调匀后敷在伤口。可治外伤后遗症。

后用小字写明：黄栀子为主药，根据伤势调整量之多少。

“这是？”探春问。

“这是臣下近日访问陀兰医者，在民间获得的良方。已经有人试过，臣看了，此方所配之药有效。”任太医言简意赅。

探春知道，这是任太医最后的好意。黄栀子在中土少见，但在陀兰却遍地都是。他留下此方，是惦记着宾洛沙的伤。

外伤有方；内伤，可惜世上无方。她心中感叹。

探春面上不露，含笑谢过任太医，与刘欢乐、锦书一一作别。刘欢乐会回来，任太医和锦书，该是从此不再见了。她忍住心中的万般酸楚，最后对刘欢乐说：

"好好去吧。照顾好船队，照顾好大家。"

他们走出了她的视线，一时间，探春觉得，自己的一部分也被他们带走了。

甩甩头，她决定先做事，个人悲欢在国家事务前算不了什么。丈夫曾深爱她，探春心中清楚；自己是摄政王后，有自己的职责，她也提醒自己。至于宾洛沙，他暂时沉沦，终究会有醒过来的一天。

先前想的事，该着手了。

自挖泥烧砖，用来砌仙那城的边墙始，探春心中朦朦胧胧，总觉得中土的这烧砖工艺，仅仅拿来作为防卫的材料，有些可惜。民政大臣和刘欢乐二人关于台风的报告，让她心中豁然一亮。现在，把这点亮光落到实处，就是该做的事情。

她让侍书拿过陀兰的地图来，摊开在桌面上，有疆域图，也有地形图。探春细细看了东西南临海城市和水军驻地港口，又向中部看。中部是众多破碎的山脉，按着颜色看过去，应该是有高有低。山脉之间有河流，四面八方各个方向都有。探春请教过民政大臣，知道河流水势缓，泥沙所冲积而成的地方多半就是农耕区，也是陀兰素来闭塞贫穷的区域。外边的东西很难运进去，包括救灾物资；里边的民众也难以出来，布匹、盐巴等生活用物也缺乏。他们活得已经够简单够艰辛，遭遇台风，只能靠运气活着。这样的命运，实在该改改了。

探春盯着地图思考，在脑海中构筑自己的设想。

嗯，大风把屋顶掀飞，把泥墙推倒。如果使用砖墙呢？如果使用坚实一点的瓦，和了黏土再做屋顶呢？

烧砖的土从何来？谁来挖土？

关键是道路。旱路受了大雨即不通，里外都难以走人，何况物资。如果水路相通，是不是物资就可以运进去？台风挡不住，但提前做好准备，该是可以的。村民的粮食，山中的药材也可以运出来卖，换回更多的物资。道路畅通，人会随之改变，山里的人也可以走出恶劣的地势；民间富裕了，陀兰也就富裕了。

运河！她想起了自己一路南下的经历。就因为走了水道，所以她十几天就走了汉唐人几个月甚至一年的路。

通水路，开运河！她的思路明晰起来。

她得找小王子和民政大臣、财政大臣一起来商量，这是一项关乎国家富强、国民生计的大计。

她还需要人，需要各行各业有技术的人，需要规划运河、开凿运河的人。

这第一步，就得把这地形图做成实物样子。没有人做过不要紧，边琢磨边做，总有做出来的一天。嗯，泥瓦匠熟悉泥土性状，做这样一个塑形图，该是可以的吧？泥巴干透后，再让画匠给山川添上色，可以看得更清楚。嗯，陀兰绘制地图的人也要加进来，由他们指导，塑形图应该更符合实际一些。然后添上各地标记，这不就一目了然了么？

根据做出来的图，再好好筹划一下。

探春暂时忘记了宾洛沙宫殿里不堪的那一幕。能做有意义的事情，总好过镇日空想与自我折磨。

第二十回

民生福祉

仿照地图做的陀兰山川实体图做出来了。为此木工还专门做了一个巨大的木盘来盛放它。陀兰负责勘舆的官员派了具体踏勘方位、绘制地图的几名小吏来指导，泥匠按地图标注的大致比例撮土成堆，画匠用不同颜色描绘大海、山脉、河流、平原、盆地，做出来蛮像个样子。那泥匠堆土在盘上，起初提起他做的东西，老唤作“泥盘”，一来二去，大家也都这么叫。做成后呈给王后看，探春对实体图满意，但觉泥字不雅。细细观察时，正好看到散落的碎土掉在盘中，手捏起来便散了，像沙子一样，心念一动，便改了一个字，叫“沙盘”。从此这名就定了下来。

沙盘已成，探春让抬到前殿去，确定了日期，召集民政、财政大臣、军政大臣来讨论。探春特别通知，各位大臣可带他们的助手前来参加御前会议。各大臣报来的人员和职务名单，探春看后笑了。陀兰的官员名称可谓中土味道浓郁，主管农业、水利、工业、税务、商业，辅佐各部大臣实领事务的，侍郎、侍中、郎中职务居多。恍惚间探春还以为自己身在中土的朝廷。她想起了毕豫，不知这个曾照应了她海上一路的员外郎，回去后有没有升职。托他带回的家书应该收到了吧，不知家中真正惦记她的，又有几人。

探春甩甩头，像是要甩掉那一份不经意浮现出来的乡土之思，扶着侍书来到勋堂。这里光线明亮，殿宇宽阔。更重要的是，这里曾举行过海政大臣、军政大臣的授勋仪式。触景可以生情，探春希望各位参与今天会议的朝廷官员，不忘记陀兰大捷庆功之日的那一份光荣。

沙盘放在最中间的高台上，正对王座。此时已是秋末，天气依然热，但比起春夏时已是干爽了许多。侍书本建议在探春面前放上屏风，好遮住探春的身子。探春想想，还是照常覆盖了丝毯，只是让在王座的阶前放置了多盆花开得高高的玫瑰，组成临时篱笆墙。她需要对着各大臣的双眼说话，她也需要他们看得到她的眼睛。宾洛沙的王座空着，侧边是议政王的座位。沙盘周围，探春吩咐给官员们放置了椅凳，方便他们取用，她预料会议将开得很长。

探春的设想自台风而来。台风每年都来，不但城乡国民流离失所，国库赈灾也得一大笔钱。她的目标很清晰，就是尽可能减轻受灾人数，尽最大努力让他们的家园更安全，为此她提出“新屋替旧屋”计划。这个计划的实施，则与运河的修建联系起来。岛上河流尽量挖通，以可以通行船只为标准。挖通运河时修好码头，这就是关联的“运河计划”。探春认为，除弊之后再生利，可以一举解决台风困扰国民的难题，同时也将后续国家的发展定个调子。但她知道，设想落到实处，中间还隔着一大段距离，需要具体的规划，以及强而有力的执行。

此前她调动了自己脑海里的全部知识，想中土历史上繁盛的朝代是怎么做的，无奈只有轻徭薄赋四个字，这不符合陀兰的实际。继而想到了杭州的繁荣，想到了运河上密集来往的船只。看来只有江南模式，才是最可借鉴的路径。江南模式有什么特别的元素？运河，商贾繁荣，米稻粮仓，当然，还有中土独有的丝绸。后者也就算了，但粮仓倒有相似之处。陀兰因了气候之便，稻米一年可以两熟，个别农耕发达的甚至可以三熟，这是上天给与的福利。那么余下的，就是运河通行和商贾繁荣，这二者又紧密联系在一起。

陀兰是一片绿洲，又像一片绿叶，飘于大海之上。要让这片树叶不沉，就得让它轻盈，让它平衡，让它可以抵御风浪。繁荣之处，仅有都城、港口是不够的，作为执政者，眼光必须透过山脉，河流，看到陀兰全境。复制江南的计划在她脑海中萦绕了很久，在面对沙盘的日夜里，具体的做法在她脑中慢慢成型。今天，是她实施这个设想的开始。没有大臣们，没有一级又一级的官吏们，再好的计划也落实不下去。没有充分的事前沟通，也是不可能实现上下一心的。探春决定，放低王室素来的威严，增添一些亲和力。要让下属理解自己的想法，就先得让他们可以畅所欲言。事务是一级级实施下去的，他们也有权利就实际问题发出自己的声音。

大殿上，大臣们围着沙盘，又新奇，又疑惑。探春等他们看得差不多了，才请各位大臣落座。这个计划此前并非没有漏过口风，但系统地讲述计划及实施办法，还是第一次。探春从台风开始讲起，说了她的想法，众大臣听了，默默无语。这是两项大工程，谁也不敢说有把握可以实施下去。

探春将各位官员的表情看在眼中，抛出了具体的考虑：国民以工代税，每家每户出人，沿着水道挖土挖泥；由朝廷在各水道旁设立若干砖厂、瓦厂，挖出的泥土就运送到砖瓦厂去烧制；烧出来的砖瓦便作为建房的材料。这样，建房的材料有了，挖运河的民力也有了。家家户户出劳力，遭灾之后自然不能让他们饿着肚子干活，但吃大锅饭显然也不实际，那就由朝廷发放货币作为食物补贴给他们。这样，出工的人可以用钱买食物。

探春一一作了说明。计划正式实施前一段时间可以提前向全国公布，这个计划会刺激市场，自会有商人筹粮运送到砖瓦厂附近。然后，砖瓦厂附近慢慢就有可能发展成集市。为了鼓励配合朝廷政策的商户，朝廷可以奖励提前进入运河各处，配合朝廷实施计划的运粮食、运物资的商家。与朝廷联系密切的可信商家，可以先发许可证，让他们提前入局。他们起到的将会是引领作用，调剂作用，以及平抑物价的作用。

朝廷无需奖励其他，只需让其提前进入市场。这一点，探春考虑很久了。

商人天生逐利，这不是坏事，朝廷要做的是防止他们赚昧心钱，因此，也要把处罚规则定得明明白白。如以次充好、缺斤少两的，朝廷要处罚，以维持市场秩序。商人循正当渠道赚到钱后，又会去扩大规模，或者买别的来贩卖。这样不光粮食，其他的关联物资如布匹、盐巴等都能因需求而流动起来，就像水自然会流动到低凹之处一样。至于建房需要的各类设计、建造工匠，则由朝廷负责招揽和培训，然后由建房的家庭聘用，费用方面由朝廷给予补助。

探春说了此处补贴的动机。这是为了调动遭灾国民新房换旧房的积极性。朝廷补贴钱，换房的人家出力，这样实行一年两年若干年，普通人家就能够一批批新屋换旧屋，每年台风造成家破人亡的问题预计可以基本解决。即使个别年份还有伤亡，那终归有限。为鼓励换房的积极性，第一年砖瓦可以由砖瓦厂免费提供，第二年半价，第三年全价，这样有差别地对待，原来住草房的国民既有积极性，也会有紧迫感。毕竟，住牢固的砖瓦房，肯定要比草房要安全得多。砖瓦厂的成本大头就只有人工成本，第一年的费用由国库承担，第二年国库补贴，第三年砖瓦厂自立，进入市场，他们也可以转型做各种建筑材料。

至于挖哪里的土来烧砖瓦，则需要按照设计的运河沿线挖。运河挖成后，全国就会成为一张水路网，物资会源源不绝流动起来。民间商贸活跃，国民只要在这张水路网中，都能从中受益。这个益，最起码的就是脱离贫困。计划铺开，烧砖瓦的柴火和煤，先由持许可证的商家运送。市场起来了，自然由市场来提供。

宫女们给大臣添了一次次的茶水。现在，这是仙那城最受欢迎的饮品。探春说了大半天，也感口渴。侍书递过椰子水，探春只觉一股甘甜滑入喉咙。来到荷兰将近两年，她终于喜欢上了这南洋天生的饮料。

财政大臣抬头看着玫瑰丛后的王后，欲言又止。他听到的都是这个补贴那个补贴，自然担心国库很快耗尽。后想想，既然是御前会议，想到什么就说什么吧。这两个工程时间长，耗资巨大，他得好好盘算。探春听了财政大臣的担心，她对此已深思熟虑，财政管收支，有此疑虑自然正常。她说给财政大臣，也说给在座的其他大臣：现在农业税征不抵赈，种田的农民富裕起来后，这个税就可以收起来了，赈灾款也几可减免到最小。国库补贴国民，就是为了未来的收益。还有相关的商业，此前征收商人的税太重，是相对于他们的利润而言。如果运河计划拉动了经济，他们资金周转频率会提高，利润也会随之增加，到时候国家适当增加税收，条件也就成熟了。运河是绝大商机，有眼光的商人绝不会放过这个机会，不但陀兰，柔尔国的商人说不定也会来。还有，运河周围的集市，发展起来后会到处是卖货的商铺，地皮会很值钱，朝廷可以规划了出售，那个时候可以向买卖双方征收地产税。总之，有了商业社会的雏形，朝廷该做的就是管理，并提供商业交易的服务。

探春谈吐雅致，她的话则被大臣们自动化为易懂的民间俚语来理解。王后就是说了这么个意思，要收鸡蛋，先养母鸡；或者说，要想凤凰来，先栽梧桐树。养鸡要饲料，种树须动土，这个道理倒是不难懂。

探春说得细致而恳切。她希望凭借的不是自家口才，而是所说的道理能够让众大臣接受。既然财政大臣提到了国库，探春准备从未来的税收上让众人进一步接受，便专门展开细说自己的设想。在她的思考中，还有备用征收的税种。运河行船一旦开始，就会日渐增多，那时可以考虑，在海商税之外增收内河船舶税。生产建筑材料的工厂，在完成了朝廷指定任务之后进入市场，那也是新的税源，可以收取企业所得税。商家出售的物资可以根据所在地区的繁荣程度划区，征收不超过十个点的税。探春将鼓励计划也一并详细说了，商家每月诚实自报税的，退税一部分；不诚实经营及偷税漏税的，税吏查到，可按偷漏税的基础定下比例处罚。总之，就是要奖励商品流动，奖励诚实经营，先民富后国富。因此，收税也要列出计划分出批次，充实国库，但收税需要控制比例，绝不能把民间压倒。

探春想到这些，起初是出于她当年协助管理荣国府时得来的经验。她坚信理家与治国，其间道理是相通的。税收虽然所懂不多，但基础她向民政大臣了解过。国家开运河，建工厂，提供技术工人，然后国民改善生活，增加购买力。

国家制定好政策，稳定推行，让国民敢于花钱，就有了不断的购买意愿。如此一来，商业会逐步发达。国家收税充实国库，用于水陆两支军队，也用于对外商贸扩大利润。一句话，改善国民生活条件，帮助国民富裕，国家也就富裕起来。

陀兰要成为一个商业国家。探春最后总结。

她的思想如此超前。起初大臣们面面相觑，不敢置信。一个沙盘推断出这些，此前众人想都不敢想。但王后说得详细，说得在理。面对沟壑纵横历历在目的国土，众大臣开始明白。将国库的银子预支给民间盖房，盖房用砖瓦，砖瓦要用土，土由国民挖，挖出四通八达的运河，然后将陀兰建成一个水路纵横的商业国家。这样外有海洋，内由长途、短途运河相连，整个陀兰岛就贯通了起来，陀兰官方的、民间的贸易也就活了起来。

军政大臣最先明白过来，他支持王后的设想。他的理由未立足于商业，而是战略上的考虑。如果邻近纳澳岛的南部港口受侵袭，如运河修成，其他方向的物资可以及时运到前线。当然，其他方向受侵袭，道理也成立。车驮人运的低效方式由运河代替，显然时间与耗损都会降下来。对于战争，这是极其重要的因素。军政大臣深知后勤保障之难，故他出口，同僚们听得明白，两项计划的分量一下重了。

民政大臣提出异议。他以前听过宾洛沙的意见，内心深以为然。他认为错综复杂的地形才有利于守陀兰。因为西洋兵少，他们不能大规模深入内地。原来守港口就可以的，如果运河建成，那么一旦西洋人撕开一道口子，便可以顺着运河进兵，迅速占领陀兰全境。现在听得王后提出完全相反的计划，他心中虽然有所动摇，但也得将此不同意见反馈出来。

他提出的这个问题让众人沉默良久。确实，这是一柄双刃剑。说来说去，都是火器不如西洋人之故。说来说去，首要的是国防问题。至于国王与王后意见不统一之事，更是不容臣下置喙。

小王子格里布此前与探春谈论过多次，他年轻，对于新生事物理解得快。从王后的设想，他看到了陀兰的前景。此时见民政大臣提出这个理由，格里布从座位上站了起来，走到沙盘旁。他平和地指出，据他所知，西洋人已经开始使用雇佣兵。他们为何雇得了人？就是因为西洋人从香料贸易中积攒了大量的财富。如果陀兰富裕起来，同样可以像西边的印度一样，雇佣西洋人来造武器弹药，甚至雇佣大量的西洋人来抵御侵略。所以，国家富裕起来才是关键。他最后说，自古历史富强二字都是连在一起的，富在前，强在后，这个道理颠扑不破。他再强调，他自己与国王沟通过，一切促使陀兰富强的，国王都会支持。

小王子的话是如此雄辩，民政大臣听了，觉无从反驳，便沉默了。各位大臣彼此对视，心中渐渐认同。毕竟，有战争这个巨大的幽灵在，他们所有人的利益都是共同的。如果西洋人占了陀兰，他们存在的阶层多半会消失。座中不乏消息灵通者，知道纳澳岛被分割成七八个国家，且早已易了主人。要屈从于蓝眼睛的海盗，他们是无论如何不愿意的。

只是，参与两项工程的朝廷人员，还有建房开凿运河的技术人员会大幅度增加，人从何来？民政大臣手下主管工程的郎中弱弱地问。

对这位敢于提出问题的郎中，探春赞许地看了一眼。她提出两个字：招贤。向全岛，也向岛外。被占领的邻国据闻出现了许多流民，如果他们有技术，他们就是陀兰欢迎的人。商人会将招贤榜带到各岛各地。找来的人先培训，还可以成立一所技术学校。才德堪任的，直接提拔，派到运河上去，派去指导建房去。如还不够，朝廷招人来，由民政各领域的人才去教，教出一支队伍来。无论如何，运河计划是与换房计划绑在一起的，要把整套的措施联结在一起，推出去。

探春看着殿里的各位大臣，脑子思索着。众大臣中，民政大臣管的最多、担子最重，官吏选拔、工业、农业、朝廷救济都在他这里。太集中了。也许将来可以成立一个工部，专门负责工程；官吏选拔是最敏感的，正因如此，需要独立出来直属御前，如此才能收指臂之效。中低层官员有个上进，也有独立的担当，办事效率定会提高。考虑到目前，大局是推出计划，落实计划，为了稳定，先不忙分拆，待人员粗具规模了，她与小王子再与年迈的民政大臣谈，分去他的权力，也减轻他的责任。

她已经想好了，在实施两项计划中积极出力又处事妥当的官员，就是将来朝廷的提拔对象，这一点，明面上可不必说，不妨先放出风去。官场需要逐步引进新鲜血液。是的，她要找出一大帮能吏来，要把他们放置在合适的岗位上去。像莫阿，炼成一支强军。这支强军的基础，探春记得自己的判断，就是因为将帅强。

参与御前会议的都是朝廷重臣。他们听了王后计划，又听小王子发言，心中不禁涌起今夕何夕之感。从前老国王只发诏书，即使是与臣子商量，也多为私密谈话，断无今日这样的公开充分讨论。对于他们提出的意见，王后和小王子都以解释为主，并无用王室权威压人的意思。这一点，让他们心中舒服。侍郎、侍中、郎中们，他们首次见到传奇的摄政王后，惊讶之余，更多的是敬佩。

一介女流，脑子里却装那么多东西。难得的是，她一个异乡人，所说的每一句话，都是为陀兰着想。

国王至今不理政事，背后的原因，大臣们或多或少已听说。国王为国受伤无可指责，王后身怀六甲还代其操心国事，他们心中有数。至于小王子，他参政以来一直支持摄政王后，大臣们也习惯了。原先心中尚不服女子执政的大臣，此时心中也有了转念：如果国王宾洛沙始终不亲自理政，那么眼前的叔嫂二人共同主政模式，也未必不可以接受。

御前会议连开了三日，终于定了下来。运河等一系列规划牵涉民政、财政，由各大臣围绕计划提出各自的方案报王后、议政王，审核后批准实施。探春嘱咐了，具体的条款要写成细则，发布天下供臣民们遵守。

会议开得卓有成效，自己的设想在一步步地实施，探春很欣慰。此次御前会议没有通知海政大臣来参加，但这是牵动全岛的大事，他应该知晓此事，便令文书将记录御前会议的内容，摘要后发至莫阿军营。还有招贤榜，她也命人去拟了，发出前她要亲自过目。宫内监奉命设立了一个文书处，探春从官学挑了几个年轻人来专务此职，目前看来尚可用。

有小王子格里布支持，探春轻省了许多。近来双脚肿胀，肚子大得看不见脚背，走路都费力。腹中孩儿踢打甚闹，晚间不能翻身，只能仰躺，夜夜睡不好。御医探过脉，腹中孩儿确是双胞胎，探春疲累之余，心中欢喜无尽。等到足月两个孩子生下来，在这世界上，她就有了最亲之人。探春着急两项计划的实施，其中一个缘由就是，她想尽可能地在孩子出生之前，将计划推出去。

任太医道别时留下的方子，探春亲眼看着陀兰御医制作了，送给宾洛沙去敷。老国王去世前派出人去各处找寻名医，带回了几个。其中有一名医生诊断了说，应该是做手术时动了经脉，又或者是肩内有遗留物，因此国王的肩臂迟迟不好。如要根除，须得重新划开肩膀找到症结才行。宾洛沙不愿再受手术之苦，此议自然搁置。那黄栀子花制成的药，探春送来，宾洛沙敷了。一个来月之后，虽不能像先前一样用力自如，但痛感确实轻了许多。纵不能全部根除，好在绑带终于可以去掉了。

探春与宾洛沙变得客客气气。探春每日去看丈夫，朝中大事择要告知，她行前都预先让侍书通报。宾洛沙看到探春大着肚子来看自己，也总是温和问候。他心中真实的想法宫内已无人知晓，他自己也从不向任何人诉说。宾洛沙把自己活成了一座孤岛。孤岛的中央，只有他的银质小锅；锅内，有他日日需要的药丸。那是他唯一的快乐源泉。已经有经营药铺的商人，从王室御医大量采购无忧草中猜到蛛丝马迹，为投其所好，也在到处寻找配方制法，悄悄制作无忧丸。那无忧草本草质，提纯是个技术活，那商家准备致力于这项大有赚头的事业，好做王室的隐秘生意。

探春对于王宫外的这一切懵懵然了无所知。她心中牵念的，一是腹中孩儿，二是换屋及运河计划。离正式推行还需要一段时间，她在考虑通过什么样的宣传，可以让全岛的陀兰民众抛弃旧有的茅屋泥房，接受砖瓦房。对于底层民众的认知，探春从来不曾乐观，大观园中众多眼光短浅的仆妇就是最好的例子。所以她从一开始就以补贴来提升他们的参与度。待到运河通了，全民普及读书识字也该提上日程了。她清楚，人脱离蒙昧就从识字始。一想到这些，探春觉得需要做的事实在太多。

探春没有时间为自己悲伤。上天给了她一段幸福的时光，但又收走了，或许女人的命运本就如此。政务之余很少有的闲暇，萨宝丽有时进宫来陪她玩笑，带给她宫外的各类新鲜消息。看着年轻的女孩，探春感叹，这真是鲜花盛开的年龄啊！想起大观园的岁月，恍如隔世。她终于明白了，一个女孩未嫁之前，确实是一生中最宝贵的时光。

二哥宝玉如看到此时的自己，会不会将自己归类为死鱼的眼珠呢？探春苦笑了一下。现在，回忆都是那么难。林姐姐、宝姐姐、湘云，还有孤介的惜春，都是那么遥远的存在。她们出嫁后，会不会也像自己一样，将日子过得如此艰难？

长安不见使人愁。她懂了。

无论宾洛沙如何荒唐，探春始终无法产生恨意。她不能忘怀那些甜蜜时光。还有，他给了自己摄政的权力，给了自己改变一些事物的机会。为此，探春感谢他。至少，他还记得国家需要治理。

夜深人静时，探春躺在空荡荡的寝宫中，一一拣拾丈夫的好，以作鼓励自己走下去的安慰。登基之日，宾洛沙送给她的紫色披风，就挂在寝殿之中，双眼所及的衣架上。忧伤之时，探春就看看那一片紫，那是丈夫爱她的见证，他把最珍贵的颜色送给了她。

第二十一回

理财纾困

由披风的紫色，探春想起了王室名下的宝石矿藏。据王室总管派出去的主管报告，开出来的宝石大多数为橙色，部分矿脉出的颜色还好，绿蓝色，还有橙色带紫，可是无论哪种色彩，石头本身都颇多杂质。仙那城的珠宝店本来不多，从王室矿上进的宝石都反馈很难卖出。一来二去的，便是一年又一年的滞销。王室无人管，矿山也就不敢停工。那主管带来大大小小几块宝石，呈给探春看。

探春留下了样品。漫长的夜晚，她有时拿在手中瞧着，无计可施。王室养着一大帮人。王室成员的年金是大头，宫殿维护修缮每年都是一大笔钱，还有每月派出去给民众的善款；另外，宫女、花匠、杂役、矿工等的工钱，每月的开支累加在一起，就是一笔不小的数字。虽然国库每年有拨款，但陀兰体量小，国库也不充裕，这笔钱用得一直紧紧张张。老国王在时，用在莫阿船队的造船厂，已经将积蓄用得差不多了。现在出于保密需要，增加了雷计划的支出，还有刘欢乐船队的备货，不开源是不行了。要让国库多拨出费用也就是一道谕旨的事，但国库紧张，也是当政者所要考虑的事情。老国王不愿，探春也不愿。

王室还有几处田庄，探春看过账目，收成一年不如一年。陀兰不比中土，除了台风灾，其他时间都是种子撒下地里就会长出来稻穗，天生稻米天堂。收成不是有起有落，而是逐年下降，显然不合情理。那么，就是管理上的事儿了。

探春想起了京城的贾府。想起了听宁府尤氏来逛园子时说起，邬家兄弟把持几处田庄，收成多少只得由着他们报。她感觉到了相同的气息。利益面前主家失于监督，没有几个人可以抵受从中捞好处的诱惑吧。妙就妙在很难回溯查清，这又驱使这帮子下作之人更加变本加厉。王室也好，世家也罢，大约都是一个道理，收支不相抵，迟早出问题。贾府人人安富尊荣，人人都不想担担子，然后像她在家时目睹的，主子们坐吃山空；奴才勤谨的，落得个没有奔头；奸猾的，替姑娘们买个脂粉都要揩油，奴才底下还养奴才，岂不是咄咄怪事。自己的娘家，探春本不愿深想，但看到田庄的账本，当年理家的往事纷至沓来。

现在的陀兰，有自己在操心；京城的贾府，谁来操心？凤姐儿是依靠不了的，她眼中只有自己的小聪明，自己的敛财，对待尤氏姐妹也够手辣。这样的人，不会出于公心当好家的。

要警惕。王室财产在自己手上，万不能落入那种难堪的局面。不讲宾洛沙，仅从老国王对她的信任、支持来讲，她都不能有负于这个家族。

开支这些事，王室没有人想，只有她自己来想了。

探春把刘欢乐的海运当作了一场试验。做成了，获利不错，那就意味着陀兰也可以；如果出现风险，也不至于影响国家。对这位年轻人，探春寄予厚望。她也想过他一去不回挟货私逃的可能性，但她不得不信任他，因为可信之人太少了。而且，经过风浪，经过王室惊变，她相信自己的眼睛，认为这是一位可资信任的人。

但愿吧，但愿他能归来，带来好消息。大海没有驿站，否则他该有信来了。还有锦书，哪怕她北上需要一些时间，年后也该有信来。现在，一切都得等刘欢乐回来了。

从王室财富想到陀兰，探春益发忧心。国与国交战，打的是人，打的也是钱。她问过军政大臣，得知陀兰国兵工厂只有两家，还只能生产火药和实心弹。西洋人打到仙那城的炮弹，射得那么远，力量那么猛，还有散开的弹片，探春去看过，其杀伤力肯定要比实心弹高出一大截。如果能够引进这样的技术就好了，可是只有西方有，陀兰作为一个传统的农业国家，想一步登天是不可能的。

西洋人为什么会有那么高的技术？无论中土还是南洋，就火器来说，都赶不上他们。他们是三头六臂么？探春想不通。

好在莫阿履行诺言，每月都有信息汇总快马报来。据他消息，纳澳岛上的许多国民，已经沦为丁香、豆蔻种植园的苦工，为葡萄牙人、荷兰人生产西洋所需要的香料。他们不能自由迁徙流动，被牢牢拴在种植园里，已经是半奴隶状态。葡国和荷兰的谈判如何，尚未打探到消息。但各国被占的港口目前没有大规模战船聚集，应该对陀兰是件好事儿。这些信息，探春择要紧的，见面时与小王子分享。难得格里布不掣肘，大事上一直支持她。他与哥哥有天然的亲情，现在，有些事由他来沟通，反倒方便。

想起近在咫尺又像远在天涯的丈夫，探春心中酸楚。她明白宾洛沙的痛，也明白他把自己包裹起来的无奈。可是，自己是他的妻子，他们本该是最亲近的人。这药瘾如果能够戒断，或许他还能回到自己身边；如果一直这样下去，他的身体终将被摧垮。

探春心中叹了口气，坐在梳妆台前卸妆。她摘下耳环，灯光之下晶莹耀目，与王冠上镶嵌宝石颜色相近，一种高贵的暗蓝。她拿在手上对着光细细看，又拿过宝石矿的主管留下的样品来一一对照，发现最大的差异就是亮度和纯净度。那有没有办法让这些宝石好看起来呢？然后把它们卖到印度王公那里去，卖到中土去，换回银子，然后再来扩大贸易。刘欢乐他们回来的时间，肯定是几个月甚至一年两年之后。如果路子走通了，扩大船队，增加货物量就是必然的事情。也就是说，她需要筹集更多的资金，才能扩大贸易量，增加利润。

家不好当。探春自嘲。她眼前浮现出凤姐儿的样子，那么赫赫扬扬，后边不知道藏着多少苦楚呢。她有点理解了。但凤姐儿当家只顾面上，当得贾府江河日下，自己绝不能步她的后尘。

探春的目光又转回到手中粗糙的原石上。工匠可以打磨，但改变不了内在的纯净度。真的没有办法吗？她想来想去，觉得还是要招贤，招各类技术人才。除了眼下就需要的大量建筑人才，其他的也需要。有一技之长的，就要用上。从事珠宝工艺的，那就招来矿上，销售链上。只有产品在市场上站住了，才算是盘活了矿山。如果不能改变现状的话，出品的宝石这个样子，都不好意思贴上王室标志。

陀兰与中土最大的优势，就是四周都是海水。有海就可以通路，通路就可以引进四方人才。这里邻国之间民间往来频繁，从西洋到南洋都有。他们见的世面广，集思广益，说不定会有路子。陀兰除了造船、铸铁工艺外，其他的太落后了。

水军一腔忠勇，但克敌制胜的可不只凭借这个。莫阿的战报里说得清楚，是船头的铁爪捣烂了曼掸的战船，然后近距离用黑火药炸沉，最后才取得的胜利。这就是莫阿的秘诀。他在研究海战的技术，并在关键时刻把它们派上了用场。陀兰国需要的，正是这种主动革新的精神。

海那边的西洋人是一个噩梦，是一柄悬在头上不知何时掉下来的利剑。探春多希望上天再给多一点时间，好让陀兰强大起来。祈求强盗忘记陀兰是不现实的，只有靠自己长成巨人。小王子说得好，国库充盈了，可以请雇佣兵来防御国门。

还有自己的母国。刘欢乐的北上，还隐藏着探春心中的愿望。她希望借由商贸的接触，让朝廷记起在遥远的南海，还有一个朝廷赐婚的中土女子，她需要得到帮助。

她远嫁的国家或有一日需要母国的支持。不是她自己需要，是她生根的这个国家需要。纵然中土弃她如草芥，如同放飞一支蒲公英的轻巧，可是，为了陀兰，她期望上天可以听到自己的祈求。

探春当晚想了个透彻。次日，督促着文书写好招贤榜，细细审视了，让刊印几百份，发往全国各地。没收的扎尔卡庄园正好拿来做招贤庄，培训也在里边，她要让各行各业的人才都能得到发挥的舞台。民政大臣事多，人也老了，这个事儿需要年轻有经验有精力的人来主持操办。这个人选，应当知道朝廷发展目标。想起民政大臣手下提问题的郎中，看上去还是个做实事的，可以让小王子与他谈。如此人不错，就让他先担起这个担子来。

探春在想着国事的时候，萨宝丽的母亲正在想着她。这女子血统一半中土一半陀兰。女儿经常进宫去陪伴王妃，于她自然是荣耀。她设身处地为王后想了，一个年轻的王后要当陀兰一大个家，又是远离娘家护持而来，估计许多事不顺当，也难以顾及。生育是一个女人一生中的大事，姝丹娜去世，王后没有亲人在身边，许多经验未必有人告知她。王宫自然有御医，可她听说王后把她带来的太医送回去了，心中觉得王后此举太过操切。自己人总要可靠一些，这个道理不难懂。那唯一的解释是，王后真想放了她的同胞回国。

就冲这一点，就值得尊敬。一个被远嫁到海岛的人，她如果没有弃家之痛，没有共情之心，她是不会这样做的。

那么，自己能够怎么帮她呢？

数日后，萨宝丽的马车午后到达王宫侧门。她有探春赐的腰牌，可以出入王宫。她的母亲为王后找了两个可靠的奶妈，让她问问王后的意思。正下车，看到小王子带着侍卫出来，忙上前行礼。

小王子在探春处见过这姑娘几次，见萨宝丽来，知是找嫂子。看她青春洋溢，倒不免感叹：嫂子大不了这姑娘几岁，可是看上去，倒像两个辈分的人一样。便站住了脚，问了几句。萨宝丽不好意思说奶妈这类的话，只说来看王后。小王子看到她手中提着刚买的点心，闻到香气，不觉唇边露出笑意。

已经立冬了。太阳不再像夏天那般火热，此时斜照在仙那城。王宫门前耐冬的花依旧在开，但花与叶已没那么明亮鲜活了。还好眼前有一个明眸皓齿的姑娘出现，让了无生气的王宫生动起来。

小王子站了一站，又觉没有什么话要讲，只说让萨宝丽好好玩，便上车走了。他要去民政大臣衙门。目前运河计划和换屋计划进展缓慢，原因就是民政大臣这边人员不到位，部署好的计划迟迟不动。出于尊重，小王子亲自去一趟。招贤榜文已经散开，已经有人来陆续来仙那，卡在民政这边，是要误事的。探春已近产期，不能再出来上朝。小王子日日忙个不停，益发觉探春不容易。

探春的会客室自然欢迎萨宝丽。曲曲折折的长廊尽头，传来她的脚步声。除了这个小友，探春没有其他可以聊天的人。她有时候想，幸亏陀兰国土小，规矩也少，她还可以见见这姑娘。远在中土的元春姐姐，定没有这样的方便。皇家规矩那么大，省亲那一回，前后也不过两三个时辰，又得回去。后来再没有下文。自己还算不幸中的万幸。探春转念一想，她见人自由，是因为她目前是实际上的执政者。那元春姐姐一入深宫，说话做事哪做得了主。这本质上还是一个权力问题。

权力是个好东西呢。探春自嘲了一下。世间可能只有一样东西权力不能带来，那就是幸福。

“美丽的王后，我来看你啦！”萨宝丽笑嘻嘻出现在门口，给探春行礼。

侍书不在殿内，其他宫女待她坐下，给她上茶。

“王后，您又挑了新的宫女是吧？难怪看着眼生。”不待探春开言，这姑娘又说开了话。

探春爱怜地看着这活力四射的姑娘。她的脸颊饱满，肤色莹润，像一把可以掐出水来，又有两个梨涡，笑起来很好看。

“今天又带什么来了？我看仙那城的零食是不是你全知道？”探春闻见香气，自己动手打开萨宝丽放在茶几上的盒子。她头微微侧了侧，两名宫女退下，远远候着。

“东市新开了一家店，这家店的椰子糕入口即化，好吃。我昨天尝了，所以今天赶着去买，送给您尝尝。”

侍书从侧殿进来，赶紧接过探春手里的盒子。她先拿过小碟盛了一块，然后在旁用小银匙尝了，见没有异状，这才托盘躬身退下。

萨宝丽知道宫外食物一定要经过这个程序，故也不奇，站起来四处看。

探春看她一刻也坐不住，笑了。自己尝了两块，确实好吃，比宫中的手艺强。

“你锦书姐姐走了多时，挑了几个人来侍候，都不大好。这几日又换了一拨。看看吧。”探春这才回答萨宝丽的问题。

萨宝丽看到不远处的台上放着一个开着盖的盒子，里边有几块石头，便问探春："这是什么石头？还挺好看的。"

探春转过身来，对着这姑娘："这是没有加工的宝石。我就嫌着它杂质多，不纯。"

"宝石没有加工好，就几块石头，怎么就送来呢？"萨宝丽干脆把盒子整个抬了过来，边喝茶，边拿起一枚绿色的宝石，对了窗外射进来的光看。

"这是矿上出的。我让他们拿过来瞧瞧，这个宝石为何卖不起价。坏在石头不通透，也没个办法。"

萨宝丽这才明白，是王室自己的矿。难怪王后本人要为此操心。

她心中不觉生出一丝心疼。她放下茶杯，站到探春身后，为她捏肩膀。"我说王后，您太辛苦了。我妈妈在家，经常说，您太不容易了。"

只有在萨宝丽面前，探春才觉得是自己原来的样儿，可以随意说话。这几句虽然孩子气，倒说得探春心中摇动。贾府中，凤姐儿是爱权的人吧，自己与她的不同，恐怕就在这里。如果丈夫可以支撑这一切，何至于自己快临产了，还在各种操心。唯一的关怀，居然出于一个十五六岁的姑娘。

探春伸出手，拍拍那只在自己肩上的小手，表示领情。她来到陀兰，最能倚靠的，还是中土的同胞。对萨宝丽这样的二代，也有着天然的亲近。难怪中国的史书上，记录的都是皇帝爱用近臣的劣迹。不在这个位置上，不知道一个君王能信任的，实在不多。不任用自己身边的人，其他的人也不认识，那能用谁呢？

探春猛然发觉，自己的立场已经变了，她心里有点不安。这么快，自己就变了吗？还有，自己亲近汉人，会不会给陀兰本土出身的官员造成印象，他们不被信任呢？

探春眉头不自觉地皱了起来。萨宝丽不知眼前这位像姐姐的王后，刚才还随意言笑，怎么突然就眉头紧蹙。她是一个无忧无虑的女孩儿，最看不得自己喜欢的人发愁，便搜索脑子里有什么可以分走王后愁思的。

刚才提到宝石，便觉有些影影绰绰的。认真一想，还真让她从记忆深处找出来了。

"王后姐姐，我看您莫发愁。我想起来了。这个石头好像可以烧一烧。"她称呼得如此自然，自己都没发觉到。

探春笑了，真心快乐。"好吧，小妹妹，那你告诉我，什么叫石头烧一烧？"

"我随我爹去过西海岸，就是那个印度，也跟他见各路商人。有一次，好像有个印度人说起一件奇事。就是他的朋友收了一批品相不太好的宝石。"

“然后呢？”探春笑吟吟地问。她估计眼前这姑娘要编个故事来哄她。

“我认真的，不是编的。”萨宝丽看出了笑容后的意思，赶紧声明。“有一日店铺里着了火，老板当时不在铺子里。待知道后，自然心疼得不行。因为铺子里有许多好东西。火灭之后，其他的就不说了，这个老板发现，他收来的宝石并没有被烧毁，反倒晶莹透亮，好看极了。后来，这个老板凭着这批宝石发了财。”

探春看了看眼前像新鲜苹果的脸蛋，一脸的认真。那么，就是说，宝石可以烧？烧了之后会晶莹透明，身价倍增？

她思索了一会儿。“嗯，萨宝丽，这个消息很好。你回家后问问你的父亲，要详尽一些。问问他，那印度人有没有谈到怎么个烧法，得了消息便来告诉我。”

萨宝丽看探春果然喜欢这消息，心中欢喜，便趁便提了母亲为王后物色奶妈之事。据萨宝丽说，两个奶妈新近产子，家贫，所以愿意以乳汁来哺育其他孩儿，给自己家赚一点钱。已经了解过了，人品诚实善良。现还没有告诉她们，如王后愿意，可以带来看看。

探春真心感谢。她身边没有婆母，没有生母，可以说，她未来生产时，没有任何有经验的上辈人照应。御医馆虽然预备了接生婆，但探春心里不自禁地害怕。在她的位置上，她又不能轻易说出来。有萨宝丽的母亲为她留意这些具体的事情，无疑给她吃了一颗定心丸。

她拉住萨宝丽的手：“小妹妹，转告你的妈妈，不但她推荐的奶妈可以送进来，不久后孩子出生时，也请她进宫陪伴我。”

这一刻，萨宝丽眼前没有王后，只有一位她心疼的姐姐。她的脸上梨涡闪现：“我妈妈肯定很高兴。我陪她来，提前来。王后姐姐你看行吗？”

“何止是行呀，小丫头。等你那烧宝石的方子拿来，我还要奖励你呢。”探春笑着回。

侍书听见姑娘与萨宝丽的对话，心中一块石头落了地。她作为探春唯一的娘家人，肩上始终沉甸甸的。如果姑娘生产不顺利，那可就是天塌的事情。现在好了，有萨宝丽的母亲在，她有经验，也能让姑娘安心，想必会顺顺利利的。

姑娘有福，她心中一直坚信，自己的姑娘会有好的运道。待孩儿一降生，那就是未来的国王，探春的地位会更加稳固，多好。

晚间，侍书在自己房间内，向观音瓷像默默祈祷，请菩萨保佑她的姑娘生产顺利。至于自己的未来，她想都没有想过。她只知道自己存在的意义，就是照顾好姑娘。

第二十二回

苦尽甘来

随着探春产期的临近，宾洛沙越来越陷入矛盾之中。

自己的孩子即将出生，然而自己却不能陪在孩子的母亲身边。这一切还怪不着任何人，要怪，只能怪自己。

对无忧草的依赖渐进到了无忧丸，宾洛沙知道自己越陷越深。他愧对探春，然而他克服不了自己。迎娶探春时，他是不情愿的；在探春帮着守护仙那城时，他是感动感慨的；在探春鬓边插了玫瑰花，对他盈盈一笑时，他心中某一个前所未有的开关被打开了。这是一个值得他爱值得他珍惜的女子。他愿意她对他笑，喜欢静谧的夜晚，她依偎在他怀里的那种饱满的宁静。那种充实感，别无所求的感觉，是他以往生涯中不曾有过的。

宾洛沙生来就是王子，注定了他无需征服任何人、任何事。他喜欢的，就会自动来到他面前。而探春，人如其名。春天之美，不是一下子扑入眼帘，而是行行走走，方渐入佳境春深似海，是需要探索，是需要走近才能领略的春天。她的美丽、果敢，关键时刻救他父子二人于危难之中，让他又爱又敬。然而，王室内乱毁了一切。

他不再是那个担国家于肩上的王子与国王，只是一个依赖药物，苟且世间的药物上瘾者。那些麻醉人的毒，宾洛沙似乎都看到了沿着血脉散布周身的黑。他是有毒之人，有何颜面见自己的妻子？有何颜面见自己即将出生的孩子？

他重归孟浪，未尝不是一种逃避。时间于他是酷刑，他一人无法抵受，所以招来玩乐的同伴，好让时间过得快一点。可是，探春看到了一切。王者的尊严让他无法诉说他的痛苦，他的无助。只有将自己包裹起来，让别人看不到他瘾君子的一面，才能稍稍给自己留下一点自在。

他应该在妻子身边。可是，这一步，他想迈，但迈不出去。他不想看到怜悯。一个国王被怜悯，那比杀了他还让他难受，而且，他们隔膜得太久。

两只小爪子搭在他的腿上，雪白的，毛茸茸的，一双圆圆的大眼睛往上望着他。那眼睛是那样的蓝，像大海的颜色。宾洛沙露出一点笑意，俯身用手摸了摸那小东西的圆脑袋。

只有你不嫌弃我，骆骆奴。

他膝下的可爱猫咪，是王宫总管找来的。一进宾洛沙的东宫门，这小东西就挣脱总管抱着它的双手，穿过各处门廊，跑向宾洛沙。它身上长长的毛毛，在跑起来带出的风中，那样神气地飘动。宾洛沙被打动了，那是一只主动接近他的猫咪。他弯腰抱起这只长毛猫，无限爱怜。在陀兰这个炎热的国度，长毛猫是如此稀少，没想到还有这么美丽非凡的猫咪出现，选择了他。

那猫咪一进宾洛沙双臂之间，就安适地躺下了，仿佛这就是它的窝。它摇动尾巴，眼睛望向它的新主人。偶尔伸出粉红色的小舌头，舔一舔宾洛沙。总管随后进得寝殿，看到国王眼睛眨也不眨地看着臂弯里的猫咪，知道这只猫已经被接纳，心中欢喜无限，便无声地退下了。

从这日起，宾洛沙多了一个小伙伴。他喜欢它的小短腿，喜欢它圆鼓鼓的身子，喜欢它雪白的毛毛，跑起来机灵又从容的样子。猫咪两耳朵的耳尖上，毛毛有两缕金黄，又近乎驼色，宾洛沙看着，想起他在中土时读过的几首诗，里边有他没有见过的大漠、驼铃，雪花纷纷，心念一动，为这只猫起了个既中土也非中土的名字：骆骆奴。

从此，骆骆奴就在宾洛沙的寝殿里安了家。

宾洛沙不再孤单。骆骆奴不会说话，但它的眼睛望着主人的时候，那样清澈。它喵喵叫着四处游走，像是巡视自己的领地。每天，侍从给它拌好小鱼，放好牛奶，它吃完后舔干净了爪子，又交替用爪子洗脸，把自己弄干净了，再跑到宾洛沙身边去。扒拉他的书，挠他的腿，小胖脸上那样纯真无邪。

总管来过几次，看到国王寝殿里总是一人一猫相伴，欣慰的同时，也不无感慨。他婉转告知国王，猫咪三个月大，只有一个缺点，就是小婴儿不能接触这样毛长的猫咪，怀孕的女子是不是也有这个禁忌就不知道了。总管的话，宾洛沙听进去了。为此，探春每次通报来看他的时候，他总让人提前将骆骆奴带到隔壁房间。

近一个月，探春没有再来。总管禀报过，王后待产，已经不适宜走动。宾洛沙心中担心。他从母亲姝丹娜那里曾听说，母亲生他的时候，各种险象环生，一日一夜才将他生出来，带到这个世界上。探春怀了他的孩子，还是双胞胎，艰难程度可想而知。弟弟格里布每日到来，陪他说一会话，偶尔也会提起王后。

宾洛沙知道了华人商会会长的妻子女儿进宫陪伴的消息，心中舒了一口气。

格里布从不久待。他知道，哥哥不愿意自己看到他瘾发吸食无忧丸的样子。多少次，格里布想提醒哥哥，拿出点毅力来，戒掉它，可是他说不出口。殿里的气味那样香甜那样诡异，他实在是不愿意自己的哥哥终日活在幻梦中。可是，自己帮不了他。

格里布不知道的是，他的哥哥不是没有试着戒过，是实在太难了，总是半天一天就功亏一篑。戒断是如此艰难，而解脱又是如此简单，他经受不了那种诱惑。

只有骆骆奴始终陪着他。它偶尔会好奇，伸出舌头去舔小银盘里的药丸。宾洛沙总是及时把小盘子拿开。

“嘘，这个东西，你不能碰。”他对猫咪说。骆骆奴伸出它的小舌头舔了舔宾洛沙的手腕，似乎在说：“我听懂了。我乖，不碰。”

“好孩子。”宾洛沙咕哝着对猫咪说，也不知道它能不能听懂。但他觉得，猫咪能懂。

御医原先制的药丸总有一股青涩气，后来不知怎么的，送来的药丸纯净多了，还多了一支中空的长杆，尾端有一个小小的小孔。御医低了头告诉他的国王，无忧丸只要放一点进去，对着灯火烤，一边烤，一边拿签子把小孔周围的膏往小孔处拨弄，吸长杆这边，就可以镇痛。宾洛沙不问这名御医从哪里懂得这些，也知道镇痛云云，只是为他遮丑而已。他试了一回，感觉飘飘欲仙。御医呈上的花销账本，他看都不看，每次都签字。

探春遵医嘱，早已不理事务。她安静地在自己的寝宫里，等着孩子的降生。已至冬月之末，萨宝丽的母亲格娜告诉王后，这些日子一定要注意身体的异常。御医和接生婆已经日夜在偏殿值班等候，两名奶妈经过王宫的检查，都是健壮干净的，此时也已入宫。她们的孩子也随同一起住进了东北角下人们住的屋子。奶妈知道，一旦王后的孩子降生，她们自家孩儿就会被送出宫去。孩子随自己进宫的唯一原因，是需要保持母乳的畅通。她们入宫前就已知道，所以格外珍惜与自己孩子相处的时间。

小王子格里布不方便再见嫂子，国事、王室之事压得他喘不过气来，他也没空。经他数次与民政大臣商议催促，总算各个砖瓦厂已经开始建了，从城市到乡村，都已知道台风来时，牢固的房子可以预防灾难。新房换旧房，劳役代人头税，开挖运河，砖厂补贴，各项政策措施也已经一级级传了下去。按照探春此前要求，文告一定要讲得通俗明白，所以从招来的人才之中，格里布挑了上百名能言之士，派到了各处，配合当地的官吏作新政策的解释和宣传。画得一手好画的人才，便将台风吹来，旧房被掀，新房建起，四海通航四个节段，画成了一幅幅画，从城市到乡村一处处贴去。待砖瓦厂的窑炉建好，煤炭和柴火就会陆续运到，那时就可以开工。

民政大臣考虑到，一旦开始实施，大量森林会被砍伐，河道旁边的水土就固定不牢，故建议砖窑以烧煤炭为主，格里布深以为然。他开始还存有找机会换掉这位年老大臣的想法，听到这话，不觉打消了这个念头。这几十年的人生经验，于国家是个宝库。格里布知道，民政大臣的弱点是精力不够，远见不够，现在由王室来作规划指导，那么民政大臣需要的就是得力助手，这样效率就能快起来。格里布去过培训学校几次，挑了几名识文断字脑子机灵的，带给民政大臣做助手，让他自己挑了，合适的就留下。

叔叔扎尔卡就埋在庄园的最西边一角。格里布有一日路过，走过去看了，坟头的草青青，在风中摇摆不休。他立定了脚，看坟头只立着一块石碑，上头一个字都没有。想起父王、想起哥哥，格里布心中本愤恨。看到这一抔黄土几支青草，不知怎的，愤怒消了大半。叔叔这是何苦，为了王位，为了本不属于他的东西，害国害人害己。一旦死去万事皆休，身躯又能占多大个地方？

扎尔卡的家人没有被治罪，他们被流放了。一艘船，够一个月的口粮，就是他们带走的全部。谁为他们划船，茫茫大海哪里可以收留他们，就不是王室考虑的问题。作为叛国者的家属，这样的待遇已经是最好的。格里布脑海里出现他几个堂兄弟姐妹的样子，他们小时候曾一起玩耍，如今斯人安在哉？

两位姐姐找过格里布多次，让他为姐夫谋个更好的差事。探春不理政事的一个月，两名姐姐来得更勤。宾洛沙见过她们一次，以后便不再露面，她们只有找小弟弟。格里布被缠得没法，想起与柔尔国互派使节的约定，那边已经派人来催过，不好再推迟，干脆便让大姐夫带大姐去上任。柔尔国家富裕，商业发达，在柔尔国代表陀兰王室，不用在这边立规矩，且自己可以两头做生意，大姐自然满意。二姐夫和大姐夫一样，都是吃不了苦的攀龙附凤之人，如何安排他，倒费了格里布不少脑筋。房屋计划、运河计划是绝对不能让他们掺和的。想了想，对外有使节，以后说不定还会与其他国家建立这样的关系，那么在国内，是不是也该设立一个衙门，将对外的事务管理起来？格里布没人商量，便自己做了主，成立一个管理各国事务衙门，把二姐夫这尊佛送了进去。这职务轻便省力体面，可以安享尊荣，二姐也很满意。

这是小王子第一次作独立的决定。他心中不安，但哥哥不管事，嫂子一时半会儿管不了，亲情在那儿也抹不开，他只有自己做主了。

宫里原供老国王娱乐的乐舞团，天天排了戏演出，供探春解闷。探春在贾府看的戏不少，但陀兰没有演中土戏的。那乐舞团的主管演了几次，看王后不是很感兴趣，便在宫外到处找中土的戏折子，找到了几出，便模仿着排起来。演了也不像，探春只是偶尔笑笑，那主管知王后不满意。后来得着一本不知哪里传来的册子，上有飞在空中的汉人仙女模样，心中大喜。他寻思，王后来自中土，不喜欢他们排的戏，多半是语言上的问题。那跳舞不用讲话，只需要舞者的身姿和美妙的乐曲，便与总管沟通了，让宫里制衣司仿着画片上的图案，定做了一批衣裙，让舞团的女孩们穿了排练起来，又自己作了一支歌颂仙女的曲子配上，演了给王后看。

探春见戏班子的演出服，就知出自中土。戏班子专门为她演戏排舞，她本想避免的，传扬出去，会让人觉得王后奢靡，但宫中确实气闷，便也看了，好在舞跳得还不错，乐曲也算悠扬动听，难得戏班子肯为她费心。老国王留下来的乐舞团，并非她首创，闲着也是闲着，给他们一个存在的意义也是好的。那主管见王后喜欢，此后便源源不绝开发新曲目舞剧，增添一些道听途说的中土故事，果然王后益发开颜。

这乐舞团的主管后来便仗着探春喜欢看他排的舞，在衣服道具费用的账目上做了不少手脚。这些猫腻无人报知探春，她也不看账，便一直蒙在鼓里。

冬月的最后一天，天气灰蒙蒙的。室外干冷，探春免了点戏，只在殿内听琴。格娜和萨宝丽陪着她听，边说些闲话。探春坐了甚久，想起来走走。侍书刚扶着她起身，探春忽然觉得下边有一股暖水流出，她一下跌回到座椅上，低头一看，一股透明的水流顺着腿流了下来，她惊呆了。

格娜一见，知是羊水破了，赶紧让侍书唤御医和接生婆来。

阵痛持续了好几个时辰。探春从未体会过如此之痛，她在恍惚中仿佛看到母亲，她从未正眼瞧过的生母赵姨娘。是的，自己错了，如果不是此刻体会到生育孩子之难，她不会明白为人母的不易。是的，是自己错了，如果自己疼死，那定是上天给她的报应。

王室总管在外听得，赶紧飞报国王，宫外也派人出去，报小王子格里布。探春体力渐渐不支，眼前已经出现幻象。她疼得咬住嘴唇，不让自己叫喊出来。

格娜赶紧拿过手帕叠成几叠，放到王后口边让她咬住，那丝帕几下就咬烂了。侍书赶紧拿来自己的，也不管合不合规矩。

宾洛沙在宫中听得消息，顿时忘却了一切，他三脚两步跑出了几个月没有出过的寝殿。骆骆奴一双小短腿跑得飞快，在花园里左一蹿右一跳，紧紧跟着主人，后边是跟随国王跑出来的侍从。

跑到曾经熟悉的宫殿，宾洛沙被拦在了殿外。总管低声告诉他，产妇生产时，他作为国王是不应该进去的，怕沾染了血腥气。宾洛沙听懂了，就是会给自己带来晦气、带来霉运的意思。他遥遥听得里边一叠声喊："王后，用力。""王后，您千万别晕过去。"心中再不能忍，他焦虑的眼神扫了一眼总管，总管看到了他此前从未见过的怒火，赶紧束手退开。

王后在生孩子，自己的孩子，而这帮该死的家伙，还在说晦气。他后悔自己这么多时日，因为该死的自尊冷落了自己的妻子。要霉运，他已经是全天下最倒霉的人，还怕什么霉运。现在上天即将给自己送来最好的礼物，这是在拯救他。

旁边"嗖"的一声，一个小小身影跑了进去。宾洛沙热泪盈眶。他的猫，他的骆骆奴懂得主人的意思，已经先他一步跑进去了，那自己还等什么。他整了整衣襟，大踏步走了进去。

探春在疼痛中，在幻觉中，忽然右手被握住了，一双温暖的男人的大手。有几滴像是眼泪的热热的东西，滴在她的手上。她努力睁开双眼，吐出了口里的丝帕，看到了她朝思暮想的丈夫。

"你来了？"她唇边露出一丝微笑，没等笑开，又消失了。

"我来了。"宾洛沙将探春的手放在自己的脸颊上。探春身上搭着一个棚子，上边盖着一大块布，两个接生婆在布帘下不断喊着"用力"，宫女们匆忙进出，送一盆盆的热水。有宫女立在旁边，用盘子托着剪刀。

宾洛沙顾不得所有礼仪，他俯身在探春耳边说："记住，你是我的人间瑰宝。"不管探春能不能听清，这句话，他一定要说出来。

那是他对探春动情时说的话。

探春听见了。

更大的一波疼痛袭来，探春痛得手脚一阵痉挛。她知道自己不能晕过去，她的孩子还没有降生。

天色已经黑了，宫里密密的灯火已经点亮。不知过了多久，第一声婴儿的啼叫撕开了窗外的夜幕，自鸣钟敲响了午夜。宾洛沙泪眼蒙眬，看了过去，时针分针重合，正指向十二点。没多时，耳边又是一声啼叫，声音要尖细一些。宾洛沙用手背揩去泪水看去，接生婆捧了第二个孩子出来，另一个用剪刀剪掉脐带。宫女捧着水躬身在旁，两个接生婆将两个婴儿用温热的湿毛巾擦干净了，内用软布，外用锦缎包好，一人抱一个，送到宾洛沙面前。

那襁褓里的婴儿头发湿湿的，两张小脸红扑扑。两个小婴儿小小的，本闭着眼睛，又先后睁开。那小人儿的眼神，一下就看到宾洛沙心中去了。

"恭喜陛下，恭喜王后。一儿一女，龙凤胎。"两个接生婆不胜欢喜，献宝一样捧着婴儿给国王看。

探春听见了，但她再没有一丝力气，好累啊。她头一歪，晕了过去。

宾洛沙眼睛从婴儿脸上转回到探春，一见之下大惊，跺脚大喊："御医，传御医。"

他的脚被触碰了一下，低头一看，一双雪白的小爪爪正搭在他腿上。

他的猫咪眼睛水汪汪的，正往上瞧着他。眼睛里满是安静的深蓝。

所有人在忙乱的时候，都忘了这只猫咪的存在。它看到了主人流泪，听到了主人的喊叫，那是它从未见过的。现在，是主人需要安慰的时候了。

"喵。"骆骆奴又叫了一声。

第二十三回

整肃宫廷

世上没有哪个男人，面对妻子生孩子的艰难与苦痛可以无动于衷。宾洛沙也是这样。在陀兰，陪伴妻子生产的，他是第一个。宾洛沙不在乎自己的国王身份，也不在乎别人怎么看。他跑过去的时候只知道，妻子需要他。如果他不去，探春可能会死。

父王母后同一日去世，这世上，给他安全感的再没有别人，只有妻子。而妻子为生他的孩子，几乎连命都送了。

宾洛沙一直待到御医禀报探春转安的消息。他牵挂着的时候还没什么，一松弛下来，顿觉四肢百骸没了气力。好半天没有进无忧膏了，他打了一个大呵欠，心里一刻也不能等，此时世间最需要的就是这个。他急急吩咐御医好好照顾王后，便脚不点地离开了王后的寝宫。这里曾是他欢乐之地，有过许多难忘的记忆，但现在，他连仔细端详一下的兴致都没有。

格里布在外迎着哥哥。

宾洛沙一边大步走，一边向跟上来的弟弟说："父王保佑。王后生了一儿一女。"

格里布一把扯住哥哥的手臂："这是天大的好消息呀。哥哥。祝贺你。那你不陪着王后，要去做什么？"他听到哥哥嫂子的好消息，一时忘情，拉住哥哥不放。

宾洛沙不耐烦地甩开弟弟的手："你替我盯着御医，让他们好好侍奉王后。若有个差池，我饶不了他们。"他说完扭头往东而去，那里是他的无忧世界。骆骆奴小小的身影在黑夜里特别醒目，只看到它几纵几跃，跟着主人消失在花径的尽头。

小王子格里布颓然垂着自己的胳膊。他的手拉不住哥哥。即使是儿女降生这么大的事情，也不能让哥哥停留多一分钟。他的孩子的面容，甚至都没看清楚吧？

几滴清泪落了下来。格里布为探春悲哀，为天下所有的女人悲哀。能干如此，也逃不了在鬼门关转悠的命运。陀兰死于难产的女子比例非常高，这也是陀兰人烟始终不能稠密的原因之一。这里气候炎热，母亲千难万险把孩子生下来，很可能又染上一种叫做产褥热的病。医生说不上是什么缘故，总是说“血坏掉了，没救了”。被医生如此宣布的人家，便不再寻求治疗，任由产妇自生自灭。

探春身系国政，格里布不得不向御医了解这些。他还是一个青年男子，却不得不提前了解了陀兰女子的苦难。御医告诉他，陀兰人中，来自中土的这种情况要好一点，因为他们信中医，使用的药草要广一些多一些，应对产褥热多了一些把握。但也仅仅是多了一些而已，危险始终都在。

幸亏王后生产的时间是在冬季。格里布心头掠过一丝欣慰，转眼又嘲笑自己，这些本该是哥哥操心的，怎么轮到他来关切了？

萨宝丽的母亲格娜自探春生产起，一直恭敬地侍立在寝殿角落。两个孩子平安降生，她的心放下了一半，不只对婴儿，也对母亲。王后体力不支晕过去，还好呼吸平稳。御医早有准备，听得国王呼唤，便将温在小火炉上的固冲汤端进来。侍书一连喂了两碗进去。自鸣钟一格一格地走，所有人都在提心吊胆，期待药效起作用。还好小半个时辰过去，探春的流血渐渐少了，格娜手扶胸口，暗地里感谢菩萨。她育过儿女，知道王后一旦过了这一关，便会逐渐好起来。进宫这么些天，她真心尊敬和爱护这位中土的王后。

国王对王后的深情，她看在眼中，但随后见国王匆忙离去，则让她大惑不解。宫女们礼都没有行完，国王就消失在大殿中，难道是国家发生了什么大事？

在殿外等候的萨宝丽，知道了婴儿降生的消息。母亲一直没出来，她想知道详情也无从问起。国王匆匆出来，与小王子说了几句话，便在拐弯处消失不见。他走得那样急，隐约见花丛被他踩踏了不少。她和母亲一样错愕不解。

萨宝丽转头见小王子没有挪步，一直怔怔站在花园里。殿里的灯火照出来，他一半脸金黄，一半脸深陷黑暗。好奇之下，她轻手轻脚走到小王子对面，见他面上尚有几滴清泪，更是诧异。

格里布一见她，赶紧抬手擦干眼泪。

萨宝丽首次见到男人流泪。她虽然不明所以，但莫名感动。这里是宫廷，她晓得，小王子定不愿意别人看到他自己此刻的样子。

“王子殿下莫要忧愁。”一时间，她忘了自己身份，一心只想着安慰眼前人。

格里布有点尴尬，一时不知说什么好，他也解释不清楚。

“我母亲说，男人眼泪值黄金。心善的人才会流泪。”萨宝丽继续说，“您放心，我不会在外头乱说。”她的声音轻柔，有着一股与她年龄不相称的成熟。

她没有问他为何流泪，她也未必懂得他的悲伤，但她的不问就是安慰。格里布点点头，闷声说：“我们走吧。”便带头往殿门口走去。民政大臣已待在前殿等他。王室诞育下了直系继承人，要拟旨意向陀兰全境发布。小王子往外边走，边走边想，今天真是一个特殊的日子呢。如果他没有听错，两个孩子，一个诞生在自鸣钟响起之前，一个在钟声响起之后。按历法上说，两个小婴儿前后脚来到世界上，他们之间相隔了一年。

昨天，是冬月；今天，是腊月。这是新的一年的开始。哥哥到底还是有福的。

格里布吩咐宫内监，王宫里，还有王宫前的小广场都大放焰火庆祝，天一亮就通知柔尔国使节，这样的消息应当通知盟国。宫内监含笑称是。他小心翼翼询问小王子：宫内放焰火庆祝，就只怕爆竹声惊扰了新生儿，可否省去宫内这一项？

小王子哑然失笑。自己终究年轻，哪想得到这些。当然，不能惊扰了刚出生的王子和公主，他愉快地吩咐。还有二姐，昨天没有进宫，也该去通知一声。大姐在柔尔国，也要一封书信去报喜。他脑子里塞了满满的事务，简直像陀螺，想停也停不下来。

王宫宣布，为了庆祝王室添了继承人，全国庆祝三天。这个消息由各路驿站传递了出去，海政大臣莫阿自然也收到了。他为王后高兴的同时，也为刚收到的内线消息忧心忡忡。据他远在纳澳的眼线通过曲折渠道递来的消息，葡萄牙人与荷兰人的协议在冬月似乎谈出了大概，各个岛上，两军的零星对抗已经结束。部分葡萄牙船队东行，离开了纳澳群岛。他们离开的地方，树起了荷兰东印度公司的旗帜。

这可不是好事。据莫阿的判断，一旦双方谈妥，未被征服的地方，危险就临近了。尤其是陀兰，他们来过，就会再来。这帮贪婪的侵略者，其意图已经非常明显，南洋各国想一网打尽。莫阿着急的地方在于，他的细作探听不到核心内容，与陀兰有关的更是没有。

王后刚产子，无疑现在是养身体期间。这些信息莫阿不知该报给谁妥当。与王后那一段谈话，莫阿已得出王后本人思路清醒的结论。难得的是，她知道要紧消息所经人手越少越好的重要性，不惜由王室来承担费用，这给他莫大的支持。莫阿心中感激，也感谢上天，在老国王之后，王室之中有同样信任他、仰仗他的人出现。

无论进攻还是防御，重心还是在火力。莫阿自仙那回来，琢磨了一个法子对抗强大的西洋舰队。这个计划，他需要得到王室的允可。将来陀兰受攻击的非止一处，他所需的材料也会成倍增加，这需要朝廷专门的许可。

莫阿想了一阵，决定回一趟仙那，以朝贺为名，想办法见见王后。这个主，只有她来做。

莫阿在京城也安插了探子。倒不是有不臣之心，而是常年在外，朝中情形不清楚，他不得不如此。他收集到的信息令他震惊：国王宾洛沙肩膀胳膊早已好转，迟迟不亲政的原因，竟然与一件不光彩的事情有关。国王弟弟在王后生育期间代行国政。他会像他的哥哥一样意志力薄弱，还是与嫂子一样，有一个英明的头脑？

无论如何，该等的日子就得等。莫阿劝自己，宁撞金钟一下，胜过击鼓三千。原句是什么样的他已经忘记了，但这个理是对的，话要说给明白人。小王子格里布不清楚此事首尾，说给他听意义不大。等王后出了月子再说，这个礼，他得守。

王宫滋补的药草不少，探春渐渐可以起身，可以走动了，只是殿宇空阔，不知何时受了风寒，咳嗽不止。生双胞儿的艰难时刻，她无数次以为自己即将死去，又咬紧牙关，告诉自己不能离开这个世界。一缕生的意志不灭，阎王爷终于没带了她去。经过一死一生，她自觉忽然成长了许多。原来死亡是那么容易，活下来才是艰难，而且还需要上天赐予的那么一点点运气。

中土的腊八节那天，她让侍书陪着萨宝丽替她走访仙那城的贫民区，给他们送节礼，又专门准备了布匹，嘱咐了给贫困人家的女子送去。陀兰女人的命运不比中土好，她们生儿育女耗尽半生，待年老时多病多灾。更有甚者，丈夫去世之后，有的会被不肖儿孙当作包袱丢弃。中土的儒家强调一个孝字，这样的行为是要被官府判处刑罚的，左右邻居也会首告。但这里，儒家孝悌之道只在汉人之间还有影响，其他种族各有各的习俗。这类遗弃行为难以认定，官府管不了也不想管，此前也没有专门的律令管辖整治。这些苦命的女子，她们多半没有受过教育，碰到这样的情形，只会怨命，只会怨自己身为女人，活该在尘世受罪。一旦被家庭抛弃，她们只得四处捡拾废品，四处讨饭。一旦倒地不起，也只是官府派人抬走，找个城外的乱葬岗一埋了事。

这些事，探春仅凭此前的一月一次赈米慈善是看不到的。萨宝丽和她的妈妈格娜进宫，闲聊起来，格娜偶尔说了一些。探春听在耳中，觉这样的命运实在是不公之至。既然宫内外庆祝小王子公主的降生，她必须向这些可怜的人表示些什么。格里布处已经很忙，宾洛沙的二姐早已表示过，她已嫁人，不适合代表王室去做善事，那么，谁能代表自己呢？想了想，她决定封萨宝丽一个女官职位，仿中土汉唐时代。这样由她去一处处走动，既赈了物资，也帮她了解仙那城的世情。

萨宝丽头一次接到这么重要的任务，又兴奋又感动。她只是一个小女孩，却已被任命为宫廷女官。出宫之前，她穿着王后赐的女官服，来向探春辞行。探春看了，觉得庄重大方，十分满意。又告诉她，请她务必安慰好贫民窟那些无依无靠的穷人，尤其是女子。趁便告知他们，城南的砖瓦厂开春后就会开工，他们可以力所能及地去做一些杂活，多少赚些工钱，养活自己。搬运柴火，还是装卸砖瓦，记得量力而行。全陀兰的砖瓦厂也会陆续开工，一处满员了，可以去另一处。萨宝丽听懂了。王后是担心这些人不识字，反倒口传的信息会更有效力。探春看看萨宝丽，又看看侍书。有这个稳妥的丫头在旁，应当出不了什么岔子。

萨宝丽受了探春嘱托，带着一大堆物资人马，一处处赈济去了。

商会会长陀兰的名叫格钦，妻子依了本地习俗，娘家的闺名从此弃了，人前人后就叫作格娜。她一直在宫里陪伴王后，产后失于调养非同小可，格娜处处提点，帮了御医不少忙。她的丈夫带了长子出海做生意。进宫前，格娜已安排信任的老管家诸人看家，故她人在宫里，尽可放心得下。格钦得王室照顾，与王后派出的船队一起北上，又将沿着印度西行，然后才回陀兰。这个圈沿海绕下来，恐怕要春末，甚至到夏季才能回家。家中无人，在宫里陪伴王后，又有女儿在旁，倒是最好的安排。

孩儿生下来，探春只见过两次。御医说孩子小，又是双生儿，娘胎里营养就不足。现在冬天要保温，日夜与乳母一起，好随时照顾。带到探春寝殿，怕两者都照顾不好云云。探春话里话外听了，像是担心自己的病气传染了孩子。她很想孩子时，曾不管不顾让奶妈抱了带到眼前来，见两个婴儿都闭着眼睛，她没法完全看清楚她的宝贝。她用帕子捂住口鼻，隔着一段距离看过去，见两个孩子在襁褓里那么小，那么瘦弱，心疼得不行。都怪自己怀孕时不知保养。孩儿如此瘦弱，焉知不是营养不足之故？格娜知道探春心思，便自己跑前跑后照应着。

宾洛沙言犹在耳，但他再没有来看她，探春不好问。这样一种夫妻关系，真是令人沮丧。他说的每一句话她都记得，但转眼，这个人又转回了自己的世界。探春管天管地，就是管不了自己的丈夫；她读过那么多的书，可是丈夫这本书，她没法读透。一切的一切，皆因他是国王。

十几天过去了，婴儿平安，转眼到了满月。宫内监来请示，是否按照前例，遍请宫内外亲贵入宫，为新生儿道贺。探春想了想，只让准备宫中一个小小庆祝，宫外的就免了。怕新生儿受吵，戏班子拟定的戏码也不让演出。

"去请国王去。"探春想到，这是一个全家团聚的好机会，便吩咐了。

宫女去了半天，说她不得入殿。侍卫通报进去，半晌回来，说国王答知道了，就这三个字。

"没说来不来？"探春满腹狐疑。

"没说。"宫女垂眼回答。

探春再不能忍，她掀开拥着的被子，自己穿衣服，就要往外走。侍书赶紧拿下衣架上的披风，给探春裹上。

以往都是通报才去的，今日探春决定去看看，自己的丈夫究竟在干什么。孩子还未降生的时候，他呼唤她那么深情，可转眼又变成了一个自己几乎不认识的人。这个谜语折磨了她多时，今天干脆去看个明白。

东宫的侍卫不敢拦阻王后，探春也不让通报。她止住跟随的人，自己走过长廊，推开了寝殿的大门。眼前的一幕，惊得她几乎站不住脚。

寝殿中央，宾洛沙被绑在两条背靠背的长椅上，就坐在地下，脸上涕泗横流。侍卫宫女都贴着墙壁，远远地站着，头都低下朝着地面。

探春一开始以为是宫人造反，再看看四周，看看宾洛沙，逐渐明白过来。他看到她进来，眼神里那种无助夹杂着愧疚的表情，让她热泪盈眶。她知道了，自己的丈夫在强制自己戒药瘾。

她走都走不动了，脚一软，已坐在地上。宾洛沙就在眼前，探春爬着一点点挨过去。她抽出手绢，帮宾洛沙擦去鼻涕眼泪。

"你这是何苦？"她的眼泪一滴滴溅到地板上。

"我试过好几次，都不成。"宾洛沙闭上眼，仰起了头。他是怎样恨自己，只有内心明白。

"第几天了？"她低声问。

宾洛沙不答。

“第四天。”宾洛沙的贴身侍从走了过来，躬身回答。

探春动手去解宾洛沙的绳子。宾洛沙双手被绑着，他没法阻止，只是一连串地说“不要”。

探春没法，只得停住手。丈夫的脸上身上瘦得只剩下骨头，她不能眼看着他这样。她抹去眼泪，让拿进饮食来，她亲手来喂。

一点点粥喂了进去，宾洛沙又吐了出来。他为了坚持，几天来不吃不喝，已经虚弱得没有一点力气。探春含泪，让泡糖水来，一点点喂了进去，好在这次不吐了。

她试图扶起宾洛沙，让他坐在凳子上，但是，凳子腿和他绑在一起，没法扶起来。她一时有骂人的冲动，但又紧紧咬住牙关。因为她知道，这一定是宾洛沙下的死命令。

他是为了她，是为了孩子，她全部了解了。他还是那个人，她倾心相待的那个王子。

“不能功亏一篑。”宾洛沙在探春耳边说。

探春眼泪又落了下来，看看手中锦帕，已经湿透。她抬起手来，用袖子擦了脸，直起身子，向着宾洛沙绽开了一个笑脸。

“我懂。”她说。

“可是，你这样会虚弱，会怎样的，你知道吗？”她又说。

宾洛沙知道，探春隐藏的是一个“死”字。他努力向妻子展开一点笑容，“我不会死的，放心。等好了，我再去见孩子们。”

“嗯。他们的名儿还没起，等着他们的父亲呢。”探春透过泪眼，看着亲爱的丈夫。

“你起吧。你比我有学问。”宾洛沙说。他的声音越来越低，最后一个字吐出时，他的头垂了下去。

探春再也不顾忌任何事，一叠声地传御医进来。待御医拎着药箱跑进东宫寝殿，也被惊呆了。众人七手八脚解开绳子，将国王抬到床上去，被子盖得严严实实，又忙生起炉子取暖。御医搭手一摸脉，觉跳动微弱，马上在人中穴掐了几下，见没动静，在百会、悬钟、肾俞、太溪诸穴针刺，国王还是未醒。探春看御医四处扎针，怕是乱了分寸，便直接命拿人参来。不及煲了，她一段段嚼碎了，拿匙羹撬开宾洛沙的口，一点点喂了进去。

忙完这一切，只有等天意了。探春想起今日之事，对于王室，这是不可泄露的秘密。她目光在殿内看了一遍，先问一句："国王这样子，有多久了？"

侍从知道王后问的什么，低声回话："国王，嗯，他修炼已经五次了。对，这是第五次。"他吓得战战兢兢的，话也说不利索。

探春心里一痛。这么说，自孩子降生，他就开始戒药了，然后反反复复，直到今天被自己撞见。她努力让自己的心气平缓下来，提高声音对殿内诸人说："国王之事，今日之事，如有半个字泄露出去，你们就去煤窑做工吧。"她以为已经和缓，但听在众人耳中，却已是从未体会过的声色俱厉。

众人领命，连称"不敢"。个个大气都不敢喘一口。

探春侧头来看，见宾洛沙沉睡着，面孔吓人的青色褪去了一些。御医把了脉，说脉象已经强了一些。探春吩咐外出再请其他御医来，带滋补的药草来，又令负责膳食的宫人就在隔壁熬粥，加海虾、蟹肉、柴鱼和鲜鱿鱼，只盛出汤来，一口口喂进宾洛沙口中。这些有营养之物，是探春来陀兰了解到的。

殿外天色渐晚，探春浑然不觉。她坐在殿中央等宾洛沙苏醒。脑子转了几转，想起一事，便命平时供国王无忧草药的御医进来。宫内监在外头听到传令，通知御医坎里觐见，自己去总管那里把宾洛沙近来签字的医药账单也拿了来。

那御医坎里，因一个月来国王只是零星传他，这几日又未蒙召唤，隐隐觉事儿不妙。他不知今日王后在殿，只以为国王又想起了他，便带了新得的无忧草膏赶来。一进大殿，只见国王躺着，王后在座，心中慌得紧，赶紧弯腰行礼。

探春只留了宫内监和照护宾洛沙的御医在场。待众人退尽，她方将手中账册掷下。大殿里回响着她的声音："国王现在晕倒未醒，说说看，你一向用的什么药？"

坎里见账册抛下来，当即魂飞天外。他自己炼药，还可以说是奉国王指令，可是他外头买药，再加进烟杆这些，他是不敢让宫内人知道的。原先，每个月做假账买无忧草熬药，他可以坐享四百两银子。现他从外头药铺进药，每月安享一千二百两银子。这笔钱如此之大，他抵抗不了这个诱惑。国王的嗜好成了他的生财之道。本想着国王最大，又不看账本，应该没事。即使一日事发，国王也离不开他。但现在国王躺倒在床上，此刻做主的是王后，如果有个三长两短，自己说不定要被扣上谋害国王的罪名。

他忙跪了下来，一个劲给王后叩头，一句话也答不出。

"搜搜他的药箱。"探春明白了八九，吩咐道。

那宫内监侍候了老国王和宾洛沙两代，看到宾洛沙变得如此颓废，他心中不无叹息怜悯。总管也是宫内老人，他见王后不看账本的两个来月，国王的医药账目在原来的基础上简直是一路飙升，心中着急。私下里，两个人谈过此事，都为此揪心。王宫不是无底洞，这样子下去，非要被拖垮不可。今日见有了转机，故两人抓住了机会。听到王后发话，宫内监过来打开药箱，只见一包黑黑的东西在里边。

宫内监闻了闻，知道就是这个。国王的失控越来越频繁，越来越变本加厉，定与草药变膏药有关。

“叫侍从进来。”探春摸不清这膏药怎么服食，便让叫进侍从。

宫内监到隔壁侍从室叫人，一只雪白的猫当先冲了出来。它喵喵叫着，冲向宾洛沙，又跳上了床，去舔主人的脸。探春隐约记得生产那日听到猫叫，如今见到，明白了丈夫的苦心。他自己戒药瘾，提前把猫关起来了。

那侍从被带出来，看见相熟的御医跪在地上，他什么话也没说，到橱柜里拿出折断的杆子还有银签子来，呈到王后面前。

“还不说么？”探春看着那御医。

到此地步，只有坦白才能保命。坎里只得将宫外采买药膏和用具，送进宫内给国王吸食之事说了。

“据你说，宫外卖这个膏药的，有几家？”探春马上想到了，丈夫说不定不是唯一的受害人。如在陀兰铺开，这要害了多少人家？

“我只知道这一家。不过听说，仙那城还有几家也在做同样的生意。”坎里吞吞吐吐地说。

探春站了起来，她瞧也不瞧眼前这个明为医生实为害人精的人，走出了殿。宫内监什么也没说，让御医跟他走。宫内监知道，王后这是气到极点了。

当晚，两个孩子度过了没有父亲出席的满月礼。探春给先出生的小王子取名畅儿，后出生的小公主取名凌儿，亲手给他们挂上了长命牌。察布队长奉命出宫，将给国王供药的药行老板拿了，又根据他的口供，拿了几家。王后吩咐了要安静行事，故队长拿人、审案，都尽可能少人参加。次日禀了王后，店铺以扰乱药行秩序为由查封了，货物全部销毁，涉案人员统统以王室名义流放到海上，不问生死，从此不能返回陀兰。

王后处理完这些事务，便搬到了丈夫寝殿起居。如此艰难的时刻，他不应该一个人扛着。儿女由格娜帮着照看，她要在丈夫身边，要亲眼看着丈夫好起来，健康起来。

骆骆奴在殿里跑来跑去，只有它是自由的，一脸的无忧无虑。它长得大了些，周身圆滚滚。主人醒来，它跳上床去舔他的脸，又跳到女主人的膝盖上，喵喵地叫。

最冷的冬天已经来到。中土农历的春节就在眼前。探春看看历书，又看看病床上养息的丈夫，心中为自己打气。最艰难的时刻已经过去，眼看春天就快来了。

第二十四回

化敌为友

却说曼掸国王苏丹，自寄予希望的水军败于陀兰之后，心中大急，又气自己短见，无端与陀兰交恶。本来陀兰派人来是谈两国联盟共同对付外敌的，现在倒好，水军折了一半，这非短时间能够重建。纳澳岛方向的信息情报曼掸也打听到一些。眼见西洋人在南洋耀武扬威，如果把马六甲海峡一带大小岛屿全部平了，转头北上，怎奈他何？如今回过头来，才发觉陀兰的联盟之策才是正确的。

陀兰在曼掸西边，虽然是小国，但与曼掸相邻。如果两国成为犄角之势，凭借陀兰的强大水军，到时候说不定能保住曼掸。但自己先入侵陀兰还大败，现在想讲和，哪拉得下脸面，又哪有那么容易？

老国王郁结在心，一来二去病了。

原水军统领已经撤了，由副统领暂带兵，主持修复船只，恢复士气。但战船减半，副统领人望不足，又值新败，水军训练总是提不起劲。陀兰海军炮轰火药炸，不少人阵亡，有的连具尸首都找不到。不少士兵已经有了阴影，心内未尝对上头没有怨言。

一日，首相来见苏丹，冒着被责的危险，提议派人讲和。曼掸国土是陀兰三倍以上，如今灰头土脸再去求和，确实没法开口。但西洋人海上枪炮无敌，南洋人再不团结，估计一一被击破就是不久后的事。

曼掸国苏丹躺在榻上，听得首相猜到自己心意，自然欣慰。这个求和之议，不由自己提出，已经是个难得的阶梯。

“你说，我们这样派人去，会不会被陀兰人耻笑？”他把问题抛给首相。

“当然，这也在所难免。我们坦荡些，打败了认输就是。不过这不是重点。重点是，原来陀兰提议的结盟，我们现在接受了，这对于他们也是好消息。如果他们有能力独自抵御西洋人，上次又怎会派扎尔卡前来呢？”

“可恨扎尔卡，信错了他。还以为……这就不说了，反正他已经死了。那首相看，我们现在派人去，是否合适？”

首相见苏丹已经明确了意思，便把自己的设想和盘托出：“既然前边兴兵我们不占理，那么现在去谈联盟，就要把前边的事情谈开，把它了结。我的意思是，陀兰莫阿出兵，军费耗损估计不少，我们送个厚礼去，再把争议的岛屿明确下来，我们不争了。这算得上是诚意了吧？然后再谈结盟。这样，陀兰也有了说服他们自己国民的理由。”

苏丹被说动了。虽然说，要出一大笔钱估计才能把结仇这一篇翻过去，但从曼掸现在的危局来看，这笔钱还真不能省。岛屿争执本就是己方没理，签订个协议，安陀兰的心，算是顺水推舟。关键是，结下的盟约要实打实的，不要他们收下了重礼，曼掸碰到危局他们不发兵，那才是糟糕。因此，派出的这个人必须是朝廷重臣或者王室亲贵，否则诚意不足，也担不起联盟谈判之任。苏丹想了想，对首相说：

“两国联盟是大事，恐怕须得首相亲自走一趟，其他人，我担心不能达我之意。”

首相提议时，其实已做好心理准备。国事如此，说不得只有领命。能定下方略就好，其他的就是落实。首相与苏丹又具体谈了钱款多少，岛屿哪些，各个方面的大盘子定下，这才辞出王宫。

首相想，两国成敌对状态，自己正式出使陀兰之前，也得有个打前站的，先去接触才是。据商船以及他自己的人传来消息，陀兰年前成立了一个管理各国事务衙门，这倒可以派人先去接触。主事的虽说是王室中人，但到底是姻亲，不是核心人物。陀兰新王登基之后，颇有点让人看不懂。国王宾洛沙不理政，据说内乱中受伤至今未好。现主政的是他的王后，小王子格里布辅政。那么，也就是说，要接触到这两个人，有了初步的细谈之后自己再去，这才谈得出结果。

传消息回来的人，把仙那城有个汉宫之事也当闲话说了。那是王后陪嫁来的从人所居住的地方，由陀兰老国王亲自题匾。首相看得出来，这个王后，是前陀兰老国王是满意的。如果派人先去接触汉宫中人，应该与王后通得了气吧？首相不觉有些苦笑，自己堂堂国相，只因战败，又因外敌环峙，要见对方首脑还得这么迂回低微。如果不是现在这种情势，结盟又势在必行，怎么能够如此低声下气？

嗯，得撇开这些关于尊严的考量，直奔目标才是正理。王后是中土汉人，要接触汉宫，那最好也派有中土血统，会讲流利汉话的可靠之人去。首相思考了一番，觉得教自家儿女的西席倒可以担起此任。如果陀兰不允，那就是他私人的事情，不至于有辱曼掸国格；如果谈成了，那就皆大欢喜。

与其他南洋国家一样，曼掸境内也有比例不少的中土人士及他们的后代。首相培养自己的几个儿子，是按照自己的接班人方向培养的，故从小曼掸境内各种族使用的语言，他都请先生来教。教汉语的是名四十来岁的先生，汉人，中土姓何，名好记，叫做一民。在府里几年，首相了解此人沉稳实在，应可以替自己走一遭。

首相与何一民密密谈了几日，赏了金银，派了三艘船扮作商船，令去陀兰。怕陀兰起疑，一个水军士兵都没派，何一民的随从，全挑的是首相府的人。水手也从民船中挑选而来。曼掸盛产锡器，船上装了好些，报关上税，也有个说法。

陀兰老国王的长女随丈夫悠黎到柔尔国之后，过的日子简直不要太好。小王子任命下达之后，两夫妻把柔尔国与陀兰之间的海域当作了自家做生意的黄金水道。按照两国安排，使节所属船只免检，自然也就不用交上岸的商税。王室的年金不多，这位长公主总是抱怨，来了柔尔国做上生意，手头宽裕多了，珠宝首饰添了不少。公事不多，信函往来这些，优先级的，悠黎派人专船直接回国禀报；普通信息，则由他的助手汇总，派船每月回一次，交给外国事务衙门。

与陀兰商量好的商船北行西行之事，柔尔国很上心，船队、货源也大致准备停当，只待陀兰这边消息。此前柔尔国商船只到过广州，再没有北上，经使节与王后谈过，两国联合，船队可以到达杭州湾，在一个叫做宁波的港口卸货。这无疑是扩大市场的好机会。在广州，经销商把利润分走了大头，柔尔国实在不甘。按两国计划直接沿广州湾，一路经过香港，泉州，宁波，那这就是一条直接的商业路线。据陀兰传过来消息，两国待首批启航的船队回来即可确定船期。现已翻过旧年，柔尔国苏丹自然期待早日成行。听得陀兰使节送来国书，报知王国直系继承人已降生，苏丹特命一使臣携礼物前往陀兰道贺。

陀兰派驻的使节使用外交船只运货之事，柔尔国自然知道。只要不是太过分，他们也不来管。只是近来规模越来越大，一次甚至有二三十艘之多，令柔尔国有点不快。这道贺的使臣得令，在不影响两国关系的前提下，选择时机，适当提醒一下陀兰王室。

按照陀兰送来的国书，国王宾洛沙之子百日诞即将来到。柔尔国使节乘船来仙那，准备道贺之日求见王后。一年来宾洛沙基本不主事，他的王后摄政，那么，这消息，以及未来的船队北行，直接面见王后为好。

探春自搬到东宫陪伴宾洛沙之日起，便饮食药材样样过目。宾洛沙饥饿疗法确有成效，连生的意志都差点饿没了。现在妻子在旁陪伴，自觉一天天好起来，药瘾神奇地消失了。偶尔想起前尘往事，竟觉遥远得不真实。不到绝地，不会觉生的可贵。经此一事，宾洛沙简直有再世为人之感。

探春在眼前，猫咪在眼前，他只想快点好起来，奈何形销骨立，实在不能支撑。两个孩儿大了不少，奶妈抱着来看他们的父亲。宾洛沙看过去，又像自己，又像探春。新生儿进了新地方，不禁啼哭。那响亮的声音回荡在王宫，在宾洛沙耳中竟然如梵音仙乐。这才是生命！他有儿子了，他有女儿了，他有后代了。前半生浑浑噩噩，现在终于有了具体的方向。他要他的孩子将来成为顶天立地之人。为此，他要赶快好起来，他要当一个孩子们为之骄傲的父亲，他还要当一个陀兰国民敬仰的国王。

带给他这一切的，是他的王后。

待孩子们抱出殿外，他靠在靠枕上，手握着探春的手，只看着她。普通的言语已经不能表达他的感激，但他相信，她能懂。

他的眼睛转也不转，就这样凝视着探春，探春满脸飞红，不好意思低了头。

宾洛沙看看殿里垂手侍立的宫内侍从，呵呵一笑，放开了手。

“告诉我，王后，我们的孩儿，你起的名有什么讲究吗？”探春为孩子起名畅儿，凌儿，那么好听。加上他汉人的姓，就是郑畅，郑凌，听或者看，都是好名儿。王后的学问他是知道的，典出何处，倒看不出来。

“畅儿出生在冬月。汉代的《礼记》在《月令》一文说，仲冬之月命之曰畅月。古代有个大学问家叫做郑玄，他注释了，畅即充，充实的充。仓廪充实，民间安定，都从这个畅字来。”

“好意头。那么，凌儿呢？”

“凌儿出生只比哥哥晚一点，但已属腊月。我喜欢宋代王安石的咏梅诗：墙角数枝梅，凌寒独自开。遥知不是雪，为有暗香来。这个凌字，就是不畏寒冬的意思。”探春说给丈夫听，话出口时忽觉不妥：凌寒独自开，感觉孤单的样子，起名的时候光想着不受寒意侵袭了。

宾洛沙聪明，一下觉察到妻子的犹豫。他赶忙安慰：“有哥哥在，怎么会独自开呢？王后觉稍有不妥的话，改就是了。好在公主的名还未告知天下，那今日我就为她起名琳公主，琳琅满目的琳，你看可好？”

探春感激丈夫。自己思考不密，如一语成谶，那就是害了自己的女儿。她要在繁华富贵中长大，她要在父母爱抚中成长，不知人间霜雪才对。是的，琳字最好。

她握住丈夫的手："好极，那就叫我们的女儿琳公主。陛下，陀兰的名，是否也给孩子们起一个？"

宾洛沙微笑着说："不用了。王后，是你艰难生下了他们。有汉名就够了，加上祖先的姓，很好。让典仪官公布出去吧，就在百日诞辰那天，宫内外也一起庆祝。父王，还有母后，他们在天上也会高兴的。"他遥想父王开心的样子，心中无比安适。

"哦，对了，王后，按中土的时辰记，畅儿和琳儿还在一个时辰之内，对吧？"宾洛沙忽然想起。

"聪明的陛下。"探春笑了，"我看自鸣钟比用时辰方便多了。心下就以晚十二时为零点，以此来计算新的一天的开始。至于孩子们以后的周岁，我看也是这样计法，可好？比如，明年冬月的最后一天，畅儿满一岁；腊月的第一天，琳儿满一岁。这样，就不会两个孩子出生相隔不久，周岁上就相差了一年。"

"甚好。陀兰民间习俗各个不相同，也该是统一的时候。收税服劳役，官员们一直与民间纠缠不休，就为的这个岁数计算方式不统一。我看西历以十二个月为一年，这个方法简便。周岁就是实际满的岁，不讲虚岁，这样把混乱的问题也顺道解决了。"宾洛沙思路跑得很远。

探春笑了："这样最好，不过有一点，转弯太大，恐怕许多人一时适应不了。我有一个想法，让历法官制作每年的年历公布，可以同时注明西历，中土的农历，其他人多的民族，其历法也尽量一起注明，节日这些也标注出来。这样，定下各地以西历为统一标准，各族的历法、节日习俗也尊重了。"

"好。就按照这个办法。"夫妻闲聊，聊出一件正事，宾洛沙喜欢。他当即唤进历法官，让他去研究这个年历，尽快公布。

这是宾洛沙即位以来亲口发布的第一道命令，又可望解决多年来历法混乱的问题，他甚是高兴。宾洛沙心中生起王者的豪情，坐直了身体，对探春说："待身体好起来，我要巡视陀兰，要看看全国的山川土地，看看万里海疆。"

"嗯，我陪你一起去。"探春温顺地回答。

百日诞这天，宫里摆满了来自各地送给新生儿的礼物。不少陀兰人看到新发布的畅王子和琳公主名，少不了议论纷纷。看来，王室正在贴近中土，汉姓都直接冠上了。但王室中事，小民们也就议论一下而已。午后，久已未见的国王宾洛沙和王后一起亮相，他们站在王宫前殿的楼台上，一人抱了一个孩儿，向大家挥手致意，仙那城满城兴高采烈。人总要为自己的眼光找个凝视的地方，在仙那、在陀兰，众人目光所聚就是国王。上一次见他还是在加冕典礼上。谣传他的健康恶化，现在看去依然如故，手中还抱了他的继承人小王子。众人看到温馨一幕，莫名激动起来。

海战胜利，他们感谢自己的幸运，认为这是国运。现在，更强大的证明来了，王后为王室生了龙凤胎，这不是国运是什么？

探春理解王宫外欢呼的人群，身为国民，只要国家安定，能够安居乐业就是太平盛世，为此他们不惜自己去寻找祥瑞来说服自己。他们可以狂欢，但自己不能理所当然视为万民爱戴，必须保持冷静，做事万不能飘。话又说回来，如果自己的一双儿女可以增加民众的信心，那么对陀兰也是一件好事。

宾洛沙的亮相打消了民间曾经存在的疑虑。国王那么瘦而憔悴，但他依然受到了国民的欢迎。接下来的时间，他陷入了许久没有接触的公务之中，在接见外国使臣和王室、亲贵中度过。柔尔国使臣没想到到达陀兰之时，已经是国王亲政，便要求单独面见，宾洛沙允了。但听不上几句，发现生疏隔膜得紧，不得已，请了格里布来。

使臣道过贺，婉转说了外交船只大量运货物之事。他去后，小王子颇觉惭愧，自己作出让长姐一家担任此职的决定时，确实亲情占大头，未考虑到大姐夫是否适合这个职务。姐姐虽已嫁人，但还是王室成员，撤回姐夫悠黎无疑说不出口。宾洛沙也有同感，两兄弟商量，想着私下给个提醒就够了。

宾洛沙复出主政，小王子格里布腾出手来，推动王后与他致力多时的换屋计划和运河计划。各砖瓦厂开始冒烟，一批又一批的农民脱离土地的耕种，按照官府划出的范围、线路去挖泥，送到砖瓦厂烧制，然后按照工时多少，换回成型干透的砖瓦。待积累得差不多，便在官府派来的技术人员指导下，重建家园。这项工作缓慢，算得上是日拱一卒，好在每天都在进行。

小王子带着侍从和一大帮子民政官员，每日骑马行走在陀兰各河道沿线。一家家砖瓦厂，一处处农庄市镇看过去，发现问题及时解决，如有不恤民力的酷吏，便及时撤换。三个多月过去，陀兰土地上一片欣欣向荣。稻米绿油油，红砖耀眼其间，让人赏心悦目。转变是不知不觉的，干活的人多了，懒汉少了，要饭的人路上几乎见不到。哪怕去工地搬几车砖，他们也可以挣到一天吃的。正如制定政策前预见到的，商人们纷纷加入进来，食物、用品，在新搭起的窝棚、简易的店铺开始交易。他们看到公告，一年之内运河工程周边贸易免税，更是珍惜这机会，拼命把贸易扩大。

对于新房换旧房计划尚有疑虑，或者懒得动弹的人家，在有差别的政策下，也被陆续带动。不断有家庭腾出劳力，参与到挖运河运回砖头盖新房的队伍。议政王格里布在外奔波，脸晒成黑炭一般，但他不以为苦。他亲眼看到的是每天的变化，土地、山川，还有人心。自出娘胎起，格里布还从未见过这块土地上有如此激动人心的劳动场景，这也给他很深的感慨。身为执政者，不了解自己脚下的国土，不了解自己的国民，这绝对是可耻的。他为自己感到幸运，可以亲眼看到陀兰真实的民间，可以看到陀兰换新颜；眼看着河道一点点拓宽，淤塞的地方一处处挖开，他看到了人的力量。

站在开挖的河边，他遥想着，待几处大的河道挖通，那就是运河成型之日。河流里会挤满来往运货的船只，人口会逐渐从附着的土地上解放出来，无论做脚夫，还是当修船、造帆布的工人，他们会多一份工作，多一种选择，他们的生活会改善。

宾洛沙和格里布在前朝，探春则在后宫，除了育儿，她把精力更多地放在王室财产的打理上。矿产宝石之事，自听说可以用火烧的点子之后，探春想起格钦远航一时回不来，等不及萨宝丽问了。她隐约想起大观园里，宝钗的金项圈经过淬火后金色更闪耀，说不定这与宝石是同一个道理。没有现成的方子怎么办？那就试。她让从培训的后生里选出几个工匠，让他们烧了看；再每次记录数据，看看什么温度下可以改变宝石的成色品相。反正原来的也卖不出去，权当死马当了活马医，试试总是可以的。

被选出来的这几个人捣鼓了一两个月，还真有成效，送过来给王后看。原本的橙色成了淡金色，里头清澈了许多；蓝绿色的宝石，经过高温烧制，成了幽深的绿色，晶莹透亮；几枚稀有的红色，也呈现一种美丽的石榴红。宝石经过淬火烧，品相摇身一变，这事儿真令人鼓舞。矿上所积压的宝石陆续运来，试验多了，众人的淬火烧石工艺更加稳定成熟。

第一步如此成功，下一步就是琢磨成形，推向市场。探春此前从未体会过经商的乐趣，现在亲眼见到一个点子便可变废为宝，心中的快乐难以形容。原购买王室宝石的店铺对于推销并不积极，那干脆开办起王室专营宝石店好了，专做自家宝石的生意。萨宝丽有功，她已是宫廷女官，不拘赏些什么也罢了；烧宝石的这几个人倒是得大加奖励。他们从试验中获得的手艺，后续尽可用得上。干脆，宝石从淬火到经营这一块，放手全交给他们，由他们直接向自己负责。自己每月查账，矿山的账，店铺的账，对比着查，谅他们也不敢做手脚。店铺经营好了，可以开分店，开到印度去，开到柔尔国去。探春也知道，要他们保持持续的热情，仅靠口头鼓励是不够的。是的，必须给他们实在的、看得见的收益。那就将刨去成本后的利润给他们分成，这样应该可以。同样的，他们也有责任和义务保证宝石的品质。

探春兴致勃勃，说干便干。几个手艺人本来失业无着，这才奔着朝廷的招贤榜而来，试试运气的意思。没想到一来二去，还真开出了条新路，各人心中欢喜无尽。替王室做生意，这得是多大的福气。有了王室的支持，他们接手铺面，建立加工厂，对接宝石矿，一条龙下来，效率奇高。

直接向王后本人负责，于探春是监督，于这几名工匠则是荣耀。他们自民间传说中听得这位王后的厉害，故不想也不敢藏私，至于年终分成的承诺，他们毫不怀疑。挂着王室珠宝牌匾的店铺就这样轰轰烈烈开了起来。其他珠宝店见王室宝石销售日日攀升，未尝不眼热，但只有到王室珠宝拿货这一渠道。各色宝石加工的温度火候成为最重要的商业秘密，几名工匠集体发过誓，绝不外传。有些宝石内有纹路，经过火烧，晶莹倒是晶莹了，但纹路并没有消失，故卖不上价。有人闻王室珠宝店之名自荐了来，提出先根据纹路设计出有意思的图像，然后再琢磨加工的点子。此人有些汉墨水，什么“空山新雨后”“绿鹦鹉对绿蔷薇”“江南好个秋”都提了出来，这是化腐朽为神奇的思路。因了探春给予的宽松权限，几名工匠乐于试验，将设计名称和着雕琢镶嵌过的宝石一起卖，效果还不错。

王室宝石名气渐显。工匠们广招人手，逐渐成为熟练的管理人，他们请求将卖得最好的三个颜色赐名。探春想了想，淡金的最为通透漂亮，这个颜色完全可以象征今日之陀兰，故赐名“陀兰金”；绿色宝石最为典雅，探春想起春天，想起自己，赐名“探绿”；红色宝石那璀璨的红，像极中土成熟的石榴籽，又暗喻女子的红裙，便依了本色，赐名“石榴红”。王后一加品题，三种宝石身价顿时倍增。专营店铺开向陀兰好几个港口，设了好几个分店。往来陀兰的商人不少购了陀兰王室宝石，回去转送妻女，自是上佳的礼物。

不过半年之久，宝石矿起死回生。盘活了矿脉，也就盘活了王室的财政。店面铺开获利甚丰，有此一项收入，探春放下心来，任命了一名核算总管，专门替王室理账。各处田庄账本也在她的细细核查范围之内。她从培训学校招来擅长计算之人，摊开各年账本核查，又与各年天气记录核对。众人把算盘打得哗啦响，算出历年大概的收益亏损以及不合理的项目，探春自己也亲自去过田庄几趟，心中有了数。待账目整理清楚，她首先免了原来的庄头。账本摊开，庄头也无话可说。接着启用庄头的副手，用他们的经验来揭出原先之弊，然后宣布看其一年的管理情形，业绩真实增长的留用，否则另选贤能。副手们多了解庄头以往的隐瞒造假史，不期自己有出头之日，便力求上进。也有跟庄头原来一起隐瞒分赃的，见王后并不问前尘往事，便藏起尾巴，一心一意洗心革面，要挣出个新前程。

王室是田庄的主人，生杀大权也在手里，一旦认真起来，改善也就是必然的。田庄经过整顿，探春料今年可以转亏为盈。她的书房已经成了账本的天下，总管只得另外收拾出一处，专门盛放王后的资料。他知道王后是个精细人，便命人打了一格格的柜子抽屉，账本资料分门别类，方便查找。这间存放资料的房间他亲手锁了，钥匙自己保管，并不委任他人。

探春整顿田庄，开设商铺，开始只求王室开支平衡。见雷厉风行一套下去，事事有起色，便知抓到根子上了。她悟出来，给人选择，自己选择，目标一致，才能共同把事情做好。那些能干的人亦如宝石，不用时就是石头，经过淬火、琢磨，就能生出高价值。给石头机会，给人机会，找对路子，这才算用对了人。

每一个人都要忙起来。探春益发觉得当初张贴招贤榜的必要。用心整顿这才几个月，所筹划的各项事情都有了起色。古老的王室往往不健全，它需要新鲜的血液。现在，上天给了她这个机会，让她来设想推动。从王室到陀兰，她希望迎来一个蒸蒸日上的时代。

双生子百日宴时，海政大臣莫阿来了。探春应老臣所请，与宾洛沙一起见的。莫阿带来的信息惊人，他提出的要求自然照准。王室派出的硝石矿监理，此后每十五天就报一次拨向莫阿水师和陆军的火药数量，启用密级，宫内监都不能拆阅。原来拨给莫阿的造船厂，探春听了莫阿计划，主动提出追加经费。那莫阿见国王已经履政，他和王后对自己的支持一如既往，心中自然踏实。那些关于国王的传言如风，刮过了就是过去。王室已经做了该做的，剩下的，就是自己的事了。

国王提出仿先王旧例，各处视察各水师军港，莫阿一口答应，时间定在仲夏。陀兰岛南北东西向，除了他常驻的耶里外，另有三处大的驻兵之所，他计划扩大到五个。他陪同视察时，提出此事最好，有合适的地方，请国王直接定下。

陀兰和曼掸两国交战，好在商贸往来照旧。曼掸国首相派出的何一民带着三艘船早已抵达仙那城。他不着急卸船，不着急到汉宫，也未到各国事务衙门。在仙那城，何一民租了一所房子住下来，每日出去市井人烟处闲聊，听王室传奇，听运河，听新房换旧房。与周围的人渐渐熟了，他打听到王后最信任的人里，有陀兰华人商会会长一家。会长还没回来，一家子女眷也不好拜访。他正犹豫，是继续等下去，还是设想别的办法接近这一家人。何一民有把握，只要接近了这一家，他自然就可以将自己的使命在不惊动任何人的情况下，传到王后耳里。这位西席先生据听来看来的各项消息，他得出了自己的结论：陀兰的改变，源头正是那位来自中土的王后，那么，王后就是此行任务最要紧的人。

第二十五回

海贸初兴

格钦和他的商船先回来了。

此行于他可算圆满。船队先到香港岛屯门码头，卸货一部分，再北上到宁波港缴关税后，将最后的物资卸下。又载满丝绸茶叶瓷器回来，可谓顺利。

香港岛隶属广东省香山县，本无口岸。来自南洋的归侨多居于此。此地税收无，来往船只官府一律按大小收捐费。浙江宁波关离京城近一些，又在杭州城左近，这里的报关收税较为规矩，没有层层叠叠的胥吏及那些附加的帮手层层盘剥。格钦两地皆走过，心中有了计较。以前只知去广州港，那十三行代理朝廷贸易高不可攀，前期如没提前接上关系，船里的货物都不知道什么时候能清完。

关于屯门，关于宁波港，这两处的情形还是刘欢乐告诉他的。香港、宁波两地，已经成为贸易集市，商业贸易发达。格钦发现，他带来的香料不是销得最快的，最受欢迎的反倒是贩卖来的西洋货物，珐琅、玻璃制品、镜子、千里镜、自鸣钟这些。要说南洋自有货物有什么最好卖，那莫过于珍珠与宝石。南洋珍珠大而圆润，银白、金色的颜色正，最受欢迎。在宁波，珠宝铺到处都是，一看格钦带来样品的成色，又是现货，便纷纷吃下。江南一带富贵人家多，女眷对这些需求不少，相应地，商铺也多起来。他们守着宁波港，拿下好货后，便会沿着运河四处发散。每流转一次，便加价一回，到了富贵人家手中，不知已加价过多少倍。

中土朝廷禁止超过五百石的大船进入海域，数量也有限制，格钦不敢违背。船舶税按船只收费，交了不少。商品税，以往格钦在南洋各处做生意时多有隐瞒少报，为着中土的王后，他不敢隐瞒，怕影响了陀兰商人的名誉，这一次老老实实报了。所幸船上货物出货快，除去关税捐费，利润还翻了两倍不止，这还不算回去运货可以获的利。对此格钦满意，他思量着下次再来，货物得调整一下，多带珠宝、西洋物件，这些才是中土最爱的。这一趟探路，发现了江南雄厚的购买力，又不需要中间商，真是来得值当。

中土海禁策松了又紧，紧了又松，格钦远在南洋，哪里有及时的信息可以获得。不是刘欢乐告诉他宁波港的消息，他断不敢北行至东海。二人在屯门分别时，都看好香港这里。各国船只在这里停泊，西洋、南洋商人在这里交易。除了对面的广州港，就是香港诸岛的规模最大了。朝廷管治到这里已经是长臂的末梢，比较松散。如果不是限于岛屿地位与体量，这里的发展前景应不输于广州。二人商量了，留人在这里探看市场，如果货物交易量大且安全，干脆这里各家设一个贸易行，就在同一地段。远了说，是掎角之势，近了说，是互通声息。

格钦带部分船只货物北行，于他是探路；刘欢乐则交了捐费，将货物全部卸下，就在当地出销。当地衙门为着方便管理，沿岸盖了不少简易规屋租给水手们住。刘欢乐安置了他的船员水手留在当地照看船只，让大副在当地打探合适商铺，以备购买，自己则带了几个人一艘船，进了广州湾。

陀兰的国书需要向广州十三行递交，由其转呈朝廷。刘欢乐对政治、国家无感，但国书在肩囊，自然沉重起来。函件递给了十三行的伍家所开怡和洋行，请洋行转交，他自己在旁边租了个院子安顿下来，一边打探市场行情，一边联系回程时的货源。给朝廷的信件由火漆密封，但大致意思王后告诉过他，就是两国开贸易，互相减免税收的意思。刘欢乐知道广州十三行此前几乎垄断了中土的对外贸易，还从未听说过到陀兰；王后这么说，多半是考虑国家之间的互相尊重，实质上就是为陀兰商船的税收请求一个特例。

锦书一路上照顾刘欢乐细致，又单独在船舱中整治各种吃食，给刘欢乐开小灶。对这位姑娘的心意，他岂不知，但没法理会，只能一直装傻。锦书所做食物，他大大方方拿出来，邀了大副水手们一起分享，私下里也不与锦书单独相处。锦书心中委屈，但女儿心事，也不是逢人能讲的，只有憋在心里。一来二去，随着海上风吹浪打，船队到岸之时心也渐渐淡了。因着承诺了探春要递信回家，离开屯门，便搭了格钦的船到宁波。

跟随刘欢乐回中土的人中，有献《兰陵王破阵曲》谱的乐师。他本姓王，山东人，因父母双亡，自小由叔父抚养长大，音乐上有些天赋，熟音律，通琴瑟箫管。他进县学期间，因了一个机缘被教习推荐给了上头，后又辗转进了宫廷当乐师。在京城时，得家中堂弟书信告知，叔父已去世，从此他明白自己孑然一身，人间已无至亲之人。被挑中下南洋，他也未告知堂弟。此次回中土，他不是没有设想过自己的未来。但他知道，一个乐师，一旦离了中土宫廷，又离了陀兰王室，天地间已无其立身之地，他也不愿堕落到民间卖艺的地步。见刘欢乐按照探春的规定给足船员双倍工资，又看到刘欢乐一个水手，两三年便成船长，便动了心思。他可以，自己还年轻，说不定也可以。刘欢乐的长项是熟悉海上，熟悉船只，那自己要自立门户，恐怕也得走这一步路。他决意先跟船当水手，攒个一技之长，然后在贸易行当里寻找机会安身立命。

至于在哪里安置，乐师倒是豁达。出海这么一趟，于他也算略见了世面。海天广阔，大千世界，无论陀兰、香港尽可停得。他打定主意后，便告知刘欢乐自己的决定：他决意再回陀兰，继续跟随刘欢乐跑船。刘欢乐本就担心锦书送信，知一个姑娘路上多有不便，见王乐师有此意，正中下怀，遂从宽予了路费，派他和锦书一起回京城，命其拿到贾府回信后再沿大运河返回，到香港屯门聚齐。刘欢乐预估了两边所需时间，约定了大致日期，说定在屯门弟兄们暂住的规屋见。

到达宁波港，锦书感慨万千。差不多三年前，她跟随姑娘从这里上船，从此踏上南下之路，再没想到今生今世还有回来的一天。格钦不再往北，锦书遂下了船，和乐师一起雇车到杭州，再从杭州乘船沿大运河向北，二十余日后到达京城。

到达通州下船时，日头已平西。要见老太太，见旧日姐妹，锦书自然要打扮齐整了去。她坚持要先住下，次日再登门。又央求乐师与她一道去投递家书。乐师知道，这是近乡人更怯的意思，他懂得，故一口允诺。翌日，锦书穿上离开贾府之日的衣裙，簪环一样不缺，将自己收拾得干净利落，带了书信，雇了车直到皇城西边贾府。

可是，宁荣街已非旧日景象。

石狮子仍雄踞在街道一边，然而街上行人稀少，府门紧闭，门上贴着封条。往日挺胸凸肚的门房也不见了。

锦书不知道发生了什么事。她下了车，站在街上怔怔地望着府门。这里，曾经从她的父母手里买下幼年的她；也是这里，她终日低眉垂袖添香斟茶洒扫房屋，侍候贾府大小主人；更是这里，让她陪伴三姑娘远行。可是，街子还在，她还在，府里的人却不见了。

倒是乐师警醒，见锦书发呆，忙下了车将她唤回。两人投奔无着，心内均有万千疑问，但茫茫京城还能问谁。

事起仓猝，锦书只会淌眼抹泪。乐师想了半天，只能去向送亲的毕豫毕大人打听，他定能知道发生了什么事，贾府众人又去哪里了。锦书此刻什么主意也没有，只会睁着泪眼看他。乐师架不住这样的凝视，一拍胸脯，答应自己外出去问去找。他印象中毕大人好像是礼部的官员，官位不高，住哪里则一头雾水。

得亏这乐师旧日曾识得几个人。他在京城奔走数日，终于问到了礼部送亲的毕大人住址：城东饮马胡同。

毕豫正好在家，乍见当年船上同行之人，心中惊讶万分。锦书和乐师将探春所写加盖陀兰玺印的证明给他看。探春以陀兰王后的身份，已经放回他们，他们已是自由人。毕豫想不到，那个他护送了一路的女子已经成为陀兰王后，不胜感叹。贾府姑娘能够放回陪她一路到南洋的人，足以说明她的仁善，自己真没看错人。

对于陀兰王室的宫廷惊变，锦书和乐师入毕宅前商量过，涉及陀兰，涉及探春，还是不要多嘴为妙，故在毕豫面前一字不提，只说老国王去世，王子接位，他对王后甚好，探春现已参政，故放回他们及任太医一干人。

简略叙述毕，锦书终于问了她想问的问题。贾府老太太在哪里，二老爷、二太太在哪里，贾府到底发生了什么事。

毕豫这两年一直在京城，他自然知道贾府老太君仙逝、元春薨、贾府继而获罪被抄家之事。他看着眼前二人对京中事务一脸陌生的样子，便把先皇已逝、今上登基之事也说了，然后再徐徐将各路听得的消息告诉锦书，昔日的翡翠，贾府老太君的丫鬟。

听到老太太已去世，二老爷、二太太去向不明，二爷贾宝玉也不知行踪，不但锦书呆了，乐师也呆了。这世代簪缨的贾府，怎么说没就没，说抄就抄了呢？毕豫到底是官场中人，他不能说得太多，只是说据他听来的消息，是因宁国府起的头，荣国府的大老爷贾赦也夹在里边，这才获的罪，具体什么事，他也不清楚。

锦书与乐师面面相觑，世道翻覆至此，哪是他们这样的小人物可以理解。锦书才提起探春家书一事，毕豫就打断了她，让她连信带回。毕豫谨小慎微，没把握的事情不做。他见锦书一脸失望，心中不忍，又安慰她，自己如打听到二老爷贾政所在，定当转告探春安好的消息。

王乐师到底在宫廷几年，他知道毕大人的为难，便看看锦书，示意这已是最好安排，又说了与刘欢乐处还有国书递给十三行转朝廷，毕豫这才舒了一口气。这样的联系是国与国之间的事，朝廷按照惯例会有回复，因他曾经送亲，多半具体的事项也会询问到他头上。如果知道了贾府的消息，到时倒可以和回复公函一起让人带回去。不过这事关朝廷，变数也多，此时倒不必说与眼前二人。

锦书一路知道毕大人对于自家姑娘的照顾和维护。她最识得眉高眼低，见大人如此说，又见乐师递眼色，知道只好这样了，二人遂告辞。出得毕府，锦书不甘心，又去了宁荣府后街打听。这里依然鱼龙混杂，但比起前些年，已是萧索了许多。

二人在外奔波，为了称呼上方便，锦书便叫乐师为王大哥。二人街头巷尾走了几转，并无一人认识锦书。倒打听得姑娘的亲弟弟贾环胆大包天，因卖侄女儿，被贾府老太太作主撵出来了，就在后街大车店里看门。原贾政二老爷的赵姨娘也不知怎的也同日被撵，没个投靠，只得赁了房，也住这条街上。锦书知道赵姨娘系探春亲母，那贾环系亲弟，听到这样的消息不禁骇然（赵姨娘、贾环之事，请参看《榴花纪》）。锦书看这京城越来越不像旧日样子，又怕出入时间久被认出来丢了姑娘的脸，便急急与乐师商量，从囊中拿出两锭探春给的银子，请乐师送给贾环，并让他转其母赵姨娘，做个安顿之资。

王乐师知道，锦书相托自己是因为怕赵姨娘认出她，又扯出探春来，邻里听见不好之故。便依了，独自去赠银，拟托名贾府故人相赠。他回来后告知锦书，那贾环问都不问谁人所赠，见了银子便一把揣了在怀中。乐师觉不可思议，好歹也是贾府少爷，不意落拓至此。那锦书听在耳中，倒知道这确是如假包换的贾环，真真的三爷脾气，一点未改。这样的人品，老天爷也救不来。心意已尽到，牵连了姑娘不好，便和乐师一起离了宁荣后街。

乐师心中默默，世家子弟不争气，到头来只能看大车店，看来自己要立个志向，断不能沦落到此地步。父亲、叔父虽然不在了，也不能让他们泉下痛哭。二人坐车上想了一路，各怀心事，议论两句，深觉王后不易。母弟如此，她算是老鸹窝里出凤凰。现贾府被封，王后的娘家算是没了。如她听得，不知会怎么心碎。

锦书下车，在客栈前站定，四顾茫然，觉天地虽广，唯自己如此凄凉，自由倒是自由了，可无一处可去。老太太去世，老爷太太不知流落到哪儿去了，那回信自然无从谈起。想起姑娘待她那是没的说。繁华京都，此刻在锦书看来，全然陌生得可怕，也许离开姑娘就是自己的错。既然姑娘让她捎回信，她完成不了也该有个交代。便对了乐师说，她要与他一起回陀兰。

锦书想好了，刘欢乐对自己无情，想必二人没有缘分，也就算了。如今看来，回到姑娘身边，倒是唯一的路。只是自己满抱希望离开陀兰，现在这样回去，不知侍书要怎样嘲笑自己。

二人再次离开京城，心中颇有“山中方一日，世上已千年”之感。这山中二字，改成海上更为妥帖。一路水陆同行，两个人谈谈说说，日常互相照顾，倒生出情意来。

却说刘欢乐自递了国书，估计得一两个月才能得到回音，便用这段时间熟悉广州港。香港与广州挨得近，那边购得商铺诸事，也都来人告知。刘欢乐寻思，广州是朝廷口岸，又是贸易极繁荣之地，在这里开个贸易行，专做贸易也是好的。他本是潮汕人，与十三行的头面人物伍先生算是同乡，便有意七八天就去一次洋行，用潮州话询问，意欲给同乡加深印象。

那广州十三行受粤海关管辖，口岸洋船聚集，几乎所有西洋、南洋的主要国家和地区都与十三行发生过直接的贸易关系，不少国家就在广州开商馆，门前悬着国旗。刘欢乐跑船时，广州港是来过的，知道十三行经营的外贸洋行，不但自己做内外贸生意，每年也为宫廷输送洋货，时称“采办官物”，其中紫檀、象牙、珐琅、鼻烟、钟表、仪器、玻璃器、金银器、毛织品等尤多。此次在广州逗留，他不仅仅是水手，还是商队的队长，陀兰王室的使臣。角度变了，所关注的自然也不一样。那人人口中的十三行，其实是行商的简称，其中五家资产最雄厚者为保商，对于承保的外国商船货物享有优先的权利，在其他分销货物的行商交不出进口货税时，也由其先行垫付，因此船运货物的定税方面权力极大。头面的几家家资饶富，民间盛传富可敌国。朝廷曾有明旨，凡外商有向官府交涉禀报的事，由保商通事代为转递，并有负责约束外商不法行为之责。

十三行最有影响力的伍家和潘家原是闽南人，后家族加入了广东籍，两家都设牙行，又设钱庄。伍家开的是怡和行，通事见来自陀兰国的商人经常来催问，又是潮州口音，便有一日禀报了伍老板。

在这封信函递来之前，伍老板不怎么听说过陀兰这个小国。国书抄的副本他看了，这是朝廷赐婚的国家，来的商人虽是陀兰委派，但未入籍，依然是中土人士。伍老板觉此类情形与其他的不同，考虑了一会儿，决定招刘欢乐来见。现在京城正是新旧朝代交替时期，他听说国公贾府已经倒台，但贾府姑娘现又是陀兰王后，这封信函的处理，得面见了使者，听了具体情况之后再作决定。

刘欢乐应邀而来。两人用潮州话交谈，伍老板顿觉舒心。广府话与潮州话相差蛮大，好久没有这样畅谈了。听了刘欢乐对陀兰、对王后的介绍，伍老板对于这位中土去的王后不觉生出敬意来。一个女子远离家园，能够在王室乱局中整肃国家，前所未见，真正了不起。他知道陀兰来函，是欲与中土通贸易往来的意思，便告知刘欢乐，朝廷并无和亲之前例，粤海关征税向来常洋不分，一体办理。但如果陀兰下次货船再来，船税和货税之外，其他的可以考虑减免，陀兰货物，也可以以行商的名义在本土销售。伍老板对眼前的年轻人说，这已是他能够帮助的极限。他还告知刘欢乐，函件已发京城内务府，何时往上呈递则不知。如朝廷有回函，会及时交付。

刘欢乐告辞。洋行的通事得了老板命令，跟了出来，叫住了他。他告知刘欢乐，伍老板的表态，实际上在税收杂费上已经减了许多，因为除了正常的税收，还有私底下俗称官礼、缴送的费用，比例还不小。刘欢乐听了恍然大悟，才知朝廷税收还有这么多的弯弯道道。伍老板还允可以行商的名义销售，这应该是以他们行的名义吧，这情分可就重了。由通事来告知，自是点醒自己的意思。伍老板那么大的家业，他定是看出自己的稚嫩，所以让人来点破。刘欢乐满心里生出感激，连连向通事行礼，又请他转达对于伍老板的感谢。这颗定心丸吃下，他心中有数，可以到香港装货了。差不多时间后，再回广州问询就是。两地邻着一个广州湾，真是做贸易的好地方。

到达香港，他意外看到了锦书。还以为不会再见，没想到兜兜转转，她又回来了。得知京城贾府信息，刘欢乐虽然不懂高门大户怎的一朝倾覆，他只知道，王后这是没家了。好在陀兰就是她的家。也幸亏她及时远嫁，避免了与家族同落的命运。想到此处，刘欢乐又为探春高兴。

王乐师来找刘欢乐，央他做媒，想娶锦书。刘欢乐观二人回来后的言谈神色，知确是有情，心中算是放下了块大石头。他好人做到底，不但做媒，还为二人主持了婚礼。为他们的小家庭作想，又安排他们和另外两名中土人士在香港驻下，经营货物买卖，接应货船这些，当个贸易点。刘欢乐虽是新手，但也知不依规矩不成方圆，离开香港前为四人立了规则，要求出入账目必须清楚，不能藏私。这四人重回故国，又有正经事情干，估计未来收入不会低，哪有不允之理。

乐师想不到自己这么有福气，能娶到王后身边侍女，又可免漂洋过海之苦，自己这是少奋斗了多少年。锦书知书达理，温柔体贴，他从此有了家，也不再心心念念当水手看海图了。锦书感激乐师一路照顾，他一身飘零，与自己身世何其相像，至此方悟缘分天定，遂收起前尘旧事，踏踏实实与乐师过日子。月亮升起在海上的日子，乐师吹洞箫的声音，时而激越时而哀婉，久久萦绕在锦书心里。她觉着，这就是人生，人生都在箫声里。自己不再为奴，到底是有福的。

再过得一月多，刘欢乐再去怡和行的时候，通事将一封明黄绫裱的朝廷回函交给了他。他口头告知刘欢乐，伍老板已看抄件，回函内容就是允陀兰来华交易，税收征货税与船税。刘欢乐明白，这就是伍老板承诺的原意，至此已将来中土的任务完成。他心下了然，自己此行真正的收获是认识了伍老板，且为陀兰未来的贸易省下一大笔开支。

此时格钦已至香港。二人商量，格钦牵挂家中，要趁着东南风未起之时回陀兰；刘欢乐决心再走印度的果阿港，去走走看看那里的贸易航线。二人告别，两支船队一支南下，一支拐向西边去了。

格钦在六月底回到陀兰。各种卸货安顿，忙了好几天。这日看到门房递来门帖，说有姓何的中土人士来访，便请了进来。

来人正是曼掸首相派来的何一民。他苦等格钦多日，一打听到回来便递了帖子，见这位名气不小的华人商会会长态度谦和，慈祥精明都写在脸上，不觉称奇。待屏去左右，何一民方才慢慢谈及此来使命。

格钦先前的闲谈中已知此人来陀兰甚久，没想到出处居然是邻国。他等那么久，就是等自己这座桥，自然所谋之事重大，遂沉吟不语。何一民知局，把话荡了开去，谈及他所带来的货物，不知在陀兰的销路如何云云。格钦随口答了，货物上了税，保留存单，就可以自行联系商家销售。何一民知道眼前的会长久经风霜，定不会轻易表态，但也绝不会把此重大消息捂着。此行的目的既已达到，何一民便拱手告退。

商人参与政事，在哪个国家、哪个朝代都是要警醒的。陀兰水师才与曼掸打过仗，他这样贸然递话给王后，会有受人请托之嫌。但这个消息又如此重要，不能误事在自己这里。格钦想了想，还是让萨宝丽进宫为妥，把这事原原本本说与王后，该怎么办就怎么办。同时也要说清楚，自己光风霁月，并无半点私人利益在里边。

萨宝丽自王后怀孕期间代行赈济职责，此后便成了例，探春有了空儿也和她一块去。有了萨宝丽分忧，探春的时间上也松动一些。

这日午后，探春正在新收拾出来的书房，与小王子商量运河进度，人报萨宝丽来了。探春也没避她，准备把要紧话先说完。据运河各点报来，陀兰全境之内，大的四五条河流能挖的都挖了，河道拓宽许多，但有好几处还通不了，原因是河道旁还有设计中运河流经的地段，还有许多挖不动的石头，再有就是，有村民大肆砍伐树木送到砖瓦厂私下换钱，或送去烧炭，目的也是钱。民政官员担心此风不止，山土松动，运河流经山崖处，雨季会发泥石流，将来行船也不能安全。

对于砍伐树木之事，探春拿不出好主意。罚钱么，民间不富裕，以劳力罚也不是好办法，因为来挖泥的都是为了换房及抵劳役，此举意义不大。格里布见探春为难，提出恢复古老的鞭刑。这刑痛及肌肤，又长记性，只要不把人打坏，震慑力倒是蛮大。据他说，爷爷在朝时用过，父王继位后没有明确废除，但终其一朝未使用过这项刑罚。

探春想想画面，确有点血腥，但修安全的运河是大事，既然法令未废除，用也可以。国王外出视察水师军营，不在仙那城，也等不及询问他的意见了，那就先试试，看看能不能止住这股风气。

格里布听到自己的建议被王后采纳，心中高兴，看看一旁的萨宝丽，赶紧商量清除石头的问题。

探春脑子活，她想到了莫阿水师破敌之事。

“这样，河道能绕开的就绕开；不能绕开的，让培训学校找几个硝石矿的工人来，试试用火药来炸，但分量多少、引线多长需要试验，与人的安全距离也要有个数。干脆，就组成一支工兵队，专门做这个运河石头的爆破清除。”探春说。有了培训学校，探春真觉技术问题先试验后推广是最可行的。陀兰招贤的名头已经打响，来投培训学校的人越来越多，他们就是源源不绝的技术人才。

此前硝石矿属于朝廷、王室专营，民间不能自制，更不能经营。自王室名下的矿山归陀兰朝廷，全部矿藏只有得到朝廷许可才能动用。见王后提出这个想法，小王子知道，这是军用转民用了。转民用也有隐忧，但目前能够解决问题就好。他点了头，退出书房自去干事，坐在远处的萨宝丽向他行礼也没看见。

格里布成长得多快！探春看着他远去的背影，感叹不已。现在，宾洛沙他们哥俩和自己，如同陀兰的三驾马车，已经缺一不可了。

“来，美丽的小妹妹，今天又带了什么吃的来呀？”看着萨宝丽，探春的心情明朗起来，开起了玩笑。

“今天空手来。我专程来看看小公主和小王子呀！”萨宝丽也开玩笑。

探春想起忙了半天，确实还没见过孩儿，便让奶妈抱来。

两个孩子已经半岁，长得肥肥白白。探春记得出生时那么瘦小，没想到小脸长开之后这么好看。她抱起一个看看，又抱起另一个，萨宝丽见了，接过一个来臂弯里。两个婴儿睁着眼睛，呃呃地哼着。畅王子吃着自己的手指头看着妈妈、琳公主在萨宝丽怀里绽开了一点笑容，喜得她一连串喊着让探春看。

萨宝丽熟悉王后，此刻看王后，与平常的观感又不同，她也说不清楚探春哪个面更好看。她的机警，聪明，微微仰着头的样子，在萨宝丽眼中独一无二。她说话时眉毛会飞起来，生动异常，萨宝丽也喜欢。现在看着孩儿，那脸上的笑容，就像蜜蜂酿成的蜜糖，那样的甜。

"看什么呢？我看孩子，你看我？"探春感受到萨宝丽的目光，笑骂道。

"王后姐姐，你好美。抱孩子的时候也是。"萨宝丽答。她的心中，这个姐姐是没法用一两个词来形容的。

"看来小妹妹有事找我。小嘴这么甜，定然有事。"探春看看奶妈在前，便将孩儿抱过去，让她们出去了。

"我是说真的，不过……还真有事儿。"萨宝丽笑嘻嘻地说。

萨宝丽原原本本将曼掸来人之事说了。

听在探春耳中，这可是一柄重锤。这柄锤挥不好，是要产生大影响的。

记忆就在不远处。不是曼掸与扎尔卡的密谋，就不会有老国王被威胁，宾洛沙受伤；不是曼掸陈兵入境，又怎会有水师的出动与军士的伤亡，不是因为曼掸，宾洛沙又怎会药物上瘾，折腾得人不人鬼不鬼？

曼掸的水师打残，现在想起用陀兰的水师来做外援了。想起这个，探春心中便不能忍。要结盟，也得与诚实讲信用的君主结。前边陀兰去联盟，曼掸反手给了个阴谋，焉知此次不是呢？

气愤一过，探春理性的头脑逐渐占据了上风。陀兰国小力弱是实，逃避不了战争是实。有此二点，那曼掸的提议就不能算是一点诚意也无，因为两国都有共同的敌人。还有柔尔，如果三国结盟，那西洋人就不能轻易得手。如果把三国看成一条线，看作互为首尾的一条龙，击首则尾应，击尾则首应，就是说，击中任何一国均有首尾皆应的后果。一旦结成这样的同盟，那么这段海域就活了，就不再是任人威胁任人宰割的海疆。

想清此节，探春心绪平定下来。她将手中展开的地图卷起，笑对萨宝丽说："这样严肃的话题，由你这个可爱的小妹妹来转达，还真有点奇。真不知你的父亲怎么想的。这么着，来人该有些身份证明吧，让你父亲查查看。然后，你的父亲，他可以到王宫来看我。"

王后惯常的口吻，溺爱的表情，和往常一样。萨宝丽放下了心。王后的面色先凝重后放松，算一个思维周期吧，看上去是那样迷人。王后姐姐自当政以来，气质是越来越好了。

第二十六回

未雨绸缪

宾洛沙在莫阿的陪同下，乘船绕着陀兰全岛视察了几个水师军营。莫阿驭下有方，选择的副将无不是面孔威棱性格坚毅之人，一看就是可以统领士卒的将才；所到之处，大小战船整齐，旗帜飘扬，军士士气饱满。宾洛沙很满意，一路看，一路打赏奖励。

前边莫阿要的大量火药，自然有自己的筹划。他这次陪国王视察，正好检阅各处备战情况。南部只有一个军港，他向国王提出，向南的方向，大海对面就是纳澳岛，虽然水域辽阔，但风险等级目前最高。西洋船队上次攻打仙那城，一是试探，二是想拿下都城号令全国。再次来侵，往南边登陆的可能性大增。既然南边风险大了，那么只设一个水军营就显单薄，希望再设一个。他又展开海图向国王讲述，陀兰东边也需要加强，靠近曼掸方向最好也再设一个，这个军港可以设在陀兰岛的东北角，建好之后可以同时呼应北部和东部。

宾洛沙一路看海图，看军营，平白添了不少海疆军事知识，他听得莫阿所说，知道属实。对于南边的军港，他一口答应下来，但东北方向的颇为踌躇。同时上马两个军港，他担心国库承担不了。宾洛沙不想一下回绝老臣，口里只说回仙那后考虑一下再决定。

海上火器不如西洋人之事，途中莫阿与国王谈过多次。火器悬殊，要缩小差距非一蹴能就。像印度那样，国防全部依赖于招募来的西洋人，也有潜在的隐患，而且这隐患还不小。君臣二人意见一致，认为请西洋人来，不但薪酬高昂，亦非善法，失于控制之日，就是受制于人之时。陀兰还是得落脚于自立自强。

辗转托安岚也好，战争贩子也罢，向他们买枪，不但买不到最新的火器，且耗费巨大；要装备整个水师，那陀兰国库恐怕很快见底，断不可行。且光有枪，子弹消耗完，补充又是难事。没有弹丸的枪支，那就是废铁，也就是说，补充弹药还得受制于人。自己制造谈何容易。兵器行得有个两三代的积累，又需要大量的人才，这不是短时间能够办得到的。

宾洛沙首次作为国王，与自己的臣子作长时间的深入交谈。此次视察，他体验了一年到头水师将士沐浴海风头顶太阳巡视海疆的辛劳。莫阿感激国王和王后对自己的倚重奖掖，这长长的海疆一路行来，君臣之间多了亲和与默契。宾洛沙无论乘船还是策马坐车，与莫阿一直在一起，讨论陀兰的未来，讨论水师的对策。因了彼此间的信任，二人情感日深，也都认为时不我待，只有陀兰有稳定安全的发展环境，慢慢引进兵器工业，培育出相应的技术人才，才有可能建起更先进的军工业。局势随时在变化，不一定给陀兰充分的时间。现在要做的，就是在现有基础上找出克敌制胜的法子。

说起火器，莫阿提出每个水师营附近需要建一个炼铁厂，配合军营需求打造兵器，宾洛沙简略一听，也允了。亏得自己吸食无忧草期间，王后领导着整个国家向前，国务不但未耽误，且为未来奠定了基础。宾洛沙海路陆路走来，看见有些河道已经开挖成型，未相连之处，工兵队已经到位，准备使用火药炸挡路的石块。他明白，这几条大的河流纵横交错，一旦连在一起，那么无论陀兰哪里受袭，后勤供应就可沿着运河直达。这战略意义远非民用可比。

自己到过中土，行过运河，但就没有想到陀兰也可以这么做。不得不说，王后的远见，是他最大的助力。

此前陀兰所有的政策，民事方面，就是亦步亦趋沿袭旧路；军事方面，只有守卫国门一条原则。但探春一路布置，换屋可以让国民安全，运河可以促后勤，促民生，这样的手笔不可谓不大。但探春居然把它办成了。她的预见性与执行力，简直像与生俱来。想起自己曾有的荒唐，宾洛沙不觉汗颜。

弟弟格里布也晓事。自己不理事期间，多亏了他配合王后。一路行来，见莫阿信心满满，他不由自主也生出信心。是的，陀兰上下一心，怕那西洋人作甚。

对这位保卫了陀兰的老将，宾洛沙倚重感激。军营看完，他邀莫阿先到仙那，商量他所请求的设南部和东北部两个港口之事。莫阿知道，国王是要与王后和弟弟格里布一起商量，便欣然前往。一路上视察，各军营给他争气，海上演习没出一次篓子，莫阿感激弟兄们。他本人受到王室倚重，也就是水师全体将士受到重视，这是所有人的光荣。

他们回到仙那城的时间正好，探春刚见过萨宝丽之父。格钦呈上一只曼掸首相的戒指作为凭证，又转告了何一民所说的话。探春正等国王回来商量，结果不但宾洛沙回来了，莫阿也到了。商量这件事，有他在自然是最好的。没有水师大破曼掸，也就不会有此次曼掸低头来谈结盟之事。

宾洛沙起初的反应与探春一样，对于这边谈结盟边偷袭自己的邻国，他极其不齿。但治国不能意气用事，他很快平静下来。据那打前站的秘密使者何一民传来信息，曼揣国为表歉意，愿意不拘什么名义，付陀兰一笔费用作为补偿，双方缔结盟约，共同对敌。这诚意表达得切实，宾洛沙心头松动。探春的换房还有运河计划，增加了大量的公务和技术人员，每月开支巨大。虽说这是长治久安之策，预计一二年后即可从增加的税收收回，但眼前花钱的需要是实打实的。莫阿新设的军港要钱，建附属的炼铁厂要钱。曼揣此刻愿意补偿军费，无疑可以大派用场。

莫阿眼光长远。他听到曼揣使节传来的信息中，有将争议海岛、海礁划定，两国正式签订协议的内容，此点最合他心意。这些远在边陲的海岛，部分还有住民。两国早一日签订协议，他们早日安生。那曼揣国旗帜插上岛屿之时，已经有陀兰国民与之相抗而受伤，善后工作是莫阿亲自派人去的。为安抚他们，朝廷不会不管的话承诺了不少。一旦缔约，这些国民可免因两国交战而引起的惊扰之苦、伤亡之忧。

如与曼揣签订协议，莫阿东北角的军营就不必建了。原本这个水师营，一半就是为了防着曼揣的。莫阿同意。探春提出，既然要谈结盟，军事之外，双方的贸易也可以加入。曼揣国地域广大，如果双方降低贸易税，将会对陀兰有大的利好，毕竟那么大的市场。曼揣也可从中受益，因为他们的商品更丰富。

原先的盟国柔尔国，陀兰自然得告知此事。探春的三国结盟设想，宾洛沙最是击节赞赏。一旦曼揣加入，对于柔尔国北部的安岚肯定形成压力。为防干扰，联系柔尔国一定要秘密行事。这些，就是王室之事了。莫阿见大事已定，告辞回水师军营。宾洛沙与探春召见柔尔国驻仙那城使臣，请其秘密回柔尔国禀报。

长公主夫妻在柔尔国经商之事，因关乎亲情，宾洛沙侧面提醒姐姐之后，并未告知探春。倒是探春提到，今后与柔尔国各方面的联系会更紧密，那边的军事、贸易方面信息要主动收集并及时回馈，宾洛沙唯唯，不置可否，探春也不好再说。

何一民带着陀兰的回复，悄悄回到了曼揣。此行虽然历时甚久，好在功德圆满。据他向首相汇报，陀兰国王与王后秘密召见了他，明确表示两国捐弃前嫌之意。但提出为表缔约郑重，曼揣王国的使臣来陀兰谈之时，必须有苏丹本人凭证，还有授权文书，所承诺的订约条件也需一一履行。首相听了，反复询问可靠程度，断定可信，便进宫回了苏丹。那苏丹见首相几个月没消息，早催过几次，现听得初步谈判成功，心里石头落地。他眼馋陀兰水师，临时追加一项，希望陀兰水师代训曼挳军士。首相听苏丹又添新条件，心中不豫。他把道理说开，那海政大臣莫阿亲自训练出来的水师，曼挳要学人家的训练奥秘，陀兰肯定警惕，定不会答应，还会让结盟一事生变。苏丹听得有理，便未再坚持。

柔尔国使节传来消息，同意三方结盟。各方派出的使臣在仙那北部一个海岛上秘密磋商了大半个月，终于敲定盟约细节，包括军事上的互相策应支援，还有经贸上的互相减免商税。陀兰专门与曼挳签订了界定海岛的条约。各方因着西洋人这个压力，事事求同存异，谈判细节中出现争议时，也总有退步转圜，让谈判不致破裂。签订合约之日，陀兰王宫大放烟花。按照探春的说法，这盟约公布出去，对于周边不利于三国的力量，是一个震慑。

曼挳首相作为使臣回国，宾洛沙这才召集各部大臣，说明三方签约，与曼挳和解的理由也大致说了。经由换房计划、运河计划的顺利实施，新王室领导下的陀兰活力满满。人员流动给全岛带来了生气，一处处的红砖屋让城乡处处焕然一新，这让众臣心中敬服。现王室主动说明，对于众人是一种尊重。财政大臣已收到曼挳第一笔付款，他是群臣里最为开心的人。建砖瓦厂、开煤矿及运河边公务人员的大量增加，已经使他左支右绌，现在有了进项，他终于可以舒一口气。今年的台风来得晚，真是上天保佑。如台风到来，新房能否经得住大风就是考验。如这一关顺利过了，那么每年必支出的大笔赈灾款也就到此为止了，部分未换房的只是小股村民，如其受灾，支出也有限。

培训学校中有长于管理的，格里布以参政王的名义着意培训提拔，然后分派到各部去。这些新鲜血液得到允诺，如果半年过去勤谨任职，就会被王室授予主事之衔，辅佐各部大臣、侍郎、侍中、郎中，年终考评，优者晋级。考评又分校评和部评，校评由格里布亲自主持。得此上升之阶，非手艺人出生的，尤其是读书人，纷纷踊跃。技术人才早已纷纷就职，还以为没有一技之长就没有出路。现在看来，认真在每个环节做事，也有大好前途。

每天都有来自各地的人员前来培训学校报名，初步的甄别分类成了一项繁重的工作。新人源源不断到来，也给早来的人员予压力，众人不敢怠惰，建房、爆破、水利、计算、文书、管理，各类人才培训完毕之后马上就能派上用场。未被录用的不免沮丧，但技不如人，也没啥可抱怨的。这项招揽贤才的措施因此起到了意外的效果，那就是人人以拥有一技之长为荣。被录取的，便被视为有本事之人；未被录用的，心中羞愧之余，从此也种下了上进的种子，转回头去再学再练。人人知道，这所学校招的人，就是国家需要的英才。因了这波风气，各地私塾开始人流密织。学不会技能没关系，起码读书识字，也可以成才。

宾洛沙见时机成熟，与民政大臣谈了，将人员管理职权分了出来，成立工吏部，将用工和朝廷办事人员的任用和考评管了起来。那民政大臣见王室大量起用新人，派到运河边，无论是砖瓦厂、烧炭厂、盖房，还是担任市场管理之职，都发挥出以前从未见过的能量，心下知道这已经不是属于自己的时代。国王温言商量，已经是对自己的尊重，且现在事务多了无数倍，确实力有不逮，便心下叹了一声，同意了。培训学校管理有方，各类人才层出不穷，经格里布举荐，宾洛沙任命了管事的郎中代行工吏部大臣之职。那郎中一跃好几级，同僚无不艳羡。他知道自己本无基石，一切皆是王室给的，除了兢兢业业之外，别无其他出路。因而他履职主动勤谨，一到任便梳理技术人员和公务人员档案，做好人员的分类工作，尽量做到开工即有人，人人尽其能。

这个调整给陀兰官场带来了震动。明眼人一看就能了然，世家大族垄断各部大臣、侍郎等高级官员的时代已成过去，不能合乎新王室治国风格的，都将一一去位。刑部开始清理积案，军政大臣开始大力整顿陆军，革新战法。自去除了扎尔卡的人员之后，陆军首次迎来了自上而下的整顿和频繁的演习。仙那城的提督一直担心自己前向做事不力会被换掉，后国王宾洛沙召见，劝其安心，又勉励他逐步建立威望，训练士卒拱卫都城。王宫就在仙那，王室就是他的支柱，那提督领悟到这一点，便鼓足了劲，不再像从前的犹犹豫豫，做事果决多了。仙那城的这一支直辖于王室的禁军，算是有了起色。

从安岚买来的一百五十支燧发枪，除了宾洛沙留用的外，分给了卫队四十支，提督统辖的禁军四十支，其余全部给了水师。宾洛沙答应过莫阿，待曼掸的第二笔款项来，便拨款给他，他可以通过自己的渠道去购买长枪。

刘欢乐绕行西洋，在台风刮起来前赶回了仙那城。卸货完毕，他直接进宫去见王后。在船上，他已经督促着账房先生算清了此前的账目。这次海上之行大有收获，不算运回来的货物销售所得，北上及西行获得的利润已有五倍之多。他呈上广州十三行伍老板转递的朝廷回函，又详细说了减免的税收杂费，探春心中欢喜。这条路走对了！刘欢乐不负所望，将海贸之路走了出来，未来北行再西行，都不再是拓荒之举。一年走一趟两趟，钱钞货款便是源源不绝的活水引进来。待台风过后，与柔尔国的联合船队即可再次北行。这一次，规模会大上许多。

锦书投递家书之事，刘欢乐留在最后说。他知道这个消息对于王后肯定冲击大，故有意说得和缓。但无论他说得再平和，也减轻不了事件本身带来的影响。他从袖筒中取出探春手写的家书，轻轻放在探春身边的小几上，信封并未打开。

这封信，已经无人收了。

探春失神地望着自己的信。那么安静，那么孤单地躺在小几上。家没了？是真的吗？老太太走了，元春姐姐薨了，家被抄了，这些能是真的吗？自己离家这才多长时间，怎会翻覆至此？

刘欢乐后边说的安慰的话，探春已经听不见了。

刘欢乐实在不忍，他默默地行礼退出。在探春的会客室外，他告诉侍书，锦书见过王后亲弟贾环，也打听到王后生母已经离开贾府，就住在宁荣后街。侍书自然熟悉赵姨娘和贾环，听到这个消息，她比刘欢乐想象的要沉静。侍书见刘欢乐一脸焦虑，反倒不忍。她告诉他，贾府乱成这样，二老爷和太太都不知下落，王后能得到亲母和弟弟尚安好的消息，已经是莫大安慰。刘欢乐想想也是，心中稍微松脱了一点，便将锦书留银，她与乐师已成亲的事儿一并说了。他请侍书待王后平静时再转达，侍书点头默默应下。

探春度过了一个前所未有的悲伤之夜。

当晚狂风大作，御花园的树木被刮得倾斜，摇摇欲倒。前殿，宾洛沙刚批完奏章，听到风雨大作，赶紧离了书桌回到寝宫。这种雨是伞无法遮住的，回来时，宾洛沙已经湿透。待更衣出来，他遣走殿内侍从，回头见探春倚在桌边动也不动。细看之下，只见她眼角的泪水在灯火的照耀下闪烁。

她的坐姿那么无力，眼睛空洞地望着不知名的远方。窗外风雨敲打窗棂，仿佛与她无关。

他吓了一跳，走了过去将探春揽入怀，低声问：“怎么了？”

探春抬起眼，什么也没说，只是将自己的头埋进宾洛沙的怀里更深一点。

他看见了旁边的家书，认出了探春的字。

“我没家了。”探春咕哝道。她的声音含着哽咽，听来含糊不清。宾洛沙自娶探春以来，从未见过她这样。她多半时候神采飞扬，或者面色沉静，但这样孤单无助还是第一次，宾洛沙不禁心生怜惜。

“来”，他说，牵着探春的手，让她斜躺在美人靠上。旁边檀木架上挂着她喜欢的紫色披风，宾洛沙拿了下来，轻轻盖住探春。

“告诉我，发生了什么事。”宾洛沙握着探春的手，坐在她身旁，看着她的眼睛。

外边的风声更大了，窗子被狂风拉开一大条缝，窗帘摆动，卷成一团又散开。雨点隔着殿外的长廊斜飘进来，有几丝飘到脸上。屋内的两个人都无心管这些。外头值夜的宫女赶着关紧窗子，但没有一个人敢进屋里打扰。

听完探春断断续续的叙述，宾洛沙知道了，妻子心中空了一个洞。这个深深的洞穴，以前盛放的是她自小长大的家园，她的家人们。现在他们不见了，空了。

到陀兰以来，她从未提过想念父母，她也很少会提及家事。但这一刻，宾洛沙懂了，血液里的牵引，依然对探春有着莫大的影响。

“你有我。这里是你的家。别怕。”宾洛沙没法安慰妻子，只得反反复复重复这两句话。

宾洛沙的声音那么轻柔，几乎被窗外的雨声盖住。他俯看着探春，拍着她的肩膀，一下又一下。探春像是受了催眠，不知不觉迷糊了过去，

宾洛沙心绪难平。他终于懂得了，探春不是没有脆弱的时候，是平常小心掩盖起来了；她的坚强，恐怕与她的成长有关。一个庶出的女子，在一个世家巨族中该有多难。她坚强，是因为她不得不坚强。

以前，他还未见到她的时候，因为她的出身而嫌弃；现在，他满心里只有心疼爱怜。

想起妻子到陀兰时，那些受自己冷落的日子，宾洛沙无限后悔。一个柔弱女子，西洋船打仙那时没有惧怕，她带着她的人出宫去烧砖筑工事；叔父反叛时，她拿着自己留下的枪赶到父王的宫殿，救了他们父子；父王去世自己喝药上瘾时，她肩扛起国家的重任；她还为他生了两个孩子。她付出如此之多，但从未听她一声抱怨。现在，她为已经回不去的家倒下了。

在家中，让她温暖的事情应该不多吧，否则她为何很少提到家人。中土的公爵府邸他不懂，但他自小受父王母后爱护，心中时时处处是踏实的，所以可以肆意，可以任性。如果不是受了那罪恶的一枪，周围的世界为之翻转，恐怕自己此生也不会真正成长。探春作为国公府之女，那么懂事，那么隐忍，正说明了她成长的艰辛。

她已经是母亲，可她心中未尝没有住着一个孩子，一个渴望安全温热爱护

的孩子。不到脆弱的时刻，恐怕自己一辈子也看不到妻子这一面。

中土的家，京城的家，她是回不去了。那么，自己给她的家，要好好的，完整地给她。要让她忘却从前，要把她心中的空洞填满。

探春在靠椅上，呼吸渐渐均匀。宾洛沙坐在她身旁，守了她一夜。

风声渐息，天色慢慢亮了起来。隔壁殿中传来孩子响亮的哭声，不知是畅儿还是琳儿。嗯，他们饿了，在喊吃的。是的，孩子们可以治愈探春，陀兰是她唯一的家园。她下半生必须是圆满的。自己必须给她圆满。

第二十七回

招贤纳士

一只周身雪白的小猫跑进寝殿来，它是偌大的王宫里唯一不需通报，随时可以进出任意一扇门的生灵。见到主人手拄着下巴斜坐在椅上睡着了，它走上前，用前爪扒拉宾洛沙的腿。见主人没反应，它干脆一纵上了宾洛沙膝盖，伸出小舌头舔那只疲惫的手。

“喵”，它喊主人。见不理，便立起后腿，两只前爪去够宾洛沙的下巴。这下，没有人可以抵御这猫先生的痒痒了。

探春睁开眼，看到的就是这一幕。宾洛沙睁开枯涩的眼睛，伸出手，将骆骆奴抱在怀中，手指替它理着长长的毛，眼睛里满是温柔。

猫先生扭头见到女主人醒来，一下从宾洛沙的膝上跳了过去。它乖巧地躺倒在探春身边，尾巴摇了摇，不动了，仿佛这里是极好的归宿。

紫色的披风上，多了这么一只雪白可爱的小东西，探春没法不被吸引，难怪丈夫那么喜欢它。

她从披风下伸出手，摸一摸身前那圆圆的小脑袋，毛茸茸的，脑袋又是硬硬的，又提了提它的驼色小耳尖。猫咪仰起头来，两只蓝色的眼睛浑圆，瞪着探春凶她：“喵。”这一声，嗓门可就大多了。

宾洛沙和探春都被逗笑了。

看着胡子拉碴的丈夫，再看看自己躺倒的美人靠，探春这才想起昨夜之事，宾洛沙守了自己一夜。这一夜，没有国王与王后，只有一对同病相怜的夫妻。这正是她所追求的家的感觉，是她理想中的夫妻相守。

她也从心里理解了宾洛沙先前的痛苦与疯狂。老国王、王后同日去世，对他的打击也是绝无仅有的。还好一切都过去了，他们有彼此，他们还有自己的孩儿。

探春看看窗外，帘子还在拉着。想必台风已经过境，耳边没有了那令人恐怖的“呼呼”声。

“陛下，我们起来梳洗吧，去看看孩子们。”她脸上绽开一个微笑。宾洛沙看到妻子平静的眼眸，知道打击她最厉害的暴风骤雨已经过去了。

按照探春的布置，两个孩儿的寝殿被搬到了隔壁。侍女进来，二人分别收拾齐整，奶妈已抱着孩儿进殿来请安。两个小东西脖子已经能直起来，探春抱一个，宾洛沙抱一个。两个孩子吃饱了，在父母舒适的臂弯里，眼睛滴溜溜地四处看，嘴里咿咿呀呀不知说着什么。骆骆奴绕着人在殿里打转。孩子一天一天大了，探春也松动了好些，不再让人赶猫咪走。将来，骆骆奴可以当孩子们的玩伴呢。

侍书进来通报，说小王子在餐室等候，问是否一同过去用餐。宾洛沙将孩子交给奶妈，对探春一笑："我们过去吧。"

探春恋恋不舍，看着怀里的孩子，眼睛舍不得离开。台风这么一起，第一个坐不住的就是格里布。换房计划和运河计划实际上是他一力推动落实的，新建的房屋是否能经台风，他定想得到一个结论。探春亲了孩子一口，奶妈来抱了。她的眼睛温柔地看着丈夫："那我们就去吧。"

宾洛沙牵着王后的手走出宫殿，花匠已经赶着收拾昨夜的落叶落花。浸饱了水的树们草们，在天色下闪耀晶莹的水光。还有一点小雨在飞，宾洛沙摇手止住侍从打的伞，笑着说："王后，我们就接一点甘霖，就这么走过去吧？"

探春掩口一笑："我跟随陛下。"

侍书跟在后头，她整夜噩梦，醒来还为刘欢乐带来的消息担心。现台风停了，又看今日国王王后的样子，心头一块石头落地。她的姑娘与国王这样恩爱，还怕什么呢?

探春在满是水的花园小径走，侍书一直提心吊胆地在后边跟着。这地上滑，扭了脚可不是玩的。像是知道侍书的心意，探春在拐弯处回了下头，向侍书笑了一下，像是在告诉她，别担心。

探春的手被宾洛沙牢牢牵着，此刻她不担心任何事。饱满的宁静，像潮水一样，在她心中涌起巨大的幸福。京城的家没了，这是没有办法的事情。元春姐姐其实就是家里的唯一支柱，她一旦去了，贾府千疮万孔，也就无法支撑。大老爷、琏二哥他们整日在做些什么，她不了解，只知道府里没有一个人在认真考虑将来，包括自己的父亲。风传大老爷贾赦曾为几把扇子逼死了京城一个老人家，这就不厚道了。扇子乃玩物，有或者没有，哪有一条命重？可见荣府爷们在外如何不护细行。她还听媳妇们说，凤姐儿拿着公中的钱在外放高利贷，这岂是世家所为。锦书打听的消息由刘欢乐传来，她一听就差不离。宁府珍大哥胡闹非一日两日，小蓉奶奶秦可卿死得不明不白。这些事任凭一件已经很难看，拢在一起，如被御史台奏上去，那绝对讨不了好。今上完全不顾世家体面，不管宁荣二府祖上功劳，这是掀了桌子，一点余地都不留了。

历朝历代，这样的事情都不少。自己远在南洋，也是无计可施无可奈何的。

想起侍书这个忠心的丫头，从小一直伴着自己。锦书要走，她留下来，真是难得。自己儿女双全，也该为这丫头考虑未来了。难不成为自己，就让她耗尽一生吗？她也许可以，但自己绝对不能那么做。

嗯，刘欢乐现在已经是船长了，将来的贸易也会继续倚仗他。这么一想，侍书嫁给他，倒是蛮合适的。如果侍书愿意，她也可以在宫中一辈子，然后宫外有个家。就像太太的陪房周瑞家的，不也一直在太太身边。

想到此处，探春不觉忘了自己的忧伤，一心一意想着，自己能为这丫头做些什么。得问问他们二人的意见，这一点，从来都是重要的。太太身边的彩霞被指给了来旺，据说出嫁后，因了弟弟贾环之事，彩霞没少被虐待，两个人完全过不到一处。这事儿自然不能在自己这里重演。嫁人之事，一生一世，要侍书自己喜欢才行。还有刘欢乐。探春想着，此人有情有义又能干，断不能委屈了他。婚姻乃人生大事，在自己力量所及范围内，要护得他们周全，成家也得尊重他们自己的意愿才行。

宾洛沙侧头问探春："这是想到什么了？看你一直浅笑。昨晚还在哭呢。"他开起了玩笑。

"我在想，生命无常，我们要多做一些力所能及的善事。京城家中，我是不多想了。一个人有一个人的命运，一个家族也有一个家族的命运，多想无益。"

宾洛沙捏了捏探春的手，表示赞同。这话里的豁达，只有经过起落的人方能说得出。

探春话虽如此说，但她怎能忘记自己长大的家，怎能忘记大观园。在那个桃花源里，她曾起海棠社，众姐妹来咏海棠；林姐姐的桃花社，她的桃花诗何等悲哀，又是何等惊艳；还有湘云，她的柳絮词如同她人一样，轻盈洒脱可爱俏皮。但愿史家不被这一轮清洗牵连才好。宝钗倒不必担心，她在任何乱局中都有生存的本事，想必此时已经躲得远远的。不过也难说，她可是一心想嫁二哥宝玉的。那么，林姐姐呢？老太太一死，她在人世就失去了唯一的靠山。面对贾府巨变，她一个孤女，嫁不了二哥，还能到哪儿去，又肯到哪里去？

探春甩甩头，像要推开过往。自己在南洋，自离别之日，就未曾接到过家书。可以想见的是，无论谁嫁给了谁，谁娶了谁，现都在覆巢之下了。

探春想起自己，心底长叹一声。老祖宗去了，她就是一支剪断了线的风筝。放风筝的手，一旦将风筝脱开，谁还会顾念那风筝飞到哪里去了呢。

正想着，用餐的殿宇到了。

格里布早已到了。听得哥嫂来，他早迎到殿门口。格里布身姿挺拔，黝黑的肤色还未退却。宾洛沙和探春从细雨里看过去，眼前之人倒是一脸的神采奕奕。

虽然国王的王子已经出生，但宫里按了旧称，私下还叫格里布小王子。至于国王刚出生不久的孩儿，宫中就叫"畅王子"和"琳公主"，两下里倒不会弄混。久而久之，也成了例。

小王子经常在外，三人许久没在一起早餐。风雨过后，坐在一起分外温馨。

"王兄，我准备去巡查一下，看看此次台风，那些新建的红砖房有没有抗住。"格里布喝完杯中的牛奶，对宾洛沙说。他吃东西比较简单，自从西洋人喝牛奶的风气传过来，他每日的早餐必有此物。咖喱那些早上吃下去，味道太过浓烈。

"让工吏部的人去就可以了，弟弟不必亲去呀。"宾洛沙对弟弟说。

"王兄，我还是想去。这样的风雨，那些砖瓦厂估计都得停工，运河上挖泥炸石头的也是。一大帮人有没有安置好，我不放心，我去也给他们鼓鼓劲。"

"弟弟，培训学校听说多了一个教习，是西洋人，说是研究海潮，还有天气的，是吗？"探春接过话头。共同执政了这么久，二人亲厚许多。探春对他的称呼也变得更亲近。他说的这个西洋人跟着一支经商的船队来，据说要旅行世界，不知怎的看到了张贴在各处的招贤榜，就来报名。探春见过他。

"是的。他教的一套，没有几个人听得懂。这个人还真不好用。"格里布说。他不明白探春为何提到这件事。

"他曾经说过，台风来得晚的年份，要警惕双台风；又说今年特别热，气候有些异常，更得警惕。按照西历，八月底九月初这样的时间都有可能起风。昨天这一场台风未必是最后一场，弟弟还是谨慎一些。"探春温言道。

这下格里布想起来了。嫂子和他谈过话，自己当时也在场的。这西洋人说了一堆，也没留意，没想到嫂子一句不落，记得清楚。

他不好意思笑了："是说过这句话。那就看看再说，先不忙出去。"

宾洛沙见自己拦不住弟弟，探春反倒几句话解决问题，不觉好笑："我说弟弟，你向来不是这么听话的。现在王后说什么，你都觉得有道理了？"

格里布也笑："我服的是道理。如果再有台风来，我带着一大堆人出去，岂不是添乱嘛？那就等台风季彻底过去。如果那西洋人预测得对，我就安排人专心一意跟他学这个台风预测。"他停了停，想起一事，"管历法的官员，他们平常闲着也没事，不如也让他们去学习一点气候海潮知识。将来可以提前告知各地，台风要来，不要出海，非必要也不出门。这样该多好。"

探春微笑。格里布确实成熟了。事非躬身入局不知难，看他现在，已将自己全部投入国事。

"弟弟，那曼掸国的首相来结盟时，闲暇时曾经说起过，他们的苏丹有个小女儿，自小长得美。要不要哥哥为你求亲？"宾洛沙看着眼前的弟弟，忽然想到他的终身大事。

这下轮到格里布落荒而逃。他站了起来，对哥嫂说："我去城边四处看看。有些人家没劳力，老房子没换砖屋，我去瞧瞧有没有受灾。"他行了一礼，赶紧离开。

宾洛沙远远送去一句话："要不要哥哥派人去打听一下呀？"

格里布已到殿门口，他知道哥哥说的是他的亲事，便也大声回："王兄别为我操心啦。"这是摆明了拒绝的意思。

宾洛沙把目光转回，摇摇头，脸上带着笑，继续吃他的早餐。

"说不定格里布有了自己的主意呢。"探春接了一句，安慰宾洛沙。

"不管他了，管我们自己吧。"宾洛沙抬起头，眼睛灼灼看着王后，"今日休沐，台风又刚过去，我们找点什么娱乐吧。"

探春知道夫君是什么意思。她低头笑了，粉颈一下红了起来。他想让自己快乐，想要自己忘却丧家之痛。是的，世间还有什么可以对抗痛苦呢？只有生命的快乐。

陀兰是她唯一的家，她没有理由抱住几千里外的贾府不放。她感谢丈夫为她着想的每一刻。况且，国事繁忙，她和他好久没有好好在一起了呢。她的快乐，也是他的快乐，他们本来就是一体。

中土的君王可以随意倾覆她的家园，但在陀兰，她的他，就是君王。

果然，两三天后，陀兰全境又是一场大风。那风旋转着，扫过仙那城的每一条街道。有几棵树熬过了去年，今年再也支撑不住，倒在了街道中间。提督配合仙那城府尹，派出士兵帮助清理街道，幸运的是没伤到人。

据小王子格里布巡查回来说，以石砌墙基，以砖瓦、木头建的房，很好地抗住了台风。有屋顶损伤几片瓦的情形，但都问题不大。倒是城边上的贫民无力换砖房，遮蔽风雨的棚子许多已经倒下，府尹已经令佛堂、教堂全部开放，接纳这些难民；粥米已经就位，这些难民暂时可度饥荒。

探春听了若有所思。据她自己去赈济灾民所见，还有萨宝丽提到过的，有些贫民是身体有残疾，做不了工；有些则是家人已逝，老无所依。这些人参加不了以劳抵役的换房计划，自然不能从中受益。她考虑，干脆成立一个善堂，收留这些难民。有病的看病，老弱的，就在善堂终老。善堂长期开放，资金是必要的。那就王室出一部分，也接受社会救济，这样可以很好地安顿这一部分可怜人。每个月的赈济人数毕竟有限，把经费和精力花在善堂，可能效果更好。这样一来，仙那城的贫民区也可改建，建商铺、做住宅都可以。贫民区本就是灾民难民贫民自己搭建的。他们到善堂安置，这片地方正好改变，旧貌换新颜。

叔父扎尔卡被没收的产业中，远郊还有一处离海不远的房子，据说有好几栋，王室至今没有处置。那正好，拿来做善堂，也算物尽其用。那里空气清新，难民们平时吹吹海风，身心应该会有改善。

进善堂的得把好关，老弱病残四种类型，绝不能养懒汉。这些人有病的得治病。老人们多半健康欠佳，得给善堂配医生才是。她想起了给宾洛沙进无忧丸的御医，从他带药丸进宫之事曝光，自己便再没理会此事。这个人该有的惩罚逃不掉，但惩罚指向的是消解，不是上策，上策是让他赎罪。那就让他去善堂常驻吧，这也是对他罪孽的救赎。

探春思考了一宿，想法渐渐成形。次日便招来宫内监，询问那御医在哪里。

宫内监自搜出药丸带走御医之后，一直把他关在东北角一间小屋子里，派了人看着，等国王王后处置。后来见上头一直没提起此人，自也不能放，故一直关押至今，见王后提起，便禀报了。

见关了他这些日子，探春心中的气出了一点。宾洛沙不堪回首的往事，与此人有莫大干系。想起他居然敢从国王的伤痛中渔利，心头还是恨恨。她问了宫内监，知道这御医靠无忧草和无忧丸前后获利达数千两银，顿时有了主意。

探春吩咐，让他将所获银子吐出来，全部交到善堂，本人则送善堂当难民医生，如供职勤谨，满了五年便放他自由。

宫内监躬身答应。有一事不解，便请问了王后，为何五年就把御医放了？在他心中，此人如此罪过，关他一辈子都不算过分。他知道王后布置下的事，允许属下询问并会作解释，故有此问。探春一笑，回复了他：

“给人以希望，好好做事，不比让他绝了想头，胡乱开药要强么？”

宫内监拜服，领了王后之令去提人。那御医被关了好几个月，早以为此生不能再见天日，今日知还有出来的机会，早已激动万分，没口子的答应。他引着宫内监，在他昔日值宿之地找出了偷偷藏起来的银票，双手递上交了。待善堂修整完毕，御医去了就职。他明白，以自己所为，定个谋害国王的罪名都不为过，现在还能为王室效力，已属万幸。仙那城府尹陆续送过难民来，这医生洗心革面，为这些曾流落无依的人好好看病诊治。

能当王室御医，医道自然不弱。有了这名御医，不少住进善堂的人病况有了改善。外界逐渐知晓王室派御医诊治贫民难民的善举，不少人捐了款。格钦发动华人商会，带头捐了好些。

王后此举带起了一股风气。各地有财有力之人也纷纷效仿，捐资善堂成为扶贫怜弱的义行。有钱的人多半祈求家道继续昌隆，与其建寺庙，得现世的感恩岂不是更有力量？特别是发家之路上不清不白的，也乐意以此举动来洗白自己。他们每一个人都相信，自己的善行王室看得到，地方官自然也看得到。

那预言双台风的西洋人也不知是哪国的，名叫菲利普。陀兰人嫌这名儿绕，发音也不好，便叫了他菲力，他也应着。小王子格里布见他预言准确，又走过许多地方，便在培训学校为他专门开了一门天文地理海潮台风课，课名太长，便简称地理，又令负责历法的大小官员干吏来上他的课。应菲力所请，探春指导做的沙盘整个抬了过去；建沙盘的工匠也派了，根据菲力的要求，做一个海上洋流沙盘。跟随他学习的都是脑子灵活的读书人，上了一段时间课，眼界心智大开。从此陀兰的官学和私塾中多了一门地理课，研究洋流和台风的关系尤其看重。这都是后话了。

柔尔国的货物装船完毕，趁着台风过去，与陀兰的贸易船一道出发，格钦自然也一起去。这是一次浩浩荡荡的出征。刘欢乐听得格钦说，宁波一带珠宝好销，除了上次卖得好的货物之外，更带了许多王室宝石。他准备到广州后看情形，好销则当地销售，如不理想，便直接到宁波去售卖。有了中土朝廷的批文，到广州报关有着关税的优惠。听得格钦说了宁波港的费用，刘欢乐私下合计，北边的杂费收得少，即使到宁波，应该赚头也不小。

刘欢乐上次归来，探春从收益中提了一成奖励了他。这笔钱可不少，足以让刘欢乐脱离无产生活。他知道这是王后的奖励，不受不合适，便也痛快接了。踏勘了些时日，他在仙那城离王宫不远处买了一所房子，把房子改成了中土的样式，里外三进。庭院中遍植芭蕉，又满院种各种品种的兰花。以前他曾听锦书闲谈时说过，她家姑娘行三，人称三姑娘，在京城的住所名秋爽斋，里头满种芭蕉。刘欢乐心里记下了。站在属于自己的院子里，见碧绿的芭蕉与各色兰花高低错落，一色的幽雅别致，刘欢乐心下满意。待轮廓初定，又置办了全套中土样式的楠木家具，置身其中，恍如故土。

探春在他再次出发之前，与他商谈过海贸之事，其间闲闲提起了侍书。几句话听过，刘欢乐明白了王后的意思。

因了王后，他来了陀兰；因了王后，自己成为了船长，陀兰的使臣；因了王后，他从此脱离了贫穷与低微。王后是他的动力，也是他的幸运之神。现在她要为他选一名妻子，能拒绝吗？何况侍书品节是他所钦佩的。锦书对他有情，那已是往事；在刘欢乐心中，也未尝没有对她抓住机会便求自己高飞的隐隐不安。侍书与锦书不一样。家中的老人们曾经说过，娶妻娶德，这个德，侍书定有。何况她还是眉目弯弯那么好看又那么懂事的姑娘，又是王后身边人。想通此点，刘欢乐答应下来。

探春向刘欢乐提起此事之前，已经问过了侍书的意思。侍书知道姑娘的心意。姑娘选的人，定不会辜负自己，便含羞答应了。探春见两下里都无异议，便定下了，待刘欢乐回来，便主持二人的婚礼。

船队出发之日，刘欢乐一早来辞王后。探春勉励了几句，把准备好给锦书的礼物交给刘欢乐带去。他离殿时，探春特意安排侍书相送。两个订下了婚约的年轻人出了殿门，反倒有些不好意思。花园的小径曲折洁净，花儿开得欢闹，像两人的心事。走到拐角无人处，刘欢乐掏出一个盒子交给侍书。侍书打开一看，里头是一对用“探绿”宝石做的耳环，阳光下闪着璀璨的光；再有一只金丝镶嵌的戒指，中间的宝石正是“石榴红”。刘欢乐低声说，这是他自己在王室珠宝铺里定做的，为她定做的。

“放心。我会回来的。”刘欢乐接下来不知说什么好，只憋出这一句，便转身匆匆离去。

侍书站在廊下，看着刘欢乐远去的高大背影，心中有踏实，有欣慰，也有隐隐的不安。这世上除了姑娘，从此多了一个自己牵挂的人。是喜是忧，侍书一时也无法分辨。

他说，他会回来的。

“我会等你，等你回来。”侍书心中默默地说。当面她说不出口，人走了，她终于可以说出想说的话。

第二十八回

万里帆樯

秋冬季北上，本不是一个顺风时节。刘欢乐海上跑得多，他发现有一股洋流，向北行可以借助好一段水路。在各地码头与各位跑海的船长大副闲聊，刘欢乐发现这不只他一个人觉察到，但也并非人人可知，只有经验丰富善于观察的老水手有此领悟。综合大家的信息，这条洋流似乎呈“8”字形，北上南下东行西走，如利用好这道洋流，能省力不少。唯一该提防的是，别让洋流带跑了。

航海识路，借助罗盘和天象判断方向，这对于刘欢乐来说不在话下。他指挥的船队一直稳稳顺流而行，看着海上的岛屿，那一个个相似的岛礁，在他眼中就是一个个独特的标记。第一次航行时，还担心中土海面巡逻，遇上了会有各种盘问。后见海上看到的尽是商船，哪有大国巡航的船只，故此次航行未再贴着安岚一带海岸走，而是大大方方走中间水域，直往前航行。

大观号休整期间经过改造，适于远渡重洋，刘欢乐就在这艘船上领航。陀兰、柔尔国两国的船队紧紧跟着，虽然花的时间多一点，一个多月后，大队船只已驶近了广州湾。

刘欢乐出发之前任命了陀兰船队的副队长。这名副队长姓聂名海洋，是流落南洋的水手。此人看到陀兰张贴的招贤榜后前去报名，后被拨到了船队。刘欢乐一看名字乐了，这不天生是吃海这碗饭的嘛？问上几句，就知这位同乡海上经验并不输于自己，再考察数日，放下了心，遂任命他为大观号的大副，上次航行就是他的得力助手。其人冷静沉稳，精力又好，夜晚航行的时候不休息，在前舱里指挥，可以一夜守到天亮，刘欢乐对此都佩服不已。

行前别了王后，别了未婚妻，刘欢乐觉着了充实。也许，这才是他的命运。月亮圆起来的时候，清辉照在甲板上，照在大海上，刘欢乐不禁觉着宇宙的奇妙。没有大风时，海是那样恬淡平静，船尖轻轻划开大海，海为之分开，那种感觉真是迷人。仿佛海是活泼的，生动的，接纳船只，就像接纳婴儿一样。海潮拍击船帮，一阵又一阵，让人的思虑不自觉地放空。从前的思念，在月光下，在浪潮中逐渐消逝，只有大海的节奏一波波涌来。刘欢乐有时觉得，他听出了人生。大海看似到处一样，都是茫茫海水，但实际上，没有两朵浪花是相同的。人生不也如此？没有哪一段时光可以重复过往。船行海上，要受洋流风力的影响，也要看海上太不太平；就像人在世间，也受各种因素的影响。个人能做的，就是尽量把握好方向，锚定自己的目标，不半途折返，不迷航。

这是今年内第二次北上，船队扩大了许多，管这么大队船只，难度也增大了。柔尔国还好，他们自有主事的船长，只需跟随而已。就陀兰而言，此回不止是王室的贸易，也有朝廷的物资在其中，责任不可谓不重大。压力之下，刘欢乐不得不与人分担。探春对他说过，陀兰不比中土泱泱大国，一旦再有战事发生，国库的充实与否就至关紧要，他记住了。船队多几个来回，陀兰就多几次利润。他思考再三，行前与聂海洋说好，为节约时间，到达近广州湾海域，他须独自带二十艘船到香港屯门，与留守的人员交接，卸货、主持贸易，再将运回的各样货物装船，自己则直接带其他船只入广州港。

知道聂海洋不熟悉前事，刘欢乐给他派了几个出自汉宫的熟手，前次贸易共过风浪的。上一次出行是开拓航路，汉宫大部分人跟了刘欢乐出海，到达香港和广州，下船后离开了好些，刘欢乐理解。这些人跟随探春离开，三年之内再回原籍，本地地方官哪管哪里回来，不超时间便无问题。如若超过时间不继续在户籍地登记，本地户籍就会被注销。人员流动确实是平常事，迁入其他地方入籍也多有，但无籍贯证明，遇事会非常麻烦。平常官家不查，如卷入打架斗殴讼事等，拿不出户籍证明或者路引，就有不问对错，先被关进大牢的危险。人人知道，待查清身份，不知要到猴年马月，那时候关也关傻了。

探春发放了证明的应没事，没有拿到的，自行下船就属于自己的选择，风险也自担。探春说过尊重他们的选择，故刘欢乐也任其离开。还有一部分人没走，他们看出海运带来的利润，也期待从中分红，愿意跟随船长过海上生涯。刘欢乐心中便把这些汉宫旧人当作自己人，分到各船，按照他们的本事特长，都给予了职位。刘欢乐想得朴素，这些人与王后共过患难，哪怕当个船上的铆钉，也能起到稳定船队的作用。

要让聂海洋完成任务，事事遥控是不可能的，因此刘欢乐作主，将卸货进货销售的自主权全面下放。只是提出要求，到屯门后，凡有重大事项的决策，须与屯门本地驻守的锦书夫妻俩商量定夺。锦书虽然已是自由人，但她曾在王后身边，又自愿留在屯门，总比其他人可靠得多。

聂海洋知道刘欢乐在重用他，做事更卖力。他到达屯门之后，找到了上次刘欢乐盘下来的铺子，就在蝴蝶湾。忙碌地卸货之后有少许清净，他四处逛九龙，也过尖沙咀洋面到港岛，发现这里的港口更为开阔。这里也叫中门，天生就是个贸易港，货栈堆积，船流如织。他了解了一下，最深的航道是鲤鱼门，非常深，行得大船；最浅的航道在油麻地，多行小船。这个港口连通九龙半岛和香港岛，两岸商铺林立，繁华之象已现。

大致忙完，他按刘欢乐的嘱咐，让把账本拿过来核对，与王乐师他们几个日日商谈。见商铺兼具批发与零售，其中不无改进之处，心中默默记下。

刘欢乐分了两箱陀兰王室宝石让他带来试水，这是巨大的财富，聂海洋一直小心翼翼，在船上也看得死死的。船队的事情看看安排得差不多，货物也由屯门弟兄分发出去，他便请了王乐师和锦书两口子带路，马车轮渡都乘，四处去看市场。尖沙咀红磡一带有不少珠宝铺，人气很旺，聂海洋看准了这地方，一家一家去询问销售。他使的是笨办法，但一两周下来，也还成交了几笔。只是陀兰名声不够显，商家在接货之前各种迟疑，又把宝石验了又验。聂海洋吸取了教训，调整了打法。他自己做主，商家愿意批量吃进的，便给较低的折扣，目的在于打响陀兰宝石的名声。

锦书在香港一年，安定的生活使她益发气色丰润。探春给她的礼物正是全套的宝石首饰，刘欢乐转聂海洋带给了她。随夫君、聂船长到处推销宝石的时候，锦书将自己打扮得雍容华贵，耳上探绿耳环绿得深邃悠远，手上陀兰金宝石指环，又有一条同色宝石手钏，衣襟上别上石榴红镶嵌的胸针，一眼看去顾盼生辉气度不凡。还有一款新颜色，探春命名为天心蓝的，做成了发髻间的宝石步摇，戴上之后，头发显得光可鉴人。锦书这套行头，简直就是行走的宝石展示橱窗。

锦书在贾府整日跟在老太君后头，虽然不是头等面上的丫头，但也常见诰命夫人小姐，习得各种行坐起的规矩。由此而来的气韵，虽然不能跟姑娘比，但立在人群中也算幽兰出岫。聂海洋一家一家门店谈过去，感兴趣的店家自然由老板出来接待。有眼力的老板一见锦书其人仪容，再看她佩戴的首饰，就知来历不凡。同行的乐师，他在宫廷固然唯唯诺诺，但到了民间，都城所得的见识风度就显出来了。其人善察言观色，坐下谈话时，有意无意将陀兰王后贾探春系京城世家之女，圣上指婚到陀兰，又亲自命名宝石一事说了。这传奇加深了故事性，有眼光的老板知道，一旦陀兰宝石名声出来，这些都是极好的谈资，也会推高宝石的关注度和美誉度。这里的珠宝店，商人来自天南海北，对面澳门的甚至也来这边开店，所收的货物，多半卖向西洋各处，还有印度王公。因此，这个领域有着畸形的繁荣。

石榴红宝石产量少，锦书说与夫君，又与聂海洋商量，决定试试，看看能不能推高它的市场价值。他们三人推销宝石之时自然留下了屯门店铺的地址。因见逐渐有人来问，锦书便花了几天工夫，从蝴蝶湾盘下的商铺里，选了一间辟作珠宝行，名儿仍叫“陀兰珠宝”。这间珠宝行从装修装饰都用了心思，目的就是主打红宝石。经过烧制的陀兰石榴红晶莹通透，底子里有一点暗红，衬在白色的蚕丝棉上展示，高贵典雅难以言说。

锦书布置下了功夫，主意层出不穷。她决意让此物独一无二，便在展示的宝石前配上诗牌，上书武周女皇蛰伏时写的“不信比来长下泪，开箱验取石榴裙”。这种句子最能钩住女子的心，诗牌一立，这款宝石与石榴红裙、与则天女皇之间便建立了联系，也从此有别于其他产地的宝石。历史感，故事感，令这个颜色特别，又拥有一种悠远的味道。果然，经过各种渲染后的红宝石，单颗已经卖到了很高的价位。铜锣湾尖沙咀一带经商多年的珠宝商人，见多了印度、暹罗的宝石，还没见过陀兰国的，眼见剔透光亮，无不倾心。有的商铺买了单颗宝石回去做样品，又预订来年同品质的红色宝石若干。

锦书见市场已经接受，担心其他产地的宝石会鱼目混珠，从现成的市场分走一杯羹，私下琢磨了一回，想了个主意：卖出的每一颗宝石都配上一张卡片以资识别，这样客人或赠与或转让，均可证明出处。小卡片上，她画了一株芭蕉，边上又写了个小小的“探”字。“探”字系姑娘的名讳，但王后既不介意拿来命名宝石，想必也不会介意这个。这张微型的书画小卡片作为宝石的身份证明，放在首饰盒里一道交给买主。锦书字画不错，画出来蛮像个样子。她画了一张又一张，每一张都不相同，像宝石与宝石也各不相同一样。于防伪一途，这足够了。

民间曾说，会字必会画，说的是二者的相通性。锦书这一手字，还是在送探春出嫁时，在船上跟随姑娘学的。以前她一直以为自己只有服侍人的功夫，经过跑码头整商铺促销售，锦书发现，自个儿能做的事情还不少，这种感觉不错。能为姑娘出力，她的心也就踏实满足了。何况那聂船长说，待全部的货物卖完，也卖好了，禀明刘船长后，会给他们夫妻奖励。

“石榴红”走了高端路线，“探绿”则走了亲民一路。因着价格公道，色泽纯粹，各珠宝铺收了的，卖得不错，又将信息反馈回来。此地远离北方远离朝廷，商人、平民们才不理会贾府没不没落之事，只知道宝石质地清透美丽，是从南洋一个遥远的国度而来，那个国度的王后是中土人士，这批宝石又是由这位中土王后亲自命名的。富裕之地，对于珠宝有足够的消化能力，又因四通八达，可以到处转运到埠外去渔利。唯一的不足，反馈回来就是，首饰的镶嵌工艺稍有些落后。聂海洋晚间将各项一一记下，准备刘欢乐到时告知他。他知道，刘船长同样带走了两大箱宝石，那边不知道卖得好不好。待几处的意见收集了带回陀兰，可以供王室珠宝负责工艺的师傅改进。毕竟，宝石制成的首饰，样式是否时尚还是蛮重要的。

宝石及宝石首饰销完，三个人坐下来盘点，发现还是宝石原石的利润最高。金色在陀兰销量最大，但在九龙和港岛，卖得就没有探绿好。结完账，三人议了半宿，觉得屯门此地近广州湾出入的海道，优点是方便四散发货，缺点也是明显的，就是离开繁华地较远。如果陀兰宝石要长期销售，不如自立门户，先去尖沙咀盘个铺子，以后方便固定经营。只是那边铺子难觅，且价高，只能慢慢寻机会找合适的。

聂海洋此次独当一面，又得锦书与乐师之助，学了许多东西，做成了不少事。为人所看重的感觉真好。他以前跑船时，听过客人说过这么一句话：人总需要在事上磨。当时不懂，现在懂了。成长就是从各种磨练开始的，他感激刘欢乐给了这个机会。

说起来，聂海洋并非没有家。他原籍泉州，自小看惯了船来船往，长大后被父母送去港口跑船，后来当了水手。父母得了急病相继去世，他得到消息晚，赶紧辞船回家奔丧。到家之时，几个哥哥已经把家产分完了，几亩田还有房产都有了主，什么也没给他留。聂海洋不服，才理论了几句，就被哥哥们各种打压，说他不常在家，不孝敬父母，早已无分财产资格。聂海洋无处分辨，又没了家，心中灰心至极，便在父母墓前磕了头，发誓远走再不回来。他无处可去，便到码头，见有船只远行就上前去问招不招水手。问到了，不论目的地哪里都上船。就这样，他一直以水手为业到处漂流。一次偶然跟船到陀兰，上岸闲逛，听得市井中传中土王后治国护民烧砖换房开凿大运河各种故事，又听闻王室的招贤榜一直贴着，至今还在源源不断给各种人才机会，心念一动，便去报了名。培训不久就被送至船队，一路被刘欢乐提拔，最后做了他的助手。

两人年龄相近，经历也差不多，又做搭档海上航行，日渐投契；海上风云变幻，二人有商有量，配合默契；有风险时，彼此都可以背靠背。他听刘欢乐说过不少王后的传奇。日子一久，他有点明白刘船长为何跟随王后到陀兰效力至今，并决意永远相随的原因。是找到了归宿吧，或者事业的舞台，就像自己在刘欢乐身边，感觉到伙伴的信任、重视和友情，也不愿意再离开一样。是的，他俩都是出生于社会底层的人，都是无家世的平民，做的工作也都从跑船开始，能够获得王室信任，获得独当一面的机会，是多不容易啊！刘船长该是感激王后的吧。虽然自己没有见过，但他相信，陀兰王后当得起船长的感激。

海潮日夜冲刷着岸边，隔水那边就是广州，他在想着，自己这边顺利，不知船长在那边办的事情完结没有。两人意气相投，离开久了，还真有点想念。看看锦书与乐师小两口恩爱，一起出工一起还家，他有些心动。世上有一个彼此信赖的人在身边，一起生活，该是一件美好的事情吧。可惜自己没有。一股苍凉冒了出来，像眼前灰黑色的海面。海风吹过，带来了寒意，是冬天了呢。

刘欢乐此次让聂海洋担当重任，除了能力的考量之外，他还看到了聂海洋的志气，没有在家与哥哥们争家产就是明证。固然此事由他自己说出，算不得实打实在的证明，但海上日月长，这个人敢于任事，忠于职守，是一一看在眼里的。这样的人，正是他想寻找的伙伴。

刘欢乐虽然年轻，看人的本领还是有的，毕竟海上漂泊，人的本性很难掩盖。海上伴着星月行了一路，他信任这个伙伴，何况此人还对海上水文有着天生的直觉，着实难得。因了这，刘欢乐第二次出行，不吝机会赋予他重任。广州湾口分别后，聂海洋靠右上岸，刘欢乐自己则带领其余二十余艘船，还有柔尔国的十几艘，左转进了广州湾，一路到达黄埔码头。

一系列报税、卸货诸事自有手下人安排。除了大观号，其他的各船都有船长，也都知道了办事程序。刘欢乐此次特意安排了一名精于计算的汉宫旧人同来，朝廷回函交给他，让他一应办理。他靠岸休息了一晚，次日将自己打理齐整，怀揣探春书信，带上礼物，雇个车直到上次去的怡和洋行，求见伍先生。

伍先生虽是洋行老板，但为着尊敬，大家都默契地尊称他为伍先生。洋行的人见了刘欢乐，答应通报，让他回去等。刘欢乐留了地址，出得洋行不觉肚饿，见斜对面一间规模不小的饭馆招牌挂得高高的，便踱了进去喝早茶。和店小二一路聊天，这才知道，原来这伍先生派头极大，平常人轻易见不到他。他领会过来，自己上次见到这位名震商海的老板，原来已属侥幸。

叉烧包吃了一笼，凤爪去掉几盘，一盘肠粉又见底，再加一份糯米鸡，刘欢乐终于吃饱了。海上漂泊，最难挨的就是饮食的单调枯燥。来到广州这天堂，顿觉生命除了精神的追逐，也需要实实在在美食的享受。他边吃边想，上次伍先生见他，应该是因为陀兰国书。他需要了解详细事务，所以自己才被召见。朝廷的回函一到一转，伍先生怕是再没有工夫见自己了。如回去等的话，多半就是杳无音讯。想到此，他出了馆子，又转回了洋行，不再说求见的事，只将探春书信和礼物留下，请予转交。那洋行襄理此前见过刘欢乐，他想了想，留下了书信，礼物则退回。

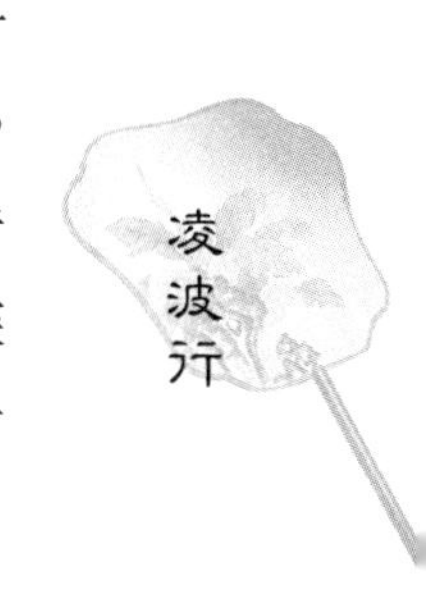

伍先生自然收到了这封信，刘欢乐作为遥远陀兰国的使节，他也还有印象。手中的信函封皮厚，封缄处有蜡，上头盖有一个似乎是徽章的印记：一只雄鹰飞过大海。他拆信一看，除了一封以私人名义致谢的信之外，另有一叠对折的宣纸，展开一瞧，上面龙飞凤舞满纸行草，写的是：

> 欲收嘉景此楼中，徙倚阑干四望通。
> 云乱水光浮紫翠，天含山气入青红。
> 一川钟呗淮南月，万里帆樯海外风。
> 老去衣衿尘土在，只将心目羡冥鸿。

下边落款“探春”，又落有中土阴历日期。字迹飘逸挺拔，笔锋时露刚劲。如果不是知道王后本名，差不多都看不出系闺阁笔墨。伍先生虽不乐文事，但腹中甚有墨水，他一看就知诗出自宋代曾巩。这也是他所看到过的，第一首将中外对举的诗。贾府姑娘很有意思呢。作为一个被指婚到南洋的女子，书此诗来表达对于故土的思念，无疑是得体的。身为陀兰王后，得了同胞一点帮助，即以自己名义来函致谢，又赠亲笔所题诗句，算得上有情有义。

听襄理说，上次来洋行的年轻人带来了礼物，被退了回去，此举妥当。自己只是替朝廷办事之人，不熟悉的断不可以通礼。但毕竟有函在此，礼物即使退了，自己不表示一个态度，可谓礼数不周。此前已经许可陀兰在广州本地销售，这一块自然已无需帮忙。那么，他们这是第二次来广州港，自己就给推荐一个生意伙伴好了。帮助陀兰商人在本地站定脚跟，这份回礼分量应也够了。

他从书案上取过一张两指宽的条子，写了几个字，交给襄理，让他派人送给刘欢乐。

刘欢乐投信后，回到原来租住的宅子里，这也是他留的住址。这么快收到伍先生的条子，倒是意料之外。他展开一看，里边写着："燕记。祝生意兴隆。"就七个字。颇为不解，刘欢乐抬眼看来人。那人得过嘱咐，告知刘欢乐，在上下九一带街市，有个叫做"燕记"的商行，是从浙江一带来的，经营得不错，陀兰贸易可以考虑与之合作。那人又言，十三行虽然不与燕记做生意，但伍先生调查过，这是一家可以信赖的商行，末了再说，这是伍先生的心意。

刘欢乐谢过来人，拿着纸条看了半天，决定去一趟。

打听了下，上下九是俗称，指的是两条街道，巧的是同在荔湾一带，离自己所住地方不远，刘欢乐决定走着去。

此行，他见到了一个人，又听到一些事。刘欢乐相信，王后探春对这些会感兴趣。

刘欢乐上次专程航行去了印度西岸的果阿。他调查了，这家"燕记"也是，且去得更远，一直到达西方一片叫做红海的海域，见无路才返回。这令刘欢乐满意。与这样有开拓气质的商行合作，显然最符合陀兰的利益。且双方目标多有重合，两家合作之下，海贸的成本可以节省下一大截。

刘欢乐花了很长时间琢磨这次合作。夜晚的灯下，他从口袋里摸出张卡片，这是他初到"燕记"当日，当家的年轻老板递给自己的。上头写着这年轻人的名字，很好记，他的姓名是花自在。

嗯，一个男子汉，叫这个名字，是特别。

刘欢乐周边打听了几天，也想清楚了，伍先生凭空报出这家商铺来，就不必再担心其信用问题。广州卸下的货放到了堆栈里。原本想自己开拓销售渠道，留人在此经营的，既然结识了花老板，这个功夫免了。刘欢乐放下戒心，与花自在去看了堆栈，又留下样品，双方谈了几天。刘欢乐本来担心货款结算的风险，结果不承想，这燕记出乎意料的爽快，现款吃下了刘欢乐所有堆栈里的货物，包括了他带来广州的宝石。

花自在肯定不是真正的老板，刘欢乐自己判断。那年轻人固然精明干练，但他开始只听不说，后又于几天之内同意与刘欢乐合作，痛快付全款，这个手笔肯定不是他能有的。陀兰、柔尔国两国货船几十艘，一次性付全款，这得有多厚实的家底，又得拥有多广的销售渠道。十三行经营外国贸易，有此实力自不足奇，但十三行之外，居然有这样的商行这样的做派，委实让人刮目相看。

燕记出手没有犹豫，没有保留，刘欢乐猜，如非出于对伍先生的敬意或者二者有瓜葛，就是因为自己谈话间讲到了陀兰，讲到了王后探春，二者必居其一。他记得自己讲到王后来历时，那小伙子眼睛里刹那地一亮。无论如何，这些都无需深究了，回去禀告王后，定能知道答案。他只需要知道，燕记帮了陀兰的大忙就行了。

处理货物比预期的快，刘欢乐心情轻松，干脆退了租住的房子。他特意去了燕记辞行，然后带领装满茶叶丝绸瓷器药材及各种工艺品的船队出了广州湾，直奔香港。待看过账目，听了出货的报告，刘欢乐简直不能再满意：这趟航行，无论广州还是香港，出货的速度、收回的货款、获得的利润都比预期的高得多。用聂海洋用对了，王乐师和锦书几个留在屯门，也留对了。他们说的在尖沙咀买商铺，以期可以为陀兰宝石店铺的主意，他也同意。看过港口两边，刘欢乐告诉锦书和乐师，遇到有合适的铺面，可以两岸都买，作个将来的贸易点。

站在尖沙咀，刘欢乐望着对岸，信心满满。这个地方如此有活力，确实是天生的贸易良港。屯门可以大规模的装卸货，主打批发转运，然后在这里开店零售，打出宝石的牌子来，又可接洽未来两处商铺的生意，正好。

不过，此行最有收获的还是燕记，来年，双方会有更紧密的合作。在广州时就谈好了的，货物品种、数量、质地，说得非常细。那花自在给了他一个册子，上边写满了燕记所需要的货物。

来自北方的风这几日开始强劲，此时回陀兰正是顺风的时候。如果顺利，十几天就到了。

第二十九回

战云密布

在陀兰忙着修运河烧砖瓦建房之时，葡萄牙人和荷兰人在艰难地进行谈判。荷兰自成立东印度公司之后，对于南洋香料志在必得。仅仅购买是不够的，那样成本太高。他们的目标是，将南洋诸岛变成一个源源不断的生产基地，以最低的成本运回欧洲。

如此青睐的原因，是欧洲教会和各国王室青睐香料。胡椒、肉桂、丁香、肉豆蔻等用作调味品，番红花、樟脑、麝香等用作药品，价格十分昂贵，在欧洲已经成为奢侈品，甚至一度和黄金等价。

尤其是胡椒，被称为“黑色黄金”。据说，罗马教皇每月的第一天会在圣彼得大教堂外发放物资，用以彰显上帝的慈爱。穷人们领到的是普通食物，而贵族们则可以得到香料。这一惯例，如同严格的等级制一般彰显香料的高贵：这是上层社会才能够享有的。身上有着花椒味，成为拥有巨额财富的另一种说法。的确，香料与宝石、毛皮一样，成为各国王室、贵族们的爱物，也成了区分社会阶层的标志。其极高的价值，使它在一段时间内甚至成为货币的替代。

遥远的东方对于欧洲是神秘的存在。欧洲种植有漆树和香菜，但由于地理位置太靠北，长不出需要在温暖湿润气候下才能种植的胡椒、丁香、肉桂、肉蔻、生姜这些。物以稀为贵，贩运香料成为了攫取巨大利润的贸易项目，南洋自然吸引了诸多冒险者前来掠夺。葡萄牙人首先到达南洋，占据岛屿之后，便开始了野蛮的殖民。他们将殖民地的民众从家园赶到种植园去。在那里，园工们人身自由被限制，终日劳作，而他们的劳动成果自己分文未得，因为香料，他们成了种植园的奴隶。

葡萄牙船队是最先渔利者。但欲望的丘壑是填不满的，随着船队规模快速扩张，资金逐渐不足。但香料的诱惑在那里，没有人想要放弃。于是，葡萄牙人从高利贷者手里借款。利息高企，又因种植周期长，更兼海上风浪无法预测，在翻了好几艘船之后，葡萄牙船队逐渐力不从心。威尼斯商人趁机与之竞争，不惜跌价也要抢占市场，香料价格因此大跌，葡萄牙人受损严重。荷兰人也想分一杯羹，国家成立东印度公司，目的正是来自东方的香料。因其资金规模庞大，航船先进，这个后起的国度乘势而起，与葡萄牙人之间在海上爆发了战争，双方都受到重创，尤其是葡萄牙人。在英国王的调停下，两国船队坐下来谈，一来二去，谈了甚久，最终达成协议，葡萄牙人退出一部分所占地盘，由荷兰人接手。

这荷兰人最是狡猾，接手葡萄牙人的种植园后，为维持价格，便采取垄断方式，所占纳澳岛各处实行一地种一类香料的方式，又严格控制产量，多余的植株宁可命人拔除。

双方谈判交接历时甚久。最后时段，英国也加入进来。这块肥沃的土地其垂涎已久。对于南洋及其北部的中土大国，英国早已眼馋。三家谈判的结果是，葡萄牙人将大部力量指向南美，荷兰不干预；荷兰和英国则交换了部分已占地盘，英国部分力量去了北美，荷兰答允不再染指。

因了这一长段的谈判与交接，未被侵略者侵占的南洋诸国获得了暂时的喘息时机，陀兰也在其中。

陀兰西侧系柔尔国，东侧是曼掸，北面就是中土所辖，这块地盘如果拿下，完全可以成为未来北上的基地。与另两伙强盗划分势力范围之后，荷兰船队目光开始转向。上一次试探性的进攻，已经证明了陀兰水师有着顽强的作战意志，荷兰人因此调整了战略。哪里都有带路党，陀兰、柔尔国、曼掸三国结盟的信息发布，不久便有人来报荷兰船队威特队长，他同时也是南洋东印度公司驻南洋的最高决策人。

摊开荷兰最新绘制的海图，威特久久沉吟。荷兰东印度公司最强的是快船和火炮枪支，最弱的，仍然是人员。此行来南洋虽裹挟了部分海盗，但这些人不讲纪律，有利则进，无利则散。荷兰本部派来的四千水手及雇佣兵，已经因各种海上疾病，尤其是败血症，还有不适应南洋的热带气候，一年多来死了差不多一半，至今战力只余二千人左右。这点兵力，纳澳诸岛还要各留一部分，能派出作战的不过八百。

地图上标注着各处收集来的信息。陀兰整个岛有好几个水师港口，这么长的战线，自己的八百人再强悍，也很难一口吃下。既然是块硬骨头，威特想着，不若先拿下柔尔国半岛西南部面向印度洋的一个港口，这里沟通两个大洋，既可使之成为印度洋沿岸船队的物资补充地，也可进一步扼守马六甲一带大大小小的海岛和海峡。

威特队长的手指顺着地图划过去，嗯，陀兰与柔尔国的西岸隔着长长的海域。陀兰如果来救援，必将经过纳澳槟榔岛一带，那么，这会将船队暴露在驻军的炮口之下，他们未必肯冒此风险。即使他们远来救援，不但达不到目标，反倒只会让自己折损。这个道理，他相信陀兰也懂。

各个击破。他的手指点着一个叫做角城的港口。待拿下后，有余力再往内陆推，最好割下整个半岛南边探入大海的这一部分。他决定了。角城是个旧港，这个尚由柔尔国管辖的地方，夺下后当做一块飞地也好，作为进一步深入的基地也罢，都可以与柔尔国订个城下之盟。然后再拿下陀兰。如果顺利，继而在东部的曼掸占上几个港口，这样一来，南洋的布局即可完成。英军有少部分船队尚停在纳澳群岛的桐里一带，他们一直对香料贸易繁荣的香港诸岛有兴趣。如果将这一条纬度线上贯着的三个国家相继拿下，甚至只需占领几个重要的港口，那么荷兰不但有了今后大规模北上的补给基地，也会将英国佬的前爪斩断。说起来，这个负责调停的国家也是无利不起早。因着居中对葡荷两国的调停，轻而松之吃下了葡萄牙的几块地盘，葡萄牙人不得不忍痛割舍，以之换取其对远征南美的支持。

威特船长参加了所有的谈判。英国对于南洋、远东一直垂涎，他不是不知道。荷兰拿下了柔尔国、陀兰、曼掸这条线，英国的势力就没那么容易往北延伸了。尤其是陀兰，岛上水流充沛，土地肥沃，作个大种植园最好不过。

一月二月，是南洋温度低的时候，军士不易生病，正是动兵的好时机。

威特下了决心，秘密遣使召回南洋各驻地的船队队长，在一个海岛的庄园召开作战会议，预备出兵。约定了时间齐结马六甲一带，全力突袭柔尔国西南海岸角城。

陀兰王宫内，刚刚给一对王子公主办了周岁礼。因为王后主张杜绝靡费，故庆典只邀请了几位重臣。他们和王室成员一起给这对幸运的孩童过生日。庆典之后，探春按照中土习俗安排了抓周，殿内放置了所有能够想到的物事。畅儿在大殿爬了大半圈，最后左手抓起一锭小小的黄金，右手捏住一柄短剑不放，因为太沉拿不起来，便牢牢抓住了剑鞘。宾洛沙大喜，心中感激祖先保佑，这孩子将来一定能保卫陀兰，为国家造福。琳公主却也不弱，先坐在地毯上四处看，各种玩具拨拉了一会，最后选了一柄木头质地刷了彩漆的手铳。她把玩了一阵，自然而然将右手食指放进了孔孔，也就是扳机位置。

探春与宾洛沙相视一笑，觉真是有乃兄必有其妹。两个孩儿看上去，将来都是不服输的性格。

年迈的民政大臣一一看在眼中。他倒没像周围的同僚一样大笑，只是觉着沉重。王室的继承人那么小，却已不约而同选择了兵器，看来陀兰的未来充满战火硝烟。

莫阿早获邀请函，但他未到仙那城，只送了贺信和礼物去。荷兰人已经与葡萄牙人达成了协议，那么，这一久的平静，说不定就是在孕育一场狂风暴雨。好在大运河在全陀兰人没日没夜的赶工之下，已经粗通了几条大的河流。岸边危险的石块被炸碎，河面拓宽，堵塞的泥块石头沙子被一一挖开，水流冲刷过去，自然成渠。从南到北，从东到西，虽然曲折，但全岛确已连通。莫阿沿着运河骑马看了一路，他看见已有商船在运河上运货，心中快慰。简易的码头周围成为一个个微型的集市，白天人来人往交易频仍；晚上，还有店家在铺子前高悬灯笼为来船引路，顺便做晚上水手船工的生意。

看着以前不羁的大江逐渐平顺，水流被限制在堤坝内流动，就像人的血管畅通无阻；远方近处，不停有船只靠岸，吃水线被压得低低的。莫阿知道，这对民生意味着什么，更知道对于军事的重要。如果陀兰有战事，这大运河就能将后勤物资四通八达转运到位。

他内心不由得深深敬佩王后。陀兰的运河时代，是她开启的。台风吹袭，但没有在民间酿成大灾，也是因了她的换房计划。朝廷、王室给水师的专用拨款，每月不差一天转来，供他用于修筑码头、建铁厂、造武器、维修船只，还有供养他的海外情报小分队。黑火药已经可以通过运河专程运来。王室下令，运送黑火药的船只在运河行走有优先权，所有民船见了船头插有巨蜥标志的绿色旗帜，一律得让路。就连沿途押运的人也从培训学校里亲派，为的是安全。仅仅从时间上而言，就比从前快过数倍，莫阿不能不感激。

如此的支持，如此的信任，如此的放手，莫阿觉生而有幸，能够守护陀兰。他下了决心，如再有战事，一定不吝惜自己这把老骨头，他要带领他的船队向前，为陀兰而战，为王室两代国王而战，也为他的王后而战。

宾洛沙批准的港口已经开工，建成还需要一些日子，但各港口配套的铁器厂已经划定了位置。陀兰的造铁锻钢工艺不算先进，主要靠人，还有手艺。因了培训学校不断招人，铁工锻工报名了不少，小王子格里布已从哥哥处得知消息，通知工吏部尽快培训，目前已经拨来了好几批。莫阿心急，从民间买，从其他冶炼铺子征用，弄来好几个冶炼炉子。不待厂房建好，莫阿就让搭起棚子来先干上。

仙那城的同僚们久不见莫阿，自然不知道他像与时间赛跑一般地拼命。莫阿乘船绕全岛各处督工，他的头发胡子因长期疏于打理，在风中长长地飘着，黑色里夹杂着灰色白色，看上去像一头沧桑的雄狮。虽然南洋没有这种动物，但西洋传过来的画片上有。

刘欢乐驾驶大观号引领船队接近陀兰，船舷右边，遥远的天际忽然出现一长条黑色的线，不久之后又消失在视野中。他判断那是远处排成队列的船只。往何处去，又是哪一国的船队不清楚，但他几乎能肯定是战船。因为战船多半漆成黑色，以区别于民船。他有所担心，命水手们加快航行速度。还好，仙那港口倒还正常。他领着船队入港，指挥众人卸货到港口附近的货舱。众船停泊在码头，大观号则驶入了仙那城东一直有汉宫人守护的港湾。那里已正式辟成了一个兼具停泊与保养维修的船坞。地名随了船，众人提起就是“大观”。留守之人轮换着学了各项维修、船只保养的技艺，专门为大观号服务。

次日，他凭探春特赐的腰牌入宫，准备将此行汇总的账册及中土交易得来的银票交给王后，再汇报他在广州结识花自在，以及从他那里听到的一些消息。侍书引着他到王后的会见室等，从上午等到下午，这才等到了探春。

刘欢乐平安回来，侍书心中自然是欢喜的。但早起国王王后自接到柔尔使臣面见的请求出去，便一直未回，她也无法判断刘欢乐需要等多久。她有些害羞，因为不久后就会成为他的新娘。看刘欢乐的时候总是迅速一瞥，又低下头。刘欢乐也差不多如此，望着这个即将成为妻子的女子，他心中有期盼也有不安。宫里四处有人，他也不知道说什么好，只得安静地坐着。王后显然有要事，刘欢乐手搭在膝盖上等，偶尔喝上一口侍书斟的茶。

柔尔国使臣来见，正是为了该国西南部角城被西洋人攻打之事。角城守军凭借堡垒以及几尊古老的大炮与西洋人相拒，长官派出各路信使奔柔尔国王室报讯，附近的船队已经开至角城海域与西洋人接上了仗。使臣告知，来人报说看船上旗帜，像是荷兰人。国王特派使臣来陀兰，为的是把受袭港口及相关情形说清楚，请陀兰迅速出兵救援。至于柔尔国，使臣说，国王已经命令所有水师港口除留守军士外，全赴角港救援。

教地理的菲力所做的洋流沙盘，因标注有详细的南洋诸岛，被迅速运到了勋堂。宾洛沙遣回使臣，告知他陀兰有决议后会尽快告知，然后派骑兵队去水师营召莫阿，又找来仙那城各位重臣前来商量。看着海图沙盘，大家心情沉重。显而易见，如陀兰水师出动，必将经过槟榔岛一带，那里已经被荷兰人所占领扼守。陀兰水师即使能够通过，损失也是惨重的。与柔尔国、曼掸结成盟约时，考虑的是陀兰东西北部大海连接的疆域，互通声息互相救援也就可行，绕到柔尔国的西南部，并未在考虑的范围之内。盟约中未约定互相支援的海域，那么柔尔国来请求救助也就不是没有依据。陀兰如果此次不出兵，盟约关系肯定会受影响。曼掸离得远，柔尔国并未向其求救，所以难题只在陀兰一边。

重臣们围着沙盘转了又转，都知救援不易。按使臣的说法，来自角城的信使到达王宫，路上已花了两天；再加上他乘船来见所花的时间，即使陀兰派兵，说不定水师未到，角城即已陷落；这还得有一个前提，那就是陀兰水师能够安全通过槟榔岛一带海峡。

探春是三方盟约的推动者，这样重大的事情，她不能不参与。与众大臣开了一整天的会，尚无结果，看来只能等莫阿来了再做定夺。

虽然说受袭的是柔尔国，但战争的阴影已经笼罩在陀兰上空。勋堂内的每一个人都知道。宾洛沙与具体负责后勤的民政侍郎继续谈粮食弹药的储备运输，探春拖着疲倦的身体先回到寝宫。会见室里，刘欢乐一见王后便站了起来。他从未见过这样萧瑟无力的探春。侍书一看，也来不及请刘欢乐回避，托盘托着热毛巾赶紧送上。探春擦了脸，努力调整了下表情，唇边绽开一抹微笑：

“我们的欢乐船长回来了？回来就好。”她尽量用轻松的口气招呼。

刘欢乐眼见王后疲倦，不敢耽搁，便把账本和一个里边装着厚厚银票的扁平小铁箱放下，请探春得空时看。里头有王室、朝廷的所得利润，分得清清楚楚。他知道探春信任他，故也无需在此刻解释。

他看看四周，除了侍书外，宫女远远立在房间四角，应该听不见具体的说话。便开了口：

“王后，有一件事必得禀报您。”他将在广州得十三行的钟先生引荐，见到燕记商行的花自在一事说了，他说的后半段引起了探春的注意。

“欢乐”，探春已经这样称呼他，“你说慢点。刚才你说，燕记的幕后掌门人叫做柳湘莲？”

“是的。”刘欢乐回答。

“他的妻子叫做薛宝琴？就是金陵的皇商薛家？”

“是的。”刘欢乐再次确认。

刘欢乐在船上时听锦书细说过，三姑娘长姐是皇妃，贾府与史、王、薛家同为金陵四大家族。花自在与他谈完生意，像是不经意，然而又很详尽地说及燕记的掌门人及夫人，并说柳湘莲对外人称“道长”，本名没几个人知晓。这引起了刘欢乐的注意。花自在说起这些的时候，是遣走了算账的账房先生，看他消失在门外才说的。这些闲话与生意无关，但既然说了，还那么谨慎，那就是要他回来透这个信息的意思。刘欢乐不知道是否涉及王后府里不愿公布的秘密，故他也谨慎行事，说话很低声。

探春听到故人消息，原本倦怠的眼睛一下睁得浑圆。薛家小妹谁能忘记呢。大观园里踏雪寻梅，集诗联句，风头把她堂姐宝钗都压下去了。她不是许给京城梅翰林家了吗？至于柳湘莲，他是二哥宝玉的朋友。宁荣二府都知道，他因为尤三姐之事跟了老道出家。这么几年过去，他俩居然成了眷属？还做生意做到了广州？太不可思议了。

刘欢乐将燕记特别礼敬，当听到王后来历及芳名后，全部将货物吃下并付全款之事说了。探春明白，这个花自在一定是得了柳薛二人的授意，才会对陀兰商队如此优待。可是，他们为何不直说，或者写封信，而是通过那个花自在弯弯绕地说给刘欢乐听呢？似乎他们不愿意曝光，但又希望自己认出他们的样子。

她笑了，发自内心的笑：“欢乐，这是两位故人。柳先生是我哥哥宝玉的朋友，薛姑娘以前住在我家的大观园。你可以信任他们。”

刘欢乐想起所驾船的名号，方联想起来。大观，这是王后对故园的幽思啊！既然没有需要藏匿的信息，他的脸顿时开朗起来：

“明白了，以后可以放心大胆地与他们做生意了。”刘欢乐如释重负。

花自在给了他一本所要货物的册子，也许下次去，他也可以准备同样的一份东西。由燕记准备好货物，他到了广州湾，就可以直接装船，一去一回省却多少工夫。

“对了，还有一事禀报王后。这个花自在提到了澳门附近的横琴岛，说那儿有他们的一个大的货栈，将来双方可以在那里交易，船队不用进广州湾。”

探春奇怪：“欢乐，这些事，你这个商队队长自己处理就可以了，何必问我呢？”

刘欢乐挠挠头，有点不好意思。他细问自己内心，发现是因为与花自在谈话的时候，总觉得在与一个有着神秘感的组织打交道。不知不觉，自己也变得神神叨叨了。

再没耽搁的理由，刘欢乐行了礼，告辞出来。婚期在他出发之前就已订好，中土腊月二十八这天迎娶侍书。探春的意思，是让两个新人年前成亲，然后过个团团圆圆有家的年。

窗外天色已渐黑。侍书送他出来。刘欢乐见花园里无人，偷偷握了一下身旁侍书的手，又赶紧放开。白月光就挂在心里头，眼前这个活生生的女孩，才是自己要娶的人，他愿意以这样的方式表达一点亲昵。

夜色遮蔽了侍书羞红的脸，这鲁莽的举动，于她是一种全新的甜蜜。

“我们的家，已经准备好了。”刘欢乐停下脚步，转过身来对着侍书，低声说，怕被人听见似的。

“嗯。”侍书轻声回答。

“带了两匹上好的丝绸，给你做衣服，你穿上定很漂亮。”刘欢乐又说。

“嗯。我可以在宫里找裁缝做。”侍书克服了一点羞涩，多说了几个字。

“还有，我告诉锦书了，我要娶你。她有礼物给你，到时一起看。”刘欢乐搜肠刮肚，想多一些事儿告诉侍书，但也就那么多了。

“到时一起看”，这五个字像钟磬的声音传入侍书心底。到时，那自然是成亲住在一起之后。

“好的，我知道了。”侍书心里甜甜的。她看看四周，怕说话时间长了让人看见，便催着刘欢乐走。

刘欢乐笑了一笑，走进了夜色中。虽然一整天没吃东西，就垫了几块点心，但他内心饱满而充实。以后，他的生意会做得越来越大，有了燕记这个合作伙伴，也会越来越容易。毫无疑问，待王后看完账本，肯定又会按上次的做法，给他提成一大笔钱，那是对他忠诚的回报。他会用这笔钱，带给侍书美好的生活。

他有无数的机会中饱私囊，但他只想赚干净钱。他知道，王后是懂得这一点的，才会如此信任他。

横琴岛。嗯，下次再见到花自在时，就与他约定，以后就在那里交货。自己也得先上岛看看，这样，他就不用在广州湾逗留那么久。澳门对岸就是香港，他看好那个地方，将来有机会了，不跑船了，倒可以在那里好好经营。到那时，香港也建一个家，这该有多好。

刘欢乐夜色里憧憬的时候，莫阿正在趁夜赶路。夜晚风浪急，比起乘船，骑马沿着官道走更快些。一月的海风吹过椰树，耳边全是呼呼的声音。

第三十回

枕戈诗旦

莫阿一身尘土到达仙那的时候，已是夜晚。他一路没休息，到仙那也没回官邸，直接到了王宫。

通传的时候，宫内已经掌灯。宾洛沙和探春一听他到了，忙命请进勋堂，准备就着沙盘向他介绍角城战事。探春一见，莫阿须发纠结，面有疲色，就知此老将一定没吃晚饭，赶紧命御膳房做饭做汤，又命宫女送热手帕来擦脸。

女人的细心宾洛沙自然比不了，他注意到的是莫阿脸上的焦虑和紧张。

沙盘旁已经放置了茶几椅子，他让莫阿坐下，喝杯茶再好好说。

莫阿灌了一大口温热的茶汤，这才抹抹嘴，安定下来。他补行过礼，再收摄好心神，将脑海中的地图与眼前的沙盘对照。

宾洛沙将柔尔国使臣说的话重复了一遍，言及是否出兵，要听莫阿的意见。莫阿边听边点头，站起来围着沙盘看了一圈，又用手指作为尺子，在海面上几个点间量了距离，心中默默盘算。

御膳房自畅王子和琳公主出生后，无分昼夜总备着吃食。听王后催得急，便将两小人儿的燕窝放食盒里端来，先让海政大臣垫垫底。

莫阿也不说客气话，也不管御前礼仪，三口两口吃完。他一开口，就把宾洛沙和探春吓了一大跳。

“陛下，王后，眼前我们不是救不救柔尔国角城的问题，是我们要立刻整兵备战，准备与荷兰人一战的问题。”

宾洛沙眼睛都瞪圆了，战争的阴影虽然一直在头顶徘徊，但这次遇袭的是柔尔国，陀兰还不到迫在眉睫的程度。但听莫阿这么说，那就是眼前的事儿了，且听听他怎么分析的。

“请细说说，老将军莫急。”宾洛沙坐在莫阿对面，关切地说。探春坐在旁边，眼睛眨也不眨，看着莫阿。

莫阿指着沙盘：“按照陛下刚才介绍的情况，角城是四天前受袭的。他们的防备我知道，高崖耸立，易守难攻，又立有炮台。对海湾里来犯的船队确有威慑力。”他调整了下呼吸，继续说，“问题是角城的两翼防守薄弱。如果荷兰人在角城前的海湾进攻，炮火打上山崖，另分两支从两翼登录，来一个包抄，局势会如何？”

“你是说，他们守不住？”探春问。

“角城是老港，防卫力量还是早些年攒下来的。火炮还是旧式的那种。附近又没有兵工厂，炮弹打光了，补都没地方补。所以，当他们炮弹打完后，就只得靠高崖坚守。但高崖旁有路通往海湾，荷兰人的火力，血肉之躯挡不住，所以城破只是时间问题。”莫阿说，他的脑子里仿佛已经看到了当地战事的惨烈。

“使臣说，角城附近的水师船队已经赶过去了。现在，应该柔尔国其他军港的船队也会赶过去。”宾洛沙说。

“海上接战，靠的是船速和火力，还有战法。前两项，一旦接上仗，就会显示出两军力量的差异。”莫阿摇摇头，他大略知道柔尔国的水师战力，应该比曼掸好一些。虽然知道胜算不大，但莫阿还是希望他们能够坚持住。

“为何老将军说，陀兰危险了？”探春问。还在柔尔国使臣来报信的时候，她隐隐然觉得，危险的是陀兰。但这跃动的心思没有直接的依据，故一直未出口。现在，这个判断由眼前的水战宿将说出来了。

“我们假设，角城可以抵挡七八天，甚至更久。当然，我希望他们能够重创侵略者，把他们赶出海湾。但是，如果角城陷落了呢？那么，他们是否会考虑乘胜追击，拐个弯来攻击陀兰？毕竟，他们准备了那么久，出兵一次，扩大战果也是可以预料的事情。”他记得上次荷兰人试探性的进攻。

“那就是，救角城就是救陀兰，是这个意思吗？”宾洛沙皱着眉头看沙盘。角城在槟榔屿那边，陀兰的水师开过去不就是送死？

“我的意思是，陀兰到了全境备战的时候。他们会来，我们一直在他们的目标范围内，他们都不一定要等到与柔尔国签好条约。”莫阿说。“按照西洋人的尿性，他们要的是港口以及周围。柔尔国土比我们大，西洋人整个是吃不下的，如果他们胜了，他们的要求多半是角城。这样，柔尔国可能会答应，而这个时候，柔尔国水军可能已经被重创了。”他猛然发现自己讲了粗口，这可是在国王和王后面前，赶紧站起来赔罪。

“老将军脑海中想必已进入战争情景，说出些军营里的俚语，无妨的。”探春静静地说。

宾洛沙转头看看探春，点点头。妻子不是大惊小怪之人，他是知道的。

莫阿为自己的失态脸红了一下，咳了两声，继续讲：

“我们不能不做好防御准备，整个陀兰进入战备状态。这是老臣的意见。”

宾洛沙思考着，又问：“柔尔国使臣还在等我们消息，怎么回？”他内心已经倾向于莫阿的判断了。

“陛下可以召见柔尔国使臣，回复他，陀兰整兵即日出发。”他答得干脆。

“如果我们根本不准备去援救柔尔，那这句话说出口了，不是我们不讲信用吗？”宾洛沙问。

“我想，老将军的意思，是不是顿兵待战的意思？”探春看看莫阿，眼光又转向丈夫。

莫阿的面容头一次松弛了下来，嘴角边略带上了微笑：“正是老臣之意。”

宾洛沙明白了，这是表面上答应出兵，其实是调配自己军队，防护陀兰的意思。整兵出发是必不可少的，所以柔尔国也理解，待整兵差不多，进一步的消息也会传来。这样既不失信，又可光明正大地备战。只有他们三个人知道，陀兰很可能就是下一个被袭击的目标。而与角城相比，荷兰人要的，可能是陀兰的全境，看他们在纳澳岛圈种植园就知道了。柔尔国和曼撢，以西洋人的人数是吃不下去的。但陀兰小，或许他们会有一颗膨胀的心，想凭借着坚船利炮拿下仙那，然后号令全岛，这不是不可能的事情。

他们谈事之前，已经让所有侍从离开勋堂。现在听莫阿分析，宾洛沙明白了，柔尔国目前只是一个港口或者一块土地的危机，而陀兰，则是全境。他站了起来，自己出去亲自叫宫内监，让人去传柔尔国使臣来见。又让管理各国事务衙门的二姐夫也来。

莫阿的饭菜抬上来了，宾洛沙和探春就在旁边陪着。他们再不能平静。刚刚度过两个孩子的生日，现在，危机已经以天数计抵达面前。探春与宾洛沙对视了一眼，知道全陀兰的安全，就系在眼前这坚毅的老臣肩上。是啊，如果此战得胜，得提醒莫阿一声，多培养几个像他这样的人物，做个第二代、第三代的预备。

骆骆奴小小的身子蹿了进来，它轻手轻脚，像一道白色的光，没有人拦阻它。它久久不见主人，一路找着过来，是靠它的小鼻子还是什么，完全不得而知。这样严肃的场合并不适合它的出现。可是，它只是一只小猫咪，哪能知道呢。

探春见了，顿时想起了后宫的两个孩子，他们还在等着母亲呢。莫阿的意见已经明白，后续的事情，宾洛沙会与柔尔国使臣谈。她笑了笑，弯腰抱起猫咪，对宾洛沙说，她先去看看孩子们。

宾洛沙自然知道探春的意思，点点头。她在身边，自己就觉着踏实。好在莫阿算是把眼前的战局看明白了。

探春向莫阿道别过，回到后边的寝殿。畅儿和琳儿坐在地毯上的玩具堆里，灯光勾勒出他们柔和的影子，细嫩的脸蛋。见到母亲，两个孩子伸出手来求抱，探春心都融了，干脆也坐地毯上，在两个孩子中间，摸摸他们的小脸，教他们叫“妈妈”。两个孩子还不会说话，仰着头只会笑。一左一右，两个孩子爬着，小手够着，让妈妈抱。探春没法，只有大手握小手，一边一个拉着。这就是有双生子的难处，总是要平衡，总有可能顾此失彼，探春尽量不偏不倚。骆骆奴兴奋地跑进玩具堆里，用爪子扒扒这，又用脑袋顶顶那，最后它发现了一个白色小球，两只爪子巴拉着滚。两个小朋友转移视线，爬了过去跟猫咪玩。

这猫咪好脾性，畅儿琳儿用小手抚弄它的脑袋身子，它不恼；揪了它的尾巴，也只会回过头来凶一声，然后缩回尾巴，摇一摇，再团回到自己身上。

探春看着这一幕笑了，刚才担忧着大兵压境，眼前却是一团和气温馨。她吩咐奶妈，让孩子们再玩一会儿，便带回寝室安睡。

侍书随着探春出了育儿室。探春站定，对了她说，准备放两天假，让她去收拾一下新居，然后提前为她与刘欢乐举行婚礼。

侍书不知道发生了什么事，她只知道王后自出了勋堂门，便是一脸凝重的样子。姑娘定不会害她，早日成亲也是自己的心愿，便默默点了点头，心下倒有一点说不出的紧张。怎么，自己这么快就要出嫁了吗?

前殿里，柔尔国使臣面见宾洛沙，得到了期盼已久的信息：陀兰同意出兵。他所遗憾的是，陀兰说的是整兵即发，具体时间未说。但这是国王亲口对他说的，旁边还有管理各国事务衙门的大臣，还有海政大臣。应该说，陀兰这是负责任的决定了。

国王宾洛沙为了让柔尔安心，也为着表示对盟国的重视，便让管理各国事务衙门的大臣，也就是他的二姐夫蒙庚，和使臣一起去柔尔，向其国王表示慰问与关切之意，再转达陀兰准备出兵的决定。使臣行礼后告退，国王则与二姐夫谈了一阵子。面见柔尔国王该怎么说出兵一事，他得给透个底。宾洛沙谈话的时候想起一事，柔尔国发生了如此重要的事件，京城肯定有调兵派遣各种消息，大姐夫为何一点没有传过来？还是传过来了，二姐夫没有及时汇报？他假装不经意地问了问，二姐夫蒙庚回说，柔尔军政商贸方面的消息平时传过来的甚少，最近并未收到片言只语。

宾洛沙明白了。两位姐夫一个忙着做生意，一个忙着享受大臣待遇，都没把正事放在心上。尤其是大姐夫，自己和格里布提醒过他的。他不禁有些懊悔。柔尔国此前已经表达过不满，探春也提醒过自己，为何就碍于情面不调整合适人选呢？平时惫懒些也就罢了，现在这种特殊时段，各种信息应该及时报来。而他，居然没有一点自觉。眼前的二姐夫也是如此，在其位，居然没有一点敏感性。今日自己不问，他也就是这么混着捂着了。

对这二位姐夫，宾洛沙此刻已不抱期望，只但愿两人不至于坏事。现在换人，无论换哪个显然都已来不及，只有此事完结后再调整了。

次日一早，蒙庚别了妻子，和柔尔使臣一道扬帆起航，去见邻国的国王苏丹。使臣心中倒是轻松，无论如何说动了陀兰，他们同意出兵，又带了陀兰王室的外戚回国，具体事项由他来回复苏丹。无论怎么看，自己此行算是不负使命。

莫阿草草在官邸睡了一夜，第二日进宫，继续与国王谈话。消化了一个晚上，他的想法更成熟。离开王宫时，他向国王行礼，请国王放心。望着莫阿走出大殿的身影，宾洛沙知道，海国的命运，现在又到了经受考验的时候了。他已经将陀兰境内调动水师的权力全部交给了莫阿，希望他能顶住。

为何西洋人的火炮这么厉害呢？他苦苦思索。作为国王，保家卫国是他的职责所在。如果能够有一长段的太平日子，他希望陀兰也能像西洋国家一样强。至少，在国防力量方面，有西洋人的兵器炮火。是的，不能仅靠军士们去拼命，不能仅靠莫阿一个人带领手下的弟兄们去风浪里拼搏。他无由酬报莫阿的忠诚，只有在心中默默为这位老将打气。

探春当日招刘欢乐进宫，她没有透露别的，只说负责历法的钦天监说，三日后的日子成亲最好，比原定的腊月二十八更合适。所以想着，干脆将他和侍书的婚礼提前举办。但此事有些急，因此要征求他的意见。

刘欢乐有些愕然，这不是他所认识的王后做事风格。已经定下的日子也不过是二十天之后，为何要这般着急？刚回到仙那，出货这些好多事儿缠身，他还没腾出时间来筹办婚礼。但他知道，探春既然如此说，那定有她充分的理由，毫无疑问也问过了自己的未婚妻。想了想，刘欢乐点头答应下来。出了宫门，便忙着去筹备。好在他手下的兄弟得力，两天内便将刘宅布置得喜气洋洋焕然一新。

三日后，探春果然在汉宫为侍书和刘欢乐主持了婚礼。战事之前一切从简，这个心理只有探春有，众人皆不觉。跟随刘欢乐出海的水手们全部被邀来，萨宝丽一家也在受邀之列。汉宫张灯结彩敲锣打鼓，刘欢乐和侍书热热闹闹举行了中土的婚礼。探春在汉宫不像王后，倒像一个中土的家长。新人一拜天地，二拜高堂，这第二拜，拜的就是她。探春是陀兰的国母，自然替得了他们二人的长辈。

众人虽觉婚期提前，有些奇怪，但也未多想。看着刘欢乐成家立业，水手们无不艳羡。聂海洋敬了刘欢乐好几杯酒。这位一路提携他的大哥娶得娇妻，怎能不为他欢喜。

侍书与刘欢乐的洞房花烛夜自不必细说。两个年轻人在异国他乡成家，其甜蜜与充实是外人难以体会的。侍书离开王宫之前，探春将侍书已是自由人的证明写上了自己的名字，又加盖了王室御玺，封在锦盒里珍重交给了她，里边还有一块可以随时出入王宫的腰牌。从刘欢乐交过来的银票里提出的一笔钱，也放在盒子里，一起交给了侍书，让她带去新家。未来无论怎么样的局势，她都希望侍书能够幸福，而身份证明和银票，是侍书今后生活的保障。

从汉宫回来，探春落泪了。自小一起长大的情谊，怎能轻易忘却。她知道侍书是可以在她身边一辈子的人。正因如此，她不能这么做。刘欢乐跟随自己来陀兰，又忠心耿耿开拓航路，为陀兰国库、王室内帑作出了大贡献。没有他的海上漂流跨国贸易千里辛劳，哪来源源不断交给莫阿的军费？她也曾想过，刘欢乐是否仅仅是因为自己才如此忠心，但她限制自己往这个方向想。无论如何，侍书与刘欢乐是一类人，是最相配的。他们在一起，一定能够得到幸福。

她为自己终于成全了他们而欣慰。

提前那么多天的缘由，是因为探春心中升起了不祥的预感。婚礼是喜事，不该在炮火纷飞下举行。陀兰，她花费了无数心血的国家，虽然她已经尽力推动了它的前行，可是起步这么晚，与西洋人的差距不是短时间内可以缩短的。那些天文地理，那些数学，还有各种试验，那菲力讲的时候，她都听不懂。她只知道一点，西洋人的厉害，与这些有莫大关系。她也知道，这些都建立在全民教育的基础上。现在炮火在眼前，怕没有这个时间来从零做起了。

如果有牵制这些西洋强盗的力量就好了，但那是远在一个叫作欧洲的大陆才能有的。这一点，自己无能为力，南洋诸国也无能为力。西洋人能够放心前来南洋，几千士兵海盗就可以在各岛屿纵横，不就是因为南洋诸国太弱，没有军事上的力量与之抗衡吗？中土答应与陀兰通贸易，已经是对自己最大的帮助，多一些的，怕是没有了。世事无常，自己的家三年之内从有到无，这令探春警醒，也是她不顾一切推动刘欢乐与侍书提前成亲的原因。趁一切还来得及之前，她能做的，就先做了再说。

侍书是她与昔日家园的唯一联系。汉宫还有几名宫女被选在身边，但她们不是与自己一起长大的人，没有共同的大观园记忆。薛家小妹现在广东，是刘欢乐带回的信息中最有价值的。地理位置的缩短，仿佛心里的距离也在缩短。探春一路走过了大运河，又在广州停留过，她知道，京城的家到底是太远了，远到家人落难也无法施与援手。但广州湾就不同，离开陀兰顺风时不到二十天；不顺风，顶多一两个月也能到达。

嗯，就当彼此守望吧。宝琴和她的夫君帮助刘欢乐，就是在帮她，探春知道的。虽然没有片言只语，探春还是心中温暖。她如今贵为王后，但能为家园做的，几乎为零；能为故人做的，也极其有限。飘飘何所似，天地一沙鸥，探春以为这句诗，说的正是自己。

探春想到此处，赶紧打住自己的念头，也止住涌上来的伤感。她有珍爱的丈夫，有血脉相连的一双孩子，怎么还是一沙鸥呢？

刘欢乐成亲这天，柔尔国苏丹在他的宫廷里接见了陀兰使臣。他比手下臣子老道得多，知道陀兰不肯给出具体的出兵时间，就是持观望态度。苏丹面上不露声色，留住了蒙庚在夏宫，又招来陀兰常驻柔尔国的使臣悠黎，每日命大臣轮流宴请，就是不放两人回去。角城一直在战，前几日战报来，字里行间可见惨烈，柔尔国水师船队每日都在减少。如水师打光了，柔尔国也就任人宰割。苏丹自己也知道，他这是用柔尔国士兵的性命在填。

战事已经进行了七八天。这日一早，角城信差送来一封信，信中的内容已经不是求救，而是转达荷兰人提出来的条件，要求租赁港口五十年。

国王知道，这意味着角城已经顶不住了，随时可破。如若不然，那角城的长官来此一信，就意味着叛国，全家老小也会随他一起遭灾。水师一直没有捷报来，头一日连战报也没有了，这从另一面印证了自己的判断。他心中涌起一股恨意，结盟时各种诚恳，现今柔尔国遇到袭击，陀兰居然一舰不派。虽然他知道陀兰去也未必能挽救危局，但还是恨意难消。不恨陀兰，还去恨西洋人吗？恨有用吗？

柔尔苏丹人届中年，本是奋发有为的年纪，但遇到西洋人入侵，战事又到此地步，心中惨然。他心中清楚，祖先传下来的国土，只怕守不住了。西洋人今天说租赁，立住脚了就会蚕食。总有一天，这块肥沃的土地会被这帮强盗拿去。西洋人少，没法管理殖民地，但他们有他们的方法。据纳澳岛传来的消息，西洋人派出自己的人做总督，然后任命一班当地的亲贵甚至地头蛇做代言人，替他们统治广大的地盘和人民。以少控多，用的是利益的杠杆；这帮投靠的人可以得到巨大的好处，自然趋之若鹜。而多余的，就是原来的国王，原来的苏丹了。

苏丹把自己关在书房，独自想了一整天。他得出一个结论：眼前只有用缓兵之计。很显然，这是城下之盟，不签也得签。血肉耗不尽他们的弹药，那就只得低头，先缓下来再说，否则自己海陆两支军队要打光了。次日一早，他秘密派出使臣前往角城。回头便把夏宫每日的宴席撤了，请客变成了软禁。

宾洛沙的大姐洛娜在使馆空荡荡的大房子里，整日如坐针毡。她见丈夫一直不回，去了王宫几次询问，柔尔国王室的宫监总是说，陀兰使臣是他们尊贵的客人，国王留住了款待。最后一次去询问，那宫监换了面孔，脸上冷冰冰的，递过一本厚厚的账册给洛娜；里边日期、船数、销售货物记录得明明白白。宫监告知她，陀兰使臣利用外交待遇，长期运送物资到柔尔国贩卖，逃税若干，需要补齐再交罚金才能放人。

洛娜这才醒悟过来，柔尔国这是下黑手了，把自己的丈夫和妹夫都当了人质。目今之计只能回去报讯。她回去赶紧收拾了细软，带了从人跑路。临行前，她看看满屋的金碧辉煌，满眼的不舍。那是她花了大心血装修好的。平时这里举办大宴会，多少柔尔国贵族富商在这里流连，奉承她、恭维她，夸这里被她造成了小天堂。她以为可以凭借着两国贸易，在这里度过逍遥享乐的后半辈子，没想到，人家一句话，自己就得匆忙走人。现在，再爱这座大房子，再爱里边的名贵家私，再爱墙上的名画园子里的雕塑，也无法带走了。

反认他乡是故乡，终究是自己错了。她这才意识到，陀兰使臣在这里一向受优待，是因为弟弟，是因为陀兰。而柔尔国将丈夫与自己每一批货物的来去都记得清清楚楚，说明他们盯很久了，也早已打定清算的主意。说不定，自己的身边早已安排了他们的人，要不然，这么详细的账目哪里得来？

码头边有一艘船是她夫妻专用的。洛娜带了人惶惶然登船，下令立即出发。港口的官员得了指示，并未拦阻她的离开。他们心中满是嘲笑。这个傻女人，柔尔的钱是那么好赚的吗？现在放她走，就是让她的弟弟送钱来赎她的丈夫。这对赚钱没个餍足的邻国夫妻，他们是看腻了。

第三十一回

香料战争

按照莫阿的推测，柔尔国的角城能不能守得住，也就是七八天就见分晓的事情。如果城被攻破被占领，那么再有十天左右的休整，荷兰人有可能聚结团队北上，顶着北风，行船四五天就能扑向陀兰仙那，扑向南边的港口就更快。也就是说，陀兰可以准备的，只有这一小段时间，甚至更短。国王宾洛沙召集弟弟格里布、军政大臣、民政大臣、工吏部大臣诸人，日夜商量陆军的调动防御以及后勤物资的集聚运输。

议事主题并不复杂，但涉及的问题千头万绪。东南西北中的粮仓、军火库都需要考虑到。征民船、商船以通过运河运输，还有众多运货的车辆，不但时间紧迫，钱也需要到位。军政大臣心中知道，这是陀兰的生死一战。幸亏运河大干道通了，上一年又整顿过军队，他的焦虑可以少一点。他并不怀疑莫阿的判断，自己除了备战，决不能存侥幸之心。民政大臣那边刚收到了曼掸的第二笔支付款项，心中同样有惊慌下的安慰；幸亏那个中土的刘船长运的货物赚钱了，还不少；这两项加起来，把新房换旧房、开凿运河的支出账平了。否则国库空空，军士的兵饷若有缺，军心浮动，这仗也就不用打了。

各大臣带了最亲信的助手，一项一项将任务分解成可以操作的细则。靠近几大海港的地方，尤其是都城仙那，存粮必须要保证。运河的管理，战时必须统管起来，由工吏部大臣直接派出精干队伍驻在各码头，任务就一个，确保各项物资能够在半个月内运抵各目标仓库。

会议开到掌灯时节才散。宾洛沙和格里布刚回后宫餐厅准备晚膳，两个姐姐已经迎了出来。她们的来意就一个，请弟弟救救她们的丈夫。

宾洛沙简单听完大姐的话，一句话也没有说。柔尔国扣留了陀兰两名使臣，还是王室人员，这意味着盟友的反目。

格里布赶紧劝着哥哥姐姐们先入殿，吃了饭再说。殿内探春在等候，她早已知道两位王姐的来意，事关国事，又关王室亲情，她不方便说，见宾洛沙进来，赶紧迎了过来。

“宾洛沙，你可要救救你的两位姐夫。”大姐不待坐定，就向着桌子对面的弟弟开口。此处并无外人，她便直接以名字称呼了。

二姐虽然不说话，一样焦虑的眼神也看着弟弟。

格里布不忍心，赶紧劝住姐姐们，让哥哥先吃饭。探春坐在宾洛沙身边，没法帮助他。贾府里的生活给她教训，一搅进亲情夹杂利益的圈子，便是能有多别扭就有多别扭，能有多狗血就有多狗血。

宾洛沙喝了口端上来的炖汤，心中真是烦透了。也怪自己处理不周，大姐夫在柔尔国，干嘛还把二姐夫也送去了呢？这下柔尔国有了两个人质。现在即使发兵做样子给柔尔国看，估计也来不及了。

他拿起餐巾擦了擦嘴，静静看了大姐一阵子，直到大姐被他看得心虚，低下头去。宾洛沙这才说：

“大姐，柔尔国使臣今天一早就来递交国书，所以我知道了。我已派他回国。至于逃巨额商税什么的，我已请他转告他们的苏丹，就以使馆里的财产折抵吧。房子是陀兰国库出的钱建的，地皮也是，一起归了柔尔国，请他放了姐夫。财产上会有些损失，大姐不会不同意吧？”他不待大姐回言，又转回头看着二姐：“柔尔国无故扣押我国使臣，手段卑劣。我已抗议，要求尽快放人。”他说完，疲惫地叹了一口气，继续低头喝汤。中午一直在开会，就吃了几片点心。

殿里一片沉寂。二姐欲言又止，又看看探春，希望她能为自己说句话。

宾洛沙没有告诉姐姐们的是，他已手写了一封信，让柔尔国使臣立即送回国去。里边提到了陀兰预判的，西洋人即将大举进犯陀兰和柔尔国海域的预测。如果仙那城前看到了荷兰人的旗帜，那么左邻的柔尔国也不会安全，他们的首都和仙那一样邻着海。他相信大敌当前，柔尔国苏丹处置自己的姐夫自有轻重。如果实在不放人，那就先不放吧，反正不至于有性命之忧，现在忙着整军备战，实在没有精力来理会了。

这是一家人很久没有的聚餐，可是，每一个人都心头沉重。宾洛沙的大姐一直未说柔尔国人递账本给她的侮辱，因为牵连着她做生意逃税的事情。但听弟弟这么一段话，他自然是知道的了。两位姐姐虽然不知两个弟弟今日忙什么，但看他俩脸上的倦色，大约猜到了国家将有大事发生。既然弟弟是国王，已经派柔尔国使臣回国传信，想必早晚会有结果。便也识趣地不再提。

格里布陪着哥哥一起吃饭，他知道哥哥心中的恼怒。说起来，这两位姐夫的职位还是自己任命的。两个人如此扶不起来，此时心中也只有抱歉。父母不在了，姐姐姐夫都是王室中人，怎么着也得顾个体统。大姐夫身为国家使臣，居然如此肆意，被人家拿了把柄记了账。这个账，可是要陀兰士兵们的鲜血来还的。与柔尔国交恶，损害的是同盟关系。这对未来该有多大影响呢。哥哥其他方面处理适当，可是，这回既然不派兵，又派人去陀兰，在柔尔国苏丹眼中，估计这算得上是欺骗了吧。格里布隐隐觉着，这样做并非好主意。但他不能评判哥哥，毕竟谁也料不到柔尔国这么拉下脸来。不久前，两家不是还一块做中土生意，帮他们赚了不少银子嘛？

几百里海面之外，荷兰指挥官威特正看着地图。这次围攻角城确实花了一些时间。虽然仗着炮火犀利，把角城守卫海边的边墙、哨楼打得个粉碎，但一旦炮火过去，高崖后又冒出头来，竟是层出不穷。自己的人端枪上岸抢制高点，一旦距离近了，又有受到弩箭射击的风险，仰攻确实不易。

他改变了打法，先把角城四周低矮的地方一一拿下，上岸后火枪开路，再从角城守军的后头掩袭，火药长枪齐上。这一下，角城支持不住了。东边的城门本来已经塌了一半，用人来堵缺口，是万万堵不住的。四周城池不断填来的兵力，在炮火下死伤严重，又互不统属，现在已各不相顾。柔尔从西洋海盗处买来的少量枪支，弹丸打完了没有补充，就像是沉甸甸的废铁，还没有一把大刀有功用。东门已经无法再守，柔尔国士兵的尸体层层叠叠，填充了整个缺口。阳光下鲜血的气味渗着花香，格外瘆人。

制高点的优势失去，柔尔国士兵的血肉之躯暴露在枪支之前，完全失去了抵御侵略者的可能。威特见袭击奏效，命停止进攻，让随行通柔尔国语的翻译用大喇叭向最后的守军喊话。

角城有上万居民，他们多日来一直运水运粮支持守军，早已疲敝，一旦失去庇护，后果无法想象。长官听见了喊话，眼见自己的部下如此顽强以身殉国，心中早已悲凉，自己可以死，但他不能眼睁睁看着全城老少与角城同灭。无法，他只得将荷兰人的要求写成书信，派人骑马出城奔向都城向苏丹报告。荷兰人在外安营扎寨，各门放了哨队，余下的人喝酒吃肉，享受冬日阳光。见有人骑马出城，也不拦阻。

海上的柔尔国水师船队早已在角城被围之前就已被打散。荷兰人本就是奇袭，船队根据苏丹原来命令，何地受袭，四周就得救援，因此来得很快。但缺点是，来自附近各港口的水军没有统一的指挥。荷兰人船只速度快，炮火强。要追着你打的时候，笨重的船只逃不掉，要追击他们的时候，又追不上。柔尔有几艘船海上达成默契，准备合围荷兰人，各个击破，将其一艘艘拿下的时候，荷兰船只仗着火力强、船速快，又总能轻易找出缝隙摆脱包围圈。

在这波涛起伏的大海上，炮火才是王者。弓箭大刀长矛盾牌，不到近距离，便发挥不出作用。古老的战法，在无情的炮火之下，完全卸下了最后的荣光。柔尔船只被炮火轰烂了船舵、硬帆的，在海上凄惨地打转；船舱进水的，不多时候即沉入海底，空留海上的漩涡。就连这一点痕迹，也会在不久之后消失无踪。船上水兵们受了伤的，逃不了生，与船俱亡；敏捷水性好的，便在船只沉没之前跳船，看看能不能游到海岛礁石上，等待友军船只救援。但打了七八天后，海峡一带空荡荡的，已经不见柔尔国水军的船只。它们不是被击沉，就是返回各军港基地养伤去了。角城失去了外围水军的保护，又失高地，自此被遗弃。

柔尔国苏丹的使臣受了王命，昼夜兼程赶到了角城。谈判是不存在的，只有签字或者不签字两途。才一开始威特就没有出面，只让他的助手去威逼柔尔国使臣签字；自己把目光盯上了陀兰。早在合围角城完成之前，他已确定自己胜券在握，便派出通讯船只，让纳澳的大本营速来角城补充炮火给养。他的骄矜倒非完全一味狂妄，此战他不过伤了七八十人，但角城一带，柔尔国军民已经尸体成堆。他甚至懒得去统计对方死伤了多少人。

威特开作战会议的时候有两套方案。如果打角城己方损伤过多，那就先割柔尔国的地，以后再图陀兰；如果一切顺利，那就过海峡，扬帆往东北；乘得胜之威，从南北两个口子同时进攻陀兰。现在柔尔国自顾不暇，已经无法救援陀兰；曼掸头一年被陀兰打趴下，水师并无多少剩余战力，现在进攻正其时。西洋招揽的大批海盗在重金许诺下，这几日就可以到达角城。

遗憾的倒是陀兰没有前来救援角城，否则通过海峡的时候，不死也得打个半残。威特叼着烟斗，看着墙上的地图，怡然自得。也罢，算陀兰聪明，没来蹚这趟浑水，不过这三国联盟，其中两国的关系已被破坏无疑。

却说莫阿自与宾洛沙长谈，离开王宫之后，将老国王所赐马匹尽皆派出。五个军港，包括尚未完工，但已有战船停泊的，接到海政大臣烫着红漆的信，便立即开始部署。海上巡逻的战船增加了机动船队，建成的每个岛上烽火台都检查了一遍火种和火药。目的只有一个，一有敌情，就能迅速示警陀兰全岛各个方向。

仙那城自然是首先必须守护的，莫阿坐镇东边的军港，昼夜巡查军营与哨兵，又拨出款项，让大厨烧出好菜，让士兵们提振士气。陀兰岛屿南部的两个军港，驻军多年的叫海豚湾，是因港口附近出现过大队海豚而得名；另一个尚未建好的，则依了海豚湾之名，叫鲨鱼湾，是莫阿起的。鲨鱼纵横波浪间，是最凶猛的海洋生物。此名寄托了莫阿的雄心。这两处的领军人物皆由莫阿一手培养并委以重任。

东西两港虽然也可能受到袭击，但莫阿根据他收集来的情报，判定荷兰船队及士兵未必有那么多兵力可以分散攻击。而且，如果荷兰战舰攻击东西方向，那么就会陷入南北陀兰水师的夹攻，他估计荷兰人不会如此部署。尽管如此，莫阿还是提醒两港军营将领随时警惕，南北遇袭，见烽火即派出支援。也嘱咐了，出动援兵之时，必得要留相当的船队守老营，预防荷兰人声东击西。

其他的民用小型港口，都因近岸水浅行不得大船，自然受袭的机会最小。莫阿的手指在海图上划动，检索自己的盲点。最后确定，只有几处深水港可能被袭，而这几处，他已布置了重兵。好吧，来吧，他心里说。强盗叩门，送来的可不是礼物，他们是要来洗劫自己的家园。既然如此，还有什么选择呢？当然是挺身接战。

他的头脑起了一个又一个的风暴，但外表看不出来。他在静等，其间只问了军需官，粮食物资是否已运送到位？得到肯定回答后，他卷起海图，在坐得发亮的木椅上闭目养神，脑子后仰，不停设想着各种可能。时间，攻击时间，会在何时呢？冬天的风透过窗户吹了进来，莫阿脸上发凉。他忽想到一事，从椅上一下站了起来，命传令兵士迅速去找历年收集的天气资料。

此刻的威特也在思考进攻时间。他来往南洋几回，知道中土人氏及其后代，他们在南洋各国占人口比例不小；而华人传统中，除夕，也就是中土阴历的腊月三十，是他们一年中最重要的日子。除夕及次日的春节，在各地因了华人的影响，不少原住民也会过这个节。

他的台上放着一本陀兰日历，上边标注了西历，也标注了中土阴历和陀兰历，王室庆祝日、习俗重要日期都在上面。这本陀兰新编的日历居然大胆到不顾祖宗成法，将西方的太阳历确定为王国公历，还真有些意思。

陀兰那边他早已部署，在纳澳用重金收买了一些人，安插他们先乘船到陀兰经商，部分常驻陀兰。这些投靠荷兰的人，就算是自己进攻陀兰时的内应。民间往来经商定居，在南洋各岛国之间算得上是频繁平常之事，威特是知道的。此后消息陆续传来。陀兰两三年来做了许多事，包括疏通运河，招贤纳士，开设各科目的技术学校，建善堂，鼓励经商，减免赋税；据说还有大规模的船队北行与中土开商贸往来。这是要振兴国家的节奏啊。威特想起，他的国家荷兰，不也走了这些路嘛？积累到一定程度，就是大量工厂的出现，兵工厂的出现。虽然这肯定需要漫长的时间，终其一生他都不一定能看到，但是，这小小的陀兰国，其趋势和方向是这样的。

他冷笑着，把日历重重合上。怎么可能！一帮多半只会拿弓箭大刀，夹杂着黑火药，还有几支买来的西洋枪的小国，怎么这么敢想。他是终结者，就是来终结他们的。陀兰必须是荷兰东印度公司的香料园。如果还有一个功能，那就是未来攻击中土的基地，是南太平洋不落的供给舰。

太平洋！只有西洋人才有资格说太平。一百多年前，伊比利亚半岛的葡萄牙王国出了一个大航海家麦哲伦，他首先命名了这片广阔的海域。但现在，绕过好望角纵横海域的，是荷兰东印度公司的旗帜。不思进取，曾经领先的也会落后。想到葡萄牙人，威特轻蔑地一笑。

二十艘纵横地中海的海盗船只已被他远程招募来，刚刚到达角城；补充的炮弹子弹已从纳澳岛运来，一切就位。万事俱备，除夕与春节，这样的日子进攻最合适。春天的节日，还真是浪漫。那么，过不多时，旗帜就能插上陀兰。军队就在那里好好休整，在那里迎接南洋的春天。

除夕当日，王宫内外布置得喜气洋洋。尽管莫阿预言的大战没有发生，但探春还是忧心忡忡。作为王后，再心中不宁，也得让家人感觉到节日的喜庆。两个姐夫还没放回，探春专门去请了两位长公主入宫参加除夕家宴。整个宴会厅无数鲜花点缀，桌上的水晶罩子擦得雪亮，里头的红烛闪耀着节日喜庆的光彩。侍从们进进出出，把御膳房做的菜一道道抬来。过年了，每一个人心中莫名觉着喜悦。全家聚齐，好好过个年，祈求来年风调雨顺，这是藏在每个华人骨子里的传统。

宾洛沙在宫中领着众人祭祀完先祖，便和格里布二人回到前边的宫殿，继续处理各处雪片般报来的事务。餐厅里，两个孩子咿咿呀呀。他们已会叫“妈妈”“爸爸”，一口纯正的京腔。宾洛沙的陀兰语在王宫已不是通用语言，他并不在意。厅堂里的众人都在等他们回来。畅王子饿了，闻见食物香味，在探春怀里只管够向桌面。旁边，宾洛沙二姐抱着的琳公主，那双小手也学着哥哥往前伸。大姐心没妹妹宽，坐在椅上心事重重。从格里布的片言只语中，她隐约知道了事情的严重。丈夫还被软禁在柔尔国，她怎能放得下心。如果真有大事发生，夫妻二人从此分离，自己将来该是怎样凄惶。

奶妈过来抱走了两个小朋友，准备给他们喂些吃的。外头准备放鞭炮的侍从一个个伫立在殿门前，手里握着竹竿，竹竿的尖上挂着鞭炮。只等主人下令，这些一串串红辣椒样的爆竹就会被点燃。爆竹声中一岁除，这爆竹，最初的用途是驱邪。但现在更多的是热闹，是宣告旧年和新年的交接开始了。探春往窗外看，从串串爆竹想到了孩子。那么大的声音，到时怕惊到了。她赶紧让侍女去找棉布来，塞住俩小儿的耳朵。

远处有乐班子在吹奏，他们号着王后的脉，吹的都是中土流行的《锦绣满堂》《新春如意令》《元日》《青玉案·元夕》。为了搜这些曲谱，那乐团的头儿可没少下功夫。刘欢乐北上做生意时还曾受了托付，让收集些中土的乐谱来。自然，刘欢乐不负使命，给他带回了不少。

宾洛沙与格里布刚走到用餐的殿门，卫队队长察布跑了进来，待宾洛沙回过头，他立定行礼汇报：瞭望哨传来消息，海上起烽火了！

宾洛沙的脸，在渐起的暮色中变得煞白。这帮强盗，还真来了。

挥挥手，宾洛沙让察布回到自己岗位上去。站在花园里，他手托着下巴，低头消化这件事情。这些日子患得患失，时而斗志昂扬，时而心中忐忑。准备了这些天，但心中未尝没有一个希望，希望莫阿错一回，荷兰没那么快打上陀兰的主意。但现实就是现实，瞅准了除夕这天到陀兰，显然对方指挥官研究过这里的习俗，知道今天很多人都在过节，包括军营里的士兵。

烽火燃起，莫阿会看见，总管陆军的军政大臣也会看见。海面上的敌船今日在陀兰海域集结，此时天晚，很快就会天黑。海面有礁石，他们看不清海域，也不熟悉，多半不会轻举妄动。那么，大约就是明天进攻。看来，安宁的晚上只有今天了。

他抬头看见探春已经迎出殿门，便甩甩头，挤出一个笑容来，走上去牵住探春的手，一起进餐厅。格里布旁边听见目睹了一切，他觉得此刻的兄长最坚强。

鞭炮声噼噼啪啪响了起来。按中土习俗，赏月的中秋要晚，过年则要过早年。鞭炮的碎屑炸向天空，硝石硫磺的味道直冲鼻端。几抹云彩闲闲地挂在天上，它们被镀上金边，像是响应人间的节气。

这一日，本是冬日里最难得最祥和的好天气。而明天，就是春天的节日了。

莫阿确实早于王室知道了消息。他在海边，看见了烽火接二连三燃起，那黑色的浓烟在晚风中消散，过不多时，又再升起来。几艘民船还在海上，看见烽火，加快速度靠近海岸来。

仙那这边预警，不知道其他地方怎样？南边港口呢？他们会同时进攻吗？他思考着，判断着。海面上夕阳落下，最后的金色，缓缓被暗黑的夜色吞没。

威特的船队，聚齐了海盗团队后，数量已经达到七十艘。每艘船上五六十士兵，加起来有近四千兵力。他一分为二，三十艘攻岛屿南部，自己则亲自带了四十艘攻位于北边的仙那。这一路，预备的炮火战舰是最强的。考虑到兵员不足，所以他打算绕弯贴着柔尔国海岸线走，然后到达陀兰仙那城西北面海域集结，然后乘着北风攻东南，趁着节日打他们个冷不防。到时炮火齐发，抢滩登陆，然后凭借枪支弹药，一鼓作气拿下仙那。只要在王宫升起荷兰旗帜，接下来就是陀兰的分崩离析。至于国王，他在岛上跑不掉。此战，主打的是突然性，是速战速决。

头一晚风浪大，有些船只掉队，待聚齐已然天黑。夜晚船只落单有被各个击破的风险，因此威特没有进攻。看来陀兰水师有些门道。看到海面上星星点点的烽火燃起，威特知道，这突然性是不能指望了。不过，那又怎样？每艘战船上立着炮，哨兵背着枪，仙那有备又如何，他根本无惧偷袭。

与他判断的一样，柔尔国静悄悄，见到陀兰的烽火燃起来，并没有船队出来接应盟国。倒是陀兰老将莫阿的操作有些看不懂。烽火燃起，他肯定看到了，但一眼望去，陀兰海境一片安静。只有海面上几艘民船商船，见到烽火燃起，在加速逃离这片海域。

莫阿的威名，威特是听过的，但他并不在意。打垮邻国曼掸，在他眼中，也就是菜鸡互啄的游戏。用原始的肉搏来打仗，这是上个世纪的事情。这些打法，在枪炮面前什么也不算。据他收集的情报，陀兰不能造枪，即使有几支买来的，威胁力也不会有多大。上次攻击仙那城，陀兰打的是守城之战，水师并未出现。这一次，莫阿的水师肯定出战。干脆像打柔尔国一样，把陀兰战船击沉大半，把莫阿苦心经营多年的水师打个半残。

想到这些情景，威特不觉有些兴奋。待到明天，一切自然就见分晓。他揉揉手腕，又歪歪脖子，活动一下筋骨。这太阳一落，船舱里的气温就低了下来。南洋的海上冬夜，毕竟还是寒冷的。他披了大衣出来检查岗哨，看看都各就其位，心中满意，便回了自己的指挥室。好好睡一觉，待天明视野好了，就兵发仙那城。

第三十二回

秃头战船

当夜，海水因了白天的太阳，水面尚温，而自北边的风裹着水汽南来，吹面生寒。夜半时，海面上起了大雾，一百来米外已经看不清。海雾如同浓稠的牛乳，又像一层覆盖在大海上的温柔薄纱。甲板上，威特船队旗舰上的哨兵踱来踱去。因着夜寒，不断缩脖子搓手，肩膀上背着的燧发枪一下一下打着肩背。

天色慢慢亮起来，雾气渐散。船侧的哨兵抹抹眼，不敢相信眼前的一切：四面八方，都是黑魆魆的船影。他还没有反应过来，弩箭已如飞蝗一般从四面八方射来。箭头上裹着火药，落地即燃，还伴随着爆炸声。船头的哨兵中了数箭，没来得及吭声就扑倒在甲板上。后艄的哨兵赶紧鸣枪示警。旗舰上所有的士兵从睡梦中惊醒，忙着穿衣取枪。可是，他们刚从底下的船舱上得甲板，就被一阵阵的箭雨射翻。有射的角度高的，射中了船桅船帆，箭头所到之处哔哔啵啵燃了起来。

不止旗舰遭遇火箭雨，其他靠近仙那的外围船只也纷纷遇袭。敌人什么时候掩到面前都不清楚，算得上是狼狈。未中箭的士兵赶紧四处扑火。

威特腰上佩了短柄火铳，他见不少士兵纷纷躲避箭雨，忙掏出配枪向天鸣示。船头的火炮开始摇动炮口，转向海面上最密集的敌船。借着亮起来的天色，炮兵有些吃惊，因为他们在海面上看到的是一艘艘的小船，就像一条条海里的鲨鱼，船里似乎看不到人影。因为距离太近，他们不能不摇高炮口，几乎是朝天射击。远处有大船的影子，但分散在海面上，射程所限，乱轰没有准头，自然没有意义。

密集的小船遭受炮火，摇摇晃晃沉了不少，一发又一发炮弹打过去，打沉了一片又一片。天色更亮了，威特站在旗下用千里镜望去，那些船似乎真是空的，并没有见到敌军尸体，倒是有类似弩箭的装置被轰成几截。船只受损后，船里的物件迅速落进大海。残余的船漂在海上，被海浪推来推去，在晨风中像被放弃的树叶。

威特看着自己的旗舰有些恼火，被火烧了的船帆得重新换，绳索得重新系，桅杆坏了的，得抓紧修，还不一定能全部修复。没有风帆，仅靠底舱的人力划船，船的速度是起不来的。他看看分散在海上的船队，不但旗舰受损，当头的十来艘船也是这样。威特心中愤怒，没想到会有这一场大雾，也没想到陀兰水师胆敢贴近自己主动出击。他在船头挥动令旗，让后边完好的舰队开上去，直奔仙那港口。

仙那城的轮廓在视野中越来越清晰。威特本来为了隐蔽，率船队绕了一个大圈子。现在一切伪装都已不必要，后续船队纷纷驶出，自西北向东南开去。船头上立着的短炮黑黝黝的，在清晨的蓝色海水映衬下，闪着冰冷的金属光泽，如同他们的自信与傲慢。

守在仙那城前头海域的船只，高高矮矮，似乎分了层次。最近的一圈看上去不像战船，比普通战船低，又比刚才树叶样的小船要高。只是船头与平常船只有异，不是常见的用来划开海水的尖头，而是像被砍过一截。不是通常的流线型，船帮的木板竖着垂直海面。从千里镜看去，那些船上都堆着东西，只看不见人。奇的是，这些无人驾驶的秃头船在动，速度虽不快，但确实正劈波斩浪迎面而来。

威特的旗舰在后，领头攻击的是威特助手艾伦。看见秃头船朝着自己的船只涌来，他简直难以置信，但事实就在眼前。他忙命炮口对准这些船轰击。炮声响起，船只被击中的或侧翻，或打横，底下慢慢渗出一片殷红。他判断对了，船下有人，但没被击中的船依然向前。有几艘接近的，他命令士兵朝下射击。射了半天，因为没有明显的目标，并无多大成效，那些船只依然缓慢而坚定地靠过来。

说时迟，那时快，一艘秃头船撞上了艾伦的座船。那船借了海浪涌上来的水力，一下锲进了座船底下的船帮。水里翻出了陀兰士兵，他们迅速点燃船中放置好的引线，再翻身下船入海，几个动作兔起鹘落，显然是精熟水性且训练有素。引线连着炸药冒着火星，船上的荷兰士兵眼睁睁看着，一点办法没有。引线燃完，只听“轰”地一声巨响，被锲住的地方船帮被轰塌了一角，海水漫灌了进去。不多时，舱底传来一片喊叫声，发出声的，自然是底层划船的水手。

其他船只也纷纷遇到秃头船的攻击。荷兰人的炮火开处，不断有远处的秃头船被毁，有陀兰士兵的尸体从水底浮上海面。但对涌到近处的秃头船，他们无计可施：炮口不可能更高，再开炮的话，就是自己轰自己了。海面上有血，但海面上的秃头船并未停止。这些船分开了行动，一船一船奔过来，一锲上就有士兵翻身上船引爆炸药。因为射击角度的问题，一旦陀兰士兵到达船底位置，从船上往下放枪多半无济于事。偶然有被枪支击中的，陀兰人倒在了船上，但只要还能动，便不顾一切，爬着也要去点燃引线。

艾伦被这种不怕死的打法惊呆了。秃头船下是陀兰水师士兵，他是看明白了，但他们怎么能够潜水这么久，还那么有力量推动船只向前呢？他的脑子里忽然闪过一事，那是他很久以前曾经看到过的一篇文章，里边提到气压与潜水什么的。不会吧？不会吧？他们陀兰人居然懂这个？还把它付诸实战了？

荷兰船队第一波被火箭雨攻击，第二波受秃头船攻击。在艾伦看来，两波手法一样，都是靠水底操作。第一波，让自家船队十来艘船紧急修帆修桅杆；第二波，有七八艘船被秃头船所破。结实的还只是炸裂渗水，船板薄的已被炸穿。士兵只得纷纷跳下救生船离开，被其他船只所救援。

打柔尔国船队之时，决然没有受到这样的攻击。荷兰人这时才开始正眼看陀兰，原来小小岛屿，水师还真有些招法。

威特指挥着勉强修好旗舰桅杆，船帆也换了，此时赶了来前线。炮火开了半天，除了打沉一些空船之外，大多成了空炮，这对于军人的职业生涯来说，无异于奇耻大辱。他在船头挥动令旗，让能战的船只跟上。他的主意很简单，一路轰击过去，神挡杀神，佛挡杀佛，他不信这个邪。南洋不可能有攻不下来的城池，除非弹药不够。

仙那城内一早已听得隐隐传来的炮声。探春把两个孩子带在身边，就在接近前殿的花园凉亭里坐听消息。本是新春第一天，耳边传来的，不是拜年声，却是实实在在的炮声，这是她的人生经验里从未有过的。宾洛沙与格里布和几名亲近大臣在前殿，准备随时调动物资支援前线。军政大臣没在场，早在昨日就已调兵遣将守山崖去了。既然敌人从海上来，那么他的方法只有一个：死守海岸边的悬崖。大量的士兵被派上边墙，火炮也放在近处沙滩最平坦的海湾。仙那城提督负责城内安全，他将布防的主要力量放在了王宫周围。卫队队长把枪支分发了下去，他一人带着三十人的队伍，就在国王的政厅周围巡逻布防，又派了一支二十人的队伍，在前殿后殿之间各路道及四门巡逻，保护王后及王子公主。

探春坐在花丛中。她的肤色在初升的太阳下晶莹夺目。来陀兰三年，抵得上在中土的十几年，真正是不枉此生。此前所发生的事历历在目。她的心中只有一点始终没变，那就是对于侵略者肆意侵犯家园的愤怒。

两个孩子耳朵里塞了软布，他们拿着拨浪鼓玩儿，诧异为何没了往日的响声。俩小儿还不会说话，没法表达自己的疑问，不时仰起头来看母亲。

城里听到由远至近的炮声，此时已经大乱。四处有传说，海上密密麻麻的全是西洋人战船，陀兰水师战败了，西洋人这就要登陆血洗仙那城。谣言像长了翅膀，飞速在仙那传播。不少市民收拾细软，有车的乘车，步行的步行，大包小包上街，准备离城逃命。守四个城门的士兵已止不住外逃的人流，提督只得派人飞马报到王宫。

上一次全城同仇敌忾，这一次纷纷逃命，却是为何？他们曾如此信任海政大臣莫阿，为他欢呼为他洒花，如今却为何未败先逃？宾洛沙心中无数个疑惑。他正想派人去请王后来一起商量，探春自己已带着幼儿来到前殿。

看到王后精致的头饰，莹润的珍珠耳环，安静和悦的面容，刚才心里还在打鼓的几位大臣，心里不由得说了声惭愧。国王全家在此，幼儿在此，他们都没怕，自己却还想着家中的妻小如何，实在是不应该。

宾洛沙知道，这是探春来告诉他，全家在一起，什么也不必怕的意思。

侍女抱了孩子站在旁边，探春在宾洛沙边上落座。待听得全城百姓逃难之事，她略思索了下，对大家说：

“海上战事在进行，至今还没有接到战报，也没见到荷兰人的影子，怎么城里就乱了？我想，多半是敌军提前安排了奸细，一听炮声就煽动大家快逃。留下一座空城，前线的士兵就失去了依靠。”她补充了句，“这种手段真是卑劣。”

宾洛沙如梦初醒。是啊，敌方未乱自己先乱，如何对得起海中正在激战的将士？

他看了看大臣们，眼光又转向探春：“王后，现在要稳定民心，可有好法子？”

探春迎着丈夫的目光点点头。她目光扫了座中的大臣一眼，看到刑部大臣在座，便询问道：

“不知牢里还有多少待决的死刑犯？”

那刑部大臣只是因为品级高才被招入宫中，做梦也想不到王后在这当口，居然问起死刑犯之事。他赶紧站了起来回：“陀兰全境死刑犯不多。但也有恶性事件的犯人，经过了刑部死刑复核，预备在节日后处决。估算仙那城边的监牢里，大约有十几人待决。”他说话越来越低声，像是抱歉自己说的数字少了。

探春听了点点头，转向国王：“传话的奸细一时抓不住。既然如此，就借用这批死刑犯，来安全城百姓的心。不知国王意下如何？”

宾洛沙明白了，他点点头。那刑部大臣得令，起身告辞，亲自去安排。

宾洛沙在侍从的帮助下，将自己登基时的装束全套穿了起来，又戴上王冠。探春也是，敷面匀粉，朱唇轻点，她打扮得很快。待装饰齐整，最后披上了丈夫当日送给她的紫色披风。

他们各自换装，在寝宫前的前厅里相遇了。

探春笑问：“殿下，您要摆多大的排场？”

宾洛沙笑了，过来牵着妻子的手，边往外头走边说：“有多大就摆多大。”

探春侧头一笑。白色的裙裾，紫色的披风，衬着白色珍珠耳环，在正月初一的晴天，分外鲜明好看。

王室的每一个人都有了任务。格里布在王宫留守，两位长公主被接进宫，由她们稳住后宫。宾洛沙和探春坐上登基时的鎏金马车，一人一个抱着孩子，华丽丽地出了王宫大门。前头六名骑马荷枪士兵，后边又跟十二名，一色的卫队制服。探春把两个孩子耳中的布取下来，手在孩子的脸蛋上爱抚着。

马车拉了国王一家，沿着仙那的大街，东南西北一个门一个门地走，一家四口脸带微笑，不断向让开路的民众挥手致意。旁边民众问，仙那城是不是守不住了？宾洛沙不停地大声回答：

“莫阿将军海上已重创荷兰人。放心，胜利属于陀兰。”他不断举起他的拳头，向民众示意。

探春脸如春风，像一朵清晨霞光中绽放的玫瑰，美艳不可方物。她也不断回应着民众：“回去吧，回家去吧。我们能赢的。我们有大运河运输火药，我们有莫阿老将军。”她拿起琳公主的小手向大家轻摇，那一岁多的幼儿半躺在母亲怀里，脸上绽开微笑。畅王子与妹妹一样，不哭不闹。在父王的怀抱里直着小脖子，神情庄严得像一尊雕塑。

国王的马车一路行去，到了城门又返回，几条主要的大街都走了，民众渐渐安下心来。不少人放下包裹，站在街上考虑何去何从。国王的马车刚刚离去不久，一辆辆囚车由马拉来，穿过大街。刑部大臣挑了一批大嗓门的狱卒，在囚车上敲锣，锣声一停，便告知大家，已抓住了传谣言的荷兰奸细，国王特令今日处死。走一路喊一路，车到之处，众人先是让路，再是跟随围观。谣言？是的，荷兰人上次就是败了，这一次怎么可能轻易登上仙那，出卖自己国家的，不就是敌方的奸细嘛？这些坏人是要扰乱仙那呀。众人的愤怒有了出处，纷纷喊杀，原先的恐惧消失了大半。那帮囚徒在囚车里被捆得结结实实，嘴巴塞得满满，也无由分辨，好几个脑子灵光的听半天听懂了。刑部的复核已知，自己已是死罪。本来还可以多活几天的，看来今天难逃此劫，要被拿来祭旗了。心中空空荡荡，思维再也聚不成片。

法场原来在城南最远处，因了今天这个特殊的时日，刑部大臣决定在原来的贫民区被拆之后留出的空场执行。十几个人被宣读了叛国罪状，当众伏法。他们的卷宗里，真实的罪行统统是杀人，现在以叛国的罪名处死，倒也不算太冤枉了他们。

人类的品性之中，往往潜伏着盲从与嗜血。仙那城原本跑出家来的城民，本是听了传言才跑的。后来，先看见了国王一家的安定从容，又目睹了传播谣言的陀奸被处死，心中大定。自家拖儿带女逃出仙那又能怎么样？离开了家园，到哪里都是流浪，能够坚持到几时？国王王后一家不跑，自己怕什么。再说，从上午到下午，半个荷兰人都没见着。还是要相信王室，相信莫阿老将军。他可是被国王赏了黄金甲的，他会带领陀兰水师继续走向胜利。

城门守军的压力终于解除。像潮水一样，原来急着逃跑的仙那城民们，又拎着包返回到自己熟悉的街巷，自己的家。有的甚至有些恍惚，这么急着逃，即使城门开了让走，又能逃出多远呢？陀兰是汪洋中的小岛，怎么跑？除非变成海里的一条鱼，与王室在一起，与莫阿老将军在一起，共同抵抗侵略者，这才是正理。

刘欢乐清早醒来，就听到四邻纷纷开关门的声音。他出了院门，拉住邻居一问，邻居说仙那城马上要破，西洋鬼子就要来了。他思索了一下，返回屋里喊醒了侍书。逃走？他不会逃。王宫里还有王后，还有她的孩子，自己怎么能逃。大观号那里日夜有汉宫的人值班，即使真的遇到危难要避一避，他也决意要去当王后的船长。

他将银票还有探春邀他入王宫的邀请函扎成一个包裹，放在院子里预留好的空洞里。想了想，他又打开了，抽出几张银票贴身藏了，再用砖头堵上洞口，手指从地上刮了几点苔藓抹上去。这个地方，他曾告诉过侍书，是以防万一的。侍书已是满脸惊惶，又担心王后，刘欢乐抱了抱她的头，嘴唇在她的头发上轻碰了下，告诉她，等他出去打探消息。他一个人出了门，跟随人流来到王宫，看见门前士兵加了几道岗。耳边隐隐的炮声此刻有了合理的解释，他知道了，确实，西洋人打过来了。

战时他已不方便进宫，他也不知道自己的腰牌在这样的时刻能否通行。刘欢乐想到汉宫，便逆着人流转弯去看。门上尚有新贴上的春联，里头留守的十来个人正在花园的柱廊里走来走去，一脸的焦虑。

嗯，不能急。如果王后遇到了过不去的坎，她不会忘记汉宫里跟她来的这些人，他们是她仅剩的故人。刘欢乐想清楚了，干脆留在汉宫等消息。船队里很少人知道他的家，他们只知道汉宫。如果兄弟们没走，就会到这里来找他。

刘欢乐心跳得厉害，他盘算着自己湾在海港的船，不知是否会在这场战争中损失殆尽。大观号在更远的船坞里，也不知是否会遭殃，但愿不会。

从上午待到中午，果然陆续有水手船员找到汉宫来。他们告知刘欢乐，刚才在人流中看到了国王和王后；仙那应该没事，只是担心船只受损，所以来汉宫找他拿个主意。

城门已关，临海的山崖峡湾里已全是陀兰军队，这是他们告诉他的话。如果这样，那么港口里的船只，双方打起来，多半是无幸了。

刘欢乐叹了口气，那一条条船是他的心血，自己却无能为力。

不知西洋人从哪里攻来？如果他们不来自东方，那么他可以在战火未打到近港的时候，想法和兄弟们起帆开走，开到大观船坞去；必要时候往东走，避开荷兰人后再北行。只是曼掸那边，不知有没有荷兰人。

莫阿设计的梯次狙击有了效果，荷兰船队未靠近仙那，已经损伤了二十来艘船。士兵减员不多，但战船损失惨重，那可不是马上可以补起来的。

第一波攻击荷兰船队的船确实像树叶，是莫阿所辖的船厂用最轻最好加工的巴尔沙木做成的，本来的用途就是一次性简易船只。船上预装了弩箭，是铁厂的工匠们从古法上学来照做的。一弩十箭，每个箭头上裹了火药、油脂，又缠了引线。座盘上安置好大约四十五度的角度，目的在于最远程地射上敌船。这弩箭与弓箭最大的不同，是弩箭装有张弦的弩臂和弩机，可以延时发射。第二波攻击的秃头船，莫阿给其起了名，称为“撞船”。撞角装在船首水线以下，连接主龙骨；前端包裹铁制冲头，冲撞时直接撞入对方水线以下；船的前部同样安放了火药。撞船的撞角一旦楔入对方船板，在船下的陀兰士兵则相帮着让其中一人翻上船，用船舱内原已准备好的火绒点燃引线，引发爆炸，造成对敌军船帮的破坏。划船的水手一般在底舱，一旦船的下部进水，最先遭殃的就是他们。他们若停止划船，这艘船也就没了人力驱动。如果船帮炸开了口子，船不断进水，也就废了。

陀兰士兵躲在船下或者旁边不露出水面，自然是为了不暴露在敌人枪口下。他们借助的是一种精妙的潜水设备，叫“潜水钟”。早在1500年至1600年之间，古希腊人就设计出了最初的潜水装备，古希腊哲学家亚里士多德也在他的著作里描绘了这一潜水设备的外形。它就像一个倒扣封闭的木盆，人的头就隐藏在木盆的底部，随着一同下潜入海，然后利用木盆剩余的空气进行呼吸。这个原理，就是利用了大气气压和水压的差值。其后，英国天文学家哈雷对潜水装备对这种木盆样式的潜水器进行了改装，并取名为潜水钟。他做过试验，使用从水面掉入海中的重桶为潜水人员补充空气，据说在当时水下十八米的位置，他和五位实验者一同坚持了一个半小时。

这些西方的发明原本莫阿也不知，但他收集来的情报信息颇为五花八门，其中有一张潜水钟的西洋图片。他对此研究了一番，决定让铁厂、船厂的顶级师傅们一起合计，照着图片做出一个模具来试试。做成之后，他选了几名水性最好的士兵潜入钟下入水，果然上头有薄薄空气可以呼吸，最多可以坚持一小时左右。莫阿把这项试验列为绝密，反复改进，反复试验，终于今天派上了用场。

弩箭船和秃头撞船不远即跟着救援船，只要潜水员不被轰击到，坚持游一段时间，就可被救援船救起。在水里，除了炮火，主要的危险还在于水温低。再好的水手在水里失温，很容易失去能量，手脚僵了即无法自救。故莫阿拨了一艘船头有炮的船充当救援船。他的士兵不怕死，但他不能让他们白白送死，尽可能地，他要留住每一个士兵。还有一个危险，就是海里的鲨鱼。这个风险完全没有办法预测，莫阿只有祈求老天帮忙了。

所幸鲨鱼没有出现。一批批的撞船被水底下英勇的士兵推着向前，有的还没接近对方船只，就被荷兰船的炮火轰击，炮火震荡爆炸之下就此殉国，但没有一个人退缩。一艘艘的秃头船从港口开出，到达对方大致的射程最远值外，便使用潜水钟入水，继续在水下推着走。他们像木匠敲钉子一样，目标只有一个：锲进船帮，点火，然后离开，等待火药飞腾。

一波波的攻击从上午到下午，一直没有停的时候。威特眼看船队能战的也就剩下十艘左右，心中又恼又悔。一线的船只都是本部精锐，另外剩下的几艘船是一直躲在后边的海盗。他们的战斗意志非常可疑，并不能放心使用。他决定自己的旗舰打头，管什么秃头船，一路开炮打过去，倒要看看谁能够阻挡他。

他的副将见状，赶紧劝住了自己的主将。未跟对方主力舰队遭遇，己方船只已损失过半，这不是必然，是偶然，是吃了清早海上大雾的亏。现在士气不高，不如先行休整，调南边攻打港口的船只来战。那边的骨头应该没这边硬，说不定已经打下了。即使没拿下港口，把南边的所有战船调过来，在这里形成合围之势，乘着北风一路扑向仙那。毕竟他们的战损也是明摆着的，这么多艘船报废了，也不可能一夜之间再造出来。

威特一听有理。攻打南边港口的船队消息没有那么快传过来，那就派副官走一遭。如果已经拿下，那就牢牢占据住，守好了，大队人马转过去，从南边登陆，顺着他们的大运河纵横全境；如果还没有拿下，那就调全部船只过来，全力以赴，无论从哪边进攻，无论付出多少代价，必须拿下仙那。

到那一日，一定得拿住莫阿那老贼，将他碎尸万段，方解心头之恨。

他调整了下呼吸，看着太阳逐渐西斜，命令船队后退十里下锚。明天还会有那么浓的大雾？他不相信。天下哪有那么巧的事情。

第三十三回

飞空击贼

首日战报晚间送到了王宫。宾洛沙欣慰，探春欣慰。王宫成员全部聚在餐厅里庆祝。白色的绣花桌布上，猩红的葡萄酒在烛光下闪耀着欢喜的色彩，像所有人此刻的心情。

莫阿老将军以弱胜强，干得漂亮！

宾洛沙举起酒杯，敬自己的姐姐和弟弟，也敬自己的妻子。自己受伤喝药上瘾期间，不是探春推动了贸易、运河、技术学校，稳定了国家，充实了国库，这一仗，可能就是陀兰王室的终结了。

探春读了好几次战报。一如既往，莫老将军的战报总是详尽、朴实无华，也有初步统计的水师伤亡数字，其中提到的秃头撞船令她深思。这撞船能够有效攻击，利用的是西洋船的船帮依然是木制这一机会。如果按照西洋人的技术更新程度，也许在将来，他们会造出铁壳船也说不定。驱动的力量，现在是人力，将来如果加上机械，那又怎么办？探春虽然说不好自己忧虑的是什么，但对技术这种可以改变现状的力，她是深深敬畏的。

秃头船下的士兵使用的是潜水钟，这东西是西方人发明的。莫阿拿来使用并投入战争，这很了不起，也重创了敌人。但究其技术，却依然是西方人发明的。而且，这个战术大抵只能用于这次战争。下一次，西洋人学乖了，他们一定会想出新的破解之法。

还有岛的南边、东边、西边，都还没有收到快报，不知是否同时遇袭？

宣慰使已经连夜派出，包括食物、衣服和药材，还有阵亡水师将士的抚恤金。一切均按最高等级。这些是宾洛沙这些日子准备好的。有战争就会有牺牲，这一战，每一名牺牲的将士都将获得一枚王室的飞鹰勋章。战事平定后，水师会转交给逝者的家属。铭记他们的功劳，给家属予抚恤，给英勇将士的后代以激励，是他这个国王眼下唯一能做的。

把这些送到前线去，送到莫阿的水师营去。敌人退了，但会再来，及时的鼓舞有其必要。奖掖慰问死者伤者，最终还是为了生者。他们的奋勇杀敌是陀兰的保障。宣慰使临行前，宾洛沙将自己的一件绣金镶钻的披风交给了他，让他带给莫阿老将军。海上风寒，这件披风的意义在于请老将军保重。莫阿现在何处，是在战舰上，还是军营里，宾洛沙其实也不知道，但送到水师，就是激励。

王室所有人尚不知道的是，南部的两个港口大年初一确同时遇袭，他们的受损要比北边的战队严重得多。

海豚湾和鲨鱼湾两处，因了陀兰岛内山脉隆起，北方气流南下被阻，气温比北面高了不少。莫阿在仙那北激战的晚上，南边并没有形成海雾。莫阿预测荷兰人的进攻时间已经秘密通知，此前预先设置的战法，两个港口的指挥官也照做了，但因缺了大雾的屏障，弩箭船和秃头撞船未能贴近荷兰船队就被发现。密集炮火轰击之下，弩箭船和撞船的攻击力较北岸弱，战果也小得多。两波攻击炸毁火烧，让荷兰船队毁损了八九艘，但好几艘船只未沉，紧急修补之后还能使用。海面上一片船只残骸，但鲨鱼湾军港前，依然还有二十来艘荷兰船逼近。

鲨鱼湾港口尚未修好，并无火炮守护。威特对此早已摸清情况，故他派南队主攻的就是这里，放在海豚湾前的几艘只是佯攻。他们排的几艘战舰列在海豚湾前，目的只有一个，牵制这里的水师去救援鲨鱼湾。

第一波第二波攻击没能阻挡荷兰人，眼看着大队船只逼近，鲨鱼湾主将伊沙令旗挥处，陀兰水师开出鲨鱼湾正面迎敌。驻守在这里的船只大约有三十来艘，只有前边几艘有火炮，故这几艘行在前头。海上远程对攻，炮火就是第一要素。荷兰弹药充足，一炮一炮打来，他们的炮射程远，击中了几艘陀兰舰。伊沙不为所动，令旗摇动之处，未中炮的依然向前，分散行驶，各舰推进。他的旗舰，还有分列左右的两艘护卫舰，因为船头有炮，压制敌方炮火尚可，步步接近荷兰船。

荷兰士兵举起燧发枪向伊沙旗舰射击，甲板上的士兵好几个中枪倒下。伊沙站立的船头枪声最密，副将把他强拉下来。伊沙知道这是存亡关头，拉下来又重上，坚决不退。副将无法，招来几名士兵将伊沙团团围住，为他挡子弹。

周围的兄弟们一个一个在身边倒下。伊莎不为所动，一直站在船首飘扬的陀兰国旗之下。看看已肉眼可看到荷兰人的面孔，他右手举起红色旗帜。瞬间陀兰舰上三飞箭发出，密密麻麻，向荷兰船上的士兵射了过去。

三飞箭本是中土发明。明代中土东南沿海抗倭时，戚家军创制了飞刀箭、飞枪箭、飞剑箭三种喷气火箭，统称“三飞箭”。这三种火箭用长六尺的硬木制作，箭镞长五寸，分别制成刀、枪、剑形锋刃，能穿透铠甲。箭镞后部绑附长七至八寸、粗二寸的火药筒。作战时，将火箭安于木架上，手托箭尾，点着火药筒的药线，对准敌人射击。这种火箭射程长，火力猛，被射中的敌人瞬间即失去战斗力。火箭雨在空中飞，划过空气，发出刺耳密集的“嗖嗖”声。

伊沙的旗舰奋勇向前，护卫舰隔着距离与其一起挺进。一轮一轮箭雨过去，前方敌船射中军士纷纷倒下，落在甲板上、帆上的便起火，顿时敌舰乱了起来。但陀兰船只因为太过接近，中炮的几率也在增加。旗舰一侧的护卫舰中了一炮，船舵被击碎，船只在大海里横了过来。

莫阿一直顾虑鲨鱼湾的战备防御力量，因此将刚生产出的三飞箭大量给了这里。他也知道，一旦找不到奇袭的机会，与燧发枪对攻，就是拿陀兰士兵的命换荷兰人的命。枪击发的速度，无论如何快过三飞箭。可以一战的原因，是因燧发枪不能连发，打一枪就得装填一次子弹。这个空隙，就是三飞箭的射击良机，所以重点还是拼人。谁死得起人，谁的承受力就强。莫阿曾经一遍遍在心里推演，不得不硬下心肠。陀兰的士兵多，发出的箭也多，只要打得荷兰人战斗减员到了不能接受的程度，他们就得退兵。

海湾里的救援舰早已开出，他们忙着放下小船，救助落水的战友上船。有几艘闯进陀兰舰群的荷兰船只，继续向他们开炮，救援船指挥将领沉着还击。与此同时，一条条绳梯伸向海面，落海士兵上得救援船，船上的士兵立马递上毯子裹住，帮其保暖。

仗着火炮射程和枪支的火力，更多的荷兰舰破口而入，直向鲨鱼湾港口。此时双方队伍已乱，陀兰战舰在海上不停调整攻击角度，伊沙的船只已经驶到了军港外头。见荷兰舰队闯进了港口前的狭窄海域，心中着急。他挥旗集结船只，使用上了压舱武器“震天雷”和“神火飞鸦”。

这震天雷全名叫做“飞空击贼震天雷”，是一种球形带双翼的“有翼式火箭”。“神火飞鸦”则是鸦形，同样有翼。这两种火箭分别在鸦形与球形体内装满火药，火药中有火药线通出，并与起飞火箭火药筒中的火药相串联。这两种武器发射时得先点燃火药线，使火箭飞至敌方，鸦身与球体内的火药引爆，以杀伤和焚烧敌军。这两款发明是中土明代后期的军事技术家创制的破阵攻城利器。比起三飞箭来，这两款火器飞行距离长，火力更猛。

莫阿执掌水师多年，对中土明代戚家军抗击倭寇一直仰慕，第一次荷兰人来攻，他就一直思考各种破敌之法。倭寇南下劫夺中土人口物资，船只所到之处残暴凶狠，但戚家军打得他们满地找牙。这种战绩不能全归于戚继光将军的个人气概，更应该归功于他组织、领导下创制的战术和武器。因此，莫阿重金收集民间散落的戚家军战法记载及武器图，甚至有商人不远千里去中土倾力收集。碎片也好全本也罢，莫阿都要。这两款有翼能飞的火箭有图有说明，较为完整。莫阿如获至宝，专门指导火药厂试验，成功之后便是秘密制造，这才有了现在的大派用场。

荷兰舰队指挥官见火箭雨飞来，士兵被射中的满地打滚，心中发狠。他令一排排士兵聚合在船的一头，高低各一排，对着陀兰船只射击。这一轮子弹击中了站立放箭的陀兰士兵，不少人倒下。这名指挥官目标明确，见视野内陀兰舰的攻击被压下来，并不恋战，指挥船队直奔码头，意图登陆上岸。

他们前头火炮开路，排枪扫四周，杀伤力极大。陀兰军在后急追猛打，已不计安危。

海上正是炮火连天之时，陀兰岛右岸的船队赶到战场。这一支队伍遵从了莫阿先前指示，见烽火燃起，分了一支舰队赶来救援；刚刚行到鲨鱼湾，眼见如此形势，立即加入战团。

海豚湾在鲨鱼湾以西。那边荷兰派出的战船少，激战之后已被陀兰舰队击溃。剩下几艘船见牵制任务完成，己方受损严重，遂撤出交战区域，往东边的鲨鱼湾靠拢。才一接近，就被陀兰东岸赶到的舰队驶来狙击。这支荷兰船队弹药消耗极大，炮弹打完，调转船头想走，此时又被攻击。陀兰舰队轰天雷、飞鸦一阵猛炸，荷兰军士多已带伤，至此溃不成军。剩下一两艘冲出包围圈，逃回纳澳去了。陀兰舰队知道此时是港口争夺战，也不追，并力往前，炮火直击已接近码头的荷兰舰队。

太阳西下，此时已接近海平面。大海上，一片金色荡漾在蓝黑色的海水中，既艳丽又残忍。被轰破的船只被海浪推来推去，无主飘零，等待船舱灌水沉没的命运。

这一天，鲨鱼湾的陀兰水师伤亡极大。士兵们中枪死伤无数，甲板上到处是鲜血，到处是躺着的、靠着的死伤者。旗舰船头火炮的炮弹已打完，估计其他船只也情况不妙。如再发射轰天雷，暮色之下就有伤自己人的危险，伊沙只好鸣金收兵。没有受伤的人赶着救治同伴，抬到医官前一一施救，但中枪在要害部位，或者流血过多的，眼见没救了。已逝的死者无法唤回，只有裹上白布一一海葬。

眼睁睁看着战友兄弟在身边殒命，这打击让不少陀兰士兵痛哭失声。他们伤痛的不止这个。可以想象的是，鲨鱼湾军港今夜会被荷兰人占领；里边留守的士兵不多，他们多半已无幸免，还有武器弹药，船队也没法补充。伊沙心中沉重，他强迫自己冷静，心里估算了下，闯进港口未被陀兰舰队击伤的，起码有六七艘甚至更多。那就是几百人已经上岸了。他们占领军港后，一定会在港口各处设置火炮，炮口对外，阻止自己夺回营盘。

看看自己周边也只剩下了七八艘战船能战，加上东部援军，加起来也就一二十艘船。但两军此时无法联络商量下一步。海面上四处飘着船只，稍远一点，旗帜已无法辨识，分不清谁是谁。

伊沙决定立即遣船遣人从陀兰岛的东部军港登岸，鲨鱼湾已失之事非同小可，得立即飞马报仙那；另有一路则去海豚湾，不管那边有没有受袭，拼了船毁人亡，也必得将消息通知到最近的鲨鱼湾附近驻扎陆军。至于他自己，已作了杀身成仁的准备。夜晚很漫长，但愿陆军接报，来得及明日在运河截堵荷兰人。自己就从海湾外部封死他们的退路，哪怕成为荷兰人弹药的消耗品也在所不惜。

为了给建设中的鲨鱼湾运送物资，运河此前挖长了一段接入港口。西洋人的战船大，他们的船不一定能在运河航行。那意味着，如果他们狂悖之下铤而走险，要占领北边的仙那，就得夺内河船只，或者走陆路。这样一来，沿途不知要死伤多少陀兰老百姓。

还有一种可能，就是他们占住了鲨鱼湾军港，并不急着北上，而是等待其他队伍来援，再从纳澳调集人员弹药补充。这对陀兰来说是最坏的消息，到时他们守港的力量增强，进可攻退可守，那么这块地方，有可能就不再属于陀兰了。

两艘护卫舰已经损伤了一艘。伊沙派出完好的那艘船，又指定了旁边另一艘，命他们趁着夜色各自出发。旗舰失去了护卫，攻击力量减弱，自是身处险境，但他知道此刻最重要的是送出消息。护卫舰船头有炮，遇到敌人，起码有杀出重围的可能。

攻守易形，这对于伊沙是痛苦的。没有守好港口，就是他活脱脱的罪孽。他不敢想象莫阿老将军的愤怒与失望。但现在不是痛苦的时候，他得安抚好手下的兵士，他希望每一艘自己的船上，指挥官都能这么做。等明天天亮吧，那时海豚湾的消息也会传来，如果那边不失，那就共同抢回阵地鲨鱼湾。

王宫在大年初二的晚上收到了鲨鱼湾失守的信息。陆军大臣在外督军，宾洛沙派人将此信件抄了，快马报了去，又命报莫阿。水师重兵守仙那，首战得胜，而南部失守，一喜一忧。

探春一直在前殿，她握着宾洛沙的手，什么话也没说。他们明白，将在外，君令有所不受，剩下的就是水师和陆军作战的问题了。但王室还有必做之事。让侍从们退下，他俩拿过地图来看。是的，要防患于未然。趁着荷兰人还没有向腹地推进，得先把运河靠南的几个狭窄路段堵上。炸毁山石也罢，堆塞树枝泥土也罢，一定不能让他们顺着运河一路鸣枪抢劫而来。如果逼得他们不得不弃舟登岸，那么，陀兰就会是他们的坟场。商量已定，宾洛沙遣宫内监当晚传工吏部大臣秘密进宫，由他亲自带着可靠人选去办，又将骑兵队马匹拨出一半归他指挥。海政大臣、军政大臣两处，由察布队长派人去送信告知。

同一天下午，威特的助手查理乘船到达了鲨鱼湾海域。一路上他为躲避陀兰巡航的船队，落下了船头的旗帜，船头的大炮也遮蔽上防水的油布。他在远处用千里镜看，见鲨鱼湾港口荷兰三色国旗飘扬，外围则是激烈的炮火强攻，进攻的战舰悬着陀兰鹰旗。没错，是陀兰军在攻打港口。他明白了，鲨鱼湾易主了。这个结果是最理想的。他心下兴奋，急命调转船头，从陀兰岛的西边绕回。待通知威特，由他带队前来一举剿灭陀兰南部水师，就是眼前的事了。虽然北边占领仙那没有预期的那么顺利，但南部战队推进神速，足以一雪前耻。

大年初二这天，莫阿的战舰一溜排开，尊尊火炮对着西北方向。这是他与葡萄牙人密议买回来的。葡萄牙人受后来居上的荷兰人欺压挤兑，不得不接受英国调停，离开南洋这个经营多年的地盘，远去南美开拓新殖民地，葡萄牙殖民总督极不甘心。大量要塞火炮他不能留给荷兰，让他们轻松捡这个便宜。正好有军火商人在中间搭桥，总督顺水推舟，私下卖给了陀兰的莫阿。所有的拆卸运输都是秘密进行。

这场交易，是在葡萄牙人与荷兰人谈判的最后阶段完成的。尘埃未落定之前，荷兰人还做不到在南洋一手遮天，港口、香料园的交接也得在协议签订后进行，因此这项买卖得以顺利完成。与大炮同时交易的还有部分枪支，也一起秘密运到了陀兰。

英国在本地安插了代理人，其情报网曾隐隐觉察到了异动，但并未理会。只要是针对荷兰的，他们乐见其成。毕竟荷兰在南洋坐大，并不是英国主子真心愿意之事，就当埋个雷，栽个荆棘丛也是好的。至于葡萄牙人，他们即将离开南洋，走之前，让他们赚点小钱无妨。

陀兰整个国家知晓这件事的，就莫阿和国王夫妇三人。这一大笔钱如何筹措，当时还难倒了宾洛沙。要保密，就不能惊动财政大臣，钱也只有自己来筹。探春出主意，将王室名下的宝石矿开采权，以及探绿、石榴红、陀兰金、天心蓝的宝石品牌，以十年为期抵押给华人商会。格钦被亲自招来王宫，王后虽然没有具体说用途，但格钦知道，这么大手笔的用钱，肯定事关国家。他不多问，回去发动全体华商众筹这笔巨款。

此时王室宝石店铺已经开到印度各大港口，已成陀兰第一品牌。陀兰宝石结晶细密，光透性高，所出品的宝石品质稳定，肉眼基本看不到瑕疵，已成为北到广州、香港，西到印度甚至中东广受欢迎的商品。格钦为此动了脑筋，先在小范围圈内透露，打造神秘感。在吊足了众人胃口之后，才告知大家，陀兰要扩大运河的支流，需要筹钱，故有抵押宝石矿之举。华人王后照应华人商家，条件很优惠：十年为期，每年付高额利息，到期还本。如果不能按时还，则宝石矿归抵押权人所有。

说起宝石矿，商人们大多了然，那是一个富矿，大规模的开采还未进行，十年之内定开采不完。至于王室信用，众人哪有不信的。建大运河是利于商家之举，为这样的项目出钱，也是应有之义，何况还有高额收益。格钦的女儿已是宫廷女官，他本人多次被国王、王后接见。据说王后生产时都接了格钦的妻子入宫陪伴，这样的消息岂有假？也有人奇怪，修运河是国家之事，怎么会由王室以自己的财产抵押来筹款？找不到理由，只能从国王，特别是王后前期执政的利民政策找依据了。前头，王室不是把自己的硝石矿赠与国家了嘛？两件事一前一后，同样的道理，那就是王室高风亮节，知道国库困难，所以自解腰包，这不能不令人起敬。

有脑子更灵活的商人，将王室、格钦一家联系在一起，知道自己现在躬身入局，将来就可能是皇商的一员。从王后执政的行事看，她念旧，对于帮助过她、帮助过王室的人酬报丰厚。看看格钦就知道了，去年就跟了后起之秀刘欢乐，跑了一趟中土，那发了多少财呀。还有汉宫那些随她来南洋的人，她给了他们自由。这是什么人？这是一个重情守义、又格局宏阔的女子。陀兰有她，一定蒸蒸日上。现在帮了王后一把，就等于将来可以坐等机会，坐等收益。

华商在南洋一带，通过海洋贸易成巨富的不少。格钦人脉广，有威信，举措又得当，短期内筹到了足够的钱。他把认领的商人登记造册，又将银票拢在一起，进宫交给了探春，探春将宾洛沙签字并盖了御玺的抵押文书交给格钦。见了抵押权人名册，当日即将附有抵押权人名单的文书也加盖了御玺，由格钦带回遍示众人。

宾洛沙决策之前也想到格里布的权益问题，那宝石矿他也有份的。但在重大的国家事件上，也顾不得了。探春安慰说，待和平到来，这项交易可以公布之时，这笔账光明正大入陀兰国库就行。大运河税收优惠时段过去，国库可以迅速籍由商业税充实起来，支付利息及后边的本金并无问题。如此，王室利益不会受损，格里布的利益也不会受损。相反，错过这千载难逢的购军火机会，那就等着被动挨打，王室利益、陀兰利益分得再清，也无益处了。宾洛沙点头称善，再一次惊奇于自己的妻子：她的脑子怎么一直那么清醒，那么活？

葡萄牙人的火炮枪支虽然逊于荷兰人，但差距没那么大，比起陀兰此前辗转买来的强得太多。莫阿保卫仙那，自然重兵守城。他在旗舰上，看看船头立着的新式火炮，心中踏实。虽然看不见，但他知道高崖之上，有陆军在自己的身后守护。他不放心的是南部两个军港。但南北两地相隔遥远，传送消息不易。如果南部遇袭，他只能祈祷，自己培养出来的将领能够坚守几天。待收拾了眼前的荷兰船队，他再领军驰援。

莫阿在大年初二当天，在仙那海域守了整整一日，并无战事发生。远远看见天边荷兰人船队，但他们不来进攻，也不后撤。莫阿不知道这葫芦里卖的什么药，自然一点不能松懈，全水师官兵不下船，隔着宽宽的海域与荷兰舰队对峙。

却说查理离开鲨鱼湾海域，一路小心绕行，先由西再向北，见海面空空荡荡。陀兰及四周岛国的小型民船商船早已躲进港口，目力所及，只有自己一艘船。如碰到陀兰船队，那就是寡不敌众。他拿出六分仪来，确保自己行驶在正确航道上，一路提心吊胆。好在一路并未遭遇敌军。陀兰日历上标注的中土大年初三下午，他赶到了仙那西北海域。查理心放下来，命升起荷兰国旗，与威特汇合。威特听到南军拿下鲨鱼湾，心下大喜。

既然莫阿在北边，这块骨头不好啃，那就去南边。从鲨鱼湾外头消灭陀兰南部战舰，然后势如破竹入港口。站住脚跟之后，或者向北打，或者逼迫陀兰承认荷兰实占鲨鱼湾的事实，像角城一样。待休整完毕，纳澳岛再运兵运弹药来，那时扩大战果就是水到渠成之事。威特不甘心地看着远处与之对峙的陀兰舰队，心中恨恨。好吧，换个时间再来收拾仙那，收拾莫阿。他对自己说。

想定主意，他命起锚，舰队向南，直指鲨鱼湾。

确如查理在远处用千里镜看到的，鲨鱼湾在大年初二这天，是一场恶战。

头一晚，荷兰军攻入鲨鱼湾港口。此地的陀兰士兵大部分已经上船出海作战，剩下的多为伤病不能参战之人。荷兰军队占据海湾入口后，便是长驱直入；来自营地的抵抗，在他们的密集枪声下已不值一提。待侵略者靠岸持枪前进，这个港口的工事、仓库不多时便易主。少数几个陀兰士兵趁着暗下来的光线逃进树林，出外报信，其余士兵全部战死。

荷兰人上得陆地，心头大定，三百来人在这异邦丝毫不惧。港口码头处，几艘战舰船头对外，炮口、枪口威胁着由外而内的任何船只任何人；指挥官马克安置了值班岗哨。荷兰士兵饥饿了一天，便把仓库里的物资搬将出来，埋锅造饭。那些陀兰士兵的尸体横七竖八，他们瞧也不瞧。这种情形，这帮侵略者见得多了。等明天去找几个本地土著，在旁边的树林挖个大坑，一埋了事。此时倒还不忙清理战场。

次日天尚未亮，港口外已经四面火箭声。陀兰水师不计代价，聚拢所剩下的炮弹，一发一发打过来，从早到晚都未停歇。太阳西沉时，各处炮声逐渐稀疏，炮弹已经打完。震天雷和飞鸦火箭也用得差不多了。虽然荷兰拦在港口的船只又被击沉一艘，但他们的炮火对外依然呈压制状态。地利已失，陀兰还是吃了武器落后的亏，更兼没有基地补充弹药。伊沙的船队被轰沉了好几艘；有的士兵救援不及，就此与船同沉，全队战斗减员严重。东部来的水师弹药充足一些，中间曾换他们上前主攻，但也因港口被占，炮火不济，进展甚微，一天激战下来，已渐成颓势。

荷兰带队的马克队长看看海上苍茫夜色，听四围浪涛声如鼓，心中知道，陀兰人这一天的抵抗算是结束了。只要他的炮船牢牢嵌在湾口开炮，辅以枪击，陀兰人想拿回阵地，那是休想。再坚持两天，北边的舰队应该就会来到增援。船上的弹药他清理统计了，应该还够。只要南北两支船队汇合夹击，就可以彻底清剿这帮陀兰水兵。他们把自己的船打沉了大半部分，这个仇，必须得报。

可恨的是，这帮陀兰水师不屈不挠。沉了那么多船，死了那么多人，就是不让开港口，以至于他无法派船出去报信。威特将军那边不知如何。无论那边占得了还是占不了仙那，自己的任务算是漂亮完成。此役之后，自己也该获得晋升了。

第三十四回

蛇象守土

来自王宫的几封密件莫阿收到了。鲨鱼湾已失，让他心中一痛。客观地说，防线最弱的一环被占，是意外也不是意外。

大年初三下午，看到对峙了许多时的荷兰船队旗帜离开了原海域，未向仙那港开来。莫阿判断，这是他的对手荷兰指挥官下令了南撤。看来他们的作战目标已经变了。

南岸东岸的军港信息也到了。东岸报其已驰援南部，西岸则无消息。莫阿有些疑惑。不是西港已失，就是荷兰人大绕圈子，没从西岸守军眼皮底下过，他们没看见。不敢擅离职守，又不清楚敌军具体攻哪里，因此采取了守港之策。这也不能说他们错。

曼掸国派通讯船只过海域，来报他们遵从同盟之约，已派战船沿着曼掸与陀兰的海域南北巡视，如遇西洋人入侵，必当接战。这是莫阿最希望看到的情形。曼掸的通报，说明了他们没有遇袭，还有，他们愿意担当巡海之责。那么陀兰东部一带，莫阿不必忧虑。现在的问题是，荷兰已经拔锚南去，他们肯定是去支援鲨鱼湾守军。以他们的炮火，内外夹击，南部水师危险了。

莫阿命令下去，当晚点齐船只人员，次日黎明即出发。往哪边走，只有他一人知道。受伤的阵亡的，趁着这个机会移交到军港。消失在大海中的陀兰士兵，他们安睡在了日日相依相伴的大海，也算是英雄的归处。

当晚，莫阿的旗舰上，收到了小船递来的王宫又一封密信。揭开盖着飞鹰图案的火漆，展开信件，莫阿坚毅的脸上终于松弛了一些。

军政大臣快马告国王，他们在南部，已做好了迎战准备。

信先到王宫，再到这里，也就是说，自己接到这封信的时候，陆军那边估计已经开始了驱逐侵略者的战斗。

既然如此，那就尾随荷兰人南去，伺机歼灭他们。东岸已经派出了南下的支援船队，剩下的只够守港；但愿西部港口能够觉察到荷兰人的意图，截住荷兰船队，拖住他们；自己带领主力前去夹击，那就是最好的时机。他立即命传讯兵出发，从陆路去通知西港。交战之日，仙那海域遇袭，他的助手已经按原先计划，已经派出过信件告知战事，这信息应该到了，这第二次传讯，不知能否及时送到。

确如莫阿所判断，陆军收到了海豚湾送出的战报。水师与陆军的联防，此前曾在王宫，在国王王后面前反复协调过。水师已经竭尽所能，既然敌人上岸，那就该陆军上场了。

军政大臣任职多年，本逐年趋于保守。前年仙那城一战打破了他安于现状的迷梦。纳澳诸岛沦陷，陀兰不可能被侵略者所忽视和遗漏。西洋和南洋，区别在于工业国和农业国，武器不如人是肯定的。但仅此就判定胜负，他不能甘心。打赢了仙那保卫战给了他信心。犹记那时，他的士兵被荷兰人的炮轰击，伤亡不少，但并没有影响士气。王后亲自带娘家人下场烧砖，给城防及时供应了防卫材料，他深觉激励，也深觉惭愧。

曼掸入侵海域，莫阿大破其舰队，打出了威名，也打出了海上领袖的风范。后来曼掸来和议，心甘情愿送款给陀兰，正是因为陀兰水师的强大。他们未来也需要陀兰这个邻国。作为战友，军政大臣不得不深思，是什么让莫阿的水师如此强大？

受了莫阿统领水师的激励，军政大臣苏契开始整顿兵马，剔除军营中的不安定分子，又从各军事单元选拔能人来充实他的智囊团，西洋人叫做作战参谋的。在王宫看到的沙盘是个好东西，他也照样做了一个。招募来的参谋中有个华人，从小耳濡目染受了许多中土战例的熏陶。这人告诉苏契一句话，他从中很受启发：善将者，山川树木虫鱼皆可为兵。

南洋土地上有的是什么？是热带丛林。南洋有什么凶猛的野兽？大象，鳄鱼，毒蛇。陀兰面积小，大象不多，早些年王室已经将中部一片森林划为保护区，饲养员定期在森林里栽种香蕉、甘蔗、花生，给其添加食物，部分头脑聪明的大象已经可以被驯化；鳄鱼无法驯养，暂时用不上；至于毒蛇，这个最好。民间多有捉拿毒蛇的民间高手，蛇胆可以明目，蛇肉可以做食物，蛇蜕都可以入药。苏契通过技术学校向全国征召捕蛇人。工吏部已经给他派来了几批，陆军成立了一个特种小分队，专门捉蛇并饲养。苏契高薪奖励之下，捕蛇人有了安定的生活，平时的任务就是出入深山老林。一笼笼毒蛇，大的小的，粗的细的，陆续运来军营。大蟒蛇无毒，也因其令人恐惧之力，几个人千辛万苦捉了来献功。苏契按了自己的布置，南北分了两队蛇营。几头大象作为稀有的珍品，也在饲养员和驯兽师的配合下，从它们栖息的地盘，牵上运河北上南下。

当然，这些都得了王室的许可。动物再珍贵，珍贵不过人。陀兰受袭，陀兰岛上生灵个个守土有责。战事一起，工吏部大臣已经奉命封锁了运河，民船商船一律不能走，全送军资。他本准备遵命炸毁近南部的几处狭窄处的，苏契南下，在运河码头与之会晤。苏契请求先不忙炸运河，毕竟一炸，陀兰老百姓就乱了，不如陆军先战。赶跑了侵略者，也就无需破坏运河了。工吏部大臣听得军政大臣如此信心，拿不定主意，当晚飞马报王宫，自己则担起责任，暂不炸运河。他日夜驻扎在码头，一待王命，或者敌军下运河，他就命手下将各处准备好的引线点燃。

却说大年初三这日，海豚湾的弹药物资支援到了鲨鱼湾外围。两队的指挥官在伊沙的旗舰商量，觉得隔开外海可能来的支援，保存自己力量也是重要的。给王室、给陆军的通知已送出，相信不久各方就有反应。敌人就几百人，只要人心不垮，他们还能上天入地不成？不妨再等一日看看是否有变数。商量停当，海豚湾船队放下小船，将受伤将士一船一船送往自己营地医治，两支船队一字排开，准备死死守住海豚湾海域。他们下了决心，如果有荷兰舰出来，哪怕撞船也要让其沉没。他们也相信，莫阿老将军待收拾了北边的荷兰人，一定会前来支援。那时就是反攻时机。

港口内的荷兰人一整日修理军事堡垒。他们从船上搬下部分火器弹药，在各个狙击点设置了工事，安排了明哨暗哨，都用双岗。见陀兰人只在火炮射程外，一整天不进攻，他们估计这是在等援兵，那就等好了。待威特船长引大军来到，一起荡平南岸。

当夜，荷兰兵入睡，外头的岗哨背着枪在各要塞点走来走去。忽闻四处传来可怕的“嘶嘶”声，还有某种东西沉重踩过草地的顿足声。夜晚如此沉静，异样的声音被放大了，听在哨兵耳中无比清晰。天上刚出的新月暗淡，肉眼看过营房外树林，完全看不清楚，只知道这让人不安的声音来自那里，近的声音则从身旁的草地传出。有个哨兵恐惧之下，朝传来声音的草丛开了一枪。军营里，荷兰人顿时惊醒，赶紧点燃烛火，穿衣持枪。烛光照耀之处，士兵们吓得呆了。不知何时，地上到处是蛇游走，与人对峙之时，那暗红的眼睛在昂着的头上格外可怖。一时军营像开了锅，到处枪响，到处惨叫。那惨叫声，自然来自于被蛇咬了的士兵。

蛇不可控，到处乱爬，见人移动就攻击。尤其是周身缠着一道道纹路的，蛇身不长，但极机警极毒。一旦咬到了人，不过一两分钟，被咬之处就麻，继而肿胀。士兵纷纷坠地，发出令人绝望的喊叫。走廊里不知何处出现了一条大蟒，它拖着长长的身体，漫无目标四处游荡。有士兵对着蟒蛇的头开枪，光线暗淡之下没打中。那蟒蛇发怒，卷了过去，将那士兵牢牢裹住，周围的荷兰士兵心胆俱裂，争相逃命。

军营是鲨鱼湾水师临时建的，就在沙地上头，砍开树林形成的缓坡上，是一长排的简易建筑。蛇随着暗夜潜入，哪管这间房那间房，四处游去，见人移动就咬。穿好了制服的还好一点，未来得及穿，只按照习惯着短裤入睡的士兵，被蛇咬了，毒液迅速渗进血管。同来南洋的队医在大年初一的激战中船破身亡，此时军营里连包扎的人都没有，且逃命要紧，谁顾得了谁。

侥幸逃出军营寝室的荷兰兵，一出来就见庞然大物踏地而来。那正是苏契带来的大象兵。驯兽师拼着自己的性命，在大象尾巴上绑上鞭炮点燃，大象受火烤疼痛难忍，又兼被鞭炮响声所惊，四处乱窜乱踩。此时荷兰哨兵早已离了岗位四处逃命，聪明的冲向港口上船。反方向冲出军营往运河方向跑的，只听一片枪声；埋伏在外头的陆军一齐开火。这批枪支，正是葡萄牙人卖给莫阿的武器。王室分了一部分调给了陆军，以增强其战力。

外头驻守的伊沙远处看到军营忽举灯火，遂命全体战舰起锚，接近港口。见有战船开出，便不顾对方有炮，抵近了发射震天雷和神火飞鸦。上得船来的荷兰士兵本不多，遇此只能胡乱开炮。陀兰舰队不怕船沉，不怕死亡，只顾抵近放火，不多时，排在前头的荷兰船只起火。灭火不及，船帆被射中的熊熊燃烧，连带着桅杆，一直烧到折断，倒在船的甲板上。荷兰兵顾此失彼，已不知指挥官在哪里，出不了港口也退不出营地。

伊沙虽不知道发生了什么事，但眼前荷兰士兵忽起混乱溃不成军是看在眼里的。他在船头点燃火把，让众舰看到陀兰的飞鹰旗，然后带头上前，抢滩登岸。

荷兰兵上船之人本就不多，中间还有招募来的海盗，哪有战心，只顾起锚开向大海，炮也不管准头，一路开一路驶出。伊沙旁边的舰自动充了旗舰的护卫舰，见炮火威胁旗舰，便拼了船毁人亡，从旁加速驶出，尖利的船头直撞了上去。在撞上船的一瞬间，这艘临时护卫舰的舰长还在遗憾，可惜了那些撞船大年初一用完了，海浪打散也没法回收，否则现在是绝好的机会。

一艘荷兰舰，一艘陀兰舰，现在两船相嵌，两者同时受损。船帮的木头受大力撞击之下，船板间出现裂缝，海水涌入船中。伊沙见状，指挥旗舰杀了过去。这艘船的船头装有莫阿上次大破曼掸的铁爪，见荷兰船不能移动，正是良机，接近之后升起铁爪搭了上去，牢牢抓住。准备好的木板一铺平，陀兰士兵举着火把冲上了荷兰舰。荷兰人手中的枪支已然来不及一枪一枪地放，不断的陀兰士兵跳了上去，砍刀一刀刀招呼过去。船战到此时，已生生变成了肉搏。

另外一艘跟着逃出来的也被如此办理。火把燃烧，桅杆燃烧，继而船板燃烧，两艘船的荷兰兵有的放过一枪两枪，有的胆怯之下，连枪都没端好就被砍翻。陀兰水师源源不断朝着战旗方向涌来，见两艘荷兰船已经不能动弹，便趁势攻向军港内。哨兵和狙击手早已逃窜得不见踪影。剩余的几艘船没上得几个人，船还没开出海湾，就被轰天雷和飞鸦烧了船帆。荷兰人此时想下船逃命已经来不及了，对面野蛮的陀兰人贴近了就撞，然后铁爪搭过来，继而就是大刀长矛乱砍乱戳。

这一夜，上船逃生的荷兰士兵没一个活得了命，也有人投降告饶，但愤怒的陀兰士兵哪管这些，又哪信得过，统统一律杀了。

军营里跑向内陆、跑向运河口的荷兰人，受到的狙击比这个更猛。趁着黑夜，苏契组建的敢死队已经将鲨鱼湾军营包围得铁桶也似。毒蛇、大象阵立了奇功，打乱、驱逐了荷兰人，让他们各自为战，列不成阵势。跑出来的人黑暗中先受枪击，继而受到弩箭狂射，零星幸运的多跑几步，又遭遇了大刀队。十几个陀兰人对一两个荷兰人，那真正是砍菜削瓜。为了看得清敌人，在前线亲自指挥战斗的苏契下令放起了烟花。

黎明渐渐来临。鲨鱼湾鏖战了一夜，清剿了一夜。水军陆军两支队伍取得了胜利。他们没有即时通讯没有联络，只有共同杀敌的默契。两支队伍剿灭了上岛的所有荷兰士兵。这些异邦侵略者，享受了胜利的喜悦不过两日，便全部殒命在了鲨鱼湾。大年初四的海上黎明，在陀兰将士的眼里，比往日更鲜明，更令人心潮起伏。

深黑色的海水在视野中逐渐变蓝，烧毁得只剩下残骸的船只，像枯干的树叶漂在海中，被卷起来的海潮推来推去。中枪战死的陀兰士兵，他们每一个人都经过了殊死搏斗。歼灭了侵略者，也把自己的性命送给了国家。

伊沙收拢船队打扫战场。护卫旗舰，那艘一头撞向荷兰船的，舰长已经战死。船只进水尚未沉没，他就躺在陀兰飞鹰旗下，身上中了一枪，身下血流满地，已经凝固成暗黑色，双眼紧闭，头向着头顶的苍穹。胜利了，但他已经看不到。伊沙不顾半沉的船只危险，搭了船板，亲自背回了这名勇敢的舰长。其他散在两军船上的牺牲士兵也一个个由生还者背了，送上岸去。他们是陀兰的英雄，他们值得最高的礼赞。

军营内大蟒毒蛇已四散。还好军营不接民居，毒蛇不至于大白天的伤害陀兰村民。那些尾巴着火的大象夜晚看不清方向，在军营中狂跑了一阵，此时已不见踪影，估计跑到树林中去了。军营树林的边缘，到处是被撞折了的树干树枝。这些或有毒或庞大的生灵，平时让人丧胆，但此役，它们为陀兰立下了大功。

军政大臣立在鲨鱼湾口感慨万千。他派人飞马沿运河报信到仙那，并告知驻守码头准备炸运河的工吏部大臣，上岸的侵略者已被全部歼灭。

前后战死在鲨鱼湾的将士，被一一埋葬在树林旁。军政大臣苏契、鲨鱼湾主将伊沙在这一片英勇的土地上立了一块碑，上书“陀兰英雄之墓”。伊沙用缴获来的荷兰枪支朝天放枪，以安慰逝去的英灵。

接下来的事情很多。要迅速整理军港防务，因为后续的荷兰人还会来。海豚湾来增援的舰队也陆续起帆回航。鲨鱼湾收复了，他们也有他们的守港任务。此战海豚湾舰队有不少士兵受伤，经过简单包扎后，指挥官决定全部带回医治。还好，阵亡将士不多，他们的遗体已葬在了鲨鱼湾的营地。这里是他们奋战的地方，就请他们泉下也护佑这块陀兰的土地吧。

这还不是最后的胜利。海豚湾主将清醒地意识到，迅速回防是自己该做的。行驶在茫茫大海，他回味着头一晚的胜利。激战之时不觉，此刻太阳高高挂在船头上方，不禁悲从中来。因为侵略者，多少陀兰的好儿郎永远离开了。

为什么会有侵略？为什么要有战争？他不停地问自己。陀兰从不曾入侵别国，可是，西洋人就要千里迢迢赶来，妄图夺走自己的家园。在纳澳诸国，他们胜利了。在角城，他们也胜利了。他们践踏南洋人的家园是如此肆意，以至于可以为争夺战利品而大打出手。荷兰人赶走葡萄牙人，为的正是南洋。这里的国家，这里的人民，俨然是他们碗里的肥肉一般。如果不是莫阿老帅治军有法，如果不是陆军及时来援，这一仗，还能胜么？自己还能踏上归途吗？

他的心情变得沉重。保家卫国的胜利得来如此惨烈，以至于他不忍庆祝。陀兰并未做错什么，但却逃脱不了被觊觎被侵犯的命运。只因为西洋强吗？强国就有理由，一定要欺压践踏掠夺弱国，要拿弱国的土地殖民吗？在他们眼中，这里的人是否等同牲畜，践踏鞭笞掠夺虐杀才是唯一的方式？

他们又是多么傲慢。驱动侵略者的利益究竟大到了什么程度，隔着千里都要来冒险？那么，弱国，什么时候才能变强呢？

问题是，国家与国家之间总有强弱，总不可能均衡得一模一样。如此说来，战争就永不止歇么？

这些问题，他回答不了，估计终自己一生也不能想得清楚。

同一天，大年初四的午后，荷兰的威特船长站在船头旗帜下，用千里镜扫视四周。海面上除了海水，连帆影也不见。离开仙那西北，他的船队走了一段；一到天黑，便命落锚。对这片海域的熟悉，他是在地图上，而不是实战中。当晚是个难得的晴空，星星们在天上眨巴着眼。他披着厚厚的披风，站在甲板上，享受南太平洋的夜风，脑海里不停检讨自己的失误。

实在不该分兵的！如果自己一开始就不打速战速决的主意，而是全力以赴拿下南部的港口，那么北边的伤亡不会那么大，现在也该沿着运河持枪进军了。一旦军队没用，哪有老百姓能够抵抗他们。按照惯例，他们只要撒一些钱在地上，自有当地的流氓闲汉赶着来效劳。然后，就利用他们楔进去，利用他们控制陀兰。然后就是把人分成等级，定出符合荷兰利益的秩序。然后就是殖民统治，就是源源不断的金银财富。这一套，他玩得已经驾轻就熟了。

怨自己失误的同时，威特又安慰自己。好在此战筹备良久，每艘船的军火弹药充足，鲨鱼湾既然拿下，那就应该守得住。自己南撤，只是换个方向进攻罢了。

他不是没有想到陀兰的陆上军队。据此前收集的信息，掌握陆军的军政大臣已年过五旬，已生暮气。上次尝试进攻仙那城，他带军虽然守住了，但那是自己攻击没有尽力的缘故。此人不同于海政大臣那么能折腾，那么有脑子。他的陆军战斗力、战斗意志在荷兰成排的枪支之下，能有什么作为？兵一散，建制一乱，再多的士兵也就是些草原上的羔羊。抱着对自己火炮枪支的自信，威特放下了千里镜，看看天，看看海，嘴里吹起了口哨。

次日天色一亮，威特发令启程。他不时看着六分仪，确保自己的船队航行在陀兰岛西侧南北航道上。既然南岸重创了陀兰水师，想必西岸也去了增援。削弱了的敌人不堪为敌。为了节约时间，他命令不必远兜圈子，就沿着陀兰海岸线直接往南。遥远的中国，其北方有一项有意思的传统：过年要包饺子，外边是面粉，里边是肉。好吧，到自己赶到鲨鱼湾，大炮一轰，里外夹击，那不正是包饺子嘛？陀兰的王后来自中土，据说很美，这顿饺子就权当送给她的新年礼物好了。想到这，威特的心情像初升的太阳一样明亮。

柔尔和陀兰水域交界多以小岛为限。陀兰一侧，一些可以架设烽火台的小岛，甚至只是珊瑚礁露出水面几平方米的地盘，都有陀兰水军哨兵驻守。他们的给养则由每日的巡航船队补充，人员则隔日一换。因了战火起，巡防队被列入作战系列，岛礁上的哨兵便只有坚守一途。

威特北上与莫阿海战时，一路已见烽火燃向天空，他知道这是陀兰的传讯方式。大炮开处，曾经摧毁过其中好几个点。战斗既已开始，示警成为不必要，故烽火再未燃起。

大年初二、初三两日战事沉寂。岛礁上余下的陀兰士兵凭借一点食物和淡水，依然坚守值哨。今日见到挂荷兰旗帜的舰队南下，便按照军令，一一点燃了烽火。

来自莫阿老营第一次的战报，西港主将图依已收到，第二次的命令还在路上，他自然还没收悉，但图依知道烽火燃起的含义，日日守在港口。此时见烽火黑色烟雾散入天空，当即命令除守港人员外，其余将士全体上船，随时准备作战。西洋人制造的千里镜，莫阿给五港守军一处一个，此时他拿在手中，不时看向海域。看着看着，荷兰的三色旗还有东印度公司的字母旗进入了镜中。图依拿下千里镜，揉揉眼睛再看，确实没看错，远处有荷兰船队劈波斩浪。倒不知是否冲着西港来。

他脑中迅速判断着。莫阿老帅告知荷兰人大年初一袭击仙那城，现在，分明又在自己的视野里，那就是说，荷兰人打仙那没有得逞。他又拿起挂在脖子上的千里镜，眯起一只眼睛细看，那支船队前后逶迤，大约有十来艘的样子。有三种可能：打西港；或者，敌人战败了，要回归纳澳或者角城；又或者，他们要去打南部港口，那里离纳澳近。也许，南部自始至终都是荷兰的主攻方向之一。

无论哪个结论，自己的三十几艘船都不能眼看着敌人离开，他下了决心。图依上了旗舰，令旗挥处，三十来艘战舰开出海湾，直奔荷兰船队。不管他们要逃走还是要去打南部，还是要迎着自己来，主动迎击好过被动挨打。

威特船队一路南行，波浪一簇簇开出浪花来，又不停地涌向后方。他转头一瞥，忽然看见自己船队的左侧出现了一条起伏的黑线，正在视野里变大。他赶紧拿起千里镜看，见船头一色飘着陀兰飞鹰旗。大意了，自己还是该绕圈子的。这支船队估计是西港的。虽然不想打他们的，但既然对方战舰来，那就打沉了再说，拿下西港，就当意外的猎获。他当即命令调转船头，迎向西面而去。

威特船队中的三艘海盗船，他们不在前锋位置，也未押后。此时见又要打仗，三艘船的船长心中嘀咕。原本收了高额酬金而来，为的是搭顺风船，凑个人数船数，到时也好分一杯羹。以为荷兰人的水军纵横天下，跟着他们的舰队稳赢不输，结果在仙那海域，打了一天，荷兰折损了许多艘船，同来的海盗船也被凿沉、炸沉了十来艘。海盗们发狠，本想着次日威特该带领大家奋勇向前报仇雪恨了，结果第二日、第三日，荷兰人均按兵不动。在彪悍的海贼们眼里，这就是怯战的懦夫。那威特盛名之下不意如此，打了一天受损之后，已经不敢硬啃仙那海域。

海盗船长心中渐看不起威特，又亲历了海雾里各种奇怪攻击，各自心中起了思量。陀兰水师如此强硬，何苦自己被垫进去充当炮灰，遂萌生退意。现在看到船侧出现了越来越多的战舰，数量比自己一队多得多，那威特脑子不知怎么想的，居然还掉头去打，这就不得不作决断了。来自地中海的一名海贼头子，命升起他们自己的牙旗，旗上绘着海中间的一个绿色岛屿，边上则是黑漆漆的大骷髅。这艘船在给同伴打招呼，自己不转船头，直接向南驶去。另外两艘船见了，心领神会，也跟着脱离了舰队，跟着骷髅牙旗走了。

威特的副官提醒他，有船只离队南行。威特一看旗帜，心中气死，真是不中用的东西。海盗终归是海盗，终究还是改不了本性，见弱就欺，遇强就退。南部已占鲨鱼湾之事，他并未告知过这帮雇佣兵。威特对海贼，心中有着根深蒂固的看不起。即使雇佣他们来，也就是让他们跟着壮声势，关键时候当个炮灰的。海上不比陆地，传话不易，也没必要事事告知，想着他们跟着走就是了。没想到这当口被这三艘船钻了空子，自己开溜了。

畏敌如虎！他下了结论。只是这节骨眼上，他顾不上惩罚叛徒。这帮海贼，他们以为自己一方是撤退，现在复受狙击，所以先逃为敬。威特差点咬碎自己的牙齿，有朝一日，即使追到地中海，也要剿灭他们的老巢。现在大敌当前，只有一心迎战陀兰战舰。看看旗舰身侧身后，只有八九艘船跟着，气势不觉矮了一截。

他又看看船头火炮。好吧，看看精锐的荷兰战舰是怎么克敌制胜的。莫阿只有一个，难不成这里还有。他命令准备炮击，又令除水手外的所有士兵上甲板，持枪准备射击。

进入荷兰火炮射程，威特命令开火。打垮眼前的敌人，占了他们的军港，这就是白得的地盘。南部那边有军港依托，想必还撑得住，待打完了再去救援无妨，一西一南，两处开花。看莫阿救得了谁。待站稳脚跟，招来纳澳守军增援，这两个港口，就不再是陀兰的了。

对面的船队散得极开，威特船队炮弹打了过去，打中其中一艘，甲板上的荷兰士兵欢呼起来。海上战斗，射程远炮弹足的一方一定占上方，这是真理。这帮陀兰人还敢主动挑战，真是不知死活。船队继续向前，出乎意料，那边开炮了。

威特有些晕，这个射程不应该是陀兰有的。他们的实心炮打不了那么远。上次攻仙那时，他摸过底；后来渗透了细作，也说仙那城当日只有三门炮立在高崖上。他因此推断水师的炮火也好不到哪里，多半也是短炮口，短距离。即使过得两年，也不会差异太大。自己轰得了他们，他们哪来还手之力。至于仙那的失利，那是莫阿那老贼的狡猾，借着海雾和黑火药搞各种诡计，那不算是真正的对垒。

火炮继续打来，双边互有中炮的战舰。威特开始焦躁。他命令所有能战船只船头一致对转对面的陀兰水师，密集炮火开始倾泻过去；又命令士兵持枪高矮各一排，待他下命令就一齐开火。

陀兰战队船只分散，似是回避被集体团灭。炮火依然有回击，但对打了一阵，对面火炮渐疏。不用千里镜威特也肉眼可见，陀兰战舰不是散向两旁，就是向港口内退，像是做好了最后的准备要捍卫西港。威特见对方火力减弱，挥舞令旗，命令麾下战舰炮火开路，火枪一到有效射程就开枪，一定要拿下西港。

双边的战舰逐渐接近。威特忽见对方射出飞箭，那箭空中看去像是长有翅膀，后边发出嗤嗤声，带着燃着火星的尾巴。这箭雨来得快来得密，一落到甲板上就爆炸，遇船帆就燃烧；射到士兵，士兵便哇哇大叫全身起火。显然这箭上带的火药不少。这帮蛮子！眼前除了硬闯西港别无他途。威特鼓勇向前，仗着弹药充足，一路向前行，士兵未受伤的纷纷向敌船射击，那边船上，不停地有士兵倒下。

越来越接近港口了，更密集的箭雨射来，仿佛受了命令，专射船帆船桅。旁边的护卫舰上，东印度公司的字母旗被射中，燃烧了起来。关联之处，荷兰国旗也未幸免，火渐渐烧向旗杆。那船的指挥官指挥着未中箭的士兵灭火，接着又是一阵火箭雨射来，士兵纷纷躺倒号叫。

威特明白了，陀兰人放开两边，目的是引他进圈，以命换命。自己的士兵有枪支，但是火烧了士兵，就没有了放枪的人。他看了看四周，只有四五艘在身边，其他的已经在外围，士兵不是中炮就是受伤严重，已经无力进军。他挥动黄色旗帜，急令掉头退后。

他判断得没错，西港主将图依见荷兰军炮火一直不竭，知道拼下去，多半是自己的炮弹先完。他改变打法，让个空子给荷兰人，拉近了用轰天雷、神火飞鸦和三飞箭招呼。他不求荷兰人死，求的是他们失去战斗力。火药在身上爆炸是什么滋味，他不用试也知道。由此带来的风险与可以预计的损失也是巨大的，那就是燧发枪的威力。一旦荷兰人接近，那么自己弟兄受伤死亡的概率就会成倍数增加，但是他顾不得了。

他必须让眼前的侵略者明白，哪怕拼人头，也要把他们耗完。

太阳已西斜，眼看荷兰人转舵要逃，图依命令追击。剩下不多的炮弹，他命令旗舰上的炮兵瞄准了打，就瞄准旗帜悬挂得最高的那艘。

敌前退兵，不是每个将领都能做得漂亮的。威特顾不得自己一定要拿下西港的初衷，一边开炮一边撤退。旁边的战舰也跟着旗舰，一路往外驶去。荷兰船只造船工艺先进，船轻，行驶得快，又仗着火炮排枪，渐渐将西港战舰甩开。船帆受损的赶着换，桅杆受损的，能修理的赶着修理。有一两艘中了炮，但船帮底舱未破的也跟了上来。

正庆幸逃出包围圈，威特副官扯住他的袖子，指着后方大队战舰让他看。黑压压的一片！

威特脸色发白，他举起千里镜一望，海面上的船只从头看过去数不清，但从密密叠叠的旗帜看过去，少说也有二三十艘，船上悬挂的正是飞鹰旗。

北风吹得战旗飘扬。西边的是西港军队，自己已经甩开了。那从北方顺着风来的，就是另一支水师部队了。从方向上看，多半是莫阿那斯追击自己而来。

威特的第一感觉，是自己逃不掉了。

他自己的船队，船帆换的换，残的残，桅杆被烧过未断的，也不知何时就裂。水手在底舱已经拼命划船，但总有力尽之时。后边的船队帆鼓船快，乘的正是北风。几个小时前，同样的风将他一路送到这里，而现在，这风也公平地带来了他的敌人。

他不再退，也不再逃。威特命令全部舰船转头向北，向后边追上来的船队开炮。

可是，才打得几发，炮手报告，没有炮弹了。

剩下的几艘船不顾命令，再次掉转船头，向南就逃，威特掏出手铳向天鸣枪也止不住。带着大队战船来，现在剩得旗舰一艘尚在拒敌，他还有什么脸再回去？东印度公司总部的股东们，见这次进军陀兰，损失了这么多艘船，又死了那么多荷兰士兵，不把他撕碎才怪。他叹了口气，正想命旗舰迎上去同归于尽，身边的副官抱住了他，代他命令马上转舵向南。这项命令符合除威特之外所有人的意愿，被立即不折不扣地执行。

追来的，正是莫阿率领的陀兰水师主力。

他不关心逃走的军舰上都有谁，只要是荷兰的战舰，一律轰没了事。

那在仙那不曾展威的葡萄牙火炮开火了。双方火炮的火力此前尚有差距，但现在，只是痛打落水狗而已。莫阿命令船队全速追击，火炮轰击前边的荷兰船。看看相距不远，莫阿鹰旗举起，重重放下，他的旗舰，还有旗舰周围的护卫舰，一尊一尊舰上的火炮纷纷开火。

轰击了一阵，燧发枪一排又一排射击扫荡。海面猩红一片，正是落日时分。陀兰军视野所及之处，再没有逃窜的目标。只有几艘船在海波中打转，上头斜挂着的荷兰旗已经被炮火熏得焦黑。有的旗帜已经随旗杆一起堕入了大海，在海浪里起伏漂转。

莫阿命船队驶近。看着眼前几艘船，残破的甲板上横七竖八躺满了荷兰士兵的尸体。指挥官不知道在哪艘船上，不过已经不重要了，他们全灭。

第三十五回

水陆大捷

水陆两军大捷的消息迅速传遍陀兰，这是一场前所未有的胜利。除了先逃走的几艘敌船之外，荷兰人几乎全军覆灭。

运河封锁，专用于运送军用物资时，陀兰城村民众心中无不惶惶。“西洋人要来了”像一道魔咒，又像战争的阴影，一直徘徊在陀兰的上空。刚建好的砖房怎舍得丢弃，刚挖好的运河怎舍得抛下。何况海天茫茫，普通人即使想逃也无从离开。但许多人在恐惧的同时，心中隐隐又存着希望，那就是王室以及一直以来所信任的将军们。

而今，希望成真。这怎能不让人欣喜若狂。

王室不曾作威作福。相反，他们捐出矿山，兴办技术学校，给普通民众免税，又推出新房换旧房。挖运河这么大的工程，王室派出了格里布王子，他一直在河道周围奔忙，脸被太阳晒得黑黑的，不知道的还以为是常年海上奔波的水手。

就是这一点心底的信任，让陀兰民间没乱。纳澳岛一带的种植园，将万千民众打入终日耕作、被压榨被吸干的悲惨境地，各处传来的消息，令陀兰人不寒而栗。如今，将军们胜利了，陀兰胜利了。民众像发了狂似的，自听到消息之日起，便涌上街头载歌载舞。小贩们脸上盈盈笑意，不少人慷慨表示庆祝胜利不收钱。运河开禁，挂着鳄鱼旗的军用船只不见了，河上忙碌的是民船和商船。没花多长时间，一切就都恢复得和从前一样。

海上烽火点燃之时，商人们惶惶不可终日。他们的身家都在陀兰，如果被攻陷，那半世积累注定付之流水。不少人心底哀叹，太平了几年，终究逃不过西洋人的魔爪。想逃？迟了。烽火既燃起，此时出海，那比陆地更加不安全。仙那城的华商们纷纷到格钦家探听消息。通过这位会长，好多商人还认购了王室的债券。战火一燃，他们不能不关心财富的安全。

格钦一生见惯了风浪。他每日在家沏茶招待来访的同行，又吩咐厨房准备精美的食物，还将酒窖里藏了多时的好酒拿了出来。客厅里人流不歇，他和各位商人谈笑风生，递茶留饭饮酒，一点不露任何的焦急。格钦的态度，他的从容举止，里头有一种安定人心的力量，不少商人受了感染，渐渐镇静下来。

这才几日，莫阿老将军和苏契老将军两位联手，就将侵略者全歼！这是什么实力？这是南洋诸国前所未见的大捷。谁说西洋人的枪炮无敌？他们驾着密密麻麻的战船杀来，就在海上排兵布阵。可是，在北边，被莫阿击退；在南部，被包围全歼；在西边，据说连整个南洋的指挥官都被追上干掉了。

商人们抑制不住心中的狂喜。他们给王室的投资保住了，他们的家园保住了，他们的财富和信心也保住了。

水陆军队还在打扫战场，各地的欢腾已经一波接一波，像春天的花朵一样开遍田野。军政大臣衙门前，整日香花围绕；站岗的士兵脖子上挂着民众献的香花串，多得连下巴都被遮蔽了一半。耶里，莫阿驻跸的水军营前，民众在外头从早到晚围着欢呼。南北东西各军港，均有当地民众送粮送菜送水果，甚至还有送药草的，以示对陀兰子弟兵艰苦卓绝抵御外敌的慰问。

莫阿在军营里，他没有被欢呼的人潮所影响。此战水师伤亡巨大，具体的数字还没有统计上来，但逝去的人得及时安葬。他亲自主持了各项安置抚恤。仙那城外，他看着士兵一张张年轻的脸躺进大地的怀抱，简直无法平静呼吸。指挥作战时，他为战争的结果负责，可以冷血，可以不顾一切。当尘埃落定，压在心底的痛翻了出来，不料竟是这般难忍。

他记得最先燃起烽火的士兵们，另外四港的主将也记得。坚守海上的哨兵已被巡航船队接回，没有后勤孤守岛礁的情形下，这些勇敢的士兵忍饥挨饿还不忘职责，他们同样是英雄。至于那些永沉海底的战士，他们是回不来了，但他们的名字会被刻在军营里立起的纪念碑上。

莫阿心中最欣慰的是，此战打出了未来的水师统帅。几个军营的指挥官都作战勇敢，战略战术均有可圈可点之处。鲨鱼湾的伊沙，失去阵地后依然保持了战斗意志，最终收回阵地，所带水师，其坚韧品质至为难得。海豚湾和东港两处主将，及时派出战舰救援受袭队友，也勇于上前担任主攻，并未藏私保存实力，都是好样的。莫阿的目光，更为青睐西港主将图依。追击荷兰残余舰队之后，他到西港听过战报，得出了结论：此人沉得住气，也敢于主动出击。尤其难得的是，判断形势准确。在西港火炮弹药劣于对手的情形下，采取放近了打的策略，重创对方士兵和战舰，为后来全歼敌人创造了条件。这一点，最让莫阿欣赏。

个个都是爱将，莫阿难以取舍。可以肯定的是，几个主将，无论谁来继承自己的事业，都大可放心。眼前先不忙定论，可以再观察一段时间，莫阿决定了。都是合格的候选人，未来水师可以放心交给他们。自己虽然还能带水师一段时间，但终归有一日会老去。本着为国家负责的态度，他必须未雨绸缪。

莫阿坐在他熟悉的椅子上，头靠着椅背，仰望屋顶，下巴上的胡须翘了起来。想到此战过程，想到麾下的好男儿，他真为他们自豪。水师的每一个人，无论将领还是士兵，无一不是坚强勇敢、不怕牺牲。他们没有辜负陀兰，没有给国旗上的飞鹰抹黑。这个精神，相信他们也会传下去。因为一个人的品质，一旦经过战火的淬炼，就轻易不会改变。

莫阿明白，此战赢的不止是一场战争。对于陀兰，对于南洋的未来，影响注定是深远的。他客观地想，此战的意义，最重要的是打破了西洋人不可战胜的神话。从此之后，觊觎陀兰的侵略者，无论来自哪国，无论他是谁，来之前都得掂量掂量。这场战争体现出来的陀兰军人战斗意志，正是侵略者最畏惧的。这帮海上侵略者，他们其实也是棋子。背后下棋的人本意定不是来送人头送战舰的。那些背后的人，目的是来搂钱，不是别的。只要陀兰上下一心，那就是蓝色波涛里团起的一只刺猬，谁来啃，谁流血，谁蹦牙。

那么，他们的策略，他们的目标也会随之改变。他们会怎么变呢？

莫阿走出了房间，背着手在海湾漫步。耶里是深水港，海水深蓝，海潮卷起的浪花雪白，开在他的眼下。这里的波涛，远处的岛屿，像他的手纹一样熟悉。但愿此战打出十年的和平，五年也行。那么，陀兰又能多出五年十年的发展时间。以现在的速度，陀兰会进入一个飞速发展的时代。国富民强，兵强马壮，水师也会迎来又一波的技战更新。他思考着，军事工业是必须加强的，技术人才也需要大量的引进。这是个大战略，他得跟国王和王后详谈。

此战，荷兰军队也很强硬。所以，双方不只拼将士的战斗意志，拼的还有统帅的决策，水师战舰的战法、战术。自己的水师有底气追着荷兰人打，靠的是从葡萄牙人那里买来的枪炮。如果没有这些，水师的损失还会扩大。是的，水师的未来，努力的方向，还是军工产业。但有一点莫阿无比坚信，那就是，哪怕拼到水师最后一个人，胜利也终将属于陀兰。

来自王宫的信件放在台上。国王和王后召唤他和四港主将回仙那，王室将为水师和陆军庆功。明日就是元宵节，新年第一个月圆的日子，他该动身了。

陆军和水师的捷报送到仙那城的时间，是在战争结束后的次日傍晚。两封信先后送进了王宫。宾洛沙坐在餐桌前正准备晚膳，见信来，便从侍从手里拿过裁纸刀，拆开一封看，看完又拆开另一封。他放下两封信件，双手掩面，手肘拄在桌面上，迟迟不语。

骆骆奴小碎步从门口走了进来。它看看左侧的女主人，又看看右侧，最后选定了宾洛沙。见主人低头掩面，它将两条腿搭住椅子，蓝色的双眼朝上看着，包子脸上满是焦虑。

“喵，喵。”它呼唤主人。

探春坐在对面看着丈夫，心中焦虑万分，但眼神一如既往的平静。

“怎么了？”她终于忍不住问。

宾洛沙站了起来，脚踢开木椅，绕过桌子，走到探春的背后，双臂从后边抱住了她，头紧紧埋在她的颈窝里。

“我们赢了。”他在她耳边喃喃地说。

探春双眼顿时星光闪耀。她在宾洛沙的双臂里转过头来，看到眼前的丈夫泪流满面。她明白了，宾洛沙刚才为何双手掩面。她靠进丈夫怀里深一点，闭上了眼睛。

没有哪一刻有这样的幸福。

“赢了？”她的声音软软的，像一个坚强的斗士卸下了沉沉的铠甲。

“赢了！”宾洛沙再次确认，他的声音因着激动而微微沙哑。

侍从们见眼前一幕，早退了出去。但国王的说话他们听到了，才到外头，忍不住四处找人转告这天大的好消息：

“我们赢了！我们赶跑了荷兰人！”

值班的卫队士兵听闻，虽然不能离开岗位，但已忍不住心中的狂喜。一个个的挂满笑意，向不远处的同伴传递自己的喜悦。

赢了！这消息比长翅膀的飞鸟还快，迅速传到了王宫每一个人的耳里。宫内监和老总管两人紧紧相拥，一甩平时老成持重的样子。侍女们每一个人的脸上都绽开了笑容，纷纷询问详情，又愁着无处分享这喜讯。

骆骆奴的小脑袋不知道周围发生了什么事。它钻过餐桌，到了主人脚下，喵喵地叫，又着急地围住打转。探春从宾洛沙的怀里探出头来，弯腰把雪白的小猫抱在怀里。

“看，它也着急呢。快告诉它吧，我的国王。”探春的声音里带着欢笑。

宾洛沙大笑起来，他接过猫咪，双手撑着它的两只小短腿，盯着它的眼睛看：“知道吗？知道吗？我们赢了。”他的笑容如此迷人。那小猫似乎听懂了，罕见地张开嘴巴露出牙齿，居然是笑的表情。

压在心头沉重的压力一朝去除，宾洛沙的喜悦简直没法形容。

探春一直相信莫阿，他一定能赢的。但敌人如此强大，她不得不提醒自己，不能将期望代替现实。

现在，是实实在在的现实摆在面前了。

她探出身去对面，拿过莫阿的捷报来，一行一行读。宾洛沙拿起烛台凑近，和她一起再看一遍：南岸收复，西港全歼荷兰军，击毙荷兰军高级指挥官一名，中级指挥官若干名。后头有说明，军阶高低是根据军服上的肩章判断的。至于击毙的荷兰士兵，数字已经无法统计，因为大海没有记录。击毁、击沉战舰共计六十余艘。

多么辉煌的数字。探春至此相信了，陀兰确确实实赶跑了侵略者。好个大海没有记录！没想到莫阿也有幽默的时候。

“还有陆军的呢。”宾洛沙笑嘻嘻地说。刚才流泪失态，现在总算平静了一些。看探春读战报这么有味，他忍不住要提醒王后，还有军政大臣苏契的捷报没读。

苏契不知道用了个什么文书写捷报，将战斗过程写得绘声绘色：毒蛇，大象；包围，击毙。整个夜晚的战斗过程，写了足足两页纸。读来跌宕起伏，令人如置身其中。信的末尾简单写了几句，是其曾阻止工吏部大臣炸运河的请罪。

这封信提醒了探春，工吏部大臣曾飞马报来，请求暂不炸运河，她和宾洛沙阅完同意。现在想来，此人不墨守成规，敢担责任，按令请旨，又作了万全之备，看来可堪大用，再历练历练，将来可以接民政大臣的班。探春把自己的想法说了，宾洛沙点点头。论看人断事，他的王后还从未失策过。

召格里布来，召长公主来。宾洛沙一看，周围的侍从都跑完了。他想起自己刚才的孟浪，心头一笑，自己走出殿门，下令赶紧去传。这个好消息，要第一时间与家人分享。今晚王宫要大放烟火，告知仙那城民，再告知全陀兰：我们歼灭了侵略者。

庆祝的焰火当晚升起在王宫的上空。提督派出了传讯兵，飞驰在大街小巷，将胜利的消息告知四面八方。明天，王室的诏令也会发向各个城市，各个乡村。

第三十六回

海豚精灵

庆祝大典筹备起来！保卫国家的英雄们值得最隆重的仪式。

中土阴历正月十五晚上，王宫广场四周火把扎得又高又密，场中央彩绸飞舞，龙灯狮灯在王宫前跳了又跳。快乐又促狭的小小子们，将鞭炮扔在舞狮人的脚下，炸得他们躲避不迭。鼓声不绝，空气里满是硫磺硝烟的味道，闻之尽是喜气。差不多全仙那的人都涌到了这里。天上一轮圆月，地上万家灯火，说不尽这太平热闹气象。当王室成员和莫阿、苏契两位老将军一起在二楼露台亮相时，气氛达到了最高潮。所有人喊着，向他们挥舞着手中的彩旗彩绸，表达他们的爱戴与感激。那声浪回荡在夜空，连远处夜宿的鸟儿们也惊飞。

苏契笑着向台下的民众挥手。他心中自豪，自己终于可以与莫阿站在同一个高度，坦然接受民众的欢呼了。莫阿一如往常，他面色如水，此刻想到的是水战中丧生的儿郎们，他们本应该也在这里。

探春热泪盈眶，她爱这块土地。这块不屈的土地上有她的家，有她心爱的丈夫，有她一双娇儿，有长城般可供倚仗的莫阿老帅，有该出手时就出手的军政大臣苏契。她的背后，他们的背后，是汉宫人坚定的支持，是华人商会格钦一家的肝胆相照，是技术学校源源不绝报名报效国家的能人志士，是运河上挖泥炸石的乡民农人，是砖瓦厂不熄的火焰旁挥汗如雨的工匠，还有矿山，还有商船。所有的一切，构成了今日眼中之陀兰。

她才二十岁，可是，她仿佛已走过了一生。这样激荡的人生才是她想要的，才是适合她的。京城那个大观园的女子已经远去，那个小心翼翼夹缝里生存的女子已经远去。那个当年恨不得走出家园做一番事业的女子，今日实现了心中的志向：投身于变化之中，去引领，去改变，去迎接，去欢呼。

海上生明月，天涯共此时。可惜了，她没有亲人在旁分享此时的喜悦。她侧头看看身边的丈夫，宾洛沙也正转过头看她。探春心中涌起极大的满足，这里就是她的家，宾洛沙就是她的亲人。周围的所有人，又有哪一个不是她的亲人？

刘欢乐拉着侍书的手，挤在欢呼的人群中，一起看向王宫的阳台。侍书激动得泪流满面。这是她从小相伴的姑娘，今日是陀兰广受爱戴的王后。没有人比她更了解探春来此一路的辛酸，可王后今日接受众人的欢呼是如此自然，仿佛她天生就担着使命，仿佛她天生就该是这样的人。往事历历，命运的安排如此奇妙。侍书为她的姑娘高兴，又止不住泪水滚落。刘欢乐理解妻子的感受，他何尝不是心潮起伏。那个在甲板上一身白衣的女子，那飘飘欲仙的样子，如今有了人间的颜色。这仙子离开自己很远，又始终很近。回想当日让自己惊艳的瞬间，又看看眼前盛妆微笑的王后，两幅图无缝连接了起来。就当她是人间天使吧，她驾着祥云落到了陀兰这块被祝福的土地上。

是她，信任自己能够开疆拓土，开辟了与中土的商路。是她，奖励自己的忠诚与能力，让自己立在了高而广的平台。她懂得自己，她信任自己。人世间，她是自己的天使，是赏识自己的伯乐。那心底的深情，随着侍书来到身边，慢慢地淡去了，替代这种感情的，是深沉的爱戴与信任。他的船队在这场大战中丝毫无损，因为台上的莫阿老将军，也因为王后。刘欢乐知道，自己所赚的钱交给王后之后，源源不断流向了军营。侍书在王后身边那么久，她不可能一无所知。她告诉自己的每一句话，都印证了自己对于王后的判断：这是一个非凡的女人。

那么，春天之后，自己估计又要踏上中土了。他要踏上横琴，去与花自在联络。或许，他还可以见到花自在背后的人，王后口中的故人。有了香港的屯门基地，他还要在尖沙咀建立商业连锁店铺。广州，香港，横琴，广州湾的这三个点，是他今后致力的方向。可以想到的是，货物的流转会越来越快，资金的滚动也会加速，财富也会急剧增加。因为他从事的事业，背后都有强有力的支撑，那就是陀兰。是的，自己所做的每一件事，既是为陀兰，也是为王室，同时也都是为了自己。来此不过数年，不知不觉间，自己已融入了陀兰流动的血液之中。人世间的事业，莫过于将自己融入一项伟大的工程。刘欢乐肯定地告诉自己，这项工程已经找到了。

萨宝丽挽着父亲母亲的臂弯，也站在拥挤的人群中。她白皙的手握着一枝兰花，向着阳台大幅度地挥舞。她不在乎王后能不能看到自己，她只想表达自己的欢乐。有如此强大的水师，有如此强大的陆军，即使侵略者胆敢再来，也必将遭受同样的覆灭命运。她爱王后，像爱自己的姐姐一样，是她引领陀兰走到今天。她还那么年轻，但在自己眼中，已经是那么成熟。今夜，所有的女子都会为王后自豪吧，她值得所有人的爱戴。她的存在足以告诉世人，女子不只是生儿育女取悦丈夫附庸家庭，还可以创造，还可以领袖群伦。

格钦笑看着身边的女儿，他理解女儿的崇拜与爱戴。自胜利的消息传开，他的家几乎被踏破。王室募资时认购债券的商人们纷纷前来，表达喜悦的同时，像商量好的一样，提出能否由格钦代转王后：他们的利息宁可减半，未来的海运，他们能否也一起加入？

只有格钦的妻子格娜记得王后临产的痛苦，还有王宫里影影绰绰的传言：王后生孩子前后，国王一直将自己关在寝殿里，不知在服食什么，也不知在会什么人。因为这些，格娜格外心疼这位来自中土的王后。看见阳台上探春灿烂的笑容，作为女人，她由衷地为王后高兴：这是一个经历了重重伤害，最终仍然稳稳站立的坚强女子。不仅如此，她还辅佐了她的丈夫，带来了陀兰昌盛的国运。此刻，她站在将军们中间，气质如此高华。在格娜眼中，王后何尝不是统帅。

从西洋来的菲力此时也站在人群中。他的父亲是英国人，母亲是法国人，从小父母就分开在海峡两边。他自己四处流浪，被带到教会学校学习，直到长大成人。众人皆说他有天赋，但他找不到自己生存的意义。有一日，他跟了艘港口发出的船来到东方，最后来到陀兰。虽然金发碧眼，但荷兰人来攻打仙那时，并没有人仇视自己。他知道，因了执教，陀兰人已把自己看成了和他们一样的人。

格里布曾找他谈过，希望他未来留在陀兰，巡回到各地的学校去教授数学、物理、化学、地理，以及他所知道的一切。菲力看着格里布巡查运河晒黑的脸庞，心中动容。只有确认自己在从事一项有意义事业的人，脸上才有那种光彩吧。他羡慕格里布。不是因为他的王子出身，而是因为他找到了自己的事业，服务于自己的祖国，他乐在其中。或许，自己也该考虑这项有吸引力的提议。王宫宽大的阳台上，他所熟悉的王子在向民众挥手，那么神采奕奕。他的哥哥宾洛沙在露台正中，脸上也是一样的光彩照人。瞬间看上去，甚至有一种接近神圣的光彩。菲力理解，那是抗击外侮保家卫国胜利后的骄傲。

露台上，畅王子和琳公主被抱了出来。两个幼儿在父母怀里，面对欢呼的人群声浪，不惊不惧。果然血液里流淌着勇敢父母的血脉。他们是陀兰王国的未来，尽管他们的父母还那样年轻。菲力如此想，周围的民众无一不是如此想。

柔尔国已经在头一天将悠黎和蒙庚两位大臣送了回来。送来的国书里多有歉词，解释为一场误会。柔尔国苏丹拒绝了陀兰国王宾洛沙将使馆土地、内外物品全部赠与柔尔国的提议，表示期待陀兰的下一任使臣。国书重申了结盟之诚，也理解了陀兰前向的做法，因为陀兰的判断是准确的：荷兰人入侵角城之后，果然就是袭击陀兰。宾洛沙和探春知道，这一切都是陀兰大胜的结果。没有国力，邻国随时起龌龊，盟国也会翻脸。现在，柔尔国的苏丹应该是看明白了，要海疆宁静，就得倚仗身边的陀兰。

柔尔苏丹没有写在信纸上的，是他的懊恼。他自己派出的使臣如能坚持半个月二十天，就有可能迎来转机。如今城池交割，再战无力，一切已经晚了。不过，有了陀兰的胜利，苏丹心中重新鼓起了勇气。柔尔国水师重建重编之后，终有拿回角城的一天。荷兰人再想侵略柔尔国土，怕短时间也没这个力量了。陀兰打掉的是西洋人一整个枪炮武装的舰队，指挥官甚至殒命大海，这意味着什么？意味着未来相当长的时间里，南洋的荷兰人无力再战。如再来侵犯，他们必须评估自己可能遭受的损失，而这个时段，就是自己国家发展的时机。要强大起来，像陀兰一样。怀着尊重与致敬的心情，柔尔国苏丹礼送了扣在手中的两位陀兰使臣。与陀兰胜利相比，那些惹怒自己的细枝末节，连提都不好意思再提了。

与柔尔相比，东边的邻居曼掸国幅度更大，他们派出了使臣团队来向陀兰道贺。曼掸国的苏丹庆幸自己及时转向，与陀兰化敌为友。自己支出了金钱买平安是实，但这些钱直接支援了陀兰的海防。就是这股力量在海上大发神威，打掉了侵略者的野心。作为毗邻的国家，这一场胜利，曼掸也是受益者。曼掸预判的与柔尔国一样，荷兰人经此一败，短时间内肯定无力再战。他们也许会任命新的南洋指挥官，但无论谁到任，对陀兰及陀兰的盟国动手前，都要考虑这次失败的远征。而这，就是南洋各国的机会。年迈的苏丹庆幸自己听了首相的话，及时派出了海上巡航船队，为陀兰解除其东边的后顾之忧。这个账，他相信陀兰王室是看得到的，也必将有回报。

曼掸使臣队中，有上次来仙那，费尽周折终于与陀兰融化坚冰、建立联系最后促进联盟的何一民。他回国后，因有功于国，被授予了一个小小官职。随着陀兰的胜利，又被派来出使陀兰，临行前被委任为曼掸国副使。于他来说，这是绝对的晋升。陀兰对曼掸越重要，他的前途就越光明。中午，陀兰王室宴请曼掸使团，他终于见到了传说中的中土王后。比起仪态的从容，华丽的妆饰，优雅的美丽，他观察得最仔细的，是王后眉宇间的那股飞扬气质。他莫名生起一种亲切感，仿佛面对的是中土氤氲不息的文化源流。王后的传说他收集了不少，她治理国家的智慧，是何一民所激赏，也是他前所未见的。中土故国，有长江黄河东西流淌，有大运河连通南北，有杭州秀丽西湖，有千仞山万里长城。这些，他的父亲曾经无数次讲述过，他也曾无数次在中土文献中读过，在画片上、在瓷器上、在丝绸的光色里看过。古老的中国，曾经孕育出多少人才，而今，自己眼前就有一个，他为自己庆幸。也许有一日，他会踏上那块遥远的土地，去亲眼验证，去看，去听，去感悟。

庞大的使团还有一个任务，就是加入陀兰的海运贸易。学习他们的经验，接近他们，并从中获得曼撣国未来的利益，是使团此行的重要任务。何一民知道，首相此回派他来，除了上一次完成任务之外，还因了一个更具体的理由：自己是华人。决定这件事，该跟谁谈，何一民自然知道。格钦会长上次见过，这一次，如果自己不能直接与王后交谈，那么，他就是最好的桥梁。

明月当空，庆典在七彩焰火升天后结束。广场上，人们久久舍不得离去。半高的孩童大胆地捡拾地上未燃的爆竹，准备再次点火。人流涌动，仙那注定今晚成为不夜城。陀兰人从未有过这样的狂欢之夜，他们也从未像今天一样，对于未来充满信心。小道消息说，培训人才的技术学校要扩招了，扩到全岛，扩到各地。三年来，拥有知识、拥有技能，随着房屋的建设、大运河的开凿，一步一步成为每一个陀兰人心中的标杆。父母牵着自己的孩子，心中暗暗准备，待开学的那天，就把孩子送到学校去，去学那些听起来没用，但实际上国家在鼓励的知识。技术学校只招能人、有本事的人，据说那里以后要改名叫“大学”。嗯，大的学问，大学，听起来就神气十足。那么，要进这样的学校，就要从小就去学习，学得好的，听说还可以留下来当先生。至于学校何时建好，小道消息言之凿凿，国王与他的大臣们已经讨论过，说是不久后，陀兰各地就会一所所建起来。

没成家的年轻人想得不一样。技术学校，他们有的去报过，但没有被录用。有人颇不服气，参加了今天的庆典，模糊的想法逐渐明晰起来。没有一技之长又如何？杀敌报国也是本事。莫阿老帅的手下那么多威风的将士，自己如果成为其中一员，一样的勇猛，将来或许也有获勋章上王宫露台的一日。那么，待水师招人，自己去投，也是一条出路。陀兰是岛国，几乎没有人不会游泳，海里能泡个把时辰的精壮小伙信心满满：加入水师，加入这英雄的队伍，怎么看也算光宗耀祖。

欢笑一日，庆祝一日，还意犹未尽，回到后宫，安置好孩子，宾洛沙和探春相视一笑，牵手走向寝殿。明天还有许多事，未来的计划不知道还有多少等着他们去决定，但今晚，这个明月当空正月十五的元宵节，是属于他们夫妇二人的。

探春遣走侍女，坐在梳妆台前，摘下王冠，又一件一件摘下首饰。宾洛沙看着灯下美丽的妻子，心中无限满足。他走了过去，抚摸着妻子肩颈处嫩滑的肌肤，在她耳边说：

“记得吗？菲力，那个英国人还是法国人。有一次我招他来了解西洋，闲聊时，他告诉了我一句话。”

探春低笑，放下了摘耳环的手：“什么话？”

“按说我们打败了西洋人，不应当说他们的好话。可是，据说西洋人的夫妻之间有个称呼，我听了觉很好，总想学上一学。”

探春歪过头来，眼神里尽是娇羞妩媚：“那就说来听一听？”

“亲爱的，我亲爱的。”宾洛沙的声音低了下来。

王宫上方，圆得没有一丝瑕疵的明月照耀着陀兰。苍茫大地，丛林山川，尽沐浴在银色的月光里，梦幻一般。海上，潮水一阵阵涌到海滩，开尽了浪花，又退回到大海深处。一波波，一潮潮，从头再来，永无止息。

陀兰今夜沉醉。

南部海豚湾，值哨士兵正在巡逻，忽然听到海上传来一阵又一阵高亢的声音。他努力睁大眼睛，见明澈的圆月下，有一个又一个的身影跃出海面，又没入水中。美妙的声音就是从那些跃动的身影里发出来的。

巡夜的海豚湾主将带了几个人查哨，举着火把来到他的身边。士兵惊觉回头，便让将军看月光下海中舞蹈的身影。

“将军，那是什么？”他担心地问。

“那是海豚。”将军笑骂道，“看见的人有福了，你这小子，居然不知道？”

士兵不好意思：“难怪我们军港叫做海豚湾呢。还真有海豚！”

将军点点头走远了，远远抛来一句话：“海豚在唱歌呢，你站岗的时候，可以学上一学。”话音渐远，似乎还夹杂着笑声。

“是！将军。”那士兵本能地立正，大声回应。

可是，海豚的声音那么高，自己的嗓子唱不上去啊。士兵看着天上的月亮，那么大，那么皎洁；耳畔听着海豚的歌声，海水的潮声，心中无限宁定。

“不会就不会吧，听听也是好的。”他安慰自己说。正月十五的夜晚，有一大群海豚唱歌陪着自己站岗，明天拿来吹牛，不知道有多少伙伴要羡慕自己呢。

海面上，海豚们欢乐地叫着。这可爱的海中生物，趁着明月在天，波湉浪静，跳出海面嬉戏。大海的浪涛一阵阵拍打着礁石堤岸沙滩，但掩盖不了它们的歌声。大海在呼吸，涛声就是它的脉搏。听得如同森林里夜莺的美妙鸣叫，波浪渐渐减弱，天地间只留一群精灵凌波而行。它们是自由的舞者，是大海的行吟诗人，是响遏行云的歌手。

它们是鲜活的生命，是历尽劫波依然欢唱的精灵。大海深处还有潜伏的鲨鱼，但它们的灵魂是欢悦的，欢悦的底色是无惧。它们相信生命的力量，相信生命的生生不息。

曙光渐渐明亮，明月渐隐。一轮红日跳出海面，升得很快，周围的云彩纷纷披上了霞光，新的一天开始了。

附　录

人物表：

探春，《红楼梦》书中人物。

毕豫，礼部员外郎。本书新创人物。

老国王，陀兰国国王。本书新创人物。

姝丹娜，陀兰王后，老国王之妻。本书新创人物。

宾洛沙，陀兰王子，后登基为国王。本书新创人物。

扎尔卡，陀兰护国王，老国王之弟。本书新创人物。

格里布，小王子，宾洛沙弟弟，封议政王。本书新创人物。

莫阿，陀兰海政大臣。本书新创人物。

察布，王宫卫队长。本书新创人物。

鲁图，曼掸国王苏丹。本书新创人物。

刘欢乐，水手，自由民。本书新创人物。

侍书，探春侍女，《红楼梦》书中人物。

锦书，探春侍女，原名翡翠（荣国府贾母丫鬟），《红楼梦》书中人物，嫁与王乐师为妻。

王乐师，宫廷乐师，跟随探春远嫁的随行人员，后派驻香港屯门，娶锦书。本书新创人物。

任太医，探春远嫁随行人员。本书新创人物。

萨宝丽，陀兰商会会长之女。本书新创人物。

格钦，陀兰华人商会会长。本书新创人物。

格娜，格钦之妻、萨宝丽之母。本书新创人物。

坎里，陀兰御医。本书新创人物。

悠黎，陀兰国王宾洛沙长姐之夫，驻柔尔使节。本书新创人物。

蒙庚，陀兰国王宾洛沙二姐之夫，管理各国事务衙门大臣。本书新创人物。

何一民，曼掸首相西席，使节。本书新创人物。

聂海洋，陀兰船队大副，刘欢乐助手。本书新创人物。

威特，荷兰东印度公司驻南洋指挥官，荷兰船队队长。本书新创人物。

艾伦，威特助手，荷兰船队军官。本书新创人物。

查理，威特助手，荷兰船队军官。本书新创人物。

马克，荷兰船队军官。本书新创人物。

苏契，陀兰军政大臣，陆军统帅。本书新创人物。

伊沙，陀兰水师将领，鲨鱼湾主将。本书新创人物。

图依，陀兰水师将领，西港主将。本书新创人物。

陀兰国及位置说明：

陀兰：海洋岛国。岛屿大致呈四方形，位于南太平洋，中国南海以南不远海域。东北面接近南沙群岛。西边系西北—东南向的半岛，半岛上离陀兰最近的国家为安岚、柔尔（安岚在北，柔尔在南）；东边的海域与曼掸国（群岛）相接；南边的海域与纳澳群岛隔海相望。

陀兰为本书虚构国家。书中南洋国家亦均为虚构。时间设定为 17 世纪 30 年代，系君主制的南太平洋岛国。

城市、海湾说明：

仙那城，陀兰国都，王宫所在地。

耶里，陀兰北部水军营，海政大臣莫阿驻防地。

鲨鱼湾，陀兰南部水师营。

海豚湾，陀兰南部水师营。

西港，陀兰西部水师营。

东港，陀兰东部水师营。

角城，柔尔国西部临印度洋旧港口。

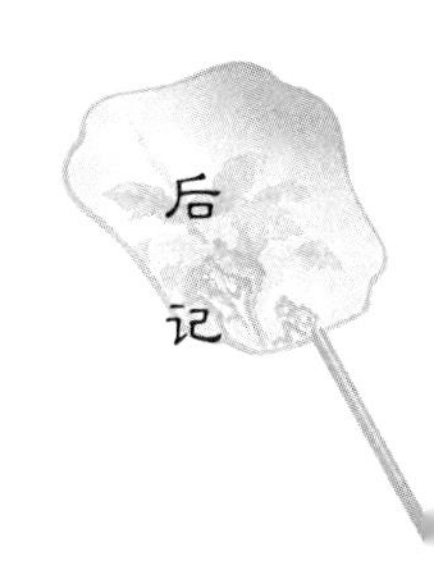

后　记

历史的车轮滚滚向前，芹圃先生即曹雪芹所著《石头记》始终热度不减。公元 2020 年 5 月 1 日，十六岁的女儿看了一段庚辰本《石头记》，为雪芹的笔调震慑，当即掏出手机写下一段话：

古老而神圣的王侯府邸，光鲜与繁华的背后暗流涌动。觥筹交错，歌舞升平，晚宴上的人们次第消失，女孩的笑声在沉寂中湮灭，有的人依然活着，有的人接连死去。

迷雾中的幻境，是谁扰动了镜中的水帘，密谋了一场盛极而衰的翻覆逆转，名字里的密码等待着破解，册子上词句列就何种图样，宣示了谁命运的必然？

我见其文字，惊叹如此表达，深得《石头记》(《红楼梦》)精髓。《红楼梦》在家长里短衣香鬓影之余，实则一部悲剧在焉。此书也是中国小说史上一部以众多女性为主角的奇书。然其中因雪芹各种校勘删削，多处大有模糊，又雪芹所著仅八十回传世，意犹未尽，读来令人遗憾；程高本一百二十回虽完整，惜后四十回多有与雪芹文中埋藏线索不一致者。

模糊之处，如秦可卿身世事，元春究竟封妃还是贵妃事，又是如何去世的。也有提一句则后文不补事，如冯紫英与铁网山，有读书读出疑问者，如琪官之名蒋玉菡，是否真有函件事藏焉……诸如此类各种疑窦。自少年时即看红楼，颇有不解之处。看得多了，亦有所悟，经由小女激发，故誓言写之，以不输于今日零零后也。因此文系小女引领写得，故将其所写段落，列于文首作为引言。

首册《榴花纪》初稿本拟秦可卿写三节，元春写三节，开笔之后收束不了，自 2020 年 5 月 1 日下午一直写至 2020 年 7 月 15 日凌晨，共六十一节，历时刚好两个半月，实际写作时间 70 天，计 32 万余字。其中除了秦可卿身世受刘心武先生的观点影响写就，其余皆系杨勤抬空虚构而来。因欲写《石头记》书中不写，补书中故意含混省略处，故加了许多人物入文，如明写雍正、乾隆两帝，虚构孟统领、程詹事、童首领、老铁、云中君、皇贵妃章佳氏、齐妃、陈妃、琴儿、排云、傅祥、马三，以及管家小厮等诸人。原有书中人物，出场一两次或无正传的，便发散了写，如贾元春、秦可卿、贾珍、贾蓉、忠顺王、北静王、冷子兴、冯唐冯紫英父子、平儿、小红、贾芸、琪官、倪二、王短腿等。

涉及历史人物重要节点时，皆查阅了资料，如雍正帝之卒年。其中北静王对标雍正朝理亲王弘皙，忠顺王对标庄亲王。乾隆四年二王卷入大案，皆系史实。废太子允礽（允乃避讳雍正名而改）未出场，但书中百般因果皆与其有关，其卒年确为雍正二年，史中也确未有雍正木兰秋狝之事。

平生不喜不讲逻辑、凭空跳跃之文。故虽然笔力不济，但力求有始有终，细节处也尽量详尽。想本文源自《石头记》，亦如藤萝攀援于巨石之上，其重心不至流于轻浮，故姑妄言哉，博读者诸君会心一笑足矣。

一日电脑崩溃，写成未发的 8000 多字，被新装系统数据不慎覆盖，寸字不留。得知之时，扑桌大哭。终悟雪芹得知后四十回文字再也找不回时之心情。电脑键盘码字，与雪芹侧身笔砚之间，难度心血完全不可同日而语。始知“十年辛苦不寻常，字字看来皆是血”，确系雪芹先生痛彻写实之语。

所有字句写就，均自崇仰曹雪芹先生而来。而小女懂得《石头记》之卓越，心实慰藉。书香传承，最是喜欢。

2020 年乃庚子年，新冠肆掠。以 32 万字写下《石头记》续书之一《榴花纪》，也算年度自耕记录，心实慰之。于自身而言，同时也是文字突破：一是故事情节设计，二是文字风格。或有半分一分行文似得《石头记》，即是致敬不朽曹公。

书成之后，慕前辈学者、红学名家、原深圳大学章必功校长高名，冒昧请加微信，再发文稿求教，次日即得山高海深般鼓励。章校长发来读后感如下：

读后几点。一，借胎红楼，自铸传奇，艺高胆大。二，文字练达，语言晓畅，有古典白话神韵，与红楼文风妙合而凝。三，故事奇诡，悬念迭出。可卿假死，老国王盗墓，元春初生，木兰秋狝等，“引人入瓮”。四，人物精彩。红楼旧人，秦可卿，贾元春，忠顺王，北静王，冯紫英，脱胎换骨，推陈出新。五，元春入宫后，贾府人事宜简之又简，不宜落入重写《红楼梦》的窠臼，宜牢牢把握借胎红楼，自铸传奇。六，全书结构尚需斟酌。《幕启天香楼》三章，与《榴花纪》的叙事方式不同调，前者新颖，后者传统。若能统一采用前者叙事，引入当事人或旁观者叙事，这本书当独步华夏。七，秦可卿不宜扯上吕四娘，四娘是传说人物，且广为流传，用之无趣。八，引言一小节，语言现代白话，可以简省。九，红楼柳湘莲不妨借来保护可卿参与秋狝。以上供参考，五条六条，权当加勉。作者才气过人，前程广阔。天意君须会，人间要好诗。期待。建议，红楼详写的，不写；红楼略写、隐写的，大写；红楼不写的，多写。

章校长评语有肯定、有建议、有批评，字字珠玑。他对文字风格的赞赏，让我自感不胜之余，也不由得心醉。校长乃著名古典文学学者，得其一赞，何等光耀。“借胎红楼，自铸传奇”八个字，更是无上激励。待解释了引言由小女撰写方有此文的缘由，校长一笑。学者负责任的态度，对后辈的鼓励提携，一言一行无不诠释大家风范。因得校长提醒指导，亦为不辜负这一珍贵点评，于2021年11月7日开始写以柳湘莲、妙玉、薛宝琴为主角的故事，命名为《桃叶渡》，于2023年1月13日写毕。

2023年春参加深圳市民大讲堂红学讲座，主讲嘉宾系中国红楼梦学会副会长、天津师范大学博士生导师赵建忠教授。遂携带书稿请赵教授指教，写作角度与小说内容得到了赵教授的肯定。赵教授是研究红楼续书的专家，他认为《红楼梦》未完，从文学理论上是一个召唤结构，续书创作无疑出于对《红楼梦》的热爱，客观上亦扩大了这本奇书在当代的影响。经赵教授鼓励再写第三册，于2023年6月28日至9月26日写完《凌波行》。至此，《红流三部曲》完成。赵教授披览完毕，欣然为此书作序。作为红学研究的领军人物，教授如此重视新人新作，乐于引路扶持，正是当代红学的福音。

深圳大学原文学院长、国际著名印度学家郁龙余教授学问渊懿，为人慈祥，给予多番关怀与鼓励，也对小女写的叙事长诗《牛郎与织女》赞赏不已。读完文稿之后，提笔题诗一首：

玉溪出才俊，亭亭且独立。二八写长诗，牛郎与织女。

业余续红楼，有笑也有泣。雪芹喜欲狂，梦见《榴花纪》。

热忱之心，可暖寒冬。敬录在这里。

三位教授对后辈的支持鼓励，如草堂春雨，又如陌上朝阳。感激之意非言语可表达。值此书出版之际，郑重致谢。

写书期间，亲人、朋友、同事各方面给予鼓励支持，也在此一并感谢。

杨 勤

2024年1月24日于深圳罗湖